长篇小说

城市风

CHENG SHI FENG

邓玉明 / 著

时而诙谐幽默，时而大气磅礴、排山倒海、气吞寰宇山河。

于轻松活泼、嬉笑娱乐中，给人以深刻的启迪和发人深省。

使人在快乐中，自诊弊病和疾患。

让人在泰山压顶、雾霾笼罩时，感觉舒缓和奔放。

令人类既不盲目乐观，又能看到光明和希望

中国文联出版社
http://www.clapnet.cn

图书在版编目（CIP）数据

城市风 / 邓玉明著 . -- 北京：中国文联出版社，
2015. 11

ISBN 978 - 7 - 5190 - 0729 - 4

Ⅰ.①城… Ⅱ.①邓… Ⅲ.①长篇小说—中国—当代
Ⅳ.①I247.5

中国版本图书馆 CIP 数据核字（2015）第 271875 号

城市风

作 者：邓玉明	
出 版 人：朱 庆	
终 审 人：奚耀华	复 审 人：蒋爱民
责任编辑：胡 笋 贺 希	责任校对：傅泉泽
封面设计：中联华文	责任印制：陈 晨

出版发行：中国文联出版社

地　　址：北京市朝阳区农展馆南里 10 号，100125

电　　话：010 - 65389148（咨询）65067803（发行）65389150（邮购）

传　　真：010 - 65933115（总编室），010 - 65033859（发行部）

网　　址：http：//www. clapenet. cn

E - mail：clap@ clapnet. cn　　hus@ clapnet. cn

印　　刷：北京天正元印务有限公司

装　　订：北京天正元印务有限公司

法律顾问：北京市天驰洪范律师事务所徐波律师

本书如有破损、缺页、装订错误，请与本社联系调换

开　　本：710×1000	1/16
字　　数：357 千字	印　张：20.5
版　　次：2015 年 11 月第 1 版	印　次：2016 年 1 月第 2 次印刷
书　　号：ISBN 978 - 7 - 5190 - 0729 - 4	
定　　价：59.00 元	

内容介绍

要想知道百年后的世界,就看这本书吧!

从中国京津冀以至亚洲、欧洲、美洲等情形出发,反映反思人类城镇化状况的邓玉明的小说《城市风》,揭示历史、现实、未来和学术思想。小说回忆了过去50年波澜壮阔的社会生活,预测预言了未来100年的城镇化走向,主张人类发展方式的革命,展示了人类的发展前景。

主人公雷宇与中央是高度一致的。雷宇从小过苦日子,艰辛耐劳,朴素节俭。雷宇走过的单位都不是吃喝的单位,也不喜欢吃吃喝喝,没有公务车,没有个人办公室,不但不以权谋私,而且常常以私谋公,不喜欢享乐和奢侈浪费,相反往往显得过度节制和吝啬。这是雷宇的性格特点,过去也是他的弱点,表现成人生的灰暗,现在成了显著的亮点。雷宇不用"坚决""保持",自然而然地就与中央一致。不用刻意,不用自觉,雷宇不自觉地就与中央一致。

未来50年是个节点,2064年,人类中的很多人移居到了其他星球。不信,把话放在这里,50年后再看。本作品2013年创作描写移居情景,2015年就出现了百人移居火星的计划消息。到2064年,就会形成大规模的移民潮。不是地球不好,是人类开拓新领域。在其他星球发展,形成新型城镇化。

作品预言。

有些子孙搬到了别的星球,在那里或许也要实行城镇化,也许开始就是城镇化。就像原来移居他国一样,地球上还有他们无法割舍的亲戚。回地球上坟祭祖和省亲的人们说,那里就跟原始部落差不多,但生产力先进,社会发达,而且往往是女性执政。特殊的环境造就了他们的模样与我们截然不同,甚至看上去他们简直不是人,可他们就是人,是我们子孙的后代,有他们的语言,依然还会说我们的话。他们看上去比机器人还怪异,大脑无比发达,实质上他们的基因已经被智能化。猛一看,他们的长相都一样,分不清谁是谁,仔细瞧,还是大同小异,接触交往后发现,他们都具有自己的特点和个性,和我们这些人的属性是基本一致的,既有自然属性,也有社会属性。

一进门,我孙子的孙子就喊:太曾爷爷!接着他们一起叫:太曾爷爷。孙子的孙子是回地球给他爷爷上坟的,他知道他爷爷的爷爷依然还活在世上,先看看老祖宗。他爷爷为弄房子车子累倒去了另一世界,他三爷被车祸夺去了生命,他姑奶奶受大气污染危害得了肺癌,年纪轻轻就走了。2056年我的重孙,也就是他父亲带着他跟随移民潮去了另一星球,当时他才9岁。他爸爸在那里打出了一片天地,曾经回过地球一次。天地,是我们的说法,他们那里不是地球,所以并不称"地"。

他们带来了一些礼物,在我们看来根本算不上礼物。高级食品我们没法吃,在地球上那不是食物,甚至是废物垃圾,但对他们来说那是贵重的高档营养品。在他们眼里,我们就是原始人、类人猿。人类经过几百万年的漫长历史过程,才进化到我们这个样子;而仅仅不到百年就发展成了他们那样的尊容。人类前进的加速度越来越给力,惊天动地,大有人间四月天之态。突飞猛进如此快速,令人迷惘、诧异、忧虑、恐惧。喜悦的是,不可完全否认,有能力克隆出一个新的地球,打印出一个新的红太阳。当然,无论如何人类造不出一个新的宇宙,不然放到哪里?没有这么大的园区和开发区。

我们看他们怪,他们看我们怪。我们看他们像猿猴,他们看我们像猿猴。从类人猿到我们那是几百万年的光景,谁也没有真正直接目睹过类人猿的形态。现在,我们与他们可是同台展现,竞赛比美。当然我们与他们之间不会彼此鄙视,而是互相尊崇。我们也是他们,他们也是我们。实质上,我们自己成了长期以来猜测、推测的外星人。

前面说过,他们仍然会说我们的一些话语,但他们有他们的语言,他们之间说话,我们完全听不懂,好像鸟语,又似乎不是。

人类就是累人。

进入老龄社会,地球上到处都有留守老人,我们是深爱这个地球的,儿不嫌母丑,况且地球是宇宙给人类的美好馈赠,故土难离。人类的发展就是如此,由集中到分散,由分散到集中。

现在，我们都在敬老院，有的叫养老院、光荣院。养老院与家已经融合成为一体，家就是养老院，养老院就是家。有活动场所，有娱乐中心。想吃什么，手按触摸屏。想做什么，手按触摸屏。有需求或急事，手按触摸屏。一般三分钟内来人，显示应急时三十秒内到人。

回顾一生，亦是穿越人类的百年。

雷宇，本想这名字可以如雷贯耳，可也没有贯过几个人的耳朵。父母给起这个名字，或许是梦想我响彻寰宇。其实也不然，父母基本不识字，写不出这个"宇"字。这个字一定是自己选定的，现在想不起来是什么时候敲定的，大概是中学时期，抑或是大学时期。反正，它比如雷贯耳还响亮。

古圣先贤说，齐家治国平天下，可谁能平天下？超级大国首脑平不了，联合国首长平不了，只能是说说而已。

说说，是谁也可以说的，不管是否"响彻寰宇"。

描写主人公100年的生活轨迹，像是主人公的长篇对照检查材料，同时也可视为人类的百年对照检查材料。人类对照地球、对照宇宙的自我检查材料。

过去50年，城镇化的孕育和诞生。主人公的经历，成为生动的刻画。

小说从北京一周边县到京津冀，到全国，到亚欧美，到世界，到宇宙。

乡愁中朦胧着城市梦。从城市梦到进城，到参与建设城市。

腊月二十三以后，忙碌地准备着过年。二十四，天没亮，娘就叫我们起炕推磨。娘说鸡叫三遍了，起吧。困哪，不想起。一会儿，娘又说三星儿大高了，快起吧。难受，瞌睡啊！一勺勺水豆瓣儿添进磨斗眼儿，一圈圈推转着大磨。不知添了多少勺，转了多少圈，终于磨完了。歇口气，烧上满大锅的豆浆汁，开锅后，娘点豆腐。这时，娘最怕有外人来，好像说，那样不肯出豆腐，就是说，最后点出的豆腐数量偏少。

二十五，娘照样五更叫醒我们推糕面，说晚了碾子就有人占了。哥姐弟妹齐上阵。昏黄的提灯照耀着，有推的，有扫的，有笭的。

推了很长时间，身上不冷了。夜色依然黑郁郁的，我们说，天还不明？娘抬头望了东方的天空说，三星儿快落了，天快亮了。

糕面冻粘在碾子上，我们就用尖头光滑的小木棍，顺着渠道一下一下去犁，"哧"一下，"哧"一下，小木棍头被磨得锥尖圆润，还有些好玩。

我们身上淌着汗冒着热气，东方的"老爷儿"在悄悄地升起，其实我们并没有向东边张望，我们看到西山顶上被映红的山尖，一点点，慢慢地向下延伸红彤彤，有极其鲜明的界面和曲线，真是美艳绝伦的图画，这是我终生记忆犹新的圣景，任何世界美景都遮盖不了我这丹霞情结，这是无价之宝，比世界名画名贵得多。

我们忽而看到太阳从东方一下子升起时，西山被"老爷儿"完全涂成了红色，感觉没有那么美妙了，无比漂亮的朝霞不见了。

腊月二十八，吃黄米面枣年糕，三十做接年米饭、炖骨头。母亲强调，把你们的炮仗从炕席下拿出来，五更里不能翻席倒柜；"老爷儿"下平前，只可往屋里拿东西，不可往外拿。孩子们都吃饱了，还在硬吃，因为饺子里包的钢镚儿，还没吃到。谁吃到，谁有福。

正月亲戚拜年，酒饭之后，坐在炕上抽烟喝茶聊天。表兄起身欲告辞，大人们挽留无效，就喊我，跟你表兄一起走，上学去吧。我与表兄沿河槽向上走，走了约1里地，学校到了。表兄说，学校多难受，甭去了，跟我上去玩吧。他家还在沟上面1里左右。我说，不去。他说，不想上，一会儿就跑回去。

他家曾经是"关中"，祖祖辈辈兄弟子孙不分家，全家人口平衡在30人，生一人，就会死一人，死一人，就生一人。全年只在过年时吃一顿肉，硕大的铁锅，满满的一锅猪肉，常年辛苦劳作的大人们，每人盛上两大海碗肥肉，不够的还可随便吃，填补饥肠中一年匮乏的油水，奠基下一年的肠胃，那才是吃肉，是完全意义上的吃肉。那年，吃肉时人们等不到老四割柴回来，次日清早去大山里找到了他的尸体，现场分析看，他割完柴捆好，向背架上托举，背架倒下，重新支好托举，又倒下，反复多次失败，使他怒发冲冠，搬起大石头把背架砸了个稀巴烂，跳下了悬崖。大年初三，老五孙媳生了个男孩。

小学校，复式班，没有一年级，老师说，就从二年级开始吧。因此，我初小上4年，初、高中各2年，仅用8年就高中毕业了。高中阶段，还经常劳动，不上课。相对于莘莘学子们，我是赚大发了。

小学校，在一面山坡下，依山面水，背风向阳。小铁炉子里烧着劈柴，烟气腾腾。院里西南角一棵家核桃树，说家核桃是因为我们这山沟里山核桃很多。一下课，我们就在院里玩耍，有时爬到那棵树上，有时攀着树上绑吊着的绳索向上拔河。出院子过一块地，下到小溪边，在丈余高的地堰下有一小井,清泉从青石缝里涌出,欢呼跳跃,水地细砂翻滚,伴随着小虾舞动。虾群与我们小伙伴们同样,欢乐愉快。我们常来小井抬水,也在这里玩耍。不知不觉,半天就过去了。跑回家,打门窗的木匠刚刚吃完饭,我们抄起筷子就吃,母亲急忙拦住,说等等,急着吃手艺人吃过的饭菜,近嘴子。她拿起一双干净筷子,在各盘的菜食中分别搅拌了一番,说,吃吧!后来我才知道,所谓近嘴子就是说见了好吃的东西太急,是好吃东西留不住的习惯或毛病。那时节一天两顿饭,要不是使着木匠,哪有这么好吃的午饭。老人用筷子搅和一下,意味破解,这或许属于太行深山里古老的民俗文化。

正月十五后,馒头年糕吃完了,接着吃猪血糕,摊煎饼,摊黄子,渣饼子。二月二,都吃完了,步入清苦生活,吃赖的做辛苦活。过年不仅是吃好的,而且不做苦力,人多好玩,活动多,似村坊生活,这大概是向往城市生活意识的孕育。

我们把房前屋后和菜园子里的杂草树叶耧成一堆堆的圪囊,分别点燃,放鞭炮,也把拆散的鞭炮扔进火堆,噼啪作响,火星四射。崴子说,嘣虫儿呀。

二月二,熏虫儿。这习俗隐含了些许科学意义,隐藏越冬的虫茧蛾蛹菌毒,被火烧焰熏,炽烤热闷,几乎全军覆没,分明是早春二月的赤壁之战。

我家在下面山坡下,同样的依山面水,同样的背风向阳。院外也有一块庄稼地,石头高墙下也有一眼清泉。这眼井水更旺,清泉大概从后山里流出,我时常想它在后山深处的行走路线,应该是水脉。这路线神秘莫测,直到今天,我也只有想象而已,它永远是个谜。我能看到的是,取水的人们走出的道路,几乎是我们姓氏的图腾。泉水世世不息,年年不息,天天不息,瞬间不息。变的是世道,变的是人情,变的是房舍,变的是民俗,不变的是井水,不变的是清泉。天也变,道也变,村舍变,井不变。改邑不改井。

春天的阳光把溪流的冰面拉出了曲里拐弯的沟槽,有时干脆让你彻底看到沟槽下清清的溪水,小河在冰面下哗啦叮咚,沟槽就成了五线谱,水声便奏出冰清玉洁的交响乐。溪水中的小鱼、小虾、青蛙伴随着交响曲,舞之,蹈之。

燕子飞翔着,猛力冲飞,突然停止;又快速翻飞,霎时暂停;反反复复,不知疲倦。叼着泥点,在屋檐檩椽间筑巢安窝。这或许是他们建设家园欢快劳动的场面。慢慢地,我们就听到窝里传出孵化的小燕子"唧唧"的叫声,我们昂着头,张着嘴,静静地观看燕子叼回小虫送入小燕子张大的小嘴中。

　　暖暖的春光照在屋后的阳坡上,漫山遍野的槐树下,草丛中,树叶下,我们瞪大双眼,地毯式寻找着,突然我发现一株老官嘴,嫩绿的叶丛,挺拔的花柄,顶端矗立一个"龟头",特别像一个火箭弹。其实,我们每当初春,都找这种春芽,它们在春寒料峭时就早已萌动生长,有时我们最先发现的是那刚刚顶出地面的"龟头",屈手往下一刨,就看到了嫩嫩的白白的长柄,挖出来,我们就美吃一番,接着继续寻找。清明时,母亲让我们找寻另一种绿芽——苦菜碟。我们找回一小堆苦菜碟,母亲用水洗净、开水焯一下,切碎,炝油凉拌,清新微苦,除火去燥,清心明目。现在央视养生堂专家也这样说,看来有些老习俗颇中科学道理。

　　娘说,别偷看鸡下蛋,要不有人偷了东西,你却会脸红。

　　等鸡把蛋下出来"咯哒,咯哒"地告诉我们时,我们才去柴棚从垫着草的浅荆筐里拿蛋,把它握在手心里,温热温热的,很舒服。当然,有时我们听到母鸡叫唤时,怎么也找不到鸡蛋,很扫兴,就大骂那作假报告的母鸡,甚至抄起扫帚去扑它。

　　夏日里,应今说,咱们去割蒿吧。干勇、牛儿我们都去割蒿,一捆捆绿蒿草堆积在自家猪圈旁。我说,明天我不割了,该铡了。牛儿,铡刀在你家吗?牛儿说在,明天我给你送过去,帮你铡。

　　蒿草被铡成一段段,铺在猪圈里厚厚一层。接着,从坡角河岸背土全面覆盖。过段时日,重复一次。冬春出圈。

　　我对干勇说,咱们去看大人们值粪吧,干勇高兴地说好。牛儿爹和扣儿爹在栓子家粪堆前,先是把粪堆的粪土一铁锹一铁锹地铲进筐篓里,装满时,二人把篓搬倒,粪土倒入另一边,然后从一堆石子中拿出一个放入另一边,这样反反复复,粪土值完时,二人计数石子。他们不怕费事,也不量方,想的是更加准确公平,因为还要一户户划分粪土的等级,以便合理地折兑工分。粪土如金。大人们常说,庄稼一枝花,全靠粪当家。

　　牛儿找我说咱们去柳树沟玩呀,我说不,我要背土垫圈。小小年纪,牛儿就知道寻花问柳。

　　柳树沟是这个山村的一个附庄,也可以说是自然村。据说沟很深,10来里,仅次于主村沟,一沟柳树,只有三五户人家,有一人在北京当高级工程师。那沟很神秘,我从未去过,应今也没去过,很多人都没去过,也许永远都不会去。这样显得永远神秘。

桃树沟也是附庄，沟较浅，因桃树多而得名。这里的桃树不是人们种出来的，是自然而生的，有的生在石缝中，有的长在地堰上，有的直立挺拔，有的斜刺里生出，有的好像伸出的手臂，有的隆起如龙，有的婀娜多姿，全是那么自然，那么得体，那么舒服，那么带劲儿。粉红的桃花星罗棋布，布满山沟，鲜艳夺目，满沟飘香，天然和谐。它与桃花园不一样，与万亩桃园大不相同，似乎只有在这里，此情此景，才是唯一，美盖群伦。

杏树就更多了，全村铺天盖地，含苞待放时是充满无限魅力的深红，一旦开放，粉红娇艳，最后洁白似雪，远远望去，巍巍壮观，养目清心，神韵无限。自然天成，是自然的美，是美的自然。人在自然内，自然而然，人也自然。

阴坡那郁郁葱葱的松树，沟里那看似装不下的钻天白杨，就不多说了。

夏天到了。美好的溪水，是孩子们玩耍的好地方。大家群策群力，用石块、土胎，憋成水湾，在里面打澡。先撒出尿，用手接捧一些放在脾脐中按摩揉搓一番，免得肚子疼，然后跳入水中。泉水汇成的溪水，很凉很凉，不一会儿，嘴唇激得青紫，赶快爬出来，爬在被太阳晒得炙热的磐石上，用水撩洗一通，洗干净且降温光滑的石面，前面烙一会儿，后面烙一会儿，暖和后，又跳进水中。

数九寒冬，孩子们不怕冷，脸庞冻紫了、脚冻疼了、手冻红了，照样在野外玩耍。小河水冻成冰，冰中冻出湮水，湮水又覆盖成冰，反反复复，日积夜累，小河槽就变成了冰河，不断蔓延，一段段，平整整，白花花，膨胀成原来溪水的很多倍，规模壮观。打陀螺，单纯滑，坐冰车，有时几个人坐在长木板上，后面有人用力猛推，火车般奔跑。当然，从台阶上迅速落下时，更加刺激过瘾，有时从板上摔到冰凉梆硬的冰面上。滑冰床更美，一个人速度快，从冰瀑跃下时特爽，比越野车和赛车的感觉还好，忒像空中飞人。

玩累了，我们坐在炕上盘脚盘。盘脚盘，盘三年。三年整，烙月饼。月饼花，一担茄子，两担瓜。有钱的，喝酒吧；没钱的，你走吧！

娘做饭，让我烧火。我拉了一会儿风箱，火旺了，柴火噼噼啪啪，大锅里的水吱吱地欢畅着，杉草编的锅帽上蒸腾着热气。我用手捕捉灶膛冒出的青烟，一缕缕，带着柴草自然的香味。娘说，别捉烟。我说，咋啦？娘说，长大了杇。我说，么是杇？娘说，就是笨，不灵巧。

朽与巧，"木"字旁与"工"字旁，另一面是一样的。听人们说过，朽木不可雕也;也听人们说过，化腐朽为神奇。这就巧了。

晚上，我们坐在火炕上玩耍，娘在屋里干家务，抬头看到了月亮。娘说，这个月该忙了。头次偶然看到月亮时，如闲在，这月不忙;反之，则忙。

娘哪有不忙的时候。大人们大都很忙。

高中寄宿，父亲赶集卖柴给我钱买饭票。有的星期天，我也从家背柴到20多里的学校卖给后勤伙房支付饭票。教物理、数学、化学的都是刚刚从此校毕业的大美女，讲课倒是挺认真，但是几乎没人学。我们宿舍的几个废孩子把顶棚的木档搬下来，砸段放进火炉烧了。校长知道后，传去一顿狠撸。我这个绵羊学生因在场，不免陪同。

我们经常去大山里割柴。走到十几里甚至二十多里的高山上，找到茂盛的柴草，就像发现金矿般愉快。噌噌，咯咯，叨叨，发发，唏唏，割柴的声音，超越了七音五律，是美妙的音乐，是绝妙的音乐，是绝密的音乐，只有自己听得到。在山那边和另一座山上割柴的应今和牛儿虽然也割出这种声音，但他们听不到。大人们割柴也听不到这种好听的旋律。这是在高山上，沟里还有流水，天然的音乐大厅，周围群山回应着音乐的韵律。高山流水遇知音，我不找知音，只供自己欣赏。镰刀不停地飞舞，突然砍到手指上，鲜血涌流，抓一把土面按在上面，用手绢包扎缠好，继续战斗。棉衣像蒸笼一样不停地冒着热气，柴草捆绑好后，才感到口干舌燥，抓起一把雪或敲下一块冰填在嘴里，如碰到一湾清泉，真是玉液琼浆。现在茅台、五粮液、1573、拉斐……在口舌中也没有那么好的感觉。

尽管不渴了，但饥肠辘辘。好在收获丰硕，我的柴捆高大。背起大捆柴草，翻山越岭，盼着走下山梁到达沟谷。实在累得无法忍耐时，蹲在坎坡喘一口气。身负重物，一步步前行，离家越来越近。终于走进院门，把重重的柴捆狠狠地扔在地上，已释重负，周身倍感出奇爽快。那时，似乎不知"幸福"一词，只是说忒得，现在说，那一刻，是最幸福的了。假如央视采访那一瞬间，我一定毫不犹豫地说:幸福!

柴捆垛成垛。是收获，也是负担。还要背在身上，背去20多里远的集市上卖。这路程比割柴的道路也好不了多少，山路十八弯，游荡在河水两旁，跳跃在河水中的搭石之间，与戴着镣铐跳舞十分相似。有时还要趟水，涉险泅渡。庄稼收获后，路略有改善，梯田的堰墙拆出豁口，忽而走在河槽，忽而走在田地，但依然蜿蜒曲折。进入集市的胡同狭窄，人头撺动，拥挤不堪，有人嚷叫，借光，借光；也有人喊，借过，借过；忽然后面有人急迫大喊，靠——靠——靠，这是提醒前面的人们注意闪开，后面有重物不好控制，免得碰伤。集上叫卖，能力加运气，卖出去是非常快活的。卖不出去，就要寄存，然后耷拉着脑袋走回家。这时，应今就会说，下集再卖，说不定比这还贵。

我想，假如有条道路，能走单轮车也好。那时，我们眼里，小推车就是很上档次的东西了。集市上经常看到大马车，两匹马拉长套，骡子驾辕，很威风。那里有路，人也较多，热闹红火，人们说话也比我们山沟里洋气，老人们叫他们那里是村坊。这就是我们深山人眼里的"大地方"。说是大地方，其实就是个小集镇，除学校外，村镇不过一二千人口。娘说，村坊人有钱，买柴火烧。赶集就是去大地方，后来知道有城，就是县城。说上城去，就是去县城。当时村里去过县城的人凤毛麟角。去过城里，就是见过世面的人。

高中毕业，"文化大革命"也结束了，好像"文革"就是给我们准备的。

生产队劳动，集体行动，有说有笑，热热闹闹。但劳累辛酸远比快乐多得多。扁担把我的肩膀压出血印，肿胀疼痛。粪篓把背架子死死地压在脊梁背上，印出一道道血红，两丛麻绳索狠狠地勒在肩上，让你无法挺直腰脊，永远不能逃脱。

终于解脱了。小锄唰唰唰，在庄稼幼苗中穿行。谷地最难耪，谷苗很小，与杂草不好识别。一人一垄赛着速度，一锄一锄，不落空白。古稀的老头，急忽忽连耪带埋，间苗时拔掉大苗留下小苗，队长说，你怎么拔大苗留小苗，老头儿说，小的它还长哪，逗得大家发笑。谷子难耪，小米好吃。这里光照充足，昼夜温差大，产的小米，金黄油亮，香甜细腻，营养丰富，口感极好，先前曾经是贡米。金色的小米，不仅百姓喜欢吃，皇宫贵族都喜欢享用。

乡亲们说，走出庄稼地了，出了农业社了，出山沟了。诙谐的人说，再也不当"老背兴"（老百姓）了。

应今当了兵。也走出了深山。

这次进城，不是进县城，是城市。城市是好，这么多人都往城市跑。上学虽苦，可过的是城市生活。

进了城市发现，我们比城市人穿的差距不是很大，也是的确凉、的卡等时兴布料衣服。一般上衣为的确凉，下身着较厚的灰色的卡裤子。

毕业分在县城,好歹是城,不去乡下。

没过几年,来了个拆书记,说这县城破破烂烂,有碍观瞻,大面积搬迁。我被迫盖起了新房。县城规模明显扩大,面貌有所改观。

上世纪90年代拉开了拆迁序幕,一发而不可收。县城不断翻新,城区连续扩大。进入21世纪,在城东开发建设了新城区。修建了环城道路,使城区日益扩张。开发、拆迁、城建,成为日常生活。开始有了跑项目的说法,号召跑部进厅。

拆书记敦实的个头,黑黑的面庞,思想前卫,话语新颖。大胆新潮的讲话让干部们目瞪口呆,超常规的决策行为使人们胆战心惊。他拆过好几个县城了,据说他每到一县,就背着手在大街小巷转悠,看看哪儿该拆、先拆哪儿,因此出了名。看得出来,他颇赏识我这个习惯逆向思维的小青年,亲自找到我的住处,与我促膝谈心。

拆书记没拆多久,就调走了。

后任的后任,是县长升任书记。开创了县城环路,县城规模明显扩张,有了"城"的模样。

他的后任,又是县长升的书记,创建了内环新城,使县城有了些许城市的味道。

蒋书记招商引资,引进项目,县城商品楼零星出现,矗立起了20多层高的楼群小区。起初基本没有物业,住户自行管理服务。宾馆上档升级,个别达到准三、四星级,数量明显增多。县城车辆剧增,档次不断提高。

城区高楼一丛丛拔地而起。城东建设工业园区,城北开发了北外环。但县城人口依然不过7万。

姜总:正在建中等城市嘛。

付总:中等城市的主要标志是什么?

姜总:人口吧?

我:对。

付总:多少人口?

我:联合国以2万人作为定义城市人口下限,10万人口作为大城市的下限,100万人作为特大城市的下限。

姜总:咱们国肯定比这个数大得多。

我:咱们国在1989年,20万人口以下为小城市,20—50万为中等城市,

50万以上为大城市。

付总:现在肯定有发展。

我:2010年规定,50万市区常住人口以下为小城市,50—100万为中等城市,100—300万为大城市,300—1000万为特大城市,1000万以上为巨大型城市。

付总:远来县城要达到50万人口,才算中等城市。

姜总:现在谋划建设中等城市的县城很多,比如安徽63个县,县城人口15万以上的占一半,人口密集,而全国大县临泉县人口高达200万,4个县的生产总值分别达200—300亿元,这一个省就计划建设20个县级中等城市。

我:除了人口主要指标外,还有占地面积和社会经济实力。

我们现在的城镇化仍然需要工业化,等到城镇化率高于70%的后期阶段,产业结构将由工业向服务业转换升级。英国的城镇化大约用了100年,美国大约用了80年,日本大约用了40年,我想,中国也许时间更短,赶上了潮流。但是近10年城镇建成区面积扩大了64%。

夏威夷人问我感觉这里怎么样,我对当地人说,现在吃穿和财富不是最重要的,洁净的空气和美好的环境才是第一位的。山清水净、蓝天白云,就是好地方。

从夏威夷飞到洛杉矶,降落机场前,看到下面几乎没有高楼大厦,全是低矮的房子。进入市区,发现基本上是二三层的小别墅,富人区是高档的大别墅,就是所谓的"好似"。只有政府机关和金融中心构成一小片高楼大厦。

华盛顿真的很清新,六七十万人口,环城高速把周边城市群连成一体。正是秋冬之交,城市园林五彩斑斓。

纽约是摩天大楼城市,而且一百多年了,居然没有古旧的样子,足以证明他们的城市建设质量和美国人做事认真的态度。一百年前的建筑科技工艺水平,令我们今天不得不佩服有加。

泰国首都曼谷,由于车速过慢,甚至出现过3个月内有900名孕妇因堵车被迫在轿车中分娩的情况。曼谷的交警不但会指挥交通,还会帮孕妇接生。

圣彼得堡是在沼泽上建起的城市,600多平方公里,400多万人口,这规模在中国也就是一般的城市。在俄罗斯这可能是特大城市了，无论如何她还是很有特色的。圣指神圣，彼得是石头的意思，堡当然就是城堡、城市了，这是座神圣的石头之城。石头与沼泽是完美的结合，刚柔相济，阴阳共荣，地老天荒，永垂不朽。

石头把宽阔美丽的涅瓦河织成网格，布满全城。据说，河水有20多米深。滚滚河水就像海洋一样，辽阔深邃，荡漾着大片大片的涟漪波浪。车子走到哪里，旁边依偎的都是河流。又似乎是城市把海洋湖泊格式化，一排排的石头楼房把水世界变成了石头城。一条条河流，实质上也就是一条河流，把石头城变成了水世界。东正教的座座教堂高耸入云，连天接地，让石头城更加威严肃穆。

莫斯科有1100万人口。英雄威武。壮观美丽。堵车也很著名。

俄罗斯有1.41亿人口。伟大的民族，孕育了很多伟大的人物。翻译说人口在逐步下降，而我预感到100年后，这里的人口反而会上升，或许增加很多印度人。

我恍惚看到，莫斯科和圣彼得堡，都有2000多万人口。在圣彼得堡周围，摩天大楼像山峰一样围绕。很多城市都在快速地增加着人口。

涅瓦大街人行道，人流熙熙攘攘。我总是在拍人行道的地砖，张总说，这有什么好拍的，我说，你看这人行道的石砖多么漂亮，五彩缤纷，做工考究。方砖点缀的小石砖就如我们的红土砖一般大小，铺排出五颜六色的美丽图案，走在上面，心情愉悦，周身舒畅。

世界闻名的涅瓦大街，车流浩荡，井然有序。翻译说，当初建设大街时，仅有不多的马车，空空荡荡，可见涅瓦人的眼光和远见。几百年前，他们就有了前卫的城市理念。

地球上出现了惊天动地的狂风，城市摩天大楼间形成涡流、气旋、龙卷风、龙卷风群，龙卷风直冲云霄，龙卷风之间相互吸附，漏斗侧吸漏斗，弥漫地球，海啸山崩，飞沙走石，摧毁世界。城市间气流撞击、交织、盘旋，复杂的热岛效应孕育出地球有生以来最暴虐的天风。人和汽车飘向天空，摩天大楼"咔嚓，咔嚓"地折断，有的被连根拔起，有的被拧成了麻花儿，世界上一片混沌，天地涅槃重生，人口被灭掉十之二三，好多人逃到了乡村，城市、乡村进行了重新的定位和布局。

小说开辟叙述方法与研究方法相结合的独树一帜的艺术表现形式。在充分深入地体验生活占有大量材料的基础上，使主题内容、中心思想和理论学术观点艺术地、观念地反映出来。人物性格、人物形象通过研究和叙述，鲜明地刻画出来，通过人物的典型性反映广阔的社会生活，艺术地体现作品深邃的思想性。是科学与艺术的有机结合。

看看作品的描述。

马克思理论预计首先在发达的资本主义国家得到实现，事实上却在俄国、中国、朝鲜、越南、古巴等落后贫穷国家进行了验证。雷宇主义也预计在发达国家先行实行，但落后国家同样可以超越阶段跨越性运行。同时，雷宇主义在有人类的地球以及所有星球普遍适用，放之宇宙而皆准。

不是说马克思不够伟大，时代的局限性也是规律。马克思预料了百年沧桑，雷宇也就说出了百年的未来。世界的发展变化呈现出加速度，成几何基数增长。

联合国最高领导是秘书长，联合星球组织最高领导称为主席。

联合星球主席宣布，所有星球的人类都要以雷宇主义为指导思想，坚持并不断地发展和完善雷宇主义，把雷宇主义作为我们的世界观和方法论。将来我们人类遍布宇宙各星球时，我们要成立宇宙统摄最高机构，到那时仍然要以雷宇主义为指导，高举雷宇主义旗帜，把雷宇主义旗帜插遍宇宙各个星球。

人们请我讲讲雷宇主义，我说这个我自己不能讲，这是后人的事，我讲也讲不清楚，讲不全面，讲不好。

马克思主义也是后人总结的，让马克思讲马克思主义，一定不像马克思主义。马克思主义是对马克思基本思想的认识，是在马克思理论的基础上的不断发展完善。让马克思讲马克思主义，在今天看来一定带有僵化教条的倾向，今天的马克思主义是我们的马克思主义，不是马克思的马克思主义。马克思主义是时代的马克思主义，是历史的、阶段的马克思主义。就像人们习惯了电影、电视等文艺作品中的伟人形象，形成了一定的思维定势，假如真的伟人出现在你面前，你或许以为那不是那个伟人。世界著名表演艺术大师卓别林偷偷报名参加模仿卓别林大赛，他仅仅得了第三名，实际这个成绩已经相当不错了。

雷宇主义不使用暴力，不革哪个阶级的命，不革哪些人的命，只革人类发展方式的命。

也有人耻笑，穷成这样，还谈个人的主义。对这些可以置之不理、嗤之以鼻。单就物质生活而言，比马克思好多了，比孙中山也强不少，比孔子都富裕。孔子也就不断地有些肉干吃，在下时而可以吃到鲜肉，而且，今日有高血压、高血脂、高血糖的鄙视，肉多也不是好事。既无"三高"，又不缺吃喝，随时还可点评他们的思想和主义，比那些伟人们幸福多了。

我认为自己不缺物质财富，缺少的就是主义。现在主义有了，什么也不缺了。其他星球的人们对此主义也颇认可。当然，还要不断地拓展进步。

总统责任重大，因此很多人宁愿当公民。生活所需一概不缺，钱财需要操心，经营不好是犯罪，所以多余的资产只是额外的负担。

时至今日，人们很少考虑个人问题了，高度分工高度发达的社会，也没有多少个人问题需要自己操心，主要潜心于社会角色定位，自身的价值就是在社会中的价值，每个人追求的是为社会贡献的大小，争的不是名利地位、是社会价值，因为此时的名利地位几乎没有什么用处和吸引力，这与马克思的共产主义十分相象。

雷宇主义，在宇宙间回荡。

生活就是演戏，你光让我演小人物，我也演一次大人物，有何不可？

不管大人物还是小人物，都可以是主角。

主角，就是主人公。

亦庄亦谐、原汁原味，是作品的特色，也是作者的一贯风格。时而诙谐幽默，时而大气磅礴、排山倒海、气吞山河。于轻松活泼、嬉笑娱乐中，给人以深刻的启迪和发人深省。使人在快乐中，自诊弊病和疾患。让人在泰山压顶、雾霾笼罩时，感觉舒缓和奔放。令人类既不盲目乐观，又能看到光明和希望。

一条条羊肠小道把大山五花大绑起来,捆绑了个结结实实。远来城的摩天大楼,把盆地装了个满满当当。高楼大厦,弥漫了坡脚和山腰。群山超级微笑,露出修长的牙齿。

  人类又变成了类人。

  21 世纪中叶,中国成了世界的中心。在世界地理上,本来就没有东西南北的方位,中国成了地球上的中央,同时是世界经济、政治、文化和社会的核心。京都改名为中京,成为世界典范都市。对这个更名,世界适应习惯了十多年时间,方才忘却了它的原名。

  中京人口,2020 年增长到 2300 万,2050 年上升到 2500 万,之后开始回落。其实,环城高速路把周围城市连成了一体,已没有明确的界限。人口外移疏散,密度缓解,城市病得到了有效的医治,基础设施更新换代,城市走上了良性发展的轨道。

  各国人云集中京,定居、生活、工作、旅游。中京,成了世界的中京。

  现在是 2064 年,70 岁退休,退了近 30 年了。不要说老妖怪、老妖精,人的寿命不断增加,我雷宇刚刚超过平均数。自己目睹了世纪的沧海桑田,前半生显现在物质财富的巨变,后半生体现在精神智能文化方面的变革。

  50 年前,人们说我是疯子;现在人们都在学习坚持我的主义,这个主义,人们称之为雷宇主义。过去是饿着肚子学主义,现在是吃饱喝足了学主义,花天酒地学主义,荣华富贵学主义。

  在一些场合介绍我时,终于减少了繁文缛节——雷宇先生。不再念叨官职、学历、职称或荣誉,不絮叨专家教授政府特殊津贴之类。常见一些场合,介绍一个似乎很有地位有身份的人,不知道讲了多少废话,那个人物的名字还未出场。我曾见一个主持人介绍某个大人物时,那头衔荣誉印满了 A4 纸,主持人真不简单也不容易,负担和包袱重如泰山。

很早以前我出版的著作中,作者简介就说不是博士、虚衔22个、荣誉证书11千克。人们感觉新奇幽默,有个大编辑还专门打来电话,在电话上念我那简介,边念边哈哈大笑,他可能是买了我的书。一个作者简介就能给读者带来无穷快乐,看来这书价值不小。也有些人讨伐我,不是博士你写它干什么、这不是废话吗?我也顺水推舟,没有废话,哪有书籍。

我的目标就是,在介绍我时,不仅没有马拉松前缀链,甚至连先生这后缀称呼也去掉,雷宇,这就是雷宇。

马克思,不用说什么哲学博士、法学博士,无产阶级革命领袖,马克思就是马克思。

无论如何,不敢说孔子。人家不仅不用说什么教育家、思想家再形容古代如何厉害著名,甚或不用说孔丘、孔老二,径直就称孔子,那样的话我就是雷子,雷子。名字叫孔丘、孔老二的人一定很多,一说孔子,几千年来全天下的人都知道是谁,不用籍贯和身份证厘清,一出口就立马搞定。

现在说雷宇,人们知道是我;说雷子,人们一定不认为是我,我还没到那个份上。

复归本原,恢复到起初的洁白状态。大颜无色,超圣入凡。

我是世纪老人,这个主义对我本人并不重要,它是人类发展方式的革命,不仅仅是经济发展方式,更重要的是文化、政治和社会发展方式的变革和革新。

不革哪些人的命,不革哪个阶级的命,专革人类旧的发展方式的命。

有些子孙搬到了别的星球,在那里或许也要实行城镇化,也许开始就是城镇化。就像原来移居他国一样,地球上还有他们无法割舍的亲戚。回地球上坟祭祖和省亲的人们说,那里就跟原始部落差不多,但生产力先进,社会发达,而且往往是女性执政。特殊的环境造就了他们的模样与我们截然不同,甚至看上去他们简直不是人,可他们就是人,是我们子孙的后代,有他们的语言,依然还会说我们的话。他们看上去比机器人还怪异,大脑无比发达,实质上他们的基因已经被智能化。猛一看,他们的长相都一样,分不清谁是谁,仔细瞧,还是大同小异,接触交往后发现,他们都具有自己的特点和个性,和我们这些人的属性是基本一致的,既有自然属性,也有社会属性。

其实,到了这个时代,原始意义上的上坟,已经很少见到了。上坟,只是一种意向。

一进门,我孙子的孙子就喊:太曾爷爷!接着他们一起叫,太曾爷爷。孙子的孙子是回地球给他爷爷上坟的,他知道他爷爷的爷爷依然还活在世上,先看看老祖宗。他爷爷为弄房子车子累倒去了另一世界,他三爷被车祸夺去了生命,他姑奶奶受大气污染危害得了肺癌,年纪轻轻就走了。2056 年我的重孙,也就是他父亲带着他跟随移民潮去了另一星球,当时他才 9 岁。他爸爸在那里打出了一片天地,曾经回过地球一次。天地,是我们的说法,他们那里不是地球,所以并不称"地"。

他们带来了一些礼物,在我们看来根本算不上礼物。高级食品我们没法吃,在地球上那不是食物,甚至是废物垃圾,但对他们来说那是贵重的高档营养品。在他们眼里,我们就是原始人、类人猿。人类经过几百万年的漫长历史过程,才进化到我们这个样子;而仅仅不到百年就发展成了他们那样的尊容。人类前进的加速度越来越给力,惊天动地,大有人间四月天之态。突飞猛进如此快速,令人迷惘、诧异、忧虑、恐惧。喜悦的是,不可完全否认,有能力克隆出一个新的地球,打印出一个新的红太阳。当然,无论如何人类造不出一个新的宇宙,不然放到哪里?没有这么大的园区和开发区。

我们看他们怪,他们看我们怪。我们看他们像猿猴,他们看我们像猿猴。从类人猿到我们那是几百万年的光景,谁也没有真正直接目睹过类人猿的形态。现在,我们与他们可是同台展现,竞赛比美。当然我们与他们之间不会彼此鄙视,而是互相尊崇。我们也是他们,他们也是我们。实质上,我们自己成了长期以来猜测、推测的外星人。

前面说过,他们仍然会说我们的一些话语,但他们有他们的语言,他们之间说话,我们完全听不懂,好像鸟语,又似乎不是。

人类就是累人。

进入老龄社会,地球上到处都有留守老人,我们是深爱这个地球的,儿不嫌母丑,况且地球是宇宙给人类的美好馈赠,故土难离。人类的发展就是如此,由集中到分散,由分散到集中。

现在,我们都在敬老院,有的叫养老院、光荣院。养老院与家已经融合成为一体,家就是养老院,养老院就是家。有活动场所,有娱乐中心。想吃什么,手按触摸屏。想做什么,手按触摸屏。有需求或急事,手按触摸屏。一般三分钟内来人,显示应急时 30 秒内到人。

回顾一生,亦是穿越人类的百年。

雷宇,本想这名字可以如雷贯耳,可也没有贯过几个人的耳朵。父母给起这个名字,或许是梦想我响彻寰宇。其实也不然,父母不识几个字,写不出这个"宇"

字。这个字一定是自己选定的,现在想不起来是什么时候敲定的,大概是中学时期,抑或是大学时期。反正,它比如雷贯耳还响亮。

古圣先贤说,齐家治国平天下,可谁能平天下?超级大国首脑平不了,联合国首长平不了,只能是说说而已。

说说,是谁也可以说的,不管是否"响彻寰宇"。

回顾当年。

同事说,同学说,朋友说,领导说……联系实际,联系实际。啥是联系实际,怎么联系实际,不就是做官吗、经商吗!

会议不会少,只有多和更多。那些天,天天开,上午开,下午开,白天开,晚上开。偶尔晚上没会,感觉有些疲劳,晚饭喝了两盅,看了一会儿电视就困了,刚躺在床上,又睡不着,就想反正光开会也干不了什么事,不如写点东西,可是写什么哪,翻来覆去没思路,心想假如托个梦就好了,不知不觉就睡着了。

清晨醒来,发现真的做了梦。记得梦里发高烧,先是摄氏三十八度五,后来那银白色的水银汞柱长驱直入,充斥了体温计内的所有空间,像摩天大楼,紧接着展开了五彩斑斓的梦幻世界。

梦,几乎天天做,但这个梦太神奇了,而且记忆无比清晰。在梦中,梦见几次醒来,好像电视连续剧,有时一两集,有时五六集,还有三条线索。现在首先把它写成小说,其实就跟真事一样。不是痴人说梦,而是梦人说痴。

给梦取个名字,就叫《城市梦》吧,不行,网上搜索,重名较多,叫《城市风》吧!

不要怀疑我不是作家,我是雷宇主义经典作家,我有客观世界、社会生活及学术问题的系统理论和主张。

"开机用时 39 秒,击败了全国 73% 的电脑,请再接再厉。"

张总出了几天门,回来把床弄得吱呀乱响。

刘总电话,雷总,在哪儿哪?我说,在天坛。他说,中午一起吃个饭吧。我说,中午有约,改日吧。宁主任说,咱们就在院里吃,我有饭卡。其实报社餐厅也是酒店,还分档次,很方便。主任语重心长:领导人说了,你不能以牺牲现代文明为代价。

车公庄章总找了几次了,说又有一个 20 多亿元的项目。不行,蔺教授要探讨我的学说,他由反对到认可,现在是赞赏。就在上地等他。他说要到我的无名高地策划集团看看,了解一下是怎么进行国际战略策划的。战略总监吩咐:把大人物们题的牌匾挂好,以壮观瞻。这个学说在大报刊发表后,高博士、李博士、刘博导、江博导、俞律师……还有国外的专家学者、企业家,均予赞赏,对不同见解者我非常理解,也有别有用心的攻击者见我一身正气,被气跑了。澳门一留学欧美的学者说,从来没听说过这种理论,西方也没有这种学说,不予承认。我心里琢磨:不认同,很正常;崇拜迷信西方也不奇怪。教授提醒,不怕人剽窃吗?我自信地说,有著作权法。

教授说,中关村先前叫中官村,是宫廷内官的居住地,后来改了一个字。

最高学府周围,形成了诸多新兴产业。学习、培训、深造、学历、学位均为产业链条,带动辐射着相关产业,分明是个硕大的产业集群,热浪翻滚。上地、马连洼正在躁动进行时,闵庄仍然空旷。这是京城的乾位,是故宫向西北延伸而来。于此安营扎寨,契合古代兵法和风水,圆明园、颐和园作如是说。诚然,双榆树,北下关,西直门,相关地带近水楼台,不,应为向阳花木。我又想,实质上是高处不胜寒。

我早就想成立一家公司,懂事的当董事,特懂事的当董事长,喜欢钱的当总经理。

我派秘书出去办事,电话响了:您是国际战略策划集团吗?我只好开门见山亲自回应,是,我是无名高地总裁雷宇。对方惊讶,那好,我们想请贵集团策划进军世界百强战略,约个时间。

电话又响起来,司机贵富进门接电话:您好!我是无名高地策划集团。对方声音很大,你贵姓?贵富回应,免贵,姓贵。对方:啊?贵富强调:我姓贵……对方有另外一个人的声音:免了贵还姓贵,真是无名高地。

世界五百强的策划,我们做过一些。目前,中国还没有世界百强,关键在于实干,包括战略策划。有气魄、科学、合理、切实、可行的战略策划,本身也是实干。人类发展到今天,文化对经济的主导作用越来越显明昭彰,文化在经济发展中的作用愈来愈重要。我们不仅要虚心地学习借鉴西方欧美的管理经验,更重要的是发挥我们中华民族优秀文化精华优势,主导企业发展,这是我们在世界上的特色,只有更好地发挥这个特色优势,我们才能巍然屹立于世界民族之林,有我们的一席之地,甚至于鹤立鸡群。否则,被别人吸收了我们不重视、丢弃、甚至鄙视的传统精华,我们就会在永远学习别人中始终处于落后地位。

民族的,世界的;中国特色。总有人在坚持,也总有人想颠覆。人们不知是喜剧,还是悲剧。

香港、澳门不堵车,新加坡也不堵车,在这方面他们有比较合理的社会机制。马来西亚也不严重,云顶赌城有那么多的人口,但马路较多,还有备用道路,畅通无阻。马六甲为了保留城镇文化始终没有开发,看上去有些古朴原始,甚至面貌破旧，当然不会堵车。飞到泰国曼谷，在机场也没有发表书面讲话，径直奔了宾馆。我拿着水杯对宾馆服务员说，爱慕骚瑞，她们听不懂，然后我说，傻瓜地瓜（萨瓦地瓦，意为你好），她们现出微笑，马上给我接了开水。曼谷不算发达，人口还挺多，一千多万。曼谷堵车也颇著名，当地人说，堵车什么时候通行，慢慢来估。伦敦、巴黎等特大城市都较少堵车，可见其先进发达。

下了飞机，坐坐地铁吧。乘地铁好像土行孙。上天入地，神仙般的感觉。

2012年冬天，天气有点怪。北京这些天，街面上车辆似乎少了很多。雾霾笼罩，车辆限行，显得有些冷清，好像南方的城市景象，阴沉不豁亮。全国有10个城市重度污染，河北邯郸、石家庄、保定等占了7个。当然，北京极度重视PM2.5，一定会云开日出。

都在城镇化，是世界潮流，可能是人类发展趋势。不管将来如何，不管是否是人类未来真正的发展趋势，但现阶段，都在建设城镇，乡村人口都在大潮般地向城镇快速转移。你喜欢山清水秀空气清新原生态的农村，农村人口越来越稀少，最后剩下你一个人，看你怎么生活。人类是无情的，人类仿佛也是无意识的。

人类发展到今天，几乎可以主宰世界，一点雾霾和堵车算什么，不必杞人忧天。还是城镇化好，不然为什么都在搞城镇，人们都在往城镇跑。城镇人多热闹不寂寞，城镇有财富，城镇有先进发达的公共设施，城镇有文明优裕的生活。人是社会化的，人的社会化，导致了人的城镇化。

司长亲自驾车从三元桥过来，我打电话问到哪儿了，他说才过长虹桥。又过了一会儿，我问到什么地方了，他说刚过京广桥，快到国贸桥了，堵得厉害，再过一个桥就到了吧。我说，过了国贸桥，还有双井桥、劲松桥、潘家园桥，不着急。

主任说，张总，你这就是传说中的兰博基尼！张总说贷款买的，主任说不用自己的钱买上好车更了不起。张总说有人有好车放在家里不开，有人有钱不买好车，这说明不了什么。主任说不开好车谁知道你有好车，不买好车谁知道你有钱，跑在马路上，那才是看得见摸得着的，还为扩大内需作贡献。我说是，穷人存钱，富人贷款。张总说，穷人是债权人，我们是债务人；穷人是有钱人，我们是花钱的人。

开车没有打车快，打的没有地铁快。最慢的是公交，最快的是电驴子。

大家都说这段时间河北人开的连锁小店很火，星罗棋布。中午，在华威桥的涮锅店吃饭，司长坚持让我坐上座，连他手下的主任也摆在上位。他的孩子在古巴，主任的孩子在美国，似乎比他更加体面一些。我孩子在国内，好像有点逊色。李主任40多岁，面相偏老，看起来心态倒是颇年轻，有点女强人气质。她打量着我:个挺高的,有一米八吧。我说不够,一米七七。她说,一身名牌。我说算不上,"大将军"。她调侃说,高富帅。我说非也。主任问,刘总呢? 张总说,他不来了,有美女陪着。昨晚有人从门缝插进卡片,刘总打了电话,不一会儿,有人敲门,刘总开门一看,哇噻! 还挺漂亮。运作中,刘总发现,还是没开环儿的。司长问,什么是没开环儿的? 主任笑着说,就是没有生过孩子的。司长说,那也看得出来。主任说,那还简单! 张总说,怎么也是二手货。不过,二手货税(睡)多。刘总没心思来吃饭了,咱们开始吧。

主任问,刘总是搞什么的。张总说,他在朝阳门附近开发了两幢楼,前年3万元一平米,去年4万,今年5万多。司长说,一年涨一万。张总说,地段好,涨得快呀! 张总还想说刘总,尽管他很有钱,其实他不"性"福。

张总说,雷总是大老板。主任问有多少资产,我说也没多少,还不到5个亿。司长说,那还没多少! 司长说雷总是学者型、文化型企业家,张总说还是政治型企业家,我雷宇自嘲说似乎是山寨型企业家。

主任说红酒也不能再喝了,开车哪。司长说这也不能开了,让孩子开吧。主任说,孩子那是美国驾照,她男朋友倒是有北京驾照。大家说那就好。

火很旺,不断地加着炭,饭吃得也香。我说,好火费炭,好菜费饭……主任说,好车费油——张总说,好女费汉。司长与大家一起大笑:可以连在一起说。

我少吃点,晚上还有领导,钓鱼台国宴。

国宴那简直就不是吃饭,就像演戏,拿着道具比画。酒,意思一点;菜,意思少许;基本上没有主食,一切都是象征性。不是在吃喝,主要是座谈。天上与人间就是天壤之别,吃的真上档次,吃的真是文化,吃的真是境界。大块吃肉,大碗喝酒,那不是国宴。国宴,那是天上的饮食,神仙一般。好在不是初次,也不觉得好奇。

沙尘暴卷走了雾霾,或许这是大自然的以毒攻毒。5日惊蛰,第7天的三声惊雷,把我从睡梦中震醒。下雨了吧,这是2013年的首次春雷。雷动地奋,万物复苏,冬眠的蛰虫,地下的小草,树木的嫩芽,所有的生命体蠢蠢欲动,拥挤着跳出上线,准备着灿烂世界。起床后才发现,一场春雪覆盖了北京城。从上地向北眺望,白皑皑延伸至昌平、顺义、平谷、延庆、怀柔,还有密云以至更广阔的燕山。谁说密云不雨,自我西郊。我想,当初的地名也许弄错了,延庆与密云的名字彼此互换。还有可能密云与门头沟或房山进行了置换。或许更远一些。

张总打电话说,想请您给做个战略策划,明天晚上在方庄请您吃辣锅。我说,你还敢酒驾,上次串胡同已属侥幸。他说,没事儿,注意点,您不知道东北人讲义气! 我说,要想喝酒,就放下你的兰博基尼,咱们打车去。张总说,刘总也过来。

我问：他不在温柔乡了？张总笑答：一见钟情，再而衰，三而竭。美女奋斗的目标就是买房子。那还不容易，有乳房就有住房，大乳房住大房子，小乳房来小户型。

店中客人拥挤不堪，吃着的，看着的。有号等座位的，无号等排号的，热闹非凡。就是坩锅杂烩，辛辣，都好这一口。

张总抱怨，这经济企稳回升，什么时候才能热起来呀，什么时候才有高潮啊。美女眉飞色舞：高潮，这还不容易？有时一个急刹车，有时接到一条短信，甚至有时轻点一下鼠标，都会有高潮。

周艳问谷丽：您是北京人吗？

谷丽：是，老北京。

雷宇：山顶洞人。其实我们有可能都是山顶洞人的后裔。

张总：谷丽是土著北京人，周艳是新北京人。

表面看起来周艳很爽，其实她有难言之隐，丈夫的器官不作为。谷丽也说男人的器官不作为，实际上老公是在乱作为。

外面看都幸福，内里瞧皆不"性"福。

大家欢笑着散场了。

刘总要补过，在中国大饭店门前，李主任看着车旁等着的刘总：哇噻！开着布加迪来了。刘总给我打电话，接您吗？我们也到了。不用了，司长亲自开车接我，马上到。

觥筹交错之后，解决了饮食问题，他们还想解决其他问题，现在已不是"到处淫歌艳舞"的情景了。我对司长说，我们走吧！司长坚持驱车送我回上地。司长驾车技术娴熟，他认真地对我说，那篇讲话稿，重要领导人采用了三分之一，很不简单。

央视大楼，京都新的地标性建筑。握手吧！

纳米世界无比神奇。原本导电的铜，加工到纳米尺度就不导电。在纳米尺度下看世界，景观将会天翻地覆。一根头发丝直径有 8 万纳米，物质尺寸小到一定程度就会引起质变。

还是酒仙桥那家店有风格啊！经常大刀阔斧地改变主题风情，总有新面貌。那次去相隔时间不长又改了模样。冯部长说，没见过这样的，包间挂着输液瓶子，布置着医护白屏风，餐饮器具奇形怪状。曾当过市委书记、担任过中直局长的陈领导说，看这大白瓷槽是当碗用吗？喝汤可用硕大的注射器针管。策划者好像向吃客暗示着什么，商家似乎在向顾客说明着什么。我抄起那一米多长的筷子佯装去夹邻桌的菜肴，这家伙什儿能够伺候对方，互利共赢，你给别人饭吃，别人给你饭吃,你给对方利益,对方给你利益,颇有些天堂的味道。美食家们感受良多,在不愁吃喝的时候,吃的真是文化啊!

甄总电话,到哪儿了?我告诉他到百子湾了。他问堵车了?我说,刚过四路居没到红领巾桥就开始堵,到这里红绿灯出了毛病,有人说是停电了,可能也快了。他说,在长子营等您。

长子营在20年前就规划成了国家级开发区,国务院批准,北京市直辖。在城外诚之外,这里是真正的城外城。起初为荒郊野外,开发后,新技术、新产业雨后春笋般迅速生长,新工业、新医药、新电子拔地而起,世界500强企业纷纷落地生根、开花、结果,成为北京新的生长点。园区星罗棋布,道路四通八达,易业易居。人口急剧增加到七八十万,和市中心联体构架,已经由城外新城变成与中心城区一体的结构。开发区与望京和上地等向外辐射延伸着不断发展的北京城。

我问甄总,作家还没到吗?甄总说,席铁先生一会儿到。我说他又在弄什么"奉天承运,草民诏曰"哪吧!甄总说百姓确实也可以"奉天承运",匹夫也有话语权。我问甄总随从,你姓什么?他说免贵姓高。我感觉很不好意思,怎么不问"您贵姓?"可我总觉得那样问有些酸,关键是我没让"免贵"他怎么自己就把自己的"贵"给免了。看来该酸的时候还真应该酸一些,我问甄总的司机,您贵姓?他毕恭毕敬地回答贱姓监。我一脸茫然,甄总说就是国子监的"监"字。

我说,今天看央视新闻,美国的房地产进一步崩溃,相关产业和其他产业萎缩,致使一些城市倒闭,专家预测美国将会有百座城市倒闭。高先生说,城市也有倒闭?很新鲜。监师傅说,从网上看,美国的一些房产几乎无人问津,一路跳水,有人甚至五百美元买了一套房子,一双皮鞋的价格。

都很忙,不在一起吃饭。

我自己生活不讲究,自己吃饭也着实简朴。不是"光盘",就是打包。最喜欢吃炒土豆片,这道菜还很难找,有一次居然经厨师特许亲自下厨掌勺,吃得特香,连厨师都咽口水。我也常常是方便面的老主顾,往往由于频率过高,被胃提出抗议。不是为了刻意表示节约,只是觉得浪费不舒服,也许与儿时养成习惯有关。小时候,谁要糟蹋点粮食,惯常听到大人们说,蒸良心!是缺德,浪费这词听起来就不熨帖,为什么要浪费哪,即便是自己的财富也不能浪费,任何财富都隐含资源,资源是社会的,是世界的,是人类的,你浪费自己的东西,就是在浪费别人的资源,是可耻的。况且还有不少贫穷人,还有饥寒交迫的人。我也经常捐赈灾款,汶川地震时,我几乎捐了两个月的全部工资,仅特殊党费就缴了一千多。我还长期资助贫困家庭和贫困学生。更重要的是我意识到,人民币是人民的,不在乎自己拥有多少,自己还是国家高级督察员,在思想上总是以天下为己任,与世界同忧乐,与人类共甘苦。别人明察暗访,我只做暗访,不予明察。

汪主任电话问我在哪里,我说在人民大会堂开会,她说有时间到家里来咱们聚聚,好长时间不见面了。

昨天三八节。今天风娘娘发威,奔腾咆哮,飞沙走石,昏天黑地。这天气会不断反复,不与老天计较,等到二月二龙抬头再说。我常常胡思乱想,一个人不管多么伟大,在人类中又算得了什么,人类在地球上算什么,地球在太阳系算什么,太阳系在宇宙算什么。我或许是唯物主义者。唯心主义会说,我不感知你,宇宙算什么。唯物主义与唯心主义这两个老家伙,现在很少有人提到他们老哥俩了。现在时兴,没有做不到的,只有想不到的。一切皆有可能。实际上,与过去人有多大胆地有多大产、人定胜天是一个逻辑。

火车把我们摇晃到了福建。

在厦门,有人求我签名,随行人说,这需要润笔费。那人问,多少?随行人说,怎么也得一千吧。那人掏出来也就一千来元。我知道同行的顽皮们又想喝酒,坚持不收,那人硬是放下就走了。厦门是文明城市。其实,求我题词、题字的也有一些,有的润笔费超万元,我一般不收,无法谢绝时也只好笑纳。

永定客家土楼成为世界文化遗产,我对杨处说,住上洋楼的人都想看看土楼。

武夷山里的茶农搬出深山建设旅游城镇,生长在丹霞岩石风化物中的武夷山茶长得秃头怪脑,很不景气。导游看我穿着黑棉袄,介绍着岩茶:乞丐的外形,皇帝的身价。

大红袍仅有两棵八株,由武警把守,成了无价之宝的文物。一克万元只是传说,无论多少钱,哪能买得到。

进入购物中心,同样地九曲十八弯。在八卦阵里,按着路线行走,服务员热情地介绍着商品。我问有LV吗,姑娘认真地说,我们这是正规店,从来不经营"杂牌子"。有意思,她认为路易威登是杂牌子,高粱地里偶尔出现玉米苗,谷子田地长出几株小麦芽,都可作为杂草视之,马群里的骡子无疑是杂牌子。终于找到了出口。

在香港、新加坡、泰国那些庞大的购物楼里,经常被热情服务,难以脱身。我常问钟表商,有伯爵吗?他们往往说有,我一看,十来万美元,故意问有一百万美金的那种吗,他们便垂下头说,没有,那需要定制。在他们的不好意思中,我雷宇便拂袖而去,当然有时也扬长而去。

不仅要有全面小康和现代化国家,这是近中期目标,还需要实现中华民族的伟大复兴和为人类做贡献的长期目标和远景展望。看来我的微博受到了高层关注,天上的声音做出了辉映。这是人类的伟大理想。这是中华民族的精神和中国的发展势头展现出来的。

"雷总,在哪儿哪?"才7点半张总就打电话,我说在口腔医院挂号,他不好意思地说,那好,有点事改日再说吧。

挂号队伍盘成两条长龙,从门口延伸到后厅墙壁折回又甩到门口,首尾相接,人群中有人跋扈狂野。好不容易排到窗口,挂号人员说先办卡用卡挂号,买上卡返回队伍里的人皆不认可且态度蛮横,经过三四人,终于碰到慈善先生让了一把。一楼医生拿镜子让我看:你看还有牙根,上四楼重新挂号,现在排队,12点开始,挂号后下午1点在五楼拔牙。拔牙医生看后说,先交费在二楼拍片,然后再来。医生态度很好,医术不错,基本上没感觉到疼痛,牙根已经拔下来了。医生说,一小时后方可取出止血棉球,两小时后方可喝水吃饭,两天后方可漱口刷牙,一周后拔出另一边智齿,一个月后决定是否镶牙。

智齿原来于18—30岁生出,有的人不生智齿。智齿大概无甚功用,还有副作用,一些年轻人也来拔智齿。

我原来以为人身器官都是必不可少,现在知道也有不作为甚至乱作为的。有的附件也不甚好用。

卧倒!把我切换到了童年。

我雷宇就出生在太行的一个小山村里。儿时偶尔肚子疼,父亲就用手绢捂在我肚脐上,手按在上面暖一会儿,有时还要反复地抓起脾脐,抖一抖,不一会儿,肚子就不疼了。6岁的那年,由于吃得糙劣,代谢功能不作为,痛苦异常。娘几次烧了煳干粮擀成面兑水让我喝,就是不奏效。爹背着我去20多里外的部队小兵营找医生,不知什么原因,未能找到大夫,记不清后来是怎么好的了。

腊月二十三以后,忙碌地准备着过年。二十四,天没亮,娘就叫我们起炕推磨,一勺勺水豆半儿添进磨斗眼儿,一圈圈推转着大磨。不知添了多少勺,转了多少圈,终于磨完了。歇口气,烧上满大锅的豆浆汁,开锅后,娘点豆腐。这时,娘最怕有外人来,好像说,那样不肯出豆腐,就是说,最后点做出的豆腐数量偏少。

二十六,娘照样五更叫醒我们推糕面,说晚了碾子就有人占了。娘推推我们说,起吧,鸡叫三遍了。困哪,又睡着了。一会儿,娘又催促我们,三星儿大高了,快起吧。瞌睡呀,坚持着起炕,胡乱穿好衣服。哥姐弟妹齐上阵推碾子。在提灯的昏黄灯光照耀下,有推的,有扫的,有筹的。

推了很长时间,身上不冷了。夜色依然黑郁郁的,我们说,天还不明?娘抬头瞭望东方的天空说，三星儿快落了，天快亮了。

糕面冻粘在碾子上，我们就用尖头光滑的小木棍，顺着渠道一下一下去犁，"哧"一下，"哧"一下，小木棍头被磨得锥尖圆润，还有些好玩。

我们身上淌着汗，冒着热气，东方的老爷儿在悄悄地升起，其实我们并没有向东边张望，我们看到西山顶上被映红的山尖，一点点，慢慢地向下延伸，有极其鲜明的界面和曲线，真是美艳绝伦的图画，这是我终生记忆犹新的圣景，任何世界美景都遮盖不了我这丹霞情结，这是无价之宝，比世界名画名贵得多。我们忽而看到太阳从东方一下子升起时，西山被老爷儿完全涂成了红色，感觉没有那么美妙了，无比漂亮的朝霞不见了。

腊月二十八，吃过黄米面年糕，三十做接年饭、炖骨头。母亲强调，把你们的炮仗从炕席下拿出来，五更里不能翻席倒柜；老爷儿下平前，只可往屋里拿东西，不可往外拿。孩子们都吃饱了，还在硬吃，因为饺子里包的钢镚儿，还没吃到。谁吃到，谁有福。

正月亲戚拜年，酒饭之后，坐在炕上抽烟喝茶聊天。表兄起身欲告辞，大人们挽留无效，就喊我，跟你表兄一起走，上学去吧。我与表兄沿河槽向上走，走了约1里地，学校到了。表兄说，学校多难受，甭去了，跟我上去玩吧。他家还在沟上面，也有1里左右。我说，不去。他说，不想上，一会儿就跑回去吧。

他家曾经是"关中"，祖祖辈辈兄弟子孙不分家，全家人口平衡在30人，生一人，就会死一人。全年只在过年时吃一顿肉，硕大的铁锅，满满的一锅猪肉，常年辛苦劳作的大人们，每人盛上两大海碗肥肉，不够的还可随便吃，填补饥肠中一年匮乏的油水，奠基下一年肠胃，那才是吃肉，是完全意义上的吃肉。那年，吃肉时人们等不到老四割柴回来，次日清早去大山里找到了他的尸体，现场分析看，他割完柴捆好，向背架上托举，背架倒下，重新支好托举，又倒下，反复多次失败，使他怒发冲冠，搬起大石头把背架砸了个稀巴烂，跳下了悬崖。大年初三，老五儿媳生了个男孩。

小学校，复式班，没有一年级，老师说，就从二年级开始吧。因此，我初小上4年，初、高中各2年，仅用8年就高中毕业了。高中阶段，还经常劳动，不上课。相对于今天的莘莘学子们，我是赚大发了。

小学校，在一面山坡下，依山面水，背风向阳。院里西南角一棵家核桃树，说家核桃是因为我们这山沟里山核桃很多。一下课，我们就在院里玩耍，有时爬到那棵树上，有时攀着树上绑吊着的绳索向上拔河。出院子过一块地，下到小溪边，在丈余高的地堰下有一小井，清泉从青石缝里涌出，欢呼跳跃，水地细沙翻滚，伴随着小虾舞动。虾群与我们小伙伴们同样，欢乐愉快。我们来小井抬水，也在这里玩耍。不知不觉，半天就过去了，跑回家，打门窗的木匠刚刚吃完饭，我们抄起筷子就吃，母亲急忙拦住，说等等，急着吃手艺人吃过的饭菜，近嘴子。她拿起一双干净筷子，在各盘的菜食中分别搅拌了一番，说，吃吧！后来我才知道，所谓近嘴子就是说见了好吃的东西太急，好吃东西留不住的习惯或毛病。那时节一天两顿饭，要不是使着木匠，那有这么好吃的午饭。老人用筷子搅和一下，意味破解，这或许属于太行深山里古老的民俗文化。

正月十五后，馒头年糕吃完了，接着吃猪血糕，摊煎饼，摊黄子，渣饼子。二月二，都吃完了，步入清苦生活，吃赖的做辛苦活。过年不仅是吃好的，而且不做苦力，人多好玩，活动多，似村坊生活，这大概是向往城市生活意识的孕育。

我们把房前屋后和菜园子里的杂草树叶搂成一堆堆的圪囊，分别点燃，放鞭炮，也把拆散的鞭炮扔进火堆，噼啪作响，火星四射。崴子说，嘣虫儿呀。

二月二，熏虫儿。这习俗隐含了些许科学意义，隐藏越冬的虫茧蛾蛹菌毒，被火烧烟熏，炽烤热闷，几乎全军覆没，分明是早春二月的赤壁之战。

我家在下面山坡下，同样地依山面水，同样地背风向阳。院外也有一块庄稼地，石头高墙下也有一眼清泉。这眼井水更旺，清泉大概从后山里流出，我时常想它在后山深处的行走路线，那应该是水脉。这路线神秘莫测，直到今天，我也只有想像而已，它永远是个谜。我能看到的是，取水的人们走出的道路，几乎是我们姓氏的图腾。泉水世世不息，年年不息，天天不息，瞬间不息。变的是世道，变的是人情，变的是房舍，变的是民俗，不变的是井水，不变的是清泉。天也变，道也变，村舍变，井不变。改邑不改井。

春天的阳光把溪流的冰面拉出了曲里拐弯的沟槽，有时干脆让你彻底看到沟槽下清清的溪水，小河在冰面下哗啦叮咚，沟槽就成了五线谱，水声便奏出冰清玉洁的交响乐。溪水中的小鱼、小虾、青蛙伴随着交响曲，舞之，蹈之。

燕子飞翔着，猛力冲飞，突然停止；又快速翻飞，霎时暂停；反反复复，不知疲倦。叼着泥点，在屋檐檩椽筑巢安窝。这或许是他们建设家园欢快劳动的场面。慢慢地，我们就听到窝里传出孵化的小燕子"唧唧"的叫声，我们昂着头，张着嘴，静静地观看燕子叼回小虫送入小燕张大的小嘴中。

暖暖的春光照在屋后的阳坡上，漫山遍野的槐树下，草丛中，树叶下，我们瞪大双眼，地毯式寻找着，突然我发现一株老官嘴，嫩绿的叶丛，挺拔的花柄，顶端矗立一个"龟头"，特别像一个火箭弹。其实，我们每当初春，都找这种春芽，它们在春寒料峭时就早已萌动生长，有时我们最先发现的是那刚刚顶出地面的"龟头"，屈手往下一刨,就看到了嫩嫩的白白的长柄,挖出来,我们就美吃一番,接着继续寻找。清明时,母亲让我们找寻另一种绿芽——苦菜碟。我们找回一小堆苦菜碟,母亲用水洗净、开水焯一下、切碎、炝油凉拌,清新微苦,除火去燥,开胃明目。现在央视养生堂专家也这样说,看来有些老习俗颇中科学道理。

大面积的春天铺排开来时,山坡地堰的各种绿芽都蓬勃地生长起来,我们就挖野菜作猪食。给猪吃,我们就不管是不是老官嘴、苦菜碟,只要它吃,我们统统挖来,一篮篮倒在猪圈里,看着黑猪咯吱咯吱地嚼吃着,心里很快活。

放学了,母亲就说,给猪寻食去吧。这天我拿着篮子和煤铲去找伙伴应今,应今娘说,他去跑小猪了。我知道,跑小猪,就是去找牙猪给母猪配种。大人有时说,老母猪老拱圈,不好好喝泔水,哨子发红,八成是发了。哨子就是它尿尿的那谷堆,发了,就是该跑小猪了。赶着老母猪到下庄的那家,那家的老娘儿们穿的破破烂烂,说话无比粗野。应今说,上次没跑上。实际上是公母猪通奸未遂。老娘儿们说,你们不多给钱,一次才一块五,牙猪子吃的赖,没有劲儿,该涨钱了。应今抱怨:人家的老母猪恬荒人,一窝下十几个,这个老母猪上窝才下六个,落住了四个。猪就是牲口,老母猪上赶着、还得倒贴。老母猪要是真发了,牙猪就主动积极地干活,否则,它就不理不睬,旁若无猪,相安无事。

星期天,我们跟着生产队的牛群去拾粪。看到牛粪,用粪铲托起仍进筐里。应今的粪叉比我的粪铲好使。突然,发现一头牛翘起尾巴要拉,应金慌忙跑上去用筐接在牛屁股下,软软的一团就"扑塌"一下,沿着筐檐掉进筐里,干勇说真湿赖,牛儿说是腻歪,崴子说不噶古。走上山坡,忽然,应今说,你们看——我们沿他指的牛看去,发现一入牛卡拉着两条后腿撒尿,后面一忙牛紧跟着,把嘴凑上去,津津有味地喝着那哗哗啦啦涌出的尿液,并龇开嘴唇做出我们从未看到过的样子,真是太奇怪了,也不知道那公牛的表情隐含的是什么意义。忙牛的左前蹄在入牛的左脊背上凿起了大疙瘩,还是未遂。

驴粪一般不屑去捡,少有的几头驴。它们虽然也拉出一堆,但是一个个小粪蛋,且驴蹄人,扬起两个后蹄踢在人的脑门上,有被踢傻的,有被踢死的。牛虽也弹人,可它们是伸出一只后蹄一下一下去弹人,没有驴踢那么吓人。假如说那时这里有什么污染,也就是这点尾货。牛粪还颇具美感,圆圆的一圈圈。驴屁户拉出的好似工艺品,一瓣瓣椭圆形光光的,好像城里的蛋糕。乡村人对只重外表打扮不修内涵的人,常比喻道驴粪球儿外面光,足见驴之作品之上乘,自然天成,神品妙品极品绝品。有了这经历,后来理解"粪土当年万户侯"的课文就很容易到位,反之,这看似龌龊的东西,跟万户侯一样,甚至比万户侯有用。山上扔个万户侯没什么人去捡,坡上有堆牛粪,都想去拾。牛粪对于老百姓,甚至对于所有人包括万户侯,都有本质的功用。就连伟大的人物都赞扬"手上有牛粪,脚上有牛屎"的工农大众。

拾得的粪倒入猪圈,与猪粪土混合积肥,起出圈外,交于生产队兑工分分红。猪圈也是家里的存钱罐。

其实,人就这么回事儿,鸡蛋和鸡粪是从一个窟窿里出来的。

娘说,别偷看鸡下蛋,要不有人偷了东西,你却要脸红。

等鸡把蛋下出来"咯哒,咯哒……"地告诉我们时,我们才去柴棚从垫着草的浅荆筐里拿蛋,把它握在手心里,温热温热的,很舒服。当然,有时我们听到母鸡叫唤时,怎么也找不到鸡蛋,很扫兴,就大骂那作假报告的母鸡,甚至抄起扫帚去扑它。

夏日里,应今说,咱们去割蒿吧。干勇、牛儿我们都去割蒿,一捆捆绿蒿草堆积在自家猪圈旁。我说,明天我不割了,该铡了。牛儿,铡刀在你家吗?牛儿说在,明天我给你送过去,帮你铡。

蒿草被铡成一段段,铺在猪圈里厚厚一层。接着,从坡角河岸背土全面覆盖。过段时日,重复一次。冬春出圈。

我对干勇说,咱们去看大人们值粪吧,干勇高兴地说好。牛儿爹和扣儿爹在栓子家粪堆前,先是把粪堆的粪土一铁锹一铁锹地铲进筐篓里,装满时,二人把篓搬倒,粪土倒入另一边,然后从一堆石子中拿出一个放入另一边,这样反反复复,粪土值完时,二人计数石子。他们不怕费事,也不量方,想的是更加准确公平,因为还要一户户划分粪土的等级,以便合理地折兑工分。粪土如金。大人们常说,庄稼一只花,全靠粪当家。

牛儿找我说咱们去柳树沟玩呀,我说不,我要背土垫圈。小小年纪,牛儿就知道寻花问柳。

柳树沟是这个山村的一个附庄,也可以说是自然村。据说沟很深,10来里,仅次于主村沟,一沟柳树,只有三五户人家,有一人在北京当高级工程师。那沟很神秘,我从未去过,应今也没去过,很多人都没去过,也许永远都不会去。这样显得永远神秘。

桃树沟也是附庄,沟较浅,因桃树多而得名。这里的桃树不是人们种出来的,是自然而生的,有的生在石缝中,有的长在地堰上,有的直立挺拔,有的斜刺里生出,有的好像伸出的手臂,有的隆起如龙,全是那么自然,那么得体,那么舒服,那么带劲儿。粉红的桃花星罗棋布,布满山沟,鲜艳夺目,满沟飘香,天然和谐。它与桃花园不一样,与万亩桃园也不同,似乎只有在这里,此情此景,才是唯一,美盖群伦。

杏树就更多了,全村铺天盖地,含苞待放时是充满无限魅力的深红,一旦开放,粉红娇艳,最后洁白如雪,远远望去,巍巍壮观,养目清心,神韵无限。自然天成,是自然的美,是美的自然。人在自然内,自然而然,人也自然。

阳坡密密麻麻的刺槐,阴坡那郁郁葱葱的松树,沟里那看似装不下的钻天白杨,就不多说了。

美好的溪水,是孩子们玩耍的好地方。大家群策群力,用石块、土苔,憋成水湾,在里面打澡。先撒出尿,用手接捧一些放在脾脐中按摩揉搓一番,免得肚子疼,然后跳入水中。泉水汇成的溪水,很凉很凉,不一会儿,嘴唇激得青紫,赶快爬出来,爬在被太阳晒得炙热的磐石上,用水撩洗一通,洗干净且降温光滑的石面,前面烙一会儿,后面烙一会,暖和后,又跳进水中。

秋天,帮着收庄稼。

数九寒冬,孩子们不怕冷,脸庞冻紫了、脚冻疼了、手冻红了,照样在野外玩耍。小河水冻成冰,冰中冻出湮水,湮水又覆盖成冰,反反复复,日积夜累,小河槽就变成了冰河,不断蔓延,一段段,平整整,白花花,膨胀成原来溪水的很多倍,规模壮观。打陀螺,单纯滑,坐冰车,有时几个人坐在长木板上,后面有人用力猛推,火车般奔跑。当然,从台阶上迅速落下时,更加刺激过瘾,有时从板上摔到冰凉梆硬的冰面上。滑冰床更得,一个人速度快,从冰瀑跃下时特爽,比越野车和赛车的感觉还好,忒像空中飞人。

玩累了,我们坐在炕上盘脚盘。盘脚盘,盘三年。三年整,烙月饼。月饼花,一担茄子,两担瓜。有钱的,喝酒吧;没钱的,你走吧!

娘做饭,让我烧火。我拉了一会儿风箱,火旺了,柴火噼噼啪啪,大锅里的水吱吱地欢畅着,杉草编的锅帽上蒸腾着热气。我用手捕捉灶膛冒出的青烟,一缕缕,带着柴草自然的香味。娘说,别捉烟。我说,咋啦?娘说,长大了朽。我说,么是朽?娘说,就是笨,不灵巧。

朽与巧,"木"字旁与"工"字旁,另一面是一样的。听人们说过,朽木不可雕也;也听人们说过,化腐朽为神奇。这就巧了。

晚上,我们坐在火炕上玩耍,娘在屋里干家务,抬头看到了月亮。娘说,这个月该忙了。头次偶然看到月亮时,如闲在,这月不忙;反之,则忙。

娘哪有不忙的时候。大人们大都很忙。

初中的数学老师是北京人,大人们说,他家成分高,有的说是右派下放到这里的,或许是支教的。他不算胖,个子高,很威严,同学们都怕他。讲台正对教室门,他不断地大咳一声,鼻子一耸,嗓子眼里向上吼一声,喀一下吐出门外,我想,他吐得真远。当然,他有时也有闪失或吐得力度不够,中途落在教室的黄土地面上。"喀!"一声,起初,总是被吓一跳,后来就习惯了。语文老师尽管有点结巴,就是口吃,但他的语言表达能力还是很强的,拿我那篇作文整整讲了一课。说实在的,他讲的那些都忘了,也许压根就听不懂,主题思想,艺术特色,这方面谈,那方面说,我写那作文时哪想那么多,似乎有与习惯势力和传统观念实行最彻底的决裂的意思,11岁的我,如何有那般的阅历思想和水平。后来的数学老师,同学们就都不怕他了,那时教学资料很少,有两道数学题他做不出来,是我解决的。后届的学生们一旦不听他的话,他立马就说,谁谁不是我教出来!老师淳朴厚道,老师自豪是好事,老师总是老师。我对老师们没有反感,一向尊重。

公社大会表彰了我与另一所初中的一位学生。我闹一发子,未去参加大会,社员给我带回了奖状。

高中寄宿,父亲赶集卖柴给我钱买饭票。有的星期天,我也从家背柴到20多里的学校卖给后勤伙房支付饭票。教物理、数学、化学的都是刚刚从此校毕业的大美女,讲课倒是挺认真,但是几乎没入学。我们宿舍的几个废孩子把顶棚的木档搬下来,砸段放进火炉烧了。校长知道后,传去一顿狠撸。我这个绵羊学生因在场,不免陪同。

我们经常去大山里割柴。走到10几里甚至20多里的高山上,找到茂盛的柴草,就像发现金矿般愉快。噌噌,咯咯,叨叨,发发,唏唏,割柴的声音,超越了七音五律,是美妙的音乐,是绝妙的音乐,是绝密的音乐,只有自己听得到。在山那边和另一座山上割柴的应今和牛儿虽然也割出这种声音,但他们听不到。大人们割柴也听不到这种好听的旋律。这是在高山上,沟里还有流水,天然的音乐大厅,周围群山回应着音乐的韵律。高山流水遇知音,我不找知音,只供自己欣赏。镰刀不停地飞舞,突然砍到手指上,鲜血涌流,抓一把土面按在上面,用手绢包扎缠好,继续战斗。棉衣像蒸笼一样不停地冒着热气,柴草捆绑好后,才感口干舌燥,抓起一把雪或敲下一块冰填在嘴里,如碰到一湾清泉,真是玉液琼浆。现在茅台、五粮液、1573、拉斐……在口舌中也没有那么好的感觉。

尽管不渴了,但饥肠辘辘。好在收获丰硕,我的柴捆高大。背起大捆柴草,翻山越岭,盼着翻越山梁到达沟谷。实在累得无法忍耐时,蹲在坎坡喘一口气。身负重物,一步步前行,离家越来越近。终于走进院门,把重重的柴捆狠狠地扔在地上,已释重负,周身倍感出奇爽快。那时,似乎不知"幸福"一词,只是说忒得,现在说，那一刻，是最幸福的了。假如央视采访那一瞬间，我一定毫不犹豫地说：幸福！

柴捆垛成垛。是收获，也是负担。还要背在身上，背去20多里远的集市上卖。这路程比割柴的道路也好不了多少，山路十八弯，游荡在河水两旁，跳跃在河水中的搭石之间，与戴着镣铐跳舞十分相似。有时还要趟水，涉险泅渡。庄稼收获后，路略有改善，梯田的堰墙拆出豁口，忽而走在河槽，忽而走在田地，但依然蜿蜒曲折。进入集市的胡同狭窄，人头攒动，拥挤不堪，有人嚷叫，借光，借光；也有人喊，借过，借过；忽然后面有人急迫大喊，靠——靠——靠，这是提醒前面的人们注意闪开，后面有重物不好控制，免得碰伤。集上叫卖，能力加运气，卖出去是非常快活的。卖不出去，就要寄存，然后耷拉着脑袋走回家。这时，应今就会说，下集再卖，说不定比这还贵。

我想，假如有条道路，能走单轮车也好。那时，我们眼里，小推车就是很上档次的东西了。集市上经常看到大马车，两匹马拉长套，骡子驾辕，很威风。那里有路，人也较多，热闹红火，人们说话也比我们山沟里洋气，老人们叫他们那里是村坊。这就是我们深山人眼里的"大地方"。说是大地方，其实就是个小集镇，除学校外，村镇不过一两千人口。娘说，村坊人有钱，买柴火烧。赶集就是去大地方，后来知道有城，就是县城。说上城去，就是去县城。当时村里去过县城的人凤毛麟角。去过城里，就是见过世面的人。

高中毕业，"文化大革命"也结束了，好像"文革"就是给我们准备的。

生产队劳动，集体行动，有说有笑，热热闹闹。但劳累辛酸远比快乐多得多。扁担把我的肩膀压出血印，肿胀疼痛。粪篓把背架子死死地压在脊梁背上，印出一道道血红，两丛麻绳索狠狠地勒在肩上，让你无法挺直腰脊，永远不能逃脱。

终于解脱了。小锄唰唰唰，在庄稼幼苗中穿行。谷地最难耪，谷苗很小，与杂草不好识别。一人一垄赛着速度，一锄一锄，不落空白。古稀的老头，急忽忽连耪带埋，间苗时拔掉大苗留下小苗，队长说，你怎么拔大苗留小苗，老头儿说，小的它还长哪，逗得大家发笑。谷子难耪，小米好吃。这里光照充足，昼夜温差大，盛产的小米，金黄油亮，香甜细腻，营养丰富，口感极好，先前曾经是贡米。金色的小米，不仅百姓喜欢吃，皇宫贵族都喜欢享用。

耪二遍用大锄。大锄"哧"一声，紧接着又"哧"一声，一声声。还真的是，前腿弓，后腿绷。动作优美，节奏明快。待到收工吃饭，别说是坐，其实站也站不住，蹲也蹲不下，浑身散架一般，这种辛劳是没有头的。

应今比我大3岁，干两天就坚持不住了。队长说，你这孩子还真行，一天不落。社员们没有不佩服的。十几岁我就有了韧性。

我是个孩子,不当家,没有多少贫穷的感悟,就是感觉辛劳得几乎难以忍受了。

全县公开招考代课教师,两千多人报考,据说我是第8名。经过3个月的师资培训,分到偏远深山学校。初中班有个女生比我还大1岁,好在不调皮。有个臭小子不学习,上课经常捣乱,我经常令他站起来,狠狠地训他。慢慢地秩序好多了,但我听到院子东屋小学复式班里又在吵——有学生告状:冯老师,冯老师,黑子又打我;老师说,你嚷什么你嚷,叫你给我拿点菜你都不给我拿。

没当几个月的教师,就考学走了。高中的老师同考,一个也没考上。上千学生也没考上几个,可录取率比老师高无数倍。这很正常,父亲总说,有状元徒弟,没有状元师傅。

我在走过的学校中,总是名列前茅,我总是上较次的学校。我没有在县城的学校读过书。

乡亲们说,走出庄稼地了,出了农业社了,出山沟了。诙谐的人说,再也不当"老背兴"(老百姓)了。

应今当了兵。也走出了深山。

这次进城,不是进县城,是城市。城市是好,这么多人都往城市跑。上学虽苦,可过的是城市生活,不是我做"貔貅"的日子了。

进了城市发现,我们比城市人穿的差距不是很大,也是的确凉、的卡等时兴布料衣服。一般上衣为的确凉,下身着较厚的灰色的卡裤子。

毕业分在县城,好歹是城,不去乡下。

拨乱反正后的第一次严打,我雷宇被借调公安局,政委说,中央部署空前的严厉打击犯罪行动,任务繁重。从档案里看到你的情况很好,借你来帮助工作。有一个案子,已经去了两位同志,你去找他们。

我骑着自行车跑了20多华里,把车寄在乡管委会。爬上一道沟坡,翻过山梁,看到了小山村。

找到两位公安。他们询问嫌疑人两次没有结果,准备排除嫌疑,我说再问一次,他们不大同意,我说让我见识见识。再三请求,他们又叫来那人。我们三人住在一家的火炕上,那人装了一些大枣,放在红板柜上,两位边吃边与他聊,红枣个大肉厚,让我几次我也不吃。他走后,老同志问怎么样,我说很有可能,年轻同志问你怎么看出来的,我说从他的眼神里看出来的。老同志人很好但没什么文化处理问题也较简单,年轻同志思维比较灵活显得比较威严。后来采用了一些方法谋略,嫌疑人终于招认了。我读过不少心理学书籍,恰巧派上了用场,应验了。老公安佩服地说,没想到你个毛孩子还真行。年轻公安说,明天跟我们去马蜂沟办落实平反政策的案子吧。我说不行,政委让我去迷糊峪办拐卖妇女的案子。

第二次严打又把我借调过去。一伙地痞流氓经常打架滋事,被我们盯上。在老虎屯他们因争风吃醋,与另一伙人大打出手,下手狠毒,有一人被打倒在地,额头殷着血,有人掏出10元钱按在血上,他们撒腿就跑,被我们拦住。小头目身板魁梧,会几下拳脚,一个直拳照我打来,我用左臂往外一拨,顺势一个右钩拳击中他的下巴,他伴随疼痛霎时转身从后面紧紧地抱住我欲将我摔倒在地,我抬起右脚猛力踩在他的右脚面上,他右脚迅速向上抬起,我紧抓时机,全力将他扛翻,重重地摔在地上,他失去了还手之力。同时,几位同伴将一伙人制伏。

要了几次,我也没往那里调动。

宿舍在西关搬了3次,后来又搬到北关,进而到城里,再返北关。结婚在小北关租了两间小房,1年后,买了一排旧房子。

地区行署招考秘书,200多人报名,入围15人,后圈定5人。据说我名列不是第一就是第二。经过组织考察,行署办借调我与另一位优胜者住省招,为专员起草有关改革开放的重要讲话。另一位比我年龄大十几岁,当过县里的体改办主任、纪委副书记,成熟老练,思路开阔,很有文字功底,钢笔字颇有书法味道。突然闹地震,我们一次次披着毛毯向楼外涌跑。后来看到那讲话发在地方党报上,整整两版。专员签了调动手续,可就是迟迟未能调动。后来听说有困难,同时家里不同意也构成阻碍。另一位与秘书长有旧交,秘书长曾在他们县做过书记,他一人调了过去。

没住几年,来了个拆书记,说这县城破破烂烂,有碍观瞻,大面积搬迁。我被迫盖起了新房。县城规模有了明显扩大,面貌有所改观。

90年代拉开了拆迁序幕,一发而不可收拾。县城不断翻新,城区连续扩大。21世纪,在城东开发建设了新城区。修建了环城道路,使城区日益扩张。开发、拆迁、城建,成为日常生活。开始有了跑项目的说法,号召跑部进厅。

拆书记敦实的个头,黑黑的面庞,思想前卫,话语新颖。大胆新潮的讲话让干部们目瞪口呆,超常规的决策行为使人们胆战心惊。他拆过好几个县城了,据说他每到一县,就背着手在大街小巷转悠,看看哪儿该拆、先拆哪儿,因此出了名。看得出来,他颇赏识我这个习惯逆向思维的小青年,亲自找到我的住处,与我促膝谈心。

拆书记没拆多少,就调走了。

省里一所大学要我拟任办公室副主任,让我给校长起草了《纪念毛泽东诞辰100周年座谈会上的讲话》,还没调动,校长晋升了副省长,又被耽搁了。

城市总在诱惑我,最后又不接纳我。让我向山顶滚大石头,费尽千辛万苦,快到山顶时,他一口气又把石头滚下了沟底。抓反复,反复抓。循环往复,以至无穷。

其实,我对城市并没有多大兴趣,是他们屡次蛊惑我。上学时我就总感到这城市灰里巴唧,不见天日。只不过是地位层次可以提供广阔的平台,官位不是多么重要,自己好赖还是副县级待遇,马克思是什么官呀,穷困潦倒,但他是领袖,是世界无产阶级革命的领袖,尽管现在较少听到"无产阶级"的说法,他的浩瀚著作足以把人砸死。资产阶级也会羞羞答答地变着法盗食他的大餐,现在世界上改头换面吸食他的理论精华的比比皆是,未来世界也逃脱不了他的智慧之海。恩格斯富有,马克思老大。巨人结下了伟大的友谊。虽然不跟领袖作比,可世间道理同归。

拆书记的后任把县里搞乱了。看他身材魁梧,一表人才,可那炯炯有神的眼睛看不透事物,硕大的头颅内昏庸糊涂,当了不大不小的傀儡。大街上张贴了关于他的大字报,机关单位遍布流传着有关他的小字报。他的后任拨乱反正,稳定了局势。

后任的后任,是县长升任书记。开创了县城环路,县城规模明显扩张,有了"城"的模样。

夏日的晚上,天下着雨。办公室人员电话通知我,晚上十点左右孙书记找我,他现在正在省城回来的路途中。

一进办公室他边用湿毛巾擦着脸边对我说,你是我的知音,我是你的读者。

他的后任,又是县长升的书记,创建了内环新城,使县城有了些许城市的味道。

我的眼力不太好,常常见几次面也不敢认人,有时必须面对面交谈一番,才能在脑海中留下印象,这也是我对自己的不满。

很有可能是他突然隐身造访,或者是什么时候偶然碰到,我因不识而怠慢。开会时我一般不喜欢坐前排。有次开会,他突然喊办事人员把我们撵到空闲的第一排,他还很生气地说,让你好好看看,看清楚。也许他是在说别人,可我有这方面的不足,总感到他就是在指责我。

他长得较帅气,就是整天绷着脸很倔,常委进他办公室都不敢落坐。干部们总嫌他开会唠叨个没完。我发现他人虽倔强,但人品尚可,是个干事的人,能办就办,不该办的就是不办,没有花言巧语,并不哗众取宠。我愿意与有一身正气的人做事。

新城区准确说就是新建一条宽阔的大街,有些现代化意味。政府没有投入财力,反而增加了些财政收入。

俗话说,火烧旺地。金铁镇人清明上坟烧纸钱不慎失火,大火钻进一道道山沟,引燃杂草,弥漫灌木丛,席卷松树林,火光冲天,浓烟滚滚,火借风势,风助火威,所到之处,片甲不留,一切化为灰烬,漫过最高的山梁,就是著名景区。各单位、各乡镇组织全员奔赴火场,市里武警,省里飞机,火速赶往着火点。火舌吞噬着树木,油松为火魔火上加油,一片火海。人们只好扑灭零星小火,眼看着高大的树木黑烟翻腾,只好任其覆灭。赤壁之战,火烧战船,那是在水上。这里是风干物燥的高山森林,有着茂密的植被。这火势比赤壁之火更加惊心动魄。

夜晚,人们几乎走光了。手电的亮光很弱了,大山里漆黑一团,仅有零星的鬼火闪着萤光,我们将其打灭用土覆盖,防止死灰复燃。刚下一个山坡,发现坡上又有鬼火,只好返回去继续剿灭,然后回返。蒋书记严厉地对我说,你眼神不好,你别带路,让保强走前面。严厉中微带些许关护。我说夜晚应让熟悉此地情况的本地人值勤监视山场,书记立即说对,通知镇书记马上挑选精干人员到此死看死守。

救火后,书记对我工作支持的力度明显增强,比较给力,做了几件重要工作。

火烧旺地后,这个镇的强势弱了不少。

蒋书记招商引资,引进项目,县城商品楼零星出现,矗立起了20多层高的小区,起初基本没有物业,住户自行管理服务。宾馆上档升级,个别达到准三、四星级,数量明显增多。县城车辆剧增,档次不断提高。

县长与书记不和,经常闹矛盾,两人很少同时出现,几乎不共戴天。后来,县长干脆以跑百亿的大项目或身体有病为因,基本不在县上。

书记升任副厅级,冠县长就地提拔为冠书记。

迅速召开全县领导干部大会。冠书记发表施政纲领:有不少人发信息庆祝,当这个书记没什么好祝贺的,已经压了我多年了。远来县30万人口,相当于100万人口县级市的财政收入,远来是块肥肉,西方势力虎视眈眈,亡我之心不死,我是很有些想法的。远来是革命老区,是红色的土地,是没有失败过的土地,有英雄的远来人民,有勤劳质朴的远来人民,但现在我们仍然是国家级贫困县,我们要加快发展,培养一批干部人才,谋划一些大项目,整合全县丰富的矿产资源,提高资源利用率,加快县城开发力度,建设现代化中等城市。

有人问我,"西方势力"指的是谁。我说不清楚。

冠书记城府太深了,大概人们都听不懂"西方势力"。这也许不重要,看他怎么干吧。

先把互山乡改为飞仙镇,与所在飞仙山景区接轨,便于开发国家4A景区、世界地质公园飞仙山,建设旅游风情小镇,纳入县城城区,县城城区向南一下子延伸了7公里。后来运作,改名之事得到了省有关部门批准。

城区高楼一丛丛拔地而起。城东建设工业园区,城北开发了北外环。但县城人口依然不过7万。

我建议,向北把林家庄乡和井贵乡,向西将石仙乡,纳入县城城区,因为3个乡都在群山环抱中的县城盆地范围内,从地理区域人文地貌的方位,均可逐步发展与县城连成一片,由盆地中的城乡一体化渐进城市化。这样县城增加3万人,基数大增,人口发展空间扩大,潜力增强。当然,应十分注重产业化和人的素质的城市化,让农民过渡变市民,可以在近年基本泗水渡河,亦可在青年或下代实现。

冠书记说话太有气魄了,动不动就是全国,几百个亿……善于说大话、空话、假话。人们说他是二半彪子,有人说他是疯子。开大会他侃侃而谈,矿产资源整合后,我们县每年将收入300多亿元,钱会花不清的,什么都不用干,就考虑怎么把钱花出去。面对四大班子和各部门一把手说,3年以内全提拔。被上级组织考核时,自己经常先组织会议封官许愿,作揖拜托,弟兄们帮忙了。此时和蔼可亲,没有丝毫官架。这个县,好像是他弄起来的水泊梁山。

我想回请姜总和付总,结果是又挨了请。姜总是京都人,来远来时间不长,对这里还不太熟悉。

付总不喝酒,肉也很少吃,只是不停地照顾我们。一瓶小糊涂仙下去大半,姜总问景区为什么叫飞仙山,我说且听我慢慢道来。

北山有道山谷,名飞狐峪。两侧峭壁林立,夹出一道峡谷,宽处不过丈余,窄处一线通天,乱石荆棘,云雾缭绕,全长40多里。为古代蒙古南下中原咽喉要道,官军必经,商贾通行。

传说,峪中生有群群飞狐。白天少见,夜晚活跃。尾尖闪亮,叫声凄惨。往往在东西崖壁飞行,迷惑夜间行人。有时,行人急着赶路,奔走一夜,天亮时突然发现仍在原地行走。

经过官军和猎人的长期捕杀,后来飞狐渐渐衰落,很少发现它们的踪迹。很久以后,人们在不远的一座高山偶见到有此种飞狐活动,山上的道人说飞狐在山洞修炼,慢慢绝迹,有一飞狐得道成仙,造福当地百姓,日后升天。因此,这座山就叫飞仙山。

姜总笑说飞狐就是狐狸精吧,付总说是狐狸精也是好狐狸精,与《封神榜》中助纣为虐的狐狸精截然不同。

我说,说到商纣王,还真与此地有关系。山下有纣王城遗址,为村民盖房挖地基发现,早已经过文物专家挖掘考证证实,史书也有明确记载,此纣王城是商纣王离宫。

商族是居住在黄河下游的一个历史悠久的部落,为东夷的一支。《史记·殷本纪》记载:有娀氏(也就是现在的山西运城一带)之女名简狄,吞玄鸟之卵,而生契。《诗·商颂·玄鸟》曰:"天命玄鸟,降而生商。"与《史记》的记载一致。司马迁也没办法,无历史记录考证,这位大史学家,只好发挥了他文学家的丰富想象力,认可商朝是一个女人吃了燕子蛋生出来的,写进史书。当时大约处于母系氏族制时期,所以运城的那个女人是商族的始祖母——他奶奶,没有爷爷,吃燕子蛋怀孕所生。至契时,已过渡到父系氏族时期,这样看来,契可谓商族的始祖。奶奶是爷爷的母亲,爷爷是奶奶的儿子。《殷本纪》记载,契曾协助禹治洪水有功,舜任命他为司徒,封于商,"赐姓子氏"。在夏朝建立奴隶制国家的时候,商也建立了强大的部落联盟。

契之孙相土在位时,商的势力进一步发展,把附近的许多部落征服,或纳在它的控制之下。史料记述"相土烈烈,海外有载",商族的势力已达到渤海沿岸,或许到了辽东半岛。相土作乘马,就是发明用四匹马驾车。胲作服牛,胲就是王亥,驾牛以载重,用牛拉车。

《周易》旅卦,就以商王北漂为象征。黄河水患,滔天的洪水淹没中原大地,殷王子亥率领族人,赶着牛羊,由河南商丘越大河向北,游牧于有易高爽之地。有易地势高隆,水草肥美,人丁兴旺,贸易繁盛,是华夏最早的交易之地。王亥休养生息,牧业飞速发展,大买奴仆,族群日益壮大。日子越过越好,王亥骄奢淫逸、荒淫无度,被有易国部落酋长绵臣杀死,夺走了牛群。后来,王亥儿子上甲微即位,打败了有易氏,杀死了绵臣,夺回了牛群。最后,又被有易氏打败,迁徙回归商地。到商纣王时,帝辛在飞仙山下依山面水建设行宫。纣王文功武略,但极端荒淫残暴,被周族所灭。

付总问,怎么老说商纣王。我说,纣王这个人物很有意思。他建的行宫气派、宏大。姜太公灭掉纣王后还封了他神仙,"封神榜"上有纣王帝辛的一席之地。

付总说,现在不是又在遗址上重建了纣王城吗!我说是,姜总问在哪儿?我说就在城东。

付总说,很有气魄。宫殿庞大,前面天王殿,中间武德殿,后面寝宫,东西密布两排厢房。镏金璃瓦,斗拱飞檐,雕梁画栋,铜柱银门。花岗岩基座,汉白玉蔓地,紫檀围栏,黄杨窗棂。

北依飞狐岭,山体磅礴,悬崖绝壁,面对腾龙河,固若金汤。南向飞仙山,高耸入云,奇峰怪石,原始次生林下灌木茂密,百草繁茂,是动植物的奇异乐园。地质构造上向世界呈现了独树一帜的花岗岩顶载的白云岩峰林地貌,吸引了联合国教科文组织的专家学者和官员,多次考察论证,命名为世界地质公园。

我问姜总有意向在这儿投资吗?京都好多企业集团谋划项目在这里落地,旅游会成为远来城市建设的战略驱动,姜总说可以考虑,首先我想先在这里买套房子。

我的鼓动欲望迸发——这里没有PM2.5,大山里的新鲜空气会制成空气罐头卖给大城市。

姜总端起酒杯呵呵一笑,再敬您一杯。

姜总说,现在中国 GDP 跃居世界第二,但文化产业占的比例不足 4%,发达国家平均为 10%,美国高达 25%。我们想搞些有发展前景的文化产业项目。

付总说,从媒体消息来看,"收缩的城市"现象正在全球,特别是在发达国家蔓延,美国的底特律、英国曼彻斯特和利物浦、俄罗斯伊万诺沃、德国哈勒和莱比锡等都在收缩。失业加速了城市人口外流和内部"空心化"。人口、产业、基础设施从中心城区向偏僻地带转移。尽管有些大区域的人口和就业并未下降,但这些城市却从中心地区向边远地区迁移,从而造成中心地区大面积荒芜。区域重组又加剧了中心地区的废弃和边远地区的发展。城市边缘区域凭借廉价的土地和开放的空间备受青睐,导致郊区逐渐代替中心城市。

姜总说,城镇化不得不搞,这是世界潮流,也是个世界性的难题。

付总说,眼前能过上好日子。

我笑了,我们好像是各国政要,他俩也笑了。

付总问我住进楼房有何感受,我说有点城市的感觉。楼房干净暖和,高层电梯上下,小区整洁干净,环境优美,心情舒畅,确实有点城市的味道。

付总说其实平房也不错,我说是,平房就是冬季取暖效果不太好,春夏秋三季还挺舒服,有自己的院落,独立空间,高大宽敞的上房,高高的顶棚,铝合金门窗,钢筋水泥,秦砖汉瓦,从被骄阳蒸腾的室外开门而入,霎时感觉通身爽快,南房连接围墙的方正院子里留出中间一块土地以接地气,湿润的土壤里生长出美丽的花草,在鲜艳的花草围拢中,种植黄瓜、小葱、西红柿、辣椒、茄子、芹菜等真正的无公害无污染绿色蔬菜,不仅可以享受生态之美,而且在闲暇时伺弄蔬菜茁壮生长获得特别的情趣。用些有机肥,不上化肥,突生病虫者拔掉祛除,不打任何药物,尽享天然之美。

姜总笑着说,贫民百姓住高层,高层人物居平房。

我也笑了:社会发达后,或许就是这样。从小我就有中庸意识,读书读出了一分为二眼光,生活阅历始终伴随辩证法思想,辩证法是个不错的东西,我有,终生会有,也许就是缺点唯物主义。

付总问城镇化到底怎样,我说人类发展到现在,城镇化是世界潮流,潮流是不依个人的意志为转移的。人类做的事无所谓对错,今天看来人类历史上不知走了多少弯路,犯了多少错误,但必须那样走过来,比如战争杀戮,比如高耗能高破坏高污染的工业化道路,现在做的事,也许将来发现不是那么正确,但目前必须这么走。你不这样办,你就落后了,out 了,你输不起,没有那么长的时间。

付总:中等城市的主要标志是什么?

姜总:人口吧?

我:对。

付总:多少人口?

我:联合国以 2 万人作为定义城市人口下限,10 万人口作为大城市的下限,100 万人作为特大城市的下限。

姜总:咱们国肯定比这个数大得多。

我:咱们国在 1989 年,20 万人口以下为小城市,20—50 万为中等城市,50 万以上为大城市。

付总:现在肯定有发展。

我:2010 年规定划分,50 万市区常住人口以下为小城市,50—100 万为中等城市,100—300 万大城市,300—1000 万为特大城市,1000 万以上为巨大型城市。

付总:远来县城要达到 50 万人口,才算中等城市。

姜总:现在谋划建设中等城市的县城很多,比如安徽 63 个县中,县城人口 15 万以上的占一半,人口密集,而全国大县临泉县人口高达 200 万,4 个县的生产总值分别达 200—300 亿元,一个省就计划建设 20 个县级中等城市。

我:除了人口主要指标外,还有占地面积和社会经济实力。

付总:远来县城的占地面积和社会经济实力都可以经过努力看到希望,关键是人口啊!

我:是。

付总:人口发展起来,还要留得住,不能变成萎缩的城市,不能变成"空城"和"睡城"。

姜总:这就需要有充满生机和活力的强大的产业做支撑,需要人们素质的城市化。

我:就是这样。

风干物燥,又是一场山火。还没到清明上坟烧纸钱的时候,村民燎地边失火,大火几乎席卷景区,领导们焦头烂额,两个昼夜,火终于灭了。冠书记主动火速向市委书记发去检查,领导表示了原谅,并关照卸掉包袱。

县里开会,冠书记讲话,这次市里推荐干部,事先谁都不知道,到开会时,市委书记与组织部长碰头,紧接着投票。这样才是真正的公平,不像以往,打电话拉选票,这次我与叶县长就是一票也没有,我们也认了,没有任何意见。

台下,人们交头接耳议论,看来这次活动好了,他要走了。

果然,不出群众所料,不久,他被调动提升,副厅级待遇。

远来是全国矿产资源大县，近些年虽然矿业有些起伏萧条，但财政状况依然好于其他县（市）。中等城市的番号，也没有多少竞争对手。

　　叶县长成了叶书记，来了庹县长。

　　晨练又碰到赵老板，又要一起吃早饭。赵老板说再喝点，老张说可不喝了，昨晚喝多了，老二折腾了一夜，五个弟兄摁巴他，就是摁不住。女人说，要不现在连酒杯也端不动了。大清早，大家就开心地大笑。

　　老张笑得咳嗽干呕，女人问怎么啦？老板说肯定不是怀孕了，女人说不用化验尿液就能肯定。

　　女人问老张是什么级别，老板抢着回答说，他是副牛级，老张说老板，你是副驴级。女人说老板是名门之后，老张说我是名门之父。

　　女人提起兰博基尼包，我说这是你的蓝包净泥，她说是，蓝包净泥。

回老家看看,村里还有一套二手房。实木土坯结构,永久产权,老人住了60多年了。有石头墙头儿,有猪圈,有茅坑,有鸡厩,还有红果树、香椿树……

炊烟袅袅,灶膛火红彤彤,柴草噼噼啪啪发出悦耳的声响,突然喷出一小股烟"唉——"声音不绝于耳,母亲说要来人啦。耄耋老父打扫院落,耘菜浇花。

返回县城,紧张忙碌。

天气极好,物极必反,接着就是史无前例的特大暴雨。

滔天的洪水肆虐着,大水席卷着汽车、摩托、自行车、鸡鸭鹅、猪牛羊……水面上漂行着老人戴的草帽和老奶奶用的木梳,蛇翘着脑袋在大水上穿行,人被裹挟在洪水中挣扎、嘶喊、求救……这是2012年7月21日京津冀惊天动地的场景,是60年不遇甚至是百年不遇的日子,是人们永远不想遇到的日子。同时,也是党政军民戮力同心,鼎力降伏洪魔的日子。

据说,在这一区域历史上曾发生过2次特大水灾。一次是民国六年,老年人说,起了很多水泡儿,其实就是滑坡、泥石流,死了很多人;另一次是1963年,阴雨连绵,下了7天7夜,突然一场特大暴雨,洪水泛滥,人畜伤亡,房屋坍塌,田地庄稼冲毁,给人们留下了"六三年发大水"的永久泪痕。2012年7月21日这场特大暴雨,只是一天时间,在十几个小时里酿成了特大水灾。

殷王子亥,带着族人,赶着牛群,跃大河而北,游牧于有易高爽之地。3千多年后的今天,这有易高爽之地,却发生了横溢的贯天洪水。

大雨滂沱,接天连地,天地雨连,雨连天地。没有一丝缝隙,让人窒息。大地不停地被洗板、洗频、洗屏、刷屏、炸版。顺安镇降雨量高达348.8毫米,北京房山河北村降雨量竟至460毫米,几乎接近全年降雨总量。老天进行了短暂的前奏和热身,紧急狂舞,特大暴雨集结出漫天洪水。水头像蛟龙昂起头,飞速奔驰,冲击出一股不寒而栗的怪风,"呜——"发出恐惧的声音。洪水似恶龙奔腾咆哮,肆意冲撞蔓延。所到之处,片甲不留,横扫千军如卷席。

28 日公告,北京洪水遇难 77 人。远来县 8 月 5 日宣布遇难 15 人,失踪 1 人。远来处于太行山腹地,沟壑纵横,山高坡陡,地质特殊,环境复杂。泥石流、滑坡极其严重,有 3 个自然村被山洪夷为平地。

山洪比洪水更凶猛和神秘莫测。山洪中裹挟着大小石块,有时巨石碰撞会发出轰鸣的滚地雷声。滑坡、泥石流携带、翻滚、推动的巨石足有山里房屋的大小,令人难以想象,其能量和破坏力恐怖莫测。

去年,在泰国考察时,正是惊动世界的湄南河洪水泛滥之时。我们就乘船在不断涨水的河面上,洪水蔓延两岸,灌进淹没房屋。两岸居民,出出进进,从水里进入屋里,又从屋里的水里出来到了河里。岸上一群小孩,纵身跃入上涨的河水里游泳嬉戏,鱼群一团团游荡在河水里,不时有十多斤的大鱼跃出水面。曼谷居民不慌不忙,用网语说就是:淡定! 十分淡定。湄南河每年汛期涨水,他们习以为常,只不过此时是 300 年最高水位。

网上有人玩笑"白素贞别下雨了,许仙不在北京";也有人说"白素贞别下了,许仙不在远来"。难道许仙在天津?

暴雨前和暴雨中,天津组织撤离转移了大批群众。微博消息调侃,天津人要把洪水玩死。图片中有人坐大盆游玩,有人登门板荡水,有人捞鱼,有人教小孩游泳,有人驾驶摩托艇在大街的洪水上兜风。这体现了于灾害面前的无畏气概和乐观精神。

在山洪中,就会是完全不同的景象。那鱼就会被砸成肉饼,汽车也会被砸成铁饼。不管是古老的,还是现代化的。那轰鸣声是万分恐惧的,而且这是百年不遇。谁见识过这景象,谁能想象这景象。流泪的小山俯视大水,惊涛骇浪,庄稼淹没,家园一片泽国,灾民辗转呼号……

牛儿喊着:富翁回来了。我说我雷宇是全世界最穷的富翁。牛儿说,发大水时,老婆正在娘家南庄村。

滔天的山洪突如其来,人们本能地求生自救。牛儿老婆正在床上织毛衣,突然抬头一看,洪水涌入院子,跳起来逃生,来不及了,洪水涌进屋内,把床漂了起来,她急忙打了个电话,双手抓住上面的木头,把自己吊了起来,死死地坚持着,来人把她救了出去。这个村几乎家家被洪水灌淹,村民说,有的老人、孩子是被拉出来的,有的是背出来的,有的是从泥浆和沙砾中抠出来的。因为自救互救,所幸全村 900 多人无一人遇难。

王顺村西河滩,刘新亮在山洪突然到来时,发现洪水一下子就没过了腰身,急忙爬上一棵碗口粗的杨树。水越来越大,他突然发现杨树在动,继而在摇晃,他心想,不好,树要被冲倒。情急之下,一下子跳到一米多远的另一棵杨树上。这棵树也不大,而且附近只有这两棵树,水还在增大。正在他心急如焚时,乡亲们开着铲车用绳索进行了及时救援。

县委叶书记和庹县长第一时间赶赴现场,深入灾区,亲临指挥,与人民群众一起避洪抗魔,抢险救灾,市、省领导纷纷奔赴一线,领导驱灾,指导避难。

崴子媳妇去来来县野坡镇走亲戚,亲戚家的王平和刘花夫妇,在洪水涌来时,没想到存折和现金等自家财物,而是一个个敲响游客的房门,大喊:快跑!生死1小时,让700多名游客脱险。

听说,洪水突袭之际,进京务工青年黎亲泉,刚上完夜班吃完饭在住所休息,突然被家人唤醒,他大吃一惊,洪水已经涨到了家门口,正涌进房间。他赶紧护着母亲和妻儿上了房顶。举目四望,他看见旁边一间石棉瓦小房上,5位邻居正准备转移到更安全的屋顶上。"距离有些远,他们肯定跳不过去。"来不及多想,他立刻从自家盖房时剩下的木头中,挑了几根较平整的,在棚户区几间房顶上搭出几座"桥"。然后,他爬到前排房子,循着声音,脚踏邻家窗台,快速卸掉塑钢窗户,发现一位母亲和两个孩子。他先抱孩子,再拉出妈妈,回到屋顶。又去搜救,救出正抓着窗子喊救命的两位老人,一对年轻夫妇……他与街坊四邻、社区干部救出受困群众30多人,而他的脚被划出深深的口子淌着血,他全然不知或者是全然不顾,犹如大侠,"飞檐走壁",涉水破窗,救人危难。

灾难时,北京浮现了星罗棋布的感人故事和暖人镜头及热情画面。爱心接力,爱比水深,义务交警……大雨中挡在没了井盖的排水沟前的环卫工人,冒雨清理路边下水道杂物的过路小伙子,义务接送客人的万千私家车。北京一夜,爱心一夜。网友发微博:六十年一次的暴雨,让我误了明天的两个要约,却有幸体验了"双闪志愿者"。凌晨三点三十我出候机楼的门,迎面站着一个气质美女,背后一辆双闪奔驰,"去城里吗,免费送。"再看背后,一排双闪车,有别克有宝马有大众……

在一座小山村的坡地上,家园传出歌曲声音,仔细听是萨顶顶的《万物生》:"从前冬天冷呀夏天雨呀,秋天远处传来你声音暖呀暖呀……"水毁一切,水生万物。

太行山、燕山的褶皱经历了历史性的洗礼,人们的灵魂也经历了前所未有的焕然一新。

难道我们不能从水中受到启发吗?水溶于水,水是那样亲和,那样无私,那样团结一致，一滴滴，一点点，汇聚在一起，由弱小到强大，滚滚不息。即便遇到悬崖峭壁，也会毫不犹豫、奋不顾身地跳下去；即使是粉身碎骨，也在所不辞。实际上，不但没有粉身碎骨，反而形成强大气势，奔腾向前，所向披靡，摧枯拉朽，气吞山河，排山倒海，惊天动地。水是柔弱的，可水滴石穿。水把使钢钎进出火星儿的岩石磨洗得毫无棱角，把磐石冲刷出各种形状。这就是万众一心、众志成城。

远来县5万灾民被及时紧急转移到县城学校、企业，安置临时避难生活。

交通部门1天打通了主要干道，3天修通了乡镇道路，7天通行了各村进出的便道。与世隔绝的灾民看到了希望，获得了基本的生活需求。

我必须回老家廿亩地村看看。原来有惊无险，有灾无难。除了地堰有些垮塌之外，几乎没有造成什么灾难。

干勇说，咱们沟的水不大，连小井都没淹到。我说，多亏咱们村这几十年不间断地在责任山栽树，这满山遍野的杨树、松树和槐树加上茂密的坡草，人都进不去，把雨水都吸住、截住了，这就是植被生态的伟大。

干勇说可不是，过去咱们小的时候，好多树被砍掉了，柴火被割了卖了，树叶草禾都被搂着烧了，连坡皮都被咕啦了，下大雨，水一出溜儿就集结到了河里。那大水推砂走石，奔腾翻滚。一场大水，小井都被洪水席卷覆盖，填满淤泥。

我说，记得你的铁耙子比我的竹耙子给力多了，坡皮草网，你一会儿就搂一大花篓。

干勇回忆说，记得那年连阴雨，房后山上滚下的大石头，砸坏了牛儿家的屋后墙。现在大石头也不往下出溜了。

我说，听老年人说，民国六年，石板坑起水泡，泥浆裏推着房屋大的石头涌出那道小沟，在咱们庄下的双岔堵住了咱们庄上的河道，两股洪水汇在一起，淹没了紧邻的那家，早晨在下庄，人们看到洪水中一人抱着大石头，他的脑袋随水位时隐时现，人们用大木杆把他拉了出来，发现他是那家的短工，他是幸存者。

现在的房子比过去结实了许多，以前是毛石抹泥巴，遇到连阴雨淅沥哗啦，现在都请石匠打出方块料石，坚硬的花岗岩加上水泥勾缝，内壁水泥石灰，比铜墙铁壁还坚固，而且美观好看。城市高楼钢筋水泥不过百八十年就会老化，这花岗岩墙壁经得起亿万年风化，使子孙万代永固家邦。

石屋，石墙，石街，石阶，石井，石碾，石磨，石路，石山，石堰梯田……石头世界，这是山里人的世界，我们人类就是从石器时代走过来的，现在是新新石器时代。

洁白坚硬的山庄，坐落于绿色海洋般的大山丛林之中，与清泉小溪、茂密的花草,构成一幅巨大的富有生机和动感的油画。

干勇洗车,准备进城。

春天又来了,火灾像复制、粘贴和下载一样挥之不去,更有甚者,着火点此伏彼起,莽莽野火照狼烟,造成燎原之势。宣传、罚款、拘留和判刑起到了一定的效果,但未能刹住失火势头,燎地边、点秸秆、烧纸钱,依然大有人在,失火点星罗棋布。

4日清明的一场小雨,火不再着了。

雷宇找叶书记有事。

叶书记:我们要延伸产业链条,增加附加值。

雷宇:对,不仅要有矿业产业,要有形形色色的产业,以产业带动城市建设和发展。

叶书记:钢铁企业集团10月份在香港上市,可以圈回100多亿元,在现有基础上多贡献30多亿税收。

雷宇:重视发展现有产业,也要展望新型产业,保证城市永续发展。

叶书记:风电、光伏发电要扩大规模。

雷宇:新农村建设也很重要,要走现代化农业产业化道路,与城镇化融为一体。

叶书记:核桃、扁杏产业要加大发展力度,形成规模产业。

雷宇:这个项目搞了十几年,断断续续,时起时落,认识的过程漫长了一些。

叶书记:农村这块还不够给力。

雷宇:农村建设也是项目建设,农业项目有未来的发展远景。

叶书记:旅游建设5A景区,形成产业链,促进三产繁荣。

雷宇:旅游是热门产业,几乎每个县都或多或少地开发旅游,关键是找准自己的特色和亮点,少些打造,少些新造古迹,少些漫无边际的现编神话传说,少些模仿和克隆,从文化底蕴和现代人需求方面多做文章,还要形成网络,这方面南方做得比较好,也不是一个县所能办到的。

旅游与农业、矿业可以相互促进,比如发展观光农业、太行原始农耕文化、种植农事采摘观光体验、农业产业园区,又如,原始土法采矿炼金,矿洞矿井游,选矿冶炼深加工产业链也可以搞成旅游链条。

用文化主导产业发展,把产业的文化因子和文化含量艺术加工形成新的文化产业,发展旅游。

利用人的文化素质发展各种产业,在产业的发展中不断提高人的文化素质。

用日益上档升级的人的文化素质保证产业的发展壮大提升、更新,做到昌盛不衰。

城镇化,首要的是人的城镇化。文化是城市的灵魂。看到远来,人们就联想到一种独有的文化;接触到一种独具特色的文化,人们自然与远来链接。

雷宇接着不客气地说,要不断提升市民素质,包括公职人员以及领导干部。态度蛮横粗暴,讲话咬牙切齿,霸气十足,是与城市文化不协调的。

叶书记微微低下头,严肃的面庞有点泛红:是,每一位领导都要改进工作方法,转变工作态度,言行举止、精神面貌也要焕然一新,要与城市形象相适应。

市长短信:雷先生,我已到办公室。

我赶到他办公室时,几位市局局长正在向他汇报工作。不一会儿,秘书领我进入他办公室,寒暄后,他说,你的文化主导经济学说很重要。他问我去哪儿,我云山雾罩地说前一段去新马泰散步,下一步去俄罗斯兜风。聊了十几分钟,他就急忙赶着开会去了。

班超出使西域,受到不恭的对待,果然,先下手为强,逼得主权国家依附中国。怎么又穿越到了汉朝,现在时兴穿越。

省长讲话说,要重点发展建设20万人口以下的小城镇。是啊,20—50万常住人口为小城市,20万以下人口当然就是城镇了。

纣王城西南有座山,爬上去有7个山头,原名七山,因纣王城影响,人们把它当成岐山。我们晨练常常登上山顶。

我问张总:蔺总没来?

张总:没有,他这两天很忙。

我:商品房卖得不错,人们普遍感觉,他盖的楼质量高,物业好。

张总:蔺总人实诚,工程讲良心,持之以恒。

我:树立了他自己的品牌。你的品牌也很好。

张总:就是有个长远打算,不能一锤子买卖。

我:前天在县长那里,我也赞扬蔺实的诚信,县长说是吗,那很好,我们建设中等城市非常需要诚信精神。

立在山顶,我们向西望去,白袍小将问,那庙是新盖的吧,段局说,是,不过那里原来就有个庙,这是恢复重盖的。

我说,这里有故事。你们看,在这县城盆地周围的群山围拢中,只有那里向盆地伸出一条长长的小山脊,像条直线,传说那是龙脉,这条龙在不断缓缓地向东移动,一旦到达东部腾龙泉,饮到硕大的泉眼,将腾空而起,传遥九天。明朝刘伯温发现这里有条龙脉,怕朱元璋江山二主,命于龙头部位建庙斩杀,文革时破四旧拆除了庙宇,前些年老百姓们又重建了此庙。开光那天,据说从县城拉了几大卡车馒头。本地有位京都媒体的总编也想参与活动,我建议和提醒他不要掺和此类事物,他与我关系要好,因此听取了我的善意阻拦。

张总:那御皇山是别具特色。

乔主任:美盖群伦。

我:御皇山的两边也要纳入城区。

张总:这城区的面积可大多了。

白袍小将:好像摊大饼一样,不断向周围蔓延着。将来与周围群山连为一体。

段局:腾龙泉,古代号称北海第一泉,是流入北海也就是渤海的第一大泉眼,比济南的趵突泉流量还大。

我:大自然赐予远来县城神泉,以壮观瞻。

泉眼的故事也不是今天编的,是历史传承,而且流传范围甚广,因为泉眼是腾龙河源头,是源泉,腾龙河在河北中西部,途径北京、天津,注入渤海。腾龙河奔腾之地,皆可听到这个美丽的传说。

恶婆婆逼童养媳每天去几里外的山里担水,木桶锥地,中途不能间歇,担回后,婆婆只要前桶,推说后桶水脏,泼洒扔掉。突然一天遇一白胡子老头给一皮鞭,告诉放入水瓮,水少时向上提提皮鞭水即满瓮。

童养媳解放了。不久,婆婆发觉童养媳很少担水,婆婆偶然发现水瓮里有一皮鞭,气得拎起来就往外扔,同时水瓮里的水立刻涌出,越涌越猛,霎时喷涌,形成海眼,淹没城街、村庄、田地……

白胡子老头又出现了,在此咏经祷告,组织捐款捐物,于海眼上建起高塔,压住了水患。人们说,白胡子老头就是白狐子老头,是飞仙山上成仙的飞狐。

至此,海眼基本堵住了,剩下一庞大的泉眼,造福城郭及流域百姓。

一天近午时,人们发现泉眼突然喷出一铁桶,人们大吃一惊,其中一男孩更觉得好生奇怪,水桶是他家的。清早,他爹从井里打水,桶脱落在井里,捞了半天没找到,怎么到了这里。他家在城西,水井距此神泉足有3里,难道水井与神泉有地下暗河相通,这是永远的一个迷。

我们没有星期天,没有节假日,法定假日一概不休。

还是不免忙里偷闲。午休,传来"唧唧唧"的声音。

QQ的鸟叫声,还真是富有魅力。

贵妃:你好,向你请教个问题。

雷狐:不客气。

贵妃:公公老想打我主意,怎么办?

雷狐:你老公哪。

贵妃:在外地打工。

雷狐:你也可以外出打工。

贵妃:不行,出不去。

雷狐:你可以耐心说服公公。

贵妃:不起作用,他由暗示到开始动手动脚。

雷狐:你婆婆哪。

贵妃:婆婆是后嫁来的,比公公大好几岁,婆婆怕他离婚,默认,睁一只眼闭一只眼,甚至还帮他。

雷狐:那样不好。

贵妃:又不是亲公公,他与老公没有血缘关系。

雷狐:那也是公公。

贵妃:有一天,他们去参加婚礼,邻居小伙子来借东西,一下子抱住我,说想我很长时间了。那人真赖,安全套上写着"到此一游"。

雷狐:你自己怎么想。

贵妃:我也想。

雷狐:那还有必要咨询吗?

贵妃:不知道。与外人还不如与家人安全,况且肥水不流外人田。

雷狐:也只有在网上才能听到这样真实的倾诉,或叫故事。

贵妃:实在坚持不住了!

雷狐:你不能读读书,或者找些事情做?

贵妃:无济于事。

雷狐:不管你是杭州还是绍兴或是其他地方的,也不说你是男女、谈论的真假,我想,还是找些有意义的事情做,长远考虑,精神是比较充实的。

贵妃:喜欢网聊,你一言,我一语,犹如鸳鸯戏水,波心荡漾。

这或许是留守问题的反映。

微博的信息量浩如烟海,名人兜售心灵鸡汤,凡夫俗子一般鸡毛蒜皮,吃喝美容木耳之类,味同嚼蜡。当然,也有不少有意义博文。

省公安厅长,应该货真价实,不易假冒,看得出是真实身份。

厅长:最近媒体有我关于三农问题的文章。

雷胡:你总在关注三农问题。

厅长:看来好像与我的本职工作没有直接关联,实际也有联系。我研究的农民犯罪问题就与三农密切相关。

雷胡:是有不少关系。

厅长:我出生在农民家庭,少年时父母早逝,自己把4个弟妹拉扯大,深切地感受到农村农民的艰辛。

雷胡:很不容易。

厅长:我的博士论文就是有关三农问题的。

雷胡:你还是学者。

厅长:我认为这些年农村发展很快,农民的生活水平提高了不少,但是依然还是落后不富裕。城镇化要循序渐进,不可急功冒进,要稳扎稳打,步步为营,切莫一窝蜂。

雷胡:不可能一蹴而就。

厅长:有些地方,盲目地撤校并校,给农民子女就学造成很大的不便。

雷胡:城镇化需要一定的过程。

急进不行,等待也不行,等经济发展到一定的程度,顺理成章、自然而然、水到渠成实现城镇化,也是消极和保守的态度,要在经济发展的同时进行城镇化,在城镇化的过程中推进经济发展。

厅长:咱们是兄弟,有事可以私信或电话。

雷胡:好!

还有位副厅长只谈健康,不谈其他,很阳光。虚拟世界也有靓丽之人。

部级领导,偶尔也有交谈。

卧倒!

我问住建局长张应今,那300多人出轨了吗?他回答出了。党局长问什么出轨,张局长说,不就是云泉村民因征地问题卧轨了吗。党局长说原来如此,这样还是出轨好。监局长说冠书记回来了一趟。我说事态平息了就好。

服务员:喝什么酒?

矿管康主任:有什么酒?

姑娘报了一串酒名。

主任:领导们说喝什么酒。

李局:便宜一点的。

邹局:我什么酒也不喝。

主任:闷倒驴吧!

服务员:没有。

我:搬倒牛。

服务员:也没有。

张局:拿两瓶 1573 吧。

春天的狂风,一场接一场,刮得天昏地暗。参天大树在风暴中猛力地摇来晃去,沙尘裹挟着地上的一切垃圾在空中飘扬,电线发出刺耳的嘶鸣,楼顶上大风吹着令人心烦意乱的口哨,叮铃梆啷,一片狼藉,这是世界上最烦人的自然交响曲。

大风狂燥的另一面,是想刮出温暖的春天。它掀天揭地,无孔不入,卷起一切陈腐的废物,抛向空中令人观看;它千变万化,均衡温暖,一视同仁;它席卷万物,无一物成其先,无一物至其后,威力无疆。

其实,从气象意义上说,还不算春天,今年经历了 1988 年以来最长的冬天,很有可能跨越式发展,一步到位,迈入夏天。

太阳东方升起,西边落下,这是我们看到的表象,其实不是太阳围绕地球转,是地球围绕太阳转,哥白尼时就把这事搞清了,现在谁都知道。我们置身于庞大的地球,总感到地球是平的,无法看到地球的球形轮廓,即使坐在飞机上也是一样,太阳比地球大得多,我们似乎看不清楚,因为距离遥远,而且太阳是光芒万丈的发光体。科学家发明了电,使人类生活发生了破天荒的伟大改变,今天一日无电,人们都感觉无所适从,一些电老虎比爱迪生们还牛吗?神农尝百草,伏羲发明火,这些永远值得人类感恩。

我们看到的往往是表象,看得见摸得着,未必是实质,看不见摸不着,不一定不存在,现在科学家又发现了暗物质。不要过于相信亲眼所见。

世界上,宇宙中,不知有多少事我们人类弄不清楚。理论上说,世界是可知的,人类可以不断地认识世界;同时理论上也可以说,人类永远无法全部认识宇宙。人类的认识无穷无尽,宇宙无穷无尽在人类的前后。

本人不是科学家,只是一个普通人。

宇,指房檐,泛指房屋,如屋宇,栋宇;宇,指上下四方,所有的空间。宇,指无限空间,无边无沿。

宙,指无限时间,无始无终。

宇宙观,也是世界观,指人们对宇宙(世界)的根本看法。

古人认为世界就是天下,是天的下面。我们的古圣先贤追求的齐家治国平天下中的天下,不过是指中国,甚至是古代当时疆域,还有"天下九州"之说。因为那时不知我们的大地是圆形,不知地球上有诸多的民族和国家以及像蚂蚁一样多的人。

后来知道了不仅有地球，月亮，太阳，那漫天的星星都是天体。我们人类生活的地球，只是宇宙中无数星系之一的太阳系的众多星球的一个。

现在有科学家称，宇宙中约有 3 万亿个星系。我想，这数字未必整得到位。可以那么清楚，那还是宇宙吗？

宇宙，永远在被人类认识，又永远不被人类所认识，这似乎不单是我的宇宙观。

人类永远在能动地认识世界。

如若有上帝，主看地球上的人们，一定比我们看蚂蚁还要小。

较大的星球，肉眼难以看到，即使是借助于天文望远镜，也不敢说看到了最大的星球，更不敢说看到了最大的宇宙；我们难以直接看到细菌、真菌、病毒、原子核、核外电子……即便是依托显微镜，我们也不敢说看到了宇宙中最小的因子。

所以不要以为什么是最大的，也不要以为什么是最小的。谁也不要以为自己是最大的，谁也不要以为自己是最小的。这也许是宇宙中的平等。

原子弹、氢弹、核武器……几乎是以很小的因子鼓捣出来的。

地震、火山、海啸、台风、暴风雨、洪水、战争、瘟疫……是使人类恐惧之事，在宇宙中却是极平常的事情，甚至可以忽略不计。史前曾出现物种灭绝时期，上帝并不理会。星球爆炸、撞击，上帝也不眨眼。星球消失，星球产生，都是上帝的家常便饭。

冰川期，人类延续下来了。宋明时期，为小冰河期，气候寒冷无比，人类熬过来了。唐山地震、汶川地震、南洋海啸，人们恐怖万分，拍出的电影都对人们产生震撼。美国电影《后天》预言的未来使人震惊。环境恶化，南极冰川融化，汹涌的海水从天而降吞噬了几百米的高楼大厦及大部南半球；北半球史无前例的高气压团，寒流降温每秒数度，数日形成冰川。迅雷不及掩耳，甚至是人们来不及恐怖，连震惊的机会都不给你。这不是"明天"发生的事件，是"后天"。

宇宙是永恒的。茫茫天地间，万物终归是过客。当然，有生命的过客特别是人类也会是积极的、主动的、乐观的。这是唯物主义。

唯心主义则认为，过客不存在了，宇宙也就不存在了。

在市里习惯住招待所，总记不住这个名字，现在是从纸拖鞋上看到了。

每天早晨爬山或步行 10 公里，习惯成自然。从酒店出来，晨练漫步，本打算活动后回酒店早餐，却不经意地瞭望早餐摊点，体验此市百姓晨生活的想法占据了主导地位。

俗话说,天上龙肉,地上驴肉。此地驴肉火烧,天下闻名,进入了上海世博会。这似乎是本市当下经济、政治、文化中最骄傲、最著名的东西了。在下本不迷信名著,可在品牌上有时也不免入俗。餐单上列出:清香火烧6.5元,精品火烧8.5元,极品龙凤15元,至尊天龙20元。

鄙人一向以吃方便面而自乐,经常来一桶。我想自己并非吃不起饭,今天不求最好,只求最贵。姑娘问要哪个,我说至尊天龙,她说是驴鞭,我稍作犹豫:可以。还要驴杂汤。把驴那乱七八糟的东东都尝尝。

边吃边问另一姑娘婉口多少钱,她说与驴肉同价30元一斤,鞭180元一斤。我本以为婉口比鞭贵,看来女驴没有男驴值钱,差距很大,驴有特别。物以稀为贵,对于驴肉来说,驴鞭才有多少啊!也多亏了驴那东东甚大,但母驴婉口不贵,却令人费解,不可思议。

我有过目就忘的记性,试着记了几次记不住,就向姑娘取来纸笔,记下单子。

走在大街上,忽然联想到很多年前碰到的事,一个路人对另一路人说,请问师傅您车上有扳子吗?那人说有。这人拿下扳子把车上的警灯打碎了,亮出工作证,一定是违法(规)使用警灯。执法柔中带刚,甚是艺术。以其之扳,敲其之灯。态度温和,人性化,幽默化。

真是胡乱联想,驴唇不对马嘴。

突然路遇著名作家也在散步,他夸我精神,说我如何如何。我说,最后我再强调三点:我不想做大官,不想发大财,不想做大事。

黔无驴,有好事者船载以入,被老虎断其喉尽其肉。贵州朋友来,一定请吃驴肉火烧。

网友分明是在问:钱这东东,你有木有!

轻轻地走了,正如我轻轻地来。走了才有风声,恰似大人物离开某地才报道消息一样。

尽管今年天暖的速度极慢,但毕竟过了谷雨,爬山的人渐渐多了起来,弓长张,立早章,杏花,桃花,全来了。雄兔傍地走,雌兔眼迷离。

登上第七个山头,也就是山顶,我说喊一嗓子吧!京城美女气喘吁吁地问喊什么,我说喊山,她"嗨……"的一阵。

杏花:凤鸣岐山!

弓长张:再喊两声。

人们都喊了起来,回音荡漾。

立早章:凤凰落在西岐山,鸣了三声出圣贤。

桃花:好像是在演戏。

美女:生活就是演戏,演戏就是生活。

立早章:你最近忙吗?

我:前天灾后重建会议,昨天推荐干部工作会议不准代替,今天上午劳模工作会让副职去开,下午纪委全会不能缺席,明天电视电话会议,后天星期六农村工作会议……

弓长张:大领导啊!

我:隐形机关。

立早章:是安全部还是保密局。

我:都不是。

杏花:老杜没来?

桃花:出门了?

立早张:没有。又搂着老婆子睡懒觉哪。

弓长张:常年干,不间断。

岐山上生长出繁茂的花草,美丽而大方,朴素而不烂漫,松树呈现出新鲜的绿色,悬崖石缝中伸出紫红色的石头花,嫩嫩的花柄,小巧的花蕾,没有茎叶,没有陪衬,独自紫红鲜嫩,起初从细细的石缝中顶出红红的圆球,好像桑葚,下面渐渐伸出紫红嫩柄,紫玉一般,挺立娇嫩,姹紫嫣红。花开谢后,完全看不到它的身影,慢慢地在旁边长出几片叶子,似乎与它毫无关联,见花不见叶,见叶不见花,难道这是传说中另一世界的彼岸花吗!

漫山遍野的木本小碎花,白里透粉,粉里微红,不知山里人为什么叫它懒老婆花。三裂叶秀线菊,笛笛秸,杜鹃,山桃花,塔花……众多花草不知其名,但丝毫不影响它们艳丽地怒放着,或许是为不为人知而怒放。

野火燎过的黑黑沟坡,冒出了芒针般的片片绿草,或许是草灰的特别营养,这些草,长势尤其鲜绿旺盛,被人踩过后,立刻耸起傲立,不屈不挠,柔弱中挺立着意想不到的傲骨。

花草芽叶在朝阳照射温暖下,散发出怡人的青草味,沁人心脾,令人心旷神怡,这是我最喜欢的味道,这是春夏登山最特别的享受,这味道美盖群伦,这味道刻骨铭心,这味道陶冶性情,这味道打通了呼吸系统,全身血脉经络,这味道引人进入佳境。这是世界上最美的味道。

山沟梯田中出现农人的杰作,有的地平如镜、梗直如线,有的半月形,有的圆形,有的方形,有的不规则形,无固定形状就是它们的形状。耧具在田地中画出的轨迹,构图和谐,线条流畅,与地块随弯就势,浑然天成,能工巧匠,变化多端,形形色色,斑斓如画。这是神品、妙品、极品,超越了凡高、毕加索的著名画作。秋天收获的玉米棒上,创作编辑排版的一行行一粒粒,金黄金黄的太阳色调,盖过了大作家们爬格子鼓捣出的亿万铅字。这是人与大自然和谐中的作为,是作为中的和谐。农人们一定不会感觉到,其他人也不会知道,农人劳作出声音是音乐家,劳作出肢体语言节拍是舞蹈家,他们就是世界最高境界的大作家、大艺术家。

下了山坡,我们走在了前面。

弓长张问:桃花一直没有孩子?

立早张笑着说:她老公流量不够。

美女心想,自己的老公从来就没有流量。

弓长张:你流量大!

立早张:桃花很热情。

弓长张:是,有求必应!

美女:有求必应?

立早张:有求必应!

坡角像一道道龙爪,平缓开阔。

立早张:这一片片坟丘,夜晚闪烁着星星鬼火,夜里没人敢来这里。

弓长张:有胆大包天的。据说飞仙山的老道,夜间在坟茔中支起锅灶,爆炒吐角肉……

立早张:吐角是什么?

弓长张:就是乡间人们说的呱呱游子,昼伏夜出,一旦鸣叫,就会死人。老道的铁锅中散发出非常的香味,弥漫在沟谷坟滩。俗话说,天上龙肉,地上驴肉。在阴曹地府,吐角肉是最高级的美味。那不断在山野空气中飘散的肉香,吸引了坟丘里的鬼魂,青面獠牙,张牙舞爪,狰狞着绿眼,伸吐着大长舌头,陆续忽闪到铁锅周围。老道用相龙木筷夹起香香的吐角肉,一口一口地喂着馋涎欲滴的鬼怪,每喂一口,先问其名号。等到有重大事务时,老道用咒语便可拘出所需鬼魂为其所用。

立早张:这老道分明是老板!

我:鬼火其实就是磷火。地府也是阳府的反映。

飞仙山开发初,有人说有山无水,后来开发了峡谷瀑布,建成人工湖泊,又有人说有山水无文化。是有些许的道理。文化是旅游的灵魂。

密云不雨,自我西郊。

全市城市管理广播电视大会,市长讲话:连个城市卫生问题都解决不了,到处是垃圾,脏乱差,说明我们市领导很无能……坐在我旁边的局长说,你看那个典型发言的市局长,网上正在举报他哪。果然他打开手机网页,多辆豪车,几处门脸房,包情妇,内容丰富,涉及广泛。显然,不是空穴来风。

开会时,人们不免看手机,尤其是会议时间较长时,有的看时间,有的上网。

市里会议结束,县委叶书记讲话:今天的会场秩序总起来还不错,但有个别人玩手机,我给你留着面子哪,我真想拿出来给你摔了它。

星期一,省委全委扩大会议,广播电视大会一下子扩大到了乡级。新任省委书记讲话:我们要深入贯彻落实党的十八大精神,解放思想,改革开放,创新驱动,科学发展。我们省近些年的发展取得了一定的成就,但是与周边省市相比还是有不小的差距,135 个县市,国内生产总值超过 30 亿元的仅有 7 个,超过 100 亿元的只有 1 个。要超常规创新发展,要以城镇化为依托,这是潮流,把中心城市做大做强,把县级市建成中等城市,把一些县改区或撤并,一般县城都建成小城市,增加城市人口,扩大城市规模和产业,才能更快地发展起来。

全省 7200 万人口,有 4000 多万农民。据调查,70% 的农民进城首选的是县城,因此要把加快县城建设作为重点,抓产业搞项目。

要用两个月的时间开展一场进一步解放思想的大讨论,团结一致干事业。团结就是力量,团结需要简单。以简单对复杂,复杂变简单;以复杂对复杂,越对越复杂。要夹着尾巴做人,挺起胸膛干事……

在地上没有路走的时候,逼到绝处,就要飞天。人类把地球资源耗尽、环境被破坏污染到绝对无法生存的时候,就要去其他星球。现在探索太空,就是为未来开发处女地、发现新大陆、寻找新家园。

今天,农历五月初一,1644年的今天,清兵进入北京。

清朝于1616年由努尔哈赤建国,初称大金,1636年始改国号为大清。崇祯十六年(1643年)八月,清太宗皇太极死,其子福临(顺治)即位,由多尔衮摄政。这时清兵入关的条件完全成熟了,剩下的只是时间问题。因此,多尔衮积极准备大举进攻明朝,入据中原。1644年正月,多尔衮遣人致书李自成农民军,希望彼此通好,"协谋同力,并取中原"。但是此事没有结果。这一阴谋未能得逞。然而清廷图谋中原的计划已定,是年四月四日,清大学士范文程上"进取中原"策。四月七日,清廷即调集满、蒙、汉兵,几乎倾巢出动,由摄政王多尔衮率领南下。这次清军的行军路线,仍然是过去几次入关侵明的老路,即绕过山海关,由长城突入。四月十五日,清军进至翁后(今辽宁阜新附近),接到吴三桂的"乞师"书,立刻改道向山海关进军。四月二十日,清军抵连山(辽宁锦西),复得吴三桂促兵之请,乃疾驰入关。

李自成闻吴三桂据关反抗,即于四月十三日,命牛金星、李岩据守,亲率精兵五六万东击吴三桂,并挟吴骧以行。四月二十一日,李自成兵到达山海关关城。山海关除关城以外,四面各有小城。李自成采取三面夹击的战略,对西、北、东三城发动围攻,而南面一城临海,敌不得遁乃放置未围。这天的战斗异常激烈,农民军攻势凌厉,吴三桂军苦力守城,几乎难以支撑。四月二十二日,清兵至山海关,吴三桂开关迎入。清兵进入山海关,立刻改变了力量对比形势。这时清兵总量大约十四万人,吴三桂有四五万人,合兵共有十八九万人,而农民军仅有五、六万人。兵力悬殊,农民军处于极不利地位。是日又大战,多尔衮命吴三桂打头阵,而清兵在旁蓄锐以待。战之午后,吴三桂军被包围起来,左右冲杀不出,几近不支。清将阿济格、多铎率骑兵二万,突然杀入阵中。农民军久战疲惫,抵敌不住,败退下来。多尔衮即承制进吴三桂爵平西王,令其率兵急追。李自成退至永平(今河北卢龙)

时,又与清兵战斗,仍然失败,即杀吴骧。四月二十六日,李自成还至北京,杀吴骧家三十余口。四月二十九日,李自成即帝位于武英殿。四月三十日,李自成退出北京,率众南行。占领北京首尾 42 天。

闯王李自成南征北战,缔造百万雄师,步兵 40 万,马兵 60 万。气吞山河,排山倒海,横扫千军如卷席。征战 17 年,推翻大明王朝。占领北京,跨马进入承天门,也就是现在的天安门。李自成进京赶考失败了,老李哪点都好,就是不知道"两个务必"。

大清交了一份满意的答卷。

吴三桂开门揖盗,却没有能力关门打狗。清兵入京,占领北京。跨马驰骋疆场、勇猛剽悍而又不乏韬略智慧的爱新觉罗氏,统治中国 277 年。在北京留下了历史永久抹不去的痕迹。王府、王坟把京城笼罩得庄重、肃穆、威严、神秘。使得外城新开垦的处女地鲜活、新颖、生机勃勃。

努尔哈赤的后代,终于被南方的孙中山给废了。孙中山、蒋介石不占北京。共产党进京赶考,以李自成先生为戒。现在仍然应考,五年一小考,十年一大考。

京都经济技术开发区,一个个工业园区涅槃更生,座座高楼拔地而起。20 年一代人,20 年新城新了又新,苟日新,日日新。这是中国的发展速度。

星期六,口腔医院又排起长蛇阵。女士说,昨天儿子在双桥一家牙科医院看后感觉不理想,晚上在网上查找,说这里预约已排到 7 月以后了。

看看排在前面的人数越来越少,后面人越来越多。这里可以观看真正的五花八门的青面獠牙。

挂号较快。姑娘问镶烤瓷也必须拔牙根吗?我说好像都要拔除牙根。她张开口露出一侧上牙一个豁口问,还用拍片子吗?我说医生看后告诉你是否需要拍片。医护人员不断地喊着一个个人名,效率还好。

虎口拔牙。

女医生:拔哪颗?

我:左下智齿。还需要先确定一下。是否可以不拔?

医生:那颗牙已经成残牙,不拔影响旁边的牙齿?

我:不拔会腐蚀旁边牙,拔除是否使旁边牙齿失去一边的依靠。

另一女医:我们建议你拔。

我:它是依靠是靠山,同时它腐蚀腐败旁边,是腐败之源,那就拔除吧!

医生:你的舌头不要抵住我的针管,不然麻药打不进去。

我:你的针刺破了唇皮。

医生:对不起!

两个女医试了几下,智齿纹丝不动,弄了一会儿发现少部分松动,整体还是稳如泰山。来了位男医生:这个我来做。

老爷们手法硬,胆子大,钳子狠狠地压迫我下唇,我示意:疼!

终于分几部分拔了出来。

成功了,损失了;损失了,成功了。

女医:你的嘴不够大,怎么拔。

我想她们或许有些不好意思,敷衍点理由,我不血口喷人。

医生向牙龈坑洞一个个地塞棉球:用力咬住,一小时后吐出。我问止血用?她说对。

姑娘正好排在我同位下序,好像听到男医说,你这个不用拔了。

出来碰到朱总,我问您也看牙呀,他说把假牙丢国外了。我问丢哪国了,他说去了俄罗斯和北欧四国,可能是落到挪威了。假牙也这么厉害,挪——威呀!

朱总:李总把手机丢国外了。晚上打开电视,哪个频道也看不懂。早晨醒得晚,慌慌张张,把遥控器当手机塞进了包里。下飞机掏出来打电话,一看是电视遥控器。

我:丢什么的都有。

朱总:太狼狈了。不过,丢假牙,我也不是唯一。

我:科学家们正在研究再生牙齿,准备做再生的吧。

朱总:怎么再生?

我:科学家利用人体尿液诱导多能干细胞获再生牙齿。

朱总:用尿做呀!

我:是用尿液诱导。

朱总:反正离不开尿。

我:别管怎样,给您弄好牙齿。

朱总:不尿它。

司机问雷总去哪里,我说回上地吧。

司机说上地的房价涨得真快,我问多少了,他说快3万了。

司机说,2008年就开始流行一句名言:房价不会跳水,只是在做俯卧撑。涨涨停停,反反复复,总体趋势是上涨。

我说,现在看来是这样,据国家有关部门预测研究,2015年全国户均住房将超过一套。京都房价幅度很大,三环内四五万,也有五六万的,五环外差别也很大,南城比较低廉,一两万块钱儿。南部正在加大开发发展力度,升值空间看好。

司机说,大兴新机场开始建设了。

我说,新机场的建设将成为南部崛起的重要因素,有较大的带动辐射效应。

司机问,不知具体在什么位置。

我说,在大兴南部,靠近河北廊坊。当然,开发区是南部快速发展的首要亮点,它的辐射带动作用更强大,因为它是万国生态园。

不仅要转变经济发展方式,而且要转变社会发展方式,这是我的学说。不能单纯依赖经济发展推动社会发展,要用文化主导经济,文化主导社会发展。生产力推动社会发展,生产力不断地丰富发展自己的内涵和外延,人文因素,人的广泛新生的需要,都是推动社会发展的有生力量。

2013年4月20日8时2分,四川雅安市芦山县发生7级地震。

刘总问,张总哪?我说他去了四川芦山地震灾区,带了500万支援救灾去了。

刘总:汶川地震是2008年吧?

秘书:2008年5月12日,8级大地震。

刘总:5年后四川又发生这次大地震。

我:龙门山地震带活跃期。这次损失也很大。

刘总:天灾怎么这么多呀?

我:实际上福祉与灾难都是客观存在,我们当然希望福祉越多越好,灾难越少越好甚至没有,这是我们的美好愿望。阳光,空气,水,土地等等资源都是大自然赐予我们的福祉,我们习以为常,应该感恩珍惜。有些灾难可以避免,有些灾难可以通过我们千方百计的努力奋战使灾害降低到最低程度。

秘书:这次地震救出了很多人。也有些人自救脱险,网传有一个102岁空巢老人被压废墟下,他自扒砖头爬了出来。

我:那才是人中之王!

刘总说:真的了不起,雷总这段时间在哪儿忙?

我:月坛,三里河。

刘总:又在高层活动。五一怎么安排呀?

我:还没有安排。

刘总:要不咱们也去芦山支援抗震救灾吧。

我:去人太多影响交通和秩序,我们可以多捐些善款。

刘总:好,一定。

我:灾难是一所学校。大灾有大爱,大爱救大灾。

司机:怎么走?

我:这地方视野开阔,四通八达,没有死胡同,又不堵车,随便走。

我们路过宝马厂,诺基亚,奔驰城,来到凉水河畔踏青。

刘总:这凉水河水量还不小,河面挺宽。水质看起来还不错。

我:去年我在这里碰到一回迁人,他说过去这河里有鱼有虾,他们小时候经常在河里戏水捉鱼,现在看不到了。

秘书:中午在哪儿吃?

刘总:是星级博尔曼,还是丽都,要不去锦江?不是还有几家五星级吗?

秘书:博尔曼最低消费每人500元。

我:那就博尔曼吧。约上旧宫的陈局,他又写字了,让我挑选。

上地,马莲洼,向西眺望,莽莽群山,乾位是我的无名高地。南面圆明园没有了,清华园辐射着周围地带,老佛爷不体面的作为,客观上给后人留下了颐和园这样的风水宝地,慈禧也不是一无是处。资深美女早已在九泉之下安息了,是非功过留给后人评说。

QQ呼叫:你好!

雷宇:你好!

对方:看你聊天很有水平,语言缜密,生动活泼,很有哲理。

雷宇:谢谢!我也一般般。

对方:你档次太高,不知与你谈什么。

雷宇:可以互相交流。

对方:交什么流?

对方加了表情图,我无言。

切换微博,京都军医院著名老中医发来短信:反复阅看你的博文,收益良多!

回复:谢谢!术业有专攻,各有所长。

选自己文集中两篇文章上传自己的博客。

广东虹丽:你的文章怎么那么有哲理呀?

雷宇:谢谢赞扬!还不够深邃。

虹丽:"半夜三更的,鸡下什么蛋。"把我吓坏了。

雷宇:短篇小说吗!

虹丽:真形象。

雷宇:艺术手法。

虹丽:来源于生活,又脱离生活。

雷宇:是来源于生活,又高于生活。

虹丽:意思差不多。

这观点倒新鲜,由此推演,领导来源于群众,又脱离群众。从群众中来,到领导中去。

蟊贼可恶,翻墙入室,一片狼藉。这次我把大门反锁,果然又从院墙翻入院中,我立刻从屋内冲出,突如其来,蟊贼慌了神,想逃来不及了,我一个左冲拳打过去,他一躲闪,身子向后一仰,顺手抽出匕首猛刺过来,我在避闪的同时右手迅速出击,他欲躲拳,想不到我并未应用右冲拳,而是二指封喉,右手拇指与食指钳住了他的食管。这是长期捏酒盅练出的功夫,酒盅可以被捏碎,蟊贼的喉咙抵抗得了吗?仅仅用几分力量,匕首落地,蟊贼被制伏。

远来县参加了市里在北京举办的招商会,市里政要、各县书记县长等有关人员云集新世纪饭店,会议在西苑饭店召开,远来县与客商签约了高速公路和风电项目。

还问我有多少资产,不到7个亿。我有两块地皮,不卖给任何开发商开发。在老家的小河边有一块地草帽大小,种满了鲜嫩的韭菜和小葱;还有一块大的,本来有锅台大,后来渐渐地开疆拓土,发展到火炕般大,种植着火红的辣椒,殷红的西红柿,脆嫩的黄瓜,紫红的茄子……

张总说,雷董,咱们去马莲洼散步吧,我说好,小刘又花前月下去了?

张总:花了钱才能月下,他穷光蛋怎么花钱月下。

我:小刘是良家夫男。

秘书:也不见草民诏曰的作家。

张总:他是你的偶像?

秘书:他是我呕吐的对象。

张总:他写了大半辈子也不出名,谁也想不到前段突染禽流感,出了名。

我:他不可能直接接触禽鸟,怎么会得禽流感?

张总:他的住宅楼养鸟较多,楼道挂有一些鸟笼。

秘书:就这么寸!

马莲洼虽属海淀也并不洼,原为荒郊野外,生长着耐旱的马莲,马莲也是马兰,马兰花蓝茸茸,柔韧质朴,像乡间村野的黄毛丫头。

张总:山上也有马兰花。

我:走,咱们上山。

都市里登山有另一番情趣。香山简直就是个小土包,奔西山,向西瞭望门头沟。

山上开满了各种叫不上名字的鲜花,洁白的笛子姐很多。相传有个特别喜欢唱歌的姑娘,把笛子姐茎秆的韧皮抹下来,吹出了十分悦耳的声音,后来人们把这个花叫笛子姐。

今年几乎没有春天,气温一下子超过了35度。

长子营的片片高楼拔地而起,河北建设集团在兴盛街的一群高楼施工封顶,街面上人群在小吃摊围拢着早餐,油条、豆浆、馄饨、稀粥、包子、老豆腐……碗筷锅勺、汽车声、施工声演奏着工地交响曲。晨练散步,坐在这里与火热生活的人们随便吃一口早点,伴随着大众生活的音乐,颇有些享受的感觉。

我想,不久的将来甚至是现在,穷人住高楼大厦,富人住小别墅。风水轮流转。回迁楼,保障房,廉租房,经济适用房,都会盖成摩天大楼。当然,穷人也有好多没房住的。房子好比鸟巢,人类就是厉害,鸟巢不知比原始社会发展了多少,现在看来在那杨树杈上还是那黑黑的一团,象个倒立的成年裸体,似乎装扮杨树展示人体艺术美,这是喜鹊的住宅,是喜鹊的高楼,是喜鹊的别墅。它们怎么那么喜悦呀!总是报喜,难道它们是傻乐吗?人类喜欢它们。它们为什么不改善居住环境,或许是它们没能力,因为它们是鸟,不是人。也许它们感到那就是最好的住所,无须改善,甚或改而不善。

这一片有好几个鸟窝,大概这是喜鹊的城镇化。前些日子,工地地基的纵切面上突然星罗棋布地啄出亿万个燕窝,惊人地壮观,那一定是燕子的巨大型城市;施工方为了小燕子孵出迁走,特意推迟了工期,闹不好还要倒排工期、挂图作战,不然赶不上预期竣工典礼剪彩,人类真的很友好。现在没人吞燕子蛋生出一个王朝来了,那是故事传说。

人们都搬进了新楼房,我家的旧房子还住着,尽管有些落后,鸽子还是住进了房檐;虽然是屋檐下,鸽子很满足,生活得很好。人们骂人时,有时说鸟人。在东土城吃饭,女作家开玩笑说,和我鸟同学喝一杯,引得大家发笑。鸟比我们人类诞生早得多,也许比人类消失得更晚些。

别忘了自己是人,在不伤及其他时,要为人类说话。说人话。

一次打车,司机抱怨,叽里呱啦的全是鸟语,不知从哪儿冒出这么多人来。我说,这就是巨大型城市,都是这样。他以为京腔才是正宗,不知道普通话是标准语,土老冒。他也忘记了他们的祖宗一般也是外地人乡巴佬,意识不到皇帝、王公大臣都出自乡巴老,大都来自外地乡下。天子脚下,端着方便,原本为乡巴佬的皇帝,想踹他几脚就踹几脚,想用多大劲就用多大劲。他也感觉不到他自身与乡下直接与间接的千丝万缕的联系,没有那些鸟人,他会少挣多少票子,甚至影响到他的谋生。他亦不晓得,在隋朝时这里称蓟城,为涿郡治所;涿郡即河北保定涿州。他更不知道,什么叫五湖四海,什么叫丰富多彩,什么叫厚德载物,什么叫开放包容。

回到上地,刘总电话问中午在哪儿吃呀,我说还在千百万酒店吧。

服务员上了一壶柠檬茶,刘总问不上豆浆啦?服务员说改了。大厅里客人坐得满满的,等上菜的人很多,只好喝着柠檬聊天。

刘总:今年天气是有些怪。

我:比较反常,6月天雨水这么多,气温忽高忽低。

刘总:这段时间大风天总算少些了。

我:是,沙尘更讨厌。

刘总:这与生态有关系。

我:对,人类的活动影响着大自然。

刘总:生态文明还真的很重要。

我:有这些原因,也有大自然自身的变化。有人类之前,曾经出现过海陆变迁、物种灭绝,那时的气候更加反常。对于大自然来说,也许无所谓反常不反常,或许反常就是它的正常。据说在宋明时期,为小冰河期,天气非常寒冷,也不知宋朝、明朝人是怎么度过的。

司机:那时没有空调,没有暖气。

我:连煤炉子都没有。

司机:没有羽绒服、防寒服……

刘总喊:服务员!还不上菜?

服务员:快了,马上。

几个桌的人都抱怨,太慢了。其实是人太多了,忙不过来啊。

好饭不怕晚,这里的菜做得还不错。

天气晴了,户外活动,考察一下人文地理,来京城十几年了还有些不熟的地方,当然老北京也未必都熟悉。

航天城附近,邓家庄,唐家岭,六里屯;往西南,冷泉村,温泉村;再往南,北京植物园里有曹雪芹纪念馆和梁启超墓,左右娘娘府公主坟四王府正蓝旗,大清痕迹满族韵味。

原为景帝陵纳闷,怎么汉景帝埋到这里了,现在清楚了这是明景帝朱祁钰墓。

朱祁钰父皇明英宗朱祁镇亲征蒙古瓦剌军被俘,朱祁钰即位;后来朱祁镇发动政变复辟,朱祁钰被夺帝位复王,死后不准葬入祖坟,埋在这里。做了7年皇帝,29岁死亡。君王多短寿。景帝未能入昌平明皇陵,却占据京城西北近郊(今西北五环),座居乾位。在陵墓中倒算是"出类拔萃"。

圆明园被八国联军烧了,没什么好看的。老佛爷留下的颐和园真是个好地方,弱柳扶风,碧水荡漾,山环水绕,彩绘长廊。资深美女,深厚的文化品位。慈禧代表祖先留下了这块园子。

闵庄是个好地方,经常找我的两位将军住在这里,请我吃饭,还给我写字,书法功夫真不含糊。携文从戎,拥武就文。这地方有种空旷的美,处女地般的美。

今天登上了妙峰山。

刘总:雷董!您的身体挺棒。

我:一般般。

刘总:跟不上您走。

我:差不多。

刘总:老了。

我:最近,联合国卫生组织对人的年龄结构做了新的划分,44岁以下为青年人,45—59为中年人,60—74为年轻老年人,75—89为老年人,90岁以上为长寿老年人。

刘总:咱们算中年人?

我:对。记得小时侯,40多岁的大人们就像是老年人,劳作繁重,缺吃少穿,积劳成疾,怎么会不老哪。

刘总:那时很少有人活到八九十岁。

我:现在条件好了,人们的心理、生理年龄都相对年轻了,平均寿命提高了。

刘总:新的划分很好,感到一下子年轻了。

我:联合国与时俱进,新的划分有利于人们身心健康和强化抗衰老意识。

刘总举起右手:坚决拥护联合国!

我:您看,报纸上几乎天天登载,享年大都在百八十岁左右。

刘总:人类越来越厉害啦,飞船又上天了。

我:距离地面300多公里。

刘总:飞机也就10多公里吧!

我:其实,距离地面3千多公里,也许是不完全相同的情景,3万公里或许更有不同。3万公里在宇宙中也不算什么,几乎可以忽略不计。宇宙中的距离以光年为单位,是光一年所走的距离。

刘总:光的传播速度好像是每秒 30 万公里。光年是多大的数字啊,是多么远的距离呀!

我:假如人类不利用火箭上天,而是应用光,用光进入太空,可以到达更远的太空,涉足其他星球,甚至其他星系,遨游宇宙。这可以作为人类的梦想。

刘总:不知宇宙有多少星球,地球仅仅算一个不大的星球。

我:地球在太阳系也是个不大的行星。太阳是恒星,在整个银河系有 4000 亿个恒星,而整个银河系在宇宙中也是非常渺小的。我们晚上可以看到银河系,而远处无数的星系是无法看到的,即使是天文学家借助天文望远镜也不能穷尽整个宇宙。

刘总:对,为什么叫宇宙,就是因为时间无限,空间无限。

刘总感慨:可见人是多么的渺小!

我:是。不过,咱们是人,得说人话,要以人为本。

刘总哈哈大笑。

我:人类可以不断地认识世界、认识宇宙,可以有所作为。

刘总:这就是世界观、宇宙观。

我:但人类不可与大自然对着干,即使是大自然降灾,也不要有逆来顺受的表现,那都是自然,台风、洪水、海啸、地震……皆为自然。自然是我们人类的父母,父母从来没有错。自然是我们的天,老天向来不会错。是大自然赐予了人类一席之地。自然想刮风就刮风,想下雨就下雨,想下雪就下雪,想旱就旱,想涝就涝,想寒就寒,想热就热,不要影响你的情绪。要顺应,要友好,要和谐发展。

刘总一笑:这就是方法论。

我也一笑:两位大家,该出山了!

星期天有点闲暇,散步碰到公交车停在旁边,顺便上了车。公交车风驰电掣,穿越各路各街,开发的旷野栽满了绿油油苗壮的树苗,似乎是退耕还林,间或矗立着楼房,道路四通八达,车上本来就没几个人,陆续下车,售票员喊:师傅! 您在哪儿下车呀? 我一看,就剩我一个乘客,我说到终点。售票员又问是到这个终点还是下个终点,我说哪个也行。她说看您到哪儿,这个终点是东区,下个终点是西区。我说那就这个终点吧。车飞得更快了,遨游在原野上,好像是本人的专车。突然,车猛一停,司机说到终点了。

等了一会儿,又上了一辆公交。这趟站多路远,我想还到终点,不管多远,然后坐车返回,实在不行就打的。一站站,人上人下,生路生人,陌生但新鲜,热闹可不嘈杂。又到站了,人们陆续下车,司机喊,下车了,我一看,还有一人,我说到终点,那人说这就是终点。我一看那人是售票员。

这次真的远了,大街上路人、摆摊的都不知这是什么街,保安也不清楚,他说除非是本地人知道,哪有本地人哪,本地人都是外地人,外地人就是本地人。

公交站美女,衣着洒脱,普通话里似带南方口音。仅一人等车。问她导航怎么找,她说不同手机不一样,一般下载一个地图即可。她点了手机说,看,百度下载。我说好像是从 QQ 或微博看到的,再找找吧。我又坐到旁边的长椅上。一过路人和她打招呼:坐这个走啊!她啊了一声,上车走了。

面容没有印象。抽象美女。

向前没走多远,拐过弯去就看到家了,多亏方向没搞错。我想,这很正常,巨大城市嘛。公交线、地铁线,群众路线。

在乡下也有类似故事,那次去车站接人,车走了也看不到接的人,等了好长时间返回后被接的人早到了。原来是我们等在车站旁的一牛圈左侧,下车人在牛圈右侧找了很长时间。我们也曾几次从左侧绕到右侧寻找,恰巧下车人从另一侧去寻找,几个回合就是见不到面,最后终于彼此失望地走了。回家见面后,感到非常蹊跷好笑。现在有手机,这种故事也就真的成了故事了。

地铁上姑娘长发来回甩着,时而拂摸自己的脸肤和臂膀,散发出阵阵女性体香。偶而随着车的晃动,触摩对方的身体。忽然两人目光交织,迅速又各自转移。渐渐地二人对视时间加长,眼神凝结在一起。

很快到了站了,男女各自消失在茫茫人海之中。

从地下到地上,坐了地铁坐火车。京都火车站。离发车还有一个小时,逛商场超市,就买一桶方便面。所有店也找不到西红柿面,女店员说车站统一进货,都没有。一个姑娘说车站不让卖,又一小伙子说卖了他们会罚款。只好买了上品红烧。

像往常一样,不带任何大小包,只拿一碗面上了火车。

那趟快车没有了,说不挣钱,改制了。这趟慢车,就像是京都到远来的地铁,一会儿一小站。一会儿钻入山洞,一会儿晃荡在地面。人上人下,只是没有地铁上下人多。

一大学生:跟你聊天还挺长学问。

我也顺便调侃:就是晚了一点。

大学生:怎么讲?

我:早一点,大学、硕士、博士,都不用读了。

大学生:为什么?

我:那句话怎么说的,与君一席话,胜读十年书。

周围的人也都跟着笑了。

有时,一个人行走,乘公交,上地铁,坐火车,打出租,几乎不说话,像个快件一样,被特快专递到了目的地。快递到达时,还要打个电话,速递到了。这比喻似乎不太恰当,自己是人,不是东西。就好像在自己的背上贴了一张邮票,就到达了目的地。

远来县城东南,人山人海,穿制服的人们站成一排排,两座小山丘在玉米地中挺立着,像帝王陵墓,似乎上面笼罩着袅袅云雾,袒露出王者之气。远远望去,又像两个乳房。玉米地广阔茂密,绿油油,吐着露珠,地里搭起了彩色的宣传台,人们喷绘着新区的学校、居民回迁新居和商住楼。彩色的气球飘到了白云的高度。

台下玉米地里站满了各级干部,执法人员外丛拥着群众。真是天火同人,在这广袤的原野,人们有说有笑,旷野合同。

十点又过了一会儿,主席台上站满领导,投资方表态发言后,庹县长代表四大班子讲话:远来县是全市拟定重点建设的 4 个中等城市之一,新区开发是我们建设中等城市的重要组成部分,必须举全县之力,戮力同心,把新区建设成山环水绕、柳暗花红的美丽易居之区……骄阳把人们的额头浸出了汗水。

叶书记宣布新区建设正式开工。

庹县长办公室,县长离开座位,与我并排座在南侧沙发上。

庹县长:省委部署的这次大讨论确实很重要,应该解放思想,咱们的发展还不够快。

我:是,纵向比还可以,横向比还不理想。

县长:我们不着眼提新的口号,对的坚持干下去。

我:比如产业结构调整,十几年前搞的核桃、杏扁产业,忽进忽退,忽动忽止,就是缺乏坚持,如果一直努力发展到今天,早已形成规模产业了。矿业抓得比较紧,应该延长产业链,增加附加值。

县长:对,这些都是关键。

出县长办公室,手机响了。短信不错:雨丝,是跳动的音符;清风,是敲击的琴键;思念,是心上的乐谱;我把问候,和着手机的铃声,唱出对你的祝福。夏至到了,愿您快乐一夏。

有人看到了我们的世界观和方法论。

我:有蚊子。

张总:大白天,哪儿来的蚊子?

我:真有,刚才我听到它嗡嗡了。

张总:没事。

我:蚊子特别喜欢咬我。

张总:您的肉嫩!

我:我是唐僧的72代弟子。

会议室里坐满了科级以上领导干部,第三次领导干部大讲堂,少将讲南海争端。党政主要领导未在场,人们自由轻松。

吕局长:真敢说。

卞主任:讲的怎么样?

我:可以。

卞主任:少将,绍将!

吕局长:雷主席也可以讲。

卞主任:钱少了他不讲。

我也开玩笑:因"财"施教。

良朋益友,济济一堂,讲论道理,修习学问。

终于可以礼拜天一下了。

美女法官微信:永远都不要做的事。1. 跟知己上床;2. 和情人结婚;3. 把同事当成朋友;4. 到朋友公司打工;5. 在上司面前知无不言;6. 轻信上司的许诺;7. 喜怒哀乐都挂在脸上;8. 在人堆里大声打电话。

酒:少喝是享受,多喝须忍受,再喝准难受。色:小碰是快乐,大碰是麻烦。

精湿微信:1. 成功都是逼出来的;2. 好走的路都是下坡路;3. 被人利用说明你有用;4. 少走弯路就是走捷径;5. 没有梦想比贫穷更可怕;6. 只要路是对的,就不怕路远;7. 人可以不识字,但不能不识人;8. 专注于改正错误是极度错误的;9. 不怕万人阻挡,只怕自己投降;10. 你不努力,永远没有人对你公平。

到处都是心灵鸡汤。

轿车如云,在南山桃花弯广场盘旋,又要召开安全生产工作会议了。

副县长宣读各级领导有关系列批示。

常委、副县长宣读大检查工作方案,庹县长做重要讲话,叶书记主持会议并于最后做了总结性的重要讲话。

庞县长:这么多矿山、选厂、企业,要说不出事也不现实,但要保证即使出事也不死人……要做到,安全生产不死人,环境保护不出事。

叶书记:我们发展经济,不能以牺牲人的生命为代价。安全生产事故,功不抵过,过不可赦。发生重大安全生产事故,功劳再大,也等于零,甚至是负数。不仅功业毁于一旦,而且还会成为罪人。

我想,为什么对待无证无手续的非法盗采,总是号召卡电、不供炸药,甚至关停,难道不能关闭吗?实际上,人们说越是无证照的开得越从容。

书记要求,照镜子,正衣冠,洗洗澡,看看病。作为党政一把手,应当积极响应。

十年前,本人曾发表《清君侧》,有个办公室主任质问,这是什么意思呀?其实就是写的洗澡。现在改变方式直接说,洗洗澡。河北布置正风肃纪活动,清理超标的秘书、司机、公勤冗员,这澡洗得可谓及时。翻翻自己先前的著作,啊!还有《以私谋公》。奉献自己的私人资源,为公众、为社会、为党和国家谋取利益,这是心情舒畅的事情。

中午12点后,终于散会了。科局长、企业老板们潮水般从会议室涌出。

卞主任:张总,忙什么哪!

张总:招几个保安。

吕局长:有个标准吗?

卞主任开玩笑:要求五大三粗,膀大腰圆,力大无穷……

吕局长也随口而出:五官异常,面目狰狞,青面獠牙。

我说:这俩人没正形。

张总:还真有些意思。现在社会上有一些,光头蛋子,金项链子,大刀片子。张口就骂,出手就打,动手就是刀。

卞主任:小偷小摸也很猖獗,明火执仗,团伙蜂起,祸害社会。

吕局长:社会治安令人担忧。

卞主任:应该狠狠抓一抓,严打整治。

全省实施农村面貌改造提升行动开始了。书记说,小康不小康,关键看老乡。要用三年时间,进行农村综合整治,实现布局优化,民居美化,道路硬化,村庄绿化,饮水净化,路灯亮化,服务强化。做好传统文化保护开发,保护乡村文化、历史文化古村落、古镇、古塔、古庙、古民俗。与城镇化建设相结合,实现一体发展,使农村面貌焕然一新,建设美丽乡村。

卞主任问:司机哪?

吕局长:自己开。

我:司机不开车,司机只管把车司好,局长亲自开车。

卞主任:这才是真正的专职司机呐。

吕局长:中午吃什么呀?

我:一点儿也不想吃香的喝辣的。

卞主任:就怕一日三餐吃鱼虾。

我:吃点莜面卷和搅粥吧,可口。

吕局长:低糖。

卞主任:吕局提拔的事怎么样了?

我:战线挺长。

吕局长:高桌子低板凳都是木头。

我:他大舅他二舅都是他舅。

卞主任:陕西老腔挺逗,闹腾。

我:非物质文化遗产,抛开文化艺术特色和价值,看那台词,似乎都是老百姓日常生活中说的废话,如果赋予哲理,品味一下,还是挺深刻和震撼的。

卞主任:说出了本质。

吕局长:用那种近乎咬牙切齿声嘶力竭的腔调喊出来,更有震动性。

我:在社会特别重视差异化的时候,人们被名誉、地位、财富所压抑的状况下,喊出这种声音,是有力的发泄和释放。

卞主任:到最后都一样,天灾人祸面前平等。

我:7.21快一周年了,咱们沿着这个遗迹走一走吧!

卞主任:河流依旧,青山依然,庄稼长得不错。

我:人讲究豪华,庄稼将就。垃圾、粪便是他最好的营养,净化环境,生产精美食物。

吕局长:吃的是垃圾,结出的是食粮。

卞主任:化肥提高产量,但降低了品质。

我:吃的是草挤出的是奶,这是动物;吃的是垃圾结出的是粮食,这是庄稼。

吕局长:吃的是奶、是精美的食物,挤出的是粪便垃圾,这是人。

我笑了:咱们是人,说人话。

卞主任:以人为本。

我:你们看那片红薯秧长得多带劲。由纵向向横向发展,变直立向匍匐生长。蔓还不是很长,即将覆盖地面。

吕局长：那玉米长的很旺，粗壮高大，齐整整，黑绿黑绿的。

我：楼和新房子盖了不少。

岐山脚下，腾龙河滩新铺垫的黄土上生长着绿荧荧的荞麦，一片片开出粉白色小花，小巧鲜嫩。在老家，荞麦叫棱子，棱角分明，生动形象。好地是不种棱子的，我曾参加生产队劳动种棱子，社员们扛着镐爬上山坡，气喘吁吁，坐下来先歇一歇，这叫地头歇。然后大家抡起镐，一镐一镐地刨着那从未开垦过的荒草坡，刨完后老年人把种子一把一把地均匀地撒在翻出的土苔上，之后，大伙用镐在地面上均匀地来回划拉，让土轻轻地覆盖种子。雨后，嫩绿的小苗齐生生地就破土而出了。遇到大雨，开垦的坡地连同幼苗被冲刷成一片片、一沟沟，花画斑斑，甚至一扫而光，这是绝顶的靠天收。儿时谜语，三块瓦，盖了个庙，里边住着个白老道。棱子看起来就像是三块瓦围拢而成，皮里是白色的，道士修行不干重体力活，少受风吹日晒雨打，在庄稼人眼里就是"白"老道。

现在这里很少有人种棱子了。棱子是杂粮，也是精美的杂粮，因有无苦味分苦棱子与甜棱子，甜棱子就是当时的细粮，因无小麦白面，改善生活享用。苦棱子做面条、疙瘩汤、烙饼、贴饼……尤其是汤面解决饥荒问题。今天知道，苦荞面清热祛火养肠胃，为无糖佳品。棱子皮装枕头，温凉适宜，清脑养发，任何材质无法替代比拟。

在棱子地里，生长着几株高大茂盛的曼陀罗，大绿叶，大白花。喇叭状的曼陀罗花，皎洁如玉，它结出的果实像蓖麻果，核桃大，球状多刺，内含麻醉剂，或许为药，剂量大时使人视力模糊，甚至造成失明。

弓长张：雷总这么早！

我：今天早了一点。

杏花：几点出来的？

我没有注意，桃花喊：问你哪。

我：喔，四点半。

黄总：爬几个？

我：到顶。

老锡：雷总每次都到顶。

桃花：他不来是不来，一来就是七个。你几个？

老锡：我不来是不来，一来就是四个。

弓长张：每天坚持爬上四个山头已经很了不起了。

满山开遍了紫荆花，把山上的空气弄得更加香甜。过去，荆条编篮、编筐、编篓、编房笆,生活日用必不可少,或许因此人们把它种植在逝去先人的坟丘上。紫荆也叫荆子、精子,灌木紫花。只有初期一、二年生长快,几年、几十年、甚至几百年都长不了多少,很少见到手腕粗的荆子,所以预示世世代代,薪火相传。荆子、精子,偏远山野,先前也没有几个识字的人,也不知道是什么字,精子不是相对于卵子的精子,先人没有这个概念,但先人知道精与傻,精子相对的一定是傻子,昭示后人不傻不呆,不受蒙骗,不受欺负,精明强干,大概远大理想是世代精英,甚或希望有最高理想。

手机写作,就像小脚女人走路;回到电脑上来,好像跨着骏马奔驰在万里疆场。

河北发展战略定位,环京津,环首都,环渤海。国家战略中环渤海经济区,包括京津冀鲁辽五省市,经济总量占全国四分之一。北京建设世界城市,京津冀都市圈发展水平反差强烈,影响都市转型步伐,必须大力发展京津卫星城,远来建设中等城市纳入都市圈一体发展。首要的是拓展和延伸产业链条,注重发展实体产业。

我想,实际上实体经济与虚拟经济的发展都有必要,只是阶段性表现不同。此消彼长,彼消此长。虚拟经济的比重会逐渐加大,社会发展到较高层次水平时,虚拟经济会表现出主导作用。虚的实,实的虚,虚虚实实;虚中有实,实中有虚,虚实结合,虚实交融;世间万事万物的发展,最终都是强大处下,柔弱处上。武将总要文官统领;未来领导世界的不是帝国,而是普通国家的联合体。地重天轻,地球在下,空气在上,而且上升气流不断地上升,到太空没有重力,空灵气团,无所谓上下,无所谓虚实。

据悉,河北全省入统的66家重点钢铁企业累积利润,同比降低91.5%,5月份从上月盈利转为亏损0.99亿。这些都是预料中之事,产能过剩,国际钢铁市场疲软。远来主要依赖铁矿业,拓展和延伸产业链条不是短期能够奏效的,而且前景也不乐观,应该立足产业转型,谋求新兴产业。

远来县城向西延伸,建起了25平方公里的文化开发区。2万亩耕地,灵活运用。多数耕地,仍可继续为耕地。农民就地变市民,另外解决10万个就业岗位。

经济开发区、技术开发区、高新科技开发区比较常见,文化产业园区也不少见,文化开发区是全国甚至世界首创。开发区内,有古老的传统农耕文化园区,古老的土法炼金流程园区,铁矿模拟选冶流程园区,现代观光农业园区,现代农业科技园区,绿色生态产业园区,现代文化产业园区……县城规模达到89平方公里,颇有气势,左经济,右文化,核心烘托着政治。预计最终城区面积拓展到100多平方公里,人口达到70万。

GDP主义,经济主义,大项目主义是普遍的指导思想。城市主义是最先进思潮。

庹县长参加了市里组织的在清华大学举办的市城乡规划管理高级研修班培训。记者采访时他指出:参加研修班培训,让人看到城乡规划必须有发展的眼光、超前的理念,用品位的标杆、特色的标尺衡量城乡规划,品质是品位的保证,必须按照"50年不落后,100年成文物"的基本要求,将精品意识、样板理念贯穿城乡建设的始终,确保每一项工程都经得起历史的检验,全力打造精品城市、特色乡村。而附近的来来县长介绍:要在锁定拉大城市框架上下功夫,明确东延、西进、南扩、北移、中改的要求……就是四面扩张摊大饼。

县委书记说,她腿拐,现在看来还脑"残"。

不知道说的是谁。

卞主任说,身有残疾,还到处乱跑,证明自己本事很大,不知道自己实际上是以做奴才为荣。党局长说,沙漠人皮肤,非洲人肤色,野人面容。说瞎话是家常便饭,说假话从不脸红。卞主任笑着说,那个脸色红不了。副职没几天,急着当一把,野心还不小。愿意上哪儿,组织上应把她调到哪里。

组织领导答应给调整不适应的副职、配备得力新成员,结果副职没调整,却调来个废人。卞主任说,抽大烟的人调这儿来了,已经多年不上班了,找也找不到,没事时突然来晃一遭。

不错的组织领导,这个鸟同学。原来的县委书记也曾说,别看他要害部门一把手,留着大背头,纸老虎,做不了主,副职、科长说了算。

甄局长:年底考核没什么公正性,不按工作成绩说,按喝酒说;不按工作实绩说,按人数多少说。组织失去了严肃庄重,也就失去了公平和可信赖性。

卞主任:你给喝的酒不上档次。

吕局长:喝顿酒算什么。

冯部长:潜规则。

提局长:你给喝的什么酒?

雷宇:一百多块的泸州。

提局长:人家喝的是1605减32。

雷宇:1605啊!

卞主任:1573呗。

雷宇:实绩突出、优秀领导干部,过去也没少弄。

冯部长:好多人都在争,这有用吗!

卞主任:上年考核结果,今年8月才发文,也没有多大作用和意义。

吕局长:今年还早了些,去年9月才见文件。

你托举我,我上升,你不免得益;你让我掉下来,就会把你砸死。躲你是躲不过的,掉的越深,你被砸的越重。有人做过实验,一颗鸡蛋,从三楼掉下,可把头砸出疙瘩;八楼掉下,可把人砸成脑震荡;二十五楼掉下,可把人当场砸死。你想死吗?或许你连疙瘩也不想要。

阴雨连绵。黑暗结束时,光明并未到来。雷宇,越挫越勇。有心灯,照亮内心。国家督察员,不忽略任何细节。时而沉入水底,时而腾越上进;时而在渊,时而腾空而起。

汽车在雨中穿行,经过一小段高速路,出口回折钻入山冈,爬行于高高的盘山公路上,一会到达了海拔近1300米的高烟洞乡政府。这里比县城高500米。乡党委韦书记汇报了禁种铲毒和防汛工作。

国家卫星遥感测试,全国非法种植罂粟300余亩,而远来县高达131亩。实际踏查可能没有那么多,但已成为全国罂粟大县。

此乡疑似地块29块,终确17块,最后查无种植。

21个地质灾害点,已经布置预防措施。去年遇到情况,鸣放鞭炮;今年改为敲锣、鸣警报。

县领导乔主任主持会议,不时插话,并做了总结讲话,提出指导性意见。

韦书记挽留,已经准备了午饭,乔主任说,算了,这么多人。我说,你们吃吧,你们也得吃饭。他说,领导要率先吃饭。

金园山庄。

我:这是什么酒,飞仙山?

才局长:全家福。茅台酒厂出的。七百块。

乔主任:七百一箱?一瓶怎么也上百了。

才局长:跟茅台一个味。

我:茅台是酱香型。

才局长:老雷,来一口。

我:你那是水还是酒?

才局长:兑了点水。

我:水酒!不苦吗?

才局长:唉!

我：苦酒。你给乡里拨点经费。

才局长：嗯。

铁棍山药上来了。我问隋局长知道老农怎么推销山药吗？隋说不知道。

乔主任：男人吃了，女人受不了……

卞主任：女人吃了，男人受不了。

乔主任：男女都吃，床受不了。

人们发笑。

我：问老农，这么好的东西，怎么不多种些。老农说，地受不了。

满桌大笑。一桌家常菜都笑了。

宋局长问乔主任：你怎么知道的？

乔主任：哎！

我：领导们都有微信。

才局长：是，领导们都有"威信"。

周易观挂六二，窥观，利女贞。从门缝里看人，是女人的作为。如果大丈夫也从门缝看人，就太滑稽了。不能只看表面现象，而应看到实质。偷看他人的隐私，偷看他人的私人收藏，偷看他人未发表的作品……都是不吉利，甚至是招灾惹祸的行为。同时，也是违法行为。

偷看、窃取他人作品，不如读一读《中华人民共和国著作权法》。

卞主任习惯盘问别人的家务事和别单位的内部事务。有时出于面子，别人应付他；有时别人怠搭不理，他总感觉不到别人讨厌这样。这是他的嗜好。他有优越感，常常感觉别人不如他机智、不如他富有。

昨夜小雨淋淋漓漓，早晨并未停歇。上班时细雨加大，哗哗啦啦。马路上车轮击起壮观水花，向两侧猛力喷射，打伞的行人侧身躲避，击水涌流，漫过马路牙，弥漫人行道。

局部网络时断时续，有时几天连接不上。修理人员工作繁忙，需耐心等待。这次多达一周，打不开网页，找不到服务器，邮件发不出，消息闭塞。或许有人为因素，只是不方便，换个地方连网。西方不亮东方亮，黑了北方有南方。

吃完方便面午休，现在胃没法接受一般方便了，只能吃西红柿打卤面。几天雨后的今天微风，天气真凉快。午睡盖了夹克上衣，两点手机铃声醒来，看看仍然没有电，继续睡了。

正在写作，有一小虫在屏幕，我用烟头去捻，虫子不见了，但屏幕塑料似乎被烫冒烟燃烧，继而破开小洞，露出发红的电炉丝。屏幕里怎么会有电炉丝，边惊讶边注视,电炉丝继续发红,我即刻起身到开关旁,依然斜身注目电炉丝。心里想,如果进而出现状况,我就立刻按断开关。

忽然醒来,天花板边厢彩灯亮了。好,来电了。

仍然找不到服务器,不在服务区吗?

公务招待,公务用车,公务出国,我没有三公经费,还要填表。三公经费,我连一公也没有。上年是零,今年是零,减少了百分之多少?廉政表格主要体现比上年减少的百分比,填多少?零对零,没减少,没成效。

"请问,您办什么业务?"营业厅营业员面无表情,装腔作势,"对不起,请稍等",接电话十几秒钟,"对不起,让您久等了",好像在背台词,又不像,冰冷的面孔与程式化语言极不协调,这么好的话语怎么那么不舒服哪!

服务,有微笑服务和非微笑服务。微笑服务中也会看到,冷笑服务,奸笑服务,皮笑肉不笑服务……

手机电话不显示归属地,未知地区,未知归属地。说着那么好的语言,就是解决不了这点小问题。也好,英雄不问出处。

我雷宇作为国家高级督察员,不用小题大做,只需微风拂柳。第二次人们态度较好,自然平和,耐心热情,办理比较满意。个别人多少会影响到他们的形象,或许是有不如意的情况,反映了情绪。

以前电脑不能连网时,给他们办公室打电话,安排人员来修理。这两次复杂了,办公室告诉一个手机号,打过去,对方又提供一个手机号码,打过去,对方说不管那一片,又给一个号码,打过去,电话不通,又打,占线。几天后,终于打通了。

这段时间,会议少多了,工作运转很好。人们不甚紧张,可以集中精力抓工作。过去,不开会几乎没法干工作,开会就是工作,这是社会的臭毛病,治好了,社会健康了,但愿别反复,别反弹。

只有想不到的,没有做不到的;领导是关键,关键在领导;此地不富,死不瞑目;谁砸了人民的饭碗,我们就先砸了他的饭碗;斩马谡而不挥泪;抓重点,重点抓;抓反复,反复抓;按说的做,按做的说;要敢于亮剑,剑锋所指,当斩则斩;万无一失、一失万无;无中生有,有中生新……官场会议上的这些官话真好听,作为语录。现在领导们都很有水平,语不惊人死不休。范仲淹是朝堂里的官,给后人留下了"先天下之忧而忧,后天下之乐而乐"的千古名言。老范怎么这么前卫呀!这话念叨了上千年,现在仍然余音绕梁,连当今最先进的党派都常常引以为典。当然,先进的执政党还能够做到,为民解忧,让民众快乐幸福。

陶渊明不把自己县令的乌纱当回事儿,不喜欢政治,田园诗写得确实很美,不能拿他当榜样,不然如何城镇化。

少无适俗韵,性本爱丘山。误落尘网中,一去三十年。羁鸟恋旧林,池鱼思故渊。开荒南野际,守拙归园田。方宅十余亩,草屋八九间。榆柳荫后檐,桃李罗堂前。暧暧远人村,依依墟里烟。狗吠深巷中,鸡鸣桑树颠。户庭无尘杂,虚室有余闲。久在樊笼里,复得返自然。

写得太美了,就没有人把城镇写这么美。当然,乡村人仍然加速向城镇转移,美丽乡村只是城里人偶尔向往的地方。

还有个郑板桥,与渊明同志一样,不好好拍惊堂木,涂涂抹抹,写写画画。老农丢了牛,他给画张牛图,虽然他的画买掉能买好几头牛,但那终归不是他的政务。好好的县太爷不当,涂鸦,不仅百姓笑话,官员们也认为他们傻到了家。

我雷宇不敢批评当官的,敢于点评文人,不敢对今人说三道四,勇于评判古人,欺负老好子没劲儿的。还有屈原、李白,不好好在朝廷里为官,闹脾气,使小性子,你比君王还英明吗?不知道逆来顺受、委曲求全。另有苏东坡官比县太爷还大,有政绩,缺人脉,把人家拉关系走后门的功夫和时间都用在了吟诗赋词吃肉上,终不得志。诚然,也不乏王安石辈位高权重,颇有文学造诣。最值得称道的是宋徽宗赵佶,历史上留下了昏君的名号,本人认为他的昏庸值得怀疑,难得糊涂,有力地利用奸臣是帝王的韬略,方腊被灭,宋江被灭。一点儿也没耽误陛下写字画画,创立了中国书法史上的瘦金体,令狂放不羁的书法家们顶礼膜拜。今天老赵的书画价值连城。相比之下,清乾隆作诗、写字、画画,经常挥毫泼墨,笔走龙蛇,高产的皇帝艺术家,但艺术家们根本不买账,现在东南亚连个副教授的头衔都不给他,更有甚者以乾隆爷不会外语电脑为笑柄。

张择端的《清明上河图》描绘的是城市的美丽,应该多些这样的大作。不过,最近有人解释那繁华城市景象的画面,不是作者本意,画面中隐含着杀气,揭示繁盛中的危机。

宣传部长办公室,常务副部长汇报市委宣传部会议精神:道德之星网络投票,每个县不少于10万张票。

副部长:远来20多万人口10万张,百八十万人口的县也是10万张。

常务:而且必须用身份证,一个身份证只许投一张票。可以让各个乡镇动员。也可以利用公安、派出所。

副部:必须征得本人同意,有先例,不仅投票无效,而且毁了整个活动。

雷宇:那是侵权。

部长:让教育发动学生,学生代家长。

副部:能发动多少,真正投票的有多少,很难说,怎么也完不成。

部长:这他妈宣传工作没法干了,睁着眼说瞎话,有时真想一下子敲死他。

去叶书记办公室,叶书记正在用手机打电话:老赵,你走啊……找一天咱们一起吃个饭。

雷宇:据说有记者采访灾后重建中存在的问题。这些问题最好不要弄到全国大网上,那样影响就太坏了。

叶书记:是,那样就不好了。

雷宇:应该想法消化这些问题。

叶书记:对,不能弄出去。我全盘考虑。

雷宇:今年谋划了两项重要工作,但是缺乏办公用车和经费。

叶书记:确实,要搞些活动,车辆和经费也是必要条件。我给庹县长说说,你再找找他。

雷宇去找县长,县长说解决不了。

雷宇:办公用车,市里空办已批,给了编制,这是批件原件。

庹县长:有编制也不行,现在一律不准买车。

第二次找庹县长。

庹县长:实在不行,可以协调一部车。

雷宇:也行,旧车也可以。

一个月后,第三次找县长。

雷宇:庹县长,看看协调车的事怎么样了?

庹县长:不好办。

雷宇:叶书记说,给你说一下。

庹县长:他没给我说,不用他说。

去找叶书记。

叶书记:我还没顾着给他说。就是买辆新车也花不了多少钱。

卞主任与党局长经常到我办公室交流。

卞主任:政协搞书画展啊。

党局长:他们这两年又出书,又是搞展览。

卞主任:他们那也叫书?搜罗些资料,弄到印刷厂印吧印吧,也没有出版社,也没有书号,硬说是出版,跟小孩过家家一样。连个准印号都没有,非法印刷品。展览的书画摄影作品,基本是文联书画摄影协会的东西。

雷宇:正式出版要求质量,而且费用较高。

卞主任:他们有钱,会员、常委大多数是大款。

党局长:他们改名啊!

卞主任:改成什么?

党局长:文协!

卞主任:哈哈,挺贴切。

党局长:文联怎么不搞?

卞主任:以前都是文联搞。开始时人很少,主席亲自登门联系骨干,联络有关爱好者,每年七一举办书画摄影展,渐渐形成气候,很多单位加入联办。越搞越大,后来举办大型廉政书画摄影展,北京的某位部长和著名书画摄影家都献精品参加了展览。市、省文联及纪委以至中纪委领导参观了展览。在全国首先提出并发起了廉政文化建设活动。

雷宇:文联把书画者组织起来,统一培训,参加全省、全国权威部门的书画评级,把省书协、美协的书画家请来,每个人,每幅作品,每个字,进行点评指导,发展市、省级会员80多人。

卞主任:这几年文联出版的著作书籍不少。

党局长:文联出的《民间故事全书》在全国首屈一指。

雷宇:全国各大网站都有介绍。

卞主任:文联主席发表的系列文章作品,把远来县宣传到了全国及世界。

党局长:全国各大网站也有,以美文转发、登载。

雷宇:文联现在实行放开管理。

党局长幽默了一下:放养。

雷宇:把气氛烘托起来,无论谁搞,也是远来县的文学艺术,搞的单位越多,氛围越浓厚,全社会都来搞,那多好。要淡化管理,加强领导,带领和引导,引而不发,意在启示。

党局长微笑着说:不费吹灰之力,就可发动五路大军攻打蜀国。

卞主任:说白了,就没意思了。

党局长:主席是搞战略策划的,是全国著名十大策划人物。

雷宇:也行,认识到文化的重要,文化对社会发展的作用,各机关、部门、单位,全社会都搞文化活动,不是坏事。文化是人类的灵魂。

全省先进事迹报告暨警示教育电视大会。省委书记在讲话中谈了自己的几点体会,与大家交流。各级领导干部要树立正确的世界观、人生观、价值观,一般来说,县处级领导干部基本上吃穿住用都不缺,算是幸福的,贪图钱财没有什么实际用处，而且风险重重，提心吊胆，高度紧张，一有风吹草动，身心不安，甚至毁掉身家性命。现在不是有些企业家也认识到，钱少是自己的，钱多是社会的，是国家的，是人民的，所以那叫人民币嘛。大量钱财非法据为己有，没有那么多实际需要，况且，以不正当手段得来的钱财，迟早是要归还人民的。

为子女贪图钱财，更没必要。主要是提高他们的本领，有了本领，就会过的很好。如果仅有一般能力，也能过上一般人的正常生活。如果没有能力甚至不正干，留给他们大量钱财也守不住，可能被一夜败光，甚至搭上他们的性命。贪官大都是全家进去的，害己害子女。好像林则徐有句名言：子女若争气，留钱有何用？子女不争气，留钱有何用？

要提高自身修养，培育高尚情操，养成良好的兴趣习惯，充分体现自身价值。全心全意为人民服务，把实现人民群众追求美好幸福生活的良好愿望，作为我们最大的爱好，作为体现自身价值的途径和目标。因为自己的刻苦努力奋斗，使人民群众得到幸福，这就是自己的最大幸福。

要对照党的宗旨和要求以及人民群众的希望，认真反省检讨，照照镜子，正正衣冠，洗洗澡，看看病。

我们现在缺什么，就缺自身价值的实现，为民造福，就是自身最大的价值体现。不是停留在口头上，书面上，讲话上，冠冕堂皇，而是发自内心深处，是心甘情愿，是一往无前，是不可阻挡。

这讲话稿好像是我和他一起写的，这就是魅力。不过有一句话挺有意思，他说"……一旦东窗事发……"事实上，贪官们清楚"一般不会东窗事发"，撑死胆大的，饿死胆小的。现在社会已发展到了一定的程度，美好已露端倪，一个人的了不起不仅在于他创造了多少财富，更重要的是他为社会贡献了多少价值，发明电、电灯、电话、火车、飞机……的人们对社会对人类的贡献无法估量，他们的价值是最大的。我们不是科学家，但我们有我们自身的价值，甚至也是不可替代和或缺的。重要的是自然而然，抑或是不由自主，这就是使命，这就是自己。

升到较高的位置，更有条件和能力为社会做事。为社会做贡献的自身价值体现得越充分，越熨帖，越快乐，越幸福。人生观和价值观是实实在在的，是不会堂而皇之的。

省会议结束，县里继续开，叶书记又讲了一番，把他记录下来的会议内容重复了一遍，针对当前工作提了几点要求，中午十二点多终于散会了。

卞主任：不过既打老虎、又打苍蝇，比较廉洁的人，会被没有露出老虎尾巴的人以"苍蝇"的名分给打了。

纪局长:那最终不成了"老虎打苍蝇"了。

龚主席:是老虎"拍"苍蝇。

卞主任:你们打苍蝇就行了。

纪局长:老虎打不了。

卞主任:老虎得武松打。

高主任:一二三四五,上山打老虎。

纪局长:老虎不吃饭……

卞主任:专吃大坏蛋。

哈哈哈哈……缓解了开会疲劳。

谁又来信息:最高学府 EMBA 顶级政商班最新一期定于 9 月份开课,学员主要来自中央办公厅、发改委、国资委、中组部、公安部、总装、央视等部委司局级干部及大型企业负责人,政治局专家教授授课,免试入学,学费 80 万元。

我是傻瓜吗!花那么多钱去上当。我有自己的主义,何必花大价钱去学别人的主义。有朝一日,让你们学习雷宇主义。

卞主任:雷主席,这段时间也不见你,哪儿去了?

雷宇:美国溜达了一趟。

高主任:行啊!又出国了。

龚主席:你哪儿有经费了?

雷宇:哪儿有经费呀。出国什么时候花过经费,自费或朋友赞助。

纪局长:美国美吧!

雷宇:有美的方面,也有不美的方面。

卞主任:还有不美的?

雷宇:也不少。比如,在底特律,一路上几乎看不到公交车,也看不到值勤的警察。一些被遗弃的厂房和房屋破败不堪,周围长满荒草。这样废墟般的景象在这座曾经拥有 185 万人口的大城市许多角落,随处可见。

高主任:世界著名的汽车城完蛋了。

纪局长:那么便宜,比远来还便宜。

雷宇:一般房子几千美元一套,甚至有人可在市区内花五百美元买套房子。越便宜越没人买,因为几乎没有价值,社会配套和公共设施失去保障,社会秩序不正常,治安状况混乱,无法正常生活。现在剩下 70 多万人,迁移流失不断。

高主任:是宣布破产的城市。

雷宇:大片大片的城区荒无人烟,好像空城,有人叫"鬼城"。马默斯莱克斯市,只有8千人口,照样也破产。

纪局长:产业有破产,城市也有破产啊!

雷宇:美国有二十座城市面临破产,美国专家预测,未来美国将会有上百座城市破产。

高主任:国家还有破产的哪。

纪局长:根本原因主要是产业破产。

雷宇:国家有关部门给企业"算命",半数企业年龄不到5岁,企业成立后3年进入死亡高发期。美国企业寿命更短,六成企业寿命不超过5年,美国世界500强企业平均寿命40—42年,一般跨国公司平均寿命10—12年;日本企业平均寿命为30年;欧洲存活5年以上的中小企业只有一半。

卞主任:企业不顶了,城市就完蛋了。

纪局长:城市化速度太快了。

雷宇:这是世界公认的主要原因之一。

纪局长:去美国签证好签吗?

雷宇:不太好签。

卞主任:给说说怎么不好签。

雷宇:手续烦琐,程序复杂。要很多证件证明。排队经过一道道关口。第一道简单看过基本材料。走进去第二道进一步检查贴条形码。进屋第三道又看一遍。转弯进入大厅第四道正式验证。第五道输指纹,美国胖妞说,你的手太湿了,陪同工作人员递上纸巾,我擦了擦手,她说左手四指,右手四指,然后说大拇指,我同时伸出两个大拇指,她表示认可。第六道美国先生验过材料说,这个没用,你拿起来,我从窗口底下掏出一看,是要求的名片和剩下的两张照片。他问,有孩子吗?我未理会,他又问结婚了吗?我说有结婚证,并示意给他。他问去美国什么地方,我说华盛顿、夏威夷、洛杉矶、纽约、旧金山……他说好,你通过了,我说,谢谢,他说,再见。

纪局长:是够麻烦的。

高主任:雷主席去了好多国家了吧?

雷宇:不多。

纪局长:哪国好?

雷宇:美国美,英国英,法国法,德国德。

卞主任:中国中。

雷宇:中国中庸、中正、中立、中和。

纪局长:小日子过得不错就行了。

卞主任:有车有房,身体健康。

现在感觉,胸怀祖国、放眼世界,也并不是什么豪言壮语,欧美也没多远,世界也没有多大。

这几天真费床,翻来覆去睡不着,事多太费心了。县里的事,老家的事,京都的事,三条主线就够费心的了,甚至世界人类的事都要不由自主地操闲心,真是杞人忧天啊!好像不是在弄小说,是在折腾电视剧,线索多了真是麻烦。

像往常一样,早晨爬山后,六点多来到办公室,打开电脑。屏幕显示,本次开机用时38秒,击败了全国71%的电脑。我从来没有打算击败别人,开机快慢也不要紧,只是希望网络连接好一点,网速快一点就行。最理想的效果是,共赢,大家都赢。

晨练遇姑娘,她要求加微博关注。她鼓捣了一会儿,我发现手机网络失去连接,她接过去又摆弄了一番,说可能是网络出现了问题。回来后一直不能连接,只好去营业厅,他们也几乎没有办法,好在最后基本恢复。《易经》说的好,邂逅相遇,勿用取女。"取"字用得恰到好处。

在城南河边树林中,部分河水常年涌流在林中河沟里,夏季凉爽清新,许多餐厅前食客络绎不绝。

刘局长问吃什么,新庆指着路边牌匾说,吃炸(他故意念成去声)鸡吧!李局长说,你这个矿老板,就知道"炸"。刘局长说,轰炸机!

李局长:这里真舒坦!

刘局长:是个好地方。

我:在这里写字、画画搞创作也不错。大师写的是哪一体呀?

道家大师飞龙:我不临帖,随自己的意思涂鸦。

刘局长:道法自然。

我:人法合一。

李局长:小屠是做什么的?

小屠:搞物流的。

我:就是镖局。

刘局长:对,接镖,送镖。

李局长:快递公司也是镖局。

刘局长:快递员就是镖师。

小屠:你是哪个局?

我:我哪个局也不是。

李局长:他是政治局。

我:玩笑开大啦!

李局长:起码他的思想进了政治局。

刘局长:起码是远来政治局。

我:不靠谱儿。我们现在坐在树林的中央。

李局长:你的大作。在国际上都产生影响了。

特色饭菜,大家吃得很香。我吃了很多最喜欢吃的蒸土豆、煮嫩棒子、荞麦面条……

远来连续发生几起重大绑架、强奸、杀人案件。县里召开社会治安集中整治"百日会战"动员大会。政法委书记讲话:最近突发的几起重大案件,虽然具有偶发性,但也有必然性,说明和暴露了我们政法工作的不足、缺陷和漏洞,社会治安到了令人发指的程度。公安及时侦破了案件,要进行声势浩大的通报表彰。这次百日严打,要真打、实打,要打出声威。社会治安是各乡镇、部门单位和全社会的事,各乡镇、部门单位要精心组织,教育好工作人员及亲戚朋友。要打一场人民战争。一把手负总责,要严格实行"一票否决"。

今年的全县违法毒品种植比去年多了20亩,达到150亩,没有达到零种植目标。各单位一把手要高度重视,采取有力措施,进行铲除,争取最后达到零产量。

古人把人分为君子与小人,原来自己感到好笑。人生阅历告诉你,实际上还真有这种区别。有的人当面一套,背后一套;当面奉承,背后挖苦;台上握手言欢,台下互相踢脚;口蜜腹剑,笑里藏刀;妖容媚悦,暗下毒饵;甜言蜜语,如意算盘。《周易》中有专门决断小人的论述,说小人就如苋菜一样,随断随长,割舍不禁。真是这样,平房院子里,渐渐生出此草,越长越多,拔不完,锄不净。别看柔韧多汁,揪出来扔在地上,或者扔在暴晒的水泥阳台上,还要继续生长,甚至破碎成段,也消灭不了它的生命力,人们俗称死不了或掐不死。小人就有这样顽强柔韧的生命力,所以断小人的是君子,生小人的还是君子。此草叫苋菜,可以食用,中医还举出它的好处。有一次,在京都上地一家餐馆的铁栅栏上,我就看到挂满了水焯后晾晒的苋菜。

有人恨小人;有人说,宁可得罪君子,也不得罪小人;有人对小人唯恐避之不及;有人说,不仅会利用君子,更重要的是善于利用小人。可见小人之重要,以至超越了君子。

今天早晨登山,汗流浃背,头发象刚从浴室洗澡出来,汗水不停地淌着。汗水湿透衣服，不知道为了谁。我边走边细心观察滴在路石上的大汗珠，小时候经常听大人们说，"一个汗珠摔八瓣"，预示辛劳。可现在总看不清那掉落的汗珠摔成几瓣，甚至看不到它们摔成瓣。

人们说，好几天不见你了，又出门了？我也一个个打着招呼。下到山根，两个资深保定美女正在上山。她们问我，从哪儿上？我说顺着这几个"龙爪"向上，哪一个都可以，你们不去飞仙山？她们说去过了。一个说这里好，一个说那里好，我说，有的人喜欢精雕细琢的美，有的人喜欢天然去雕饰的美，爱好什么什么就美。

秘书室人来人往，都在等着找县长。局长们个个候着，刚有人从县长办出来，早有等在门口的人抢进去了。找的人还未出来，副县长们鱼贯相从，出出进进。

我问住建局长：咱们县现在最高建筑有多少米？

张局长：28层。

我：八九十米？

张局长：80多米。

我：就是高层，还没有超高层。

张局：没有。

我：咱们国家的标准，好像是超过100米属于超高层建筑。国际公认标准是，高于152米的大楼即属于摩天大楼。

张局：县城不可能有摩天大楼。

我：到2012年7月，咱们国家已建成摩天大楼470座，还有332座在建设中、516座在规划中。今后10年中国平均每5天就有一座摩天大楼拔地而起。

张局：美国多。

我：533座。到2020年，中国的摩天大楼将是美国的2倍多。

交运局焦局长进来了。

焦局长：摩天大楼的造价高，使用费用也高。

国土王局长：主要是节约土地。

张局：超高层建筑，一般会容纳上万人同时办公，对通风、供电、供暖、给排水、电梯等系统的要求也更高。

焦局：动不动就是上百部的电梯系统，一旦"掉链子"，后果不堪设想。

王局：今年6月，世界最高住宅414米的阿联酋迪拜"公主塔"，电梯发生故障，住在顶层的富豪不得不爬97层楼才到家。

我：现在，国内外好多地方都在争世界第一高楼。

张局：世界之最。

我:有的规划成世界第一,建成时就不是第一了。

张局:有的留有余地,建成时看情况,上面再续。

我:国内有个地方的企业,计划比现在世界第一的 828 米高的迪拜高塔高出 10 米。主体钢结构,号称 4 个月建好这座 202 层的"空中城市"。

焦局:也未必是第一。

我:富甲天下的沙特王子想建一座 1600 米的高塔,但受限于当地的地质条件,将高度减少到目前的 1000 米。

张局:争不了世界第一的,也要争全国第一,全省第一,全市第一,全城第一。

旅游局长进来了。

吕局长:世界到处都是摩天大楼,肯定对地球、对生态、对大气有影响。

焦局:世界之"罪"。

我:旅游也是,现在到处都是"像什么",一座山、一个山头、一块石头,象这,象那,编故事,弄神话,胡扯瞎凑,盖庙堂造神像,把天堂变人间,就是不说"是什么""为什么",缺乏文化思想和科学品位,浮躁低俗,污染自然,破坏生态。

吕局:哈,让你一杆子都给呼啦了。

王局:是这样。项目主义,污染环境;开发旅游,破坏生态。

我:当然,也不能过于偏激。

我的新作出版时,来来县县长在电话上说,我给你拿两万吧。当给他送去书时,怎么也找不到他。

全省口号很响亮,我看到在一辆面包车的后视玻璃上,也贴有:解放思想,改革开放,创新驱动,科学发展。不用说,这是宣传,并不是对面包车自己的号召。不过,面包车要真能创新驱动,那当然再好不过了。

今天早晨又起晚了,晚了就不登七山了,还顺大马路,昂首阔步,去丘山。走在康庄大道上,路边一群群晨练的人,映入眼帘,一个个方阵,好像部队,操练的种类五彩缤纷,蹦的,跳的,手舞的,足蹈的,当然也有既手舞又足蹈的,一路似乎观看五禽戏,比华佗的五禽戏更加丰富多彩。

丘山是远来县城盆地东部的一座独立的小山丘,远远望去,好像帝王的陵丘,走上丘顶看,比帝王的陵墓大得多。坡脚围拢着大片的玉米地,山丘上栽满了各种树木,花草鲜艳茂盛,丘顶建有硕大的风景亭,一圈圈一层层花岗岩、大理石筑墙蔓地,雕刻围栏,数根高大的红柱矗立着,色彩斑斓的亭子,一层层雕梁画栋,熠熠生辉。

人群围绕着亭子散步、慢跑、伸腰、踢腿,活动身心,聊天交流。

站在顶层,向东眺望,冉冉上升的红彤彤的骄阳左侧,盆地边缘山势秀美、轮廓清晰。睡美人瀑布般的长发,平坦的山梁,突起着高挺的胸部,活力四射,魅力无限。那山不是景点,也不曾听人说过它像什么,遥望的刹那,生动的画面徐徐展现。这是大自然的画展。

丘山东南侧,又一个新的高层小区,拔地而起,与丘厅相辉映。

我又几乎不说话,打的,坐火车,进地铁,乘公交,被快递到京都,这似乎也是物流我的专线。特快专递,我这个快件,被扔上扔下,终于到达目的地。已经下界保平安了,现在上天言好事。

今年,风调雨顺哪。虽然好事多磨,但是还真没有什么好说的。

昨夜的梦境很奇怪。记得是在野外,我们有很多人,但他们好像是在上面或许是山坡的上面,看不到他们,只有我一个人,旁边是一些重火力,猛力不停地射击扫射,敌人似乎是攻击又似乎是演习,好像是日军,火力没有朝向上面,而是向另一个方向不间断地喷射,我想这是我们的土地,怎么会这样。后来我坐着一种说不清是什么样的奇怪的车,车很小很坚固,好像是厚厚的金属方块,车速飞快,摆渡在崎岖的羊肠小道上,甚至几乎不是跑在道路上,车子"唰"的一下险些碰到拐弯,"唰!"又差点撞上另一个拐弯,但车速丝毫不减,感觉它根本就没法减速……

高度紧张,把自己惊醒了。没有军师,就不圆梦了。还是去晨练吧。

看到几个骑自行车的人,甄医生问我,骑自行车锻炼好不?我说好,全身运动,锻炼关节,活动筋骨,我看专家们是这样说的。他说散步也不错,我说是,咱们不就是在散步吗!

甄医生:雷董,明天开会呀?

我:是。

甄医生:在哪儿开?

我:人民大会堂。

甄医生:开什么会?

我:国际经济形势分析与预测会议。

甄医生:规格挺高的。

我:有关国家领导人出面讲话,部长专家报告,40多个国家的大使、参赞参加。

甄医生:开一天?

我:两天。结束后,钓鱼台还有个行业发展研究会议。

卢部长作完报告,对我说,你也不嫌这东西枯燥,这东西可枯燥了。我说还行。他拿着我的文学作品集继续说,还是这东西有些趣味。

千万金饭店,优惠水煮鱼活动结束。

张总:不优惠了也来一个。再点几道其他的菜。

我:明天还去清华学习呀?

张总:没事就去。没什么意思。他们电话上一次次找我报名时,说是清华,其实,就是租用清华教室上课,企业名称打清华字眼的擦边球。没有学历证书,学位证书也不是教育部认可的。有关网页上罗列了一些看似真实的资料,招揽学员。

我:很不正规。

张总:其实是侵权,欺骗行为。还打领导人的牌子。

我:听说一期期人数还不少。

张总:有的人拿到证件,不在乎真伪;有的人想学点东西;有的人想玩一玩、放松一下;有的人明知受骗,也就随波逐流了。

我:能不能学到东西?

张总:也不是一点用处都没有。他们高价请清华、北大、人大、行政学院等教师授课,有的教授比较认真,有的授课人敷衍应付,有的哗众取宠,态度五花八门。

我:主办方有自己的目的、目标。

张总:明显就是钱。这也没什么不对,关键是不能依靠欺骗的手段。

我:他们挣大钱了。

张总:其实,也就是个个体户,就在上地这块租用办公场地,他们自己都在这里购买了住房。有他们翻车的时候。

我:这几天真热。

张总:气象预报,最高温度达到40度,后来说41度。暑热难耐。

我:不行,跟我去远来。那里号称京西夏都,是避暑胜地,周围温度都高,唯独那里凉爽适宜,而且昼夜温差大,空气清新。

张总:有自己的地方吗?

我:我有避暑庄园。红墙青瓦,高大的房屋,一进门,"唰!"一下立刻周身爽快。后边套间午睡还要盖上薄被。配房橱灶,把院子里长出的从来不施化肥、农药的真正纯绿色超级蔬菜,切拌烹炒,享用现代绝顶美食。黄瓜青绿,带着嫩刺,头顶未脱落的干黄花,从藤秧上摘下冲洗,放到案板上,只有几十秒钟,菜刀一拍,"啪!"发出清脆的响声,听这声音,耳朵已经欣赏美食了。西红柿红彤彤,挂在秧子上,采下掰开,红里罩白,似白霜,像白糖,买来的西红柿是生里焐红的,切开流清水,无法比拟。辣椒、茄子、芹菜……统统新鲜无比。

张总:真是神仙过的日子。

我:更神仙的是我乡下老家还有避暑山寨。青山密林,小桥流水,北山之下,溪水之边,石墙泥瓦,高大的木门,朴雕的木窗棂,大院里长满无污染的新鲜蔬菜,舀一瓢清凉的井泉水,里面常常游动着活蹦乱跳的小鱼、小虾。以山泉之水,揽木柴烧饭。这就是《周易》里描绘的水火既济。

张总:好,避暑庄园,避暑山寨,真美呀!有机会一定跟您去饱览、享受。

手机响了起来。研究中心:您好!雷董,我是研究中心的洪云。说话方便吗?

我:您说。

洪云:主任们商定,让您陪同领导去澳门考察。看您意下如何?

我:什么时间,怎么安排?

洪云:我把行程安排的文件给您发过去,您看发哪儿?

我:电子邮件不可以吗?

洪云:可发电子邮件,还要发纸质文件。

我:您给我发上地马莲洼吧!

洪云:好。您看文件后再进一步联系。再见,雷先生。

我:再见。

张总:又要您陪领导调研哪?

我:上次是政协的,这次可能是人大的吧。

张总:您那主义,有常委看了吧。

我:言论呗,不只常委。

张总:3号人物感兴趣。

我:很早以前,他就讲过,文化与经济本来就是联系在一起的。他只讲了一句话,可能有身份限制。我的理论,全面、鲜明、彻底一些,指出了文化在经济中的主导作用,也可以说是一语中的,有点画龙点睛的意境。

张总:厉害。

我:没什么。时尚地说,可以开个玩笑,本人有文化自信、理论自信、能力自信。

张总:您给我们做的战略策划方案,我看了,感到比较满意,董事会意见也基本一致。策划费余款130万,明天给您打过去。

我:不急。

一个月时间,转眼就到了。

澳门街道狭窄,干净整洁,马路像墩布墩过似的,有很多摩托车,跑得飞快,交通和社会秩序很好。虽为富甲一方,但人们看起来很朴实,与豪华的星罗棋布的赌场形成了鲜明的对比。

领导说:澳门是国际性的休闲娱乐中心,博弈业已发展到相当的程度,应该着眼对人们及后代的长远教化,开拓文化产业领域,增进民族文化内容,保障长治久安和永续发展。

我建议:应该加强内地与澳门的交流,特别是增加内地对澳门的文化帮助和影响,在文化主导发展方面形成氛围。

私底下,有一随行人员说,这么小的地方,五几十万人口。我说,地位重要。

回京后的这段时间不是很忙碌。

联合国秘书长今天来中国,晚上在京都安排与网友交谈。我也给他提了一个问题:如何提高联合国的权威性? 秘书长回复:您提的这个问题太大了,这是历届联合国考虑的问题,每届联合国都在向着这个方向努力。不过,像您这样的人越多,实现这个目标的可能性就越大。谢谢!

蔺教授来电:雷董,您忙什么哪?

我;忙一些鸡毛蒜皮的政务。

教授:还忙政务,您是作家,又是理论家、思想家。您的论文可以攻读博士。

我:我没那个想法。

教授:您的理论,既是学说,又是战略思想。不是从工商管理的具体层面谈论的,是从世界发展、人类发展的战略高度策划的。

我:您过奖了。什么都不是,就是习惯思考,写出来,做些事,力图对社会有些用处。

教授:国家级大报发表后有新的进展吗?

我:有一些国内外专家、教授题词、评论。网络阅读目前超过10万人次,可以说与日增加。

教授:还可以多增加些论据。

我:好,谢谢!

最卓越的东西,也是最难理解的东西。

网络是个绝顶的好东西,但出起问题来也绝顶让你扫兴。当你想做点有用的事情时,电脑找不到服务器;当你与朋友交流酣畅时,笔记本无线网络断开了;连手机网络都在不停地与你开玩笑、捉迷藏,网络连接出现问题,请检查网络配置。网络是网落。只能临渊羡鱼,不能退而结网。

营业员拿过手机,很简单,跳卡了。没过一小时,又故障了。

有的领导把网络当成万恶之源,洪水猛兽,十恶不赦。实际上,网络不仅为当代工作生活不可或缺,而且,是领导联系群众的重要渠道。数亿网民是庞大的群体,是隐形社会,是无形世界。执政者应该代表先进生产力和善于运用现代化手段,从群众中来,到群众中去。落后于群众,就无法更好地领导群众。固步自封,就会被群众所嘲笑,或者嗤之以鼻。

电话:您好!雷总,我是龚龙。

我:啊,您好,龚处长。

处长:我们省政府领导研究了一下,想请您做个经济发展战略策划。我们匡秘书长和您电话磋商。

秘书长:您好,雷总,您是搞战略策划的,宏观信息丰富,又比较熟悉我们全省情况,特别是对基层有全面深入的了解,想请您给搞个构架方案。

我:好,给一些政府也搞过几个策划,省级的还很少。这个问题,我还真有过考虑。比如,环京都的运用,经济发展方式、结构、产业应有突破。与京都相比,经济发展的强项在于如何发挥自然环境和独特资源优势,在大气和河流方面大做文章,通过狠抓治理和发展,显示出独特的魅力,由京都辐射变为吸引、吸纳京都特色资源,给京都营造清新的周边环境,把新鲜血液和洁净的空气源源不断地注入京都,先与后取,取之不尽,用之不竭,源源发展,长远发展。

敢于暂时冷淡GDP,坚定地毫不犹豫地毫不动摇地坚持可持续科学发展,瞄准建设京都周边花园和基地,大力发展旅游休闲度假产业,丝毫不怀疑把文化当成王牌,把文化主导经济发展作为总体核心战略。

电话上就不说那么多了。

秘书长:好,我个人认为这个思路不错,我们另约时间详谈。

我:好,再见!

又要策划了。

虽然给我弄了个中国十大杰出策划人物之一的称号,但没有多少人知道。我就不信自己成不了人物。把自己弄进小说里,当主人公,小说里描写的人,都叫人物。这样很容易地就把自己搞成了人物。而且,想让自己有多高大,自己就有多高大,想让自己有多伟大,自己就有多伟大,不仅会成为人物,成为大人物,成为了不起的人物,而且可以把自己造就成伟大人物。这是成为伟大人物的最好捷径。方法就是第一人称。

小说里,自己可以一展才华,显示韬略,可以排山倒海、气吞山河。可以是帝王、玉皇,可以是上帝,主宰宇宙。文学作品是好东西,不然人类不会弄得它昌盛不衰。世界上不说,就说中国,屈原、李白、关汉卿、曹雪芹……都是此辈;陶渊明、郑板桥之流,不得志,嫌县令官小,一头就扎进了桃花园和文学艺术中,假如是今天,让他们兼任文学艺术界联合会和作家协会主席,顺便给他们戴顶党组书记的帽子,多给他们扣几顶乌纱,看看他们还闹脾气、要性子不。实在不行,就提拔提拔他们,让他们晋升省文联主席或作协主席,正县级升正厅级,破破格,具体说,板桥任文联主席,渊明当作协主席,这不就都摆平了吗!

不过,现在县令确实也是高危职业,看看那个县委书记,摆了四桌,3600多元,不够一瓶好酒钱,平均一桌900多,一条烟钱,被免职了,严重警告。名字叫得太大了,也不改改,又不是天子。爱好吃喝宴饮的官员转移一下兴趣吧,还不如鼓捣些文学艺术哪。

报纸披露:开支名目繁多,数额越来越大,层次越来越高,过度职务消费成了不装腰包的腐败。一个地市级副职每年职务消费40万元以上,经济好的要在100万元以上。这数字一定很保守。地厅级正职和省部级职务消费未公布,我想慈悲为怀,怕吓着老百姓了,这是善意,用心良苦,可以理解。职务消费,目前属于正常消费。违纪违法另当别论。

职务消费是必须的,是为了为人民服务,废寝忘食,呕心厉血,鞠躬尽瘁,死而后已。像我雷宇,没有三公经费,能为人民做什么事、做多少事?

我虽然自费,但也是每天晨练爬山后下馆子,一碗小米粥,一个饱子,还常常另加一个煮鸡蛋。我感觉有些浪费,进行了改革,一般情况不加鸡蛋,特殊情况奢侈一下,吃个鸡蛋。我虽然喜欢简朴,习惯简朴,但这怎么能够更好地为人民服务哪?人民也吃饭,不吃大坏蛋。

前段时间,程司长发来手机短信,告诉他在发表的文章,请拨冗阅读。今天,又让我对他刚发的文章,评论雅正。现在,孟部长短信,祝节日快乐。领导们比我主动、有活力。

谁说没有裤子,刚刚买的梦特娇。不是彩霞颜色,而是深蓝正装,洁白半袖扎在里面,人们说像领导。跟领导比什么,老百姓就是老百姓。

过于真实地描写自己,看起来总有些虚假;艺术地再现自我,人们以为真实生动。

傍晚,县委电话通知,下周市纪委将明察暗访公务招待,要求一律不以单位名义、不用公费接待。暗访组将进行录音、录象取证处理曝光。本人一向拒绝来访,没有招待费,几乎没有招待,偶尔一次当然自费,得罪了上下左右众人,正好此事一切无妨。况且,本人现在不在县里。诚然,通知面向的是各个部门、机关、单位、乡镇……

　　刘总、张总,都到上地来找我。

　　刘总:张总这段时间忙什么?

　　张总:有个项目,刚从河南回来,路上太慢了。

　　我:美国有个亿万富翁是个科技奇才。他搞了个城际高速运输系统设计方案,计划在洛杉矶和旧金山之间架设一条高架管道,借助管道里的胶囊状太阳能动力客舱,乘客可在半小时内飞越640公里的路程。

　　刘总:那比飞机还快。

　　我:跟吃个胶囊一样。

　　刘总:那胶囊跟子弹似的,"唰!"一下就射出去了。

　　我:管道就像长长的炮筒,人乘坐胶囊炮弹,被打出去。

　　刘总:您没点正型。

　　部里来电话:雷书记,赵部长安排的大型图书出版了,看您需要几套?

　　我:再说吧。

　　电话:书上有您的名字。

　　我:先给别人吧。

　　张总:社会变化太快了。看看现在的建筑,五花八门。

　　刘总:大裤衩子都出来了。

　　我:古代建筑美观,实用性差一些。现代建筑实用性很强,但是显得单调、枯燥、单一,水泥森林。那座大楼据说设计本意是"握手"的造型,但是太别致了,鹤立鸡群,出尽了风头,人们难以接受。实际上,它打破了一种格局,具有变革的意义,我倒感觉它很有特色。是座京都的现代化地标性建筑。过去看到天安门,就知道是北京。现在,电视中出现这个镜头,马上就断定是京都。它甚至比那座承天门还有地标性特点。

　　刘总:承天门是哪儿?

　　张总:就是天安门。

　　我:原来叫承天门。我感觉承天门是京都对它的称呼,天安门是全国对它的称呼。

刘总:鸟巢,理解的人们多一些;鸟蛋,人们不好接受的情绪高一些。

我:我感觉都有特色,丰富多彩,比一律火柴盒要好得多。社会一定会有多方面的需求。随着社会生活的发展,人们的精神需求会越来越五彩缤纷。

2013年夏天,是特别炎热的夏天,南方多省气温常常超过41度,有的高达43度,60多年罕见。8月18日,气温"唰!"地一下突然下降,凉风刷新着多日的热浪,人们长长地哈出一口气,有秋天的样子了。

刘总也要体验坐地铁。门一开,千钧一发,人们蜂拥而入。人未到,屁股已经扔上座椅了,然后再把身体的其他部位和谐跟进。我突然忆起了儿时放羊的景象,秋天的杏叶黄红着闪着霞光,这是羊的美食。我抄起羊铲向杏树不断地打去,金色的树叶"哗哗啦啦"不停地落下,羊群"咩"的一声,从山上冲下来,真似千军万马,排山倒海,气吞山河,横扫万军如卷席。

美军曾经诧异中国军队:弄个小喇叭一吹,士兵们不要命地往前冲,谁能抵挡得住。一个小喇叭,无往而不胜。真是奇怪。

不熟悉要领,我和刘总等人没有座位。

刘总:好家伙,这场面很壮观。

我:有观瞻价值。

刘总:身体素质都很好。

我:此时颈椎、腰椎都颇合作。

座位上的人们大都翻看着手机网页。

刘总:看电视报道,地铁中打架的事儿还不少。

我:大都因为小事,互不相让,争强好胜。

刘总:在京都这么多年,不知道京都还有草房。

我:还有草桥哪。

刘总开玩笑:草房可以住,草桥怎么过?

我也调侃:不是有草上飞吗!

刘总:人类真的了不起啊!

我昨天我看电视报道,大汶口古人头骨开颅。石器时代,没有金属工具,没有麻药,如何开颅,是个谜。

一青年人让座,示意我们坐下,我与刘总同声婉谢。"让"与"抢"在一念之间,举手之劳,结果截然不同,气氛天壤之别。

刘总:明天您去山西呀?

我:去开个会。

三日后，从山西回来。

这次沿凉水河行走。凉水河是京都的标志性河流。凉字，原为三点水，水少了，变成了两点水。看起来似乎是京城水少，缺水啊！可凉水河依然有益观瞻。凉水河，或许因水清凉而得名。从莲花池出来，凉水河向东、向南，缓缓流淌，滋润周围城郭。河水不深也不浅，浅处一、两米，深处也不会很深。水静波平，不慌不忙。到亦庄，一个大甩湾，圈出了个庞大的开发区。河套地区是富庶之地，是繁荣昌盛的乐园。一品亦庄，天下亦庄。这是最大的庄园。是现代化的庄园。是国际高端科技产业庄园。

祝家庄，方圆五百里，那是艺术夸张，也是虚张声势。

京城海拔大约在20—60米。我总找不到京都地形图，只好粗略地由河流判断地势。永定河、凉水河，基本由西向东，温榆河、潮白河，大致由北向南，看来，京城地形总体来说是西高东低，北高南低。河流下游低缓，汇集吸纳，好似谦虚之人的吸引。海纳百川；高处不胜寒，高山只有冰雪的笼罩。

地铁6号线东行终点到草房。钻出地面，一群群人散发着售楼广告。

刘总：去年这里还每平2万，今年地铁一开通就涨到了2万8千。

雷宇：那个小户型比较便宜，楼上楼下各40平，160多万，合2万多。

刘总：小李买一套吧。

小李：我在旧宫住。

刘总：小杨也在旧宫住吗？

小李：他没有，他在通州。

刘总开玩笑：哈，宫外孕！

小李：小杨想在新宫买套房子，他对象在那里上班。

刘总：在那里着床也算正位。

小李：南苑位置不错。

刘总：中轴线嘛！

雷宇：草房这儿的户型不少。

刘总：户型五花八门。

雷宇：楼盘要创新，户型也要创新。

刘总：这个地段还不算十分偏远。

雷宇：五里桥，属朝阳区，旁边就是通州邓家窑。

刘总：通州发展很快。

雷宇：京城副中心，有精神区位优势。

刘总:五里桥比双桥远一些。

雷宇:双桥比这里开发稍早一点。

刘总:现在发展到六环外了。

雷宇:其实五环内仍有很多地块,四环也有不少空地,十八里店那一带就有大片大片的废墟长期搁置。三环内依然有准备改造的棚户区。

刘总:也是摊大饼的扩张趋势。

雷宇:全国各地都在圈地、造城。

刘总:将来会出现好多空城、鬼城。

雷宇:过几天我去终端看看。

刘总:又联系群众啊!

雷宇:咱们就是群众。

刘总:联系要有尺度,联而不系。不要被系住,不得解脱。

雷宇:联系主要是发自内心,不在于形式。

刘总:心可以系,身不可系。

雷宇开玩笑:您的意思是,打一枪换一个地方。

刘总:不,光换地方不打枪。

雷宇:蜻蜓点水?水上漂。

刘总:现在与过去明显不同了,老百姓的生活方式也发生了较大变化。您与他生活在一起,他未必方便;您给他谋划思路,给他压力,干涉他的生活,他未必满意。

雷宇:确实时代变了。宁要青山绿水,不要金山银山。理想的状况是,既要青山绿水,又要金山银山,但这往往是愿景。实际上常常是二者必取其一,甚至是什么也得不到。边污染边治理是已经做得不错了,光污染不治理的并不少见。实际上是落后地区,只要耐得住寂寞,忍得了相对贫穷,持久坚持不攀比,走绿色发展之路,是有美好前景的。

刘总:一般是做不到的。谁也不忍心看着别人摊大饼。

雷宇:其实,人类已经发展到了相当的程度,但是不能停滞,就像经济学家说的自行车理论,只有发展才有平衡,停滞就会失去平衡,就会倾倒。

刘总:二难定律啊!

雷宇:今天中午咱们就在这里吃饭吧。

刘总:好,新鲜一下。

三人进了一家小饭馆。

刘总:要个韭菜炒猪血。

雷宇:来个尖椒、西红柿炒土豆片。

刘总:再点两个小凉菜。

小饭馆热热闹闹,红红火火。

雷宇:小李,你告诉服务员,土豆切片后不要水洗。

刚回到上地,电话就响了。

我:您好,我是无名高地战略策划集团总裁雷宇。

对方浓重的地方口音,叽里哇啦,我几乎一句也听不清。

我:请稍等,我换别人与您讲。

田秘书进来了:我来说吧。

她是南方人,听起来容易些。

张总走了一段时间,晚上回到家,老婆做了白萝卜炖羊肉,韭菜炒鸡蛋。夫妻二人各喝了一小杯茅台,疏通血脉。

夜晚功课,女人频繁起升。

时运转换又到了乾位。

初九：一条潜伏的龙，不要有所行动。有才德的人操守坚定，他不会去随波逐流，也不在乎什么名声。隐居世外而心志怡然，嘉言懿行纵然不为世人所闻也不会烦闷懊恼。合乎正道的他尽心去做，背理逆情的勾当则断然不为。纯正的德性无意于闻达，坚定的操守从不动摇。

九三：一个德性高尚的人勤勤勉勉地劳作了整整一个白天，到了夜晚已经是该歇息的时候了，他还要那么认真地反躬自省。在这样的人身上还会发生什么灾难哪？君子整日勤奋不倦，坚持正道，锲而不舍，努力培养和巩固自己按天道行事的高尚品德。提高品德，修习事业和学问，这是君子所倾心的大事。涵养品行，渐次向高超的道德境界迈进，首先要从忠诚守信做起，树立良好的信誉，进而奠定可以安身立命的事业，在精诚的基础上学好运用语言的艺术。看清了事物发展的前景和最终的结局而向理想的目标积极迈进，您就可以同这样的人谈论事物发展的微妙征兆和苗头了；认清了事物发展将要终结，那就心安理得让它自然而然终结，这样的人您就能够和他同担天地道义了。身处尊位却不骄矜自持，卑微的时候仍旧坦然自若毫无烦忧。勤勤勉勉，任劳任怨，随时提醒自己，鞭策自己，警戒自己，待人接物不大意、不放松，危险固然也会不时出现，但是毕竟不会有什么灾祸啊！

初九：但凡处在最底层，总是人微言轻，起不了什么大作用，时运未到，天地玄机尚在他人之手，事态的发展与己无缘，有限的力量这时只可以用来存身自保，铤而走险必有不虞之灾。

君子坦然生活在烟火袅袅的民间，居风尘，行微贱，微贱里藏高贵，人们每天都看到他勤勤恳恳做事仿佛不知疲倦的样子。赡父母，养妻儿，化育社会。

九三：具有乾阳之德的君子，身心并用刻苦上进，日日辛劳永不怠倦。他德性的提高，才能的增进，恰恰与天道变换的时序协调一致。不急不躁始终保持健康稳定的心态,在人世的平凡与艰难之中增强历练,平素以此立身行事,自强不息。

它的上下都是阳爻,说明被重重阳刚之力所包围,自己虽然说不上柔弱,然而其周边的力量却更强;处在内部的上位,与外卦也够不着边,表示他不当时不居中,相对于内卦之九二和外卦之九五而言,即所谓"上不在天,下不在田",野外边缘,偏离中心。这样的地位昭示,处在两可之间,孤独寂寞,险象环生,乾乾君子于勤勉劳碌之中,一定含有种种难言之隐。方是时,唯有坚韧振作勤奋努力,于己于人保持高度的惕厉,才能在尘世的激流中波澜不惊、处危常安。

时运似箭,昨天还是九三,今天就运转到了九四。

九四:由内向外,从下位晋升到上位。表面是上爻,其实处境更加艰难。

或者潜入深水,或者腾跃上进。跃入深水的龙有时游到上面,有时潜入底层,这并不是一意放肆,而是自然而然常理中本有的事情;同样,君子有时奋然前行,有时自觉退隐,不是僵化死板的傻样子,这也是因时因地以取变化,并不是一味要离群索居、脱离众人。君子审时度势,在品德的提高和事业学问的修习上孜孜不倦,如此种种作为,正是为了能够抓住一个可以施展才德的大好时机。

君子投身人寰,大任将降之际,诚惶诚恐如履薄冰,自个先作检验,先有一番迎接考验的磨砺功夫。

从天象上看,炎热的夏季就要过去,天动龙动君子动,一切都表明,天运即将发生重大变革。

九四被重重阳刚之力所包围,处在外卦之初,既不居地之中位,又不居天之中位;上面是威风凛凛的九五之尊,一人之下,万人之上,虎视之地,是非之域,死生辱荣之门,战战兢兢诚惶诚恐,未得其时未得其位,上不着天,下不着地,中不着人。由此可知,君子居九四而希图安然无虞,那是多么困难啊!或者潜入深水,或者腾跃上进,强调了一个非常醒目的"或"字,表示君子居九四,就像走钢丝一般危险,这里有地雷、有陷阱还有地狱,不搭村不搭店,前有虎后有狼,好人难做,难做也不能不做,出力不讨好,不讨好也不能不出力,一切都不确定,一切都不分明,无论什么人,只要他处在这种左右为难、风险重重的位置上,同时又力图避免灾难,除了异乎寻常的忠诚,还必须多方审度谨慎周旋,必须具备非常高超的才华和运用异常灵活的政治手段。

天泽履就说的是踩着老虎尾巴行走。空降,飞天,大起大落,无限循环。

西方神话里有个西绪弗斯,他与宙斯打仗,被宙斯打败了,宙斯王罚他做苦力,把一块大石头滚到山顶。我们有爬山的经验,空身上去都是很累的,可是西绪弗斯还要向上滚那块石头。滚石头倒也罢了,要命的是费了九牛二虎之力,好不容易把石头滚到山顶,还没等喘一口气,宙斯偷偷吹口气,那块石头又滚到山下去了。他只好重新开始,就这样循环往复,永无成功之日。与此类似的是,在月球上工作的中国籍的吴刚,在学仙的过程中犯了错误,被罚砍月亮上的桂树。那桂树随砍随长,直到现在,月亮上那桂树的树荫依然浓郁。好像今日的因特网,网络、网页滋生蔓延,有人试图删砍,可越砍越多,越砍越茁壮茂盛,以至铺天盖地,无所不至。

或跃,将进而未进也;在渊,欲进而复退也。人要起跳,先要下蹲;人要跳远,先要后退助跑。现在跃跃欲试,那就放胆一搏。人生第一搏,败象居多,不要紧,早一天取得失败的体验,便多一分早一天成功的条件。马克思说,这里就是逻各斯,就在这里跳跃吧!

龙,未必就是真龙天子。世界上本无龙,龙是象征,是境界。大人物,伟大人物,都是龙。陈胜,项羽,李自成……失败者也可以是龙。孔子,鲁迅也是龙,马克思也是龙。毛泽东无疑是龙。这条龙说:帝王,一代帝王;圣贤,百代帝王。

这些东西,似乎有些迂腐,实质上,确实为几千年的文化精华。站在历史长河中,更加恒长和久远。强调德、才和智慧,把德性放在首位,这是文化的积淀,也是哲学的反映,还是科学思想的融会,可以升华出,德才兼俱、以德为先的政治文化。诚然,《周易》的龙,未必指帝王、官员、政治家,是泛指大人、君子,是社会有用之才,是对人类有贡献的人物。初九到上九是他们的成长轨迹。

市里开会,顺便找一下市长。秘书说,去北市区了,好多老百姓遭遇断水,发生了群体事件,公安处置不力,矛盾激化。

这地方不安生,爆炸案把多栋居民楼炸得满目疮痍,造成群死群伤,血肉横飞。尽管是刑事案件,可形成了恶劣影响。

回到县里,又赶上开会。

卞主任:你也不拿笔和本。

我:这又不是汉字听写大会。

卞主任:记不记的,也得装装样子。记什么,他们也不知道,你就是画王八,他们也看不到。

我:我用手机记录。

卞主任:对,节能减排,少浪费纸张,他们也应少放厥词。

我:张主任没来呀?

卞主任:没有,他被相好的咬了一口。

我:并不奇怪。

卞主任：看来，找相好的也要德才兼备，相貌漂亮的同时，要看人品道德。

我：交朋友也要以德为先。

早饭，我要了一碗老豆腐、一根油条和一个鸡蛋，坐在靠吧台的桌子准备吃，一姑娘来夹咸菜和小菜。她回到小间，突然，"啪!"地一下，汤勺掉地摔碎的响声，大人说，你怎么连这也端不住，服务员过去看，我扭头发现女孩仰在地上，大人按着她，一只手掐住她的两腮，服务员说，用筷子吧，我看到大人用筷子顶在她的唇齿间。我过去看，问怎么啦？服务员示意别问，回到座位，服务员轻声说，她爸骂她了，生气了。服务员抱怨，知道孩子有这病，就不要说她了，现在孩子们有这病的挺多。

我并没有听到大人骂她，只是正常一句话，声音也不大，轻轻地有点责怪，就气得犯了病。服务员问他，他说这是第四次了。

吃完饭，我走出小吃店。总有些不放心，一会儿，我返回了小店，服务员说走了，没事了。我问什么病，服务员说癫痫。

正风肃纪的文件厚厚的，浩瀚的表格，翔实的条款，要求填写上报。我阅读了一下，这是不折不扣地转发上面的文件，坚定不移地执行上级的要求精神。偶然遇到有关负责人，说你们要上报，我说我看了一下没法填，都是面对上级的内容。负责人说，那也得填报，编着填。

填吧。是否对现有文件简报资料进行了精简整合，严格按照行文规则行文，严控篇幅，压缩印发报送范围；是否切实减少会议活动，认真落实全年"无会月"制度；是否严格控制会议数量、规模、时间和参会人员范围，提高会议活动质量……本部门基本不召开会议、不发文件，参加的都是别人召开的会议，阅读的都是别人发的文件。

是否按规定公开"三公经费"情况——本机关无公务招待费、公务用车、公费出国。

是否存在突击提拔、调整干部行为，是否存在临时动议决定干部任免行为，是否存在任人唯亲、封官许愿、营私舞弊行为……本机关没有这个权限，不是干那事的。

是否超编制配备公务用车，是否超标准配备、豪华装修公务用车，是否违规使用越野车……本机关有公务车编制，就是没有车。公务车的事情不知道填报过多少表格材料了，这是个极大的讽刺。还谈什么豪华越野，不是那地位不会有那奢望，连最基本都保证不了，是绝顶的侮辱。

是否超标准使用办公用房，是否超标准装修办公用房、公有住房，是否违反规定多占住房——不仅本人没有办公室,班子成员都没有个人办公室。领导班子成员只好在一个大房间集体办公,这是机关的公共办公室。大吊灯,壁厢彩灯,洁白的地砖,都是我们搬来之前好多年就有的。我还真有个大办公桌,坐北朝南,有记者说这是老子的面南术,我则一笑了之,里面是文件图书还有方便面。只是普通的转椅已用十四年,坐开了缝隙,革面破损,露出了海绵,尽管不够庄严,但不影响本人继续端坐。况且,"本官"坐着,人们却看不到它的寒酸。这也不影响在右后墙壁悬挂《书香》的书法条幅,迎面白壁油画相映,西面壁贴有中国地图和世界地图。两侧还有镜框,内载原省委书记的"三自六不"和"八三"工作法。右手花岗岩面茶几两边坐拥锦绣花色大沙发。东面是使用了二三十年的几乎成了文物的大卷柜和小橱柜,里面装满了书籍资料。联想电脑摆放在上世纪的三屉桌上,旁边是唯一有点自豪的新型打印机,副职、助手相对而坐,不过人们总说这里常常是神龙见首不见尾。

窗台上的君子兰,是我花十元钱买来的,没养两年就开出一朵鲜艳的大红花,次年分蘖,开了两簇,又年再分,依次盛开三朵,非常壮观。叶子肥壮,花色艳丽,飒爽英姿。花下自然生出蔓草,甩向两侧,爬上铝合金窗框,鲜嫩葱绿,开出零星碎花。好几个局长觊觎,我告诫他们,君子不夺人之君子兰。有人想买我的,我坚决不卖,假如有鉴宝专家做节目,我也许会说,专家,给估个价呗!另一盆兰草,清香淡雅,柔嫩素朴。

既然必须填报,那就按要求一项项来吧。有的打对号,无的打错号。一个多小时评判,好像批改小学生作业,又像是殿试阅卷,不知是谁在赶考。忽然,对自己肃然起敬了,自己成了大领导、大人物,自己的形象霎时高大了起来。如此大的人物,连个公务用车都没有,这决然不是耻辱,这是多么高大的形象。

这个文件真好,它让我充满了自信。希望今后,这样的文件要多发,这样的活动要经常举行,持之以恒,坚持到永久。

九四将重要的工作交给了初六。才能薄弱而地位尊贵,欠缺智慧而委以大任,烹熟的未烹熟的一股脑儿全都倾倒了出来,打翻了王公的美食,弄得杯盘狼藉,湿淋淋的。打开一看,在场所有领导的脸色全变了。

还找一把手。叶书记又说,其实买辆新车也花不了多少钱。我说,是,又不奢望要好车。书记说,你再找找庾县长和程县长。

庾县长说,找程县长。

程县长是常务副县长,北大毕业,年轻有为。

程县长:市政府研究室副主任刚刚来过,副处级都没有车。

我：不是领导配车，是一个机关应该有部公务用车。已经办理了控办编制。

程县长：买不了。

我：协调个旧车也行，能用就可以。

程县长：解决不了。

今天早晨，走在七山的羊肠小道上，突然，路上一只小鸟向前奔跑。我走到跟前，它迅速加快了脚步。我沿路走，它在前面顺路跑跑停停。这是只刚孵化不久的雏鸟，还不会飞。它越跑越快，甚至离开地面，忽然飞了起来。飞机的发明，大概由此启发，仿生而成。这只小鸟也许较快地学会了飞翔。什么人跑得最快，被老虎追赶的人跑得最快。我并没有表示逮捕和追赶它的样子，它还是跑得飞快，以至飞行起来。人在没有路走的时候，也会想到飞天。

秋天，山上的野花更加成熟和艳丽。有的生长在碎石中，干巴巴的一片碎石砾，孤零零旺盛着五颜六色，如此贫瘠艰苦的条件，它们怎么会如此地滋润和欢畅。干燥中的润泽，苍白里的鲜艳，尤其美丽动人。

下山的途中，没想到偶遇多年好友。他就是远来人，从本县工作调到外县，后去市里。

今天上山很晚，山上的人已寥寥无几。他乡遇友是一种情景，在寂静的山野之中抬头忽遇旧友，更是人生中不多见的景致。

我：这么巧？

友：是真巧。

我：还在那里吗？

友：啊，可能快调呀。

我：早就正县了吧？

友：有几年了。

我：那好办。

友：也就还干三几年了。

我：也未必。

友：拜读了你的"世界新学说"。

我：2010 年发表在《中国改革报》上，2012 年看到中央理论刊物总编也发表了类似的观点，他原为某省委副书记。

友：不容易。

我：还在实践检验中。

我们竟然谈论了好长时间，幽默的是，居然聊了一番组织人事制度和全国形势。不讲政治,那就不是文化啊!

全省领导干部电视大会,宣布了一乡党委书记大操大办子女婚事的违纪行为,免除其党内一切职务。

卞主任:20多个村干部才上了3千多块。

党局长:不好办了。

监局长:以前给别人上的那些礼,都白上了呗?

卞主任:看你这纪委副书记、监察局长都接受不了。

党局长:风俗习惯,礼尚往来,也不可能生活在真空里。

我:一般是这样。当然也有所不同,确实有靠职权借机大肆敛财的,他得眼病,别人跟着上眼药,这个分寸尺度确实不好界定掌握。

我雷宇又看到了九五:龙在天上飞腾,肯定出现了一个非同凡响的大伟人。意味着德才兼具的君子奋立天地之间,推行中正之道,可以大有作为、建功立业。相同的心声就会此呼彼应,志向一致就可以互相协助。水朝低洼的方向流动,火向干燥的东西燃烧。云卷云舒随着龙的飞舞千姿百态,风起风落伴着虎的奔腾变化无常。圣人崛起,天地一新。秉受于天者天然向上,赋形于地者自然下沉。到头来,天地万物各自只能在自己的群类里找到最终的归属。

金秋时节,乾阳之势正逢其时,君子得大位而力行天德,施展平生抱负,治天下,济苍生。乾乾君子莅临天位,强健有力的天德躬逢其盛,天下治平,四海康宁。

他管理天下万民的美好功德,能够与天地生养万物的功德合符契;他圣明的判断,能够像日月的普照一样明察秋毫公正廉明;他为政行令因时制宜井然有序,恰恰与春夏秋冬共始终;他占断王事预卜来日,可以与鬼神比灵明。他的某些举措虽然在上天的垂示以前就发动,可是上天的运行却并不违背他的初衷;他的另一些举措纵然在上天的垂示以后才推行,却并没有因此而落后于天地运转的大钟。

啊!您看那乾阳当午的伟大人物呀,就连刚正圣明的上天都没有违背他,又何况是吃喝拉撒的凡人呢?更何况是看不见摸不着、心有灵犀一点通的鬼神哪?

限制能量,放缓速度,悠着点,慢慢来,决意不使自己飞升高超的境界。登上高峰,紧接着就是下坡路。功德之尊,上面则为亢龙有悔。

有德才的君子,恩泽四方,还要化育身边和周围的人们。使人感觉礼仪廉耻的必要,让人树立功德观念,感悟何为光荣、何为耻辱,体现人间正道价值。有恩泽的时候,往往也是小人乘虚而入的时机,小人会贪天之功据为己有,会偷袭剽窃,会踩着你的肩膀,上窜下跳,好像他(她)受的苦比谁都多,他的功劳比谁都大,采摘树上的桃子,窃取他人成果,中饱私囊。小人不择手段,踩着别人上去然后回过头来狠狠地踩你,小人无所不用其极,小人会在丑陋的嘴脸上涂脂抹粉。小人没有尊严,却装扮得无比尊严。有时看小人也很可怜,很不容易。恩泽普被的时候,也是小人猖獗的时候。小人是虱子,是蝎子,是毒蛇。小人难以决断,却必须决断。到了决断的时刻,小人已经作恶多端了。

小人总是自我感觉良好,没有自知之明,认为可以形成乌云,可以风雨冰雹,可以狂风尘暴,其实也就是污泥浊水,垃圾尘土。

有人说,正义的目光可以把小人逼视得无地自容,其实不然。小人没有自尊,小人的脸皮比城墙还厚。小人没有尊严,没有人格,没有道德观念,没有伦理意识。小人窃居高位,本来该正人君子站的地方,被小人窃取了,小人是害人的权奸。小人像鹰隼,长着鹰钩鼻,盘旋在高墙之上。用事先准备好的利箭,像射鹰隼一样,将小人射落。小人被除掉,小人还会似苋草般生出滋长蔓延。

小人离得最近,总以为小人也不容易。要感化小人很难,要改造小人也很难。

小人,不光指臣属下级和一般人,有时也有君王。商纣王就是被周决断的最高级的小人。先升于天,后入于地,一下子掉入深不可测的大地之中,遭遇灭顶之灾,大声呼唤,也没有人理会,而且被反戈一击。

今天不上山,沿县城北面行走。北环大多仍为平房,北外环刚开发不久,两侧生长着苗壮的庄稼,今年雨水勤,玉米长势很好,大棒子伸出挺向一侧,胡须下垂。马路上积聚黄土,偶尔驶过一辆车,尘土飞扬。在黄土的包围中,矗立起一栋栋高楼,这是灾后重建的居民安置区,向北开发商圈出一大片商品楼小区,规划百栋楼,八千多户,这一区域又可容纳好几万居民。这尘土将很快被赶向外面,坚硬的水泥定会覆盖绿油油的庄稼。庄稼是老弱残兵,水泥是无坚不摧的尖兵。庄稼的大势已去,水泥蒸蒸日上。水泥与庄稼的战争由持久战转变为速决战。庄稼被打过三八线,仅仅停留一段时间;水泥气势磅礴,排山倒海,气吞山河,摧枯拉朽,横扫千军如卷席。庄稼很快就会在县城盆地全军覆没。原来的"水泥"路变成现在的水泥路,居民再也不是"脸朝黄土背朝天""晴天一身土,雨天一身泥"的面貌了。以后再看庄稼,那叫观光、旅游,成了新的产业,新的生活方式,把吃的变成玩的,把玩的变成吃的,这就成了城里人了。

白天接着考察调研。轻车简从还不容易做到?我简直太过分了,我是无车无从。

跨过一条河,翻过七座山梁。跋山涉水,比越野车还厉害。

没有水泥,就没有城市。没有水泥,就没有城镇化。古代的城市,不是严格意义上的城市,就是人多,其他方面与乡下差别不是很大。现在看,一个地方是不是城市,人们不曾意识到,其实质就是看水泥的多少。

QQ 又在叫唤。正好停下来休息一会儿。

肥豚:你好。

咸:你好。

肥豚:你是盐吗?

咸:为什么?

肥豚:咸嘛!

咸:你是这样理解?

肥豚:盐好,盐不变质,不腐败。

其实,这个"咸"字,取自《周易》泽山咸。阴上阳下,在一瞬之间无心地感应沟通。女男之间,上下之间,瞬间感应,超过音速、光速,要多快,有多快。就像织女与牛郎,仙女与董永,祝英台与梁山伯,当然这些都是神话故事,本人一向认为此等故事大都是男人们编造出来的,男人们想占便宜,当然女人有时也喜欢居高临下,显示高尚的优越感。还是上下级关系,更为贴切靠谱。

QQ 闹腾,微信也不寂寞。

"中秋节到了,送您一座广寒宫,一坛桂花酒,一袭靓丽倩影,这些礼物不在纪委查处之列,请您收下。"这是个当官的。吴刚学仙中犯错,被砍月亮上的桂树。桂树随砍随长,吴刚酿出桂花酒。桂树就是网民,桂花即是大 V。有优秀大 V,有劣质大 V。桂花酒则是心灵鸡汤。桂树可以无性繁殖,无限分蘖,连绵旺盛。

一面是水泥的覆盖,一面是桂树蔓延。

中秋节后,返京高峰,远来火车站人头攒动,两条长龙摆动在售票窗口。票终于买到了。

女生:又多要五毛。

男生:每次都是这样,问你有五毛吗?

女生:四舍五入。

男生:要是三毛、四毛,她会给你舍掉吗?

女生:亏私不亏公。

男生:未必。

女生:有时他们说,站在一旁等会儿。

男生:他们的乙酰胆碱少。

女生:对,记忆素少。

男性的快乐素较多,合成速度快,所以男性比女性容易快乐,不容易抑郁。女性的各种免疫性激素多于男性,所以女性的平均寿命略高于男性。

　　远来县城东部,小钢铁厂矗立着高高的烟囱,冒着浓烟,周围分散着零星工厂,大片的玉米各自甩着膀子。

　　尚局长电话:雷主席,在哪儿哪,中午咱们一起吃个饭。

　　我:我在外地,改日吧。

被洪水冲毁的水泥路正在整修,我们入村刚刚三四华里,被一辆装木头的农用车挡住。几个人边从山上砍木棍,边装车。司机说,别看这些小木棍,两块钱一根,这一车能装上万根。装车人马上发动车让了路。我们的车沿小水泥路向上,摆渡于哗啦啦的小溪两旁,穿梭于满山油松和刺槐夹起的挤满钻天杨树的深沟之中,蜿蜒曲折,幽静神秘。

车在密林中转过几道弯,一溪瀑布白花花鼓掌迎接,掌声渐息时,一座石拱桥展现在面前。就地取材,花岗岩石料,石墩,石拱,石面,石栏。石拱桥坚实地坐落在河床磐石上,与河槽,与路面,与两侧青山自然和谐,做工是如此的考究,没有丝毫败笔,端庄壮观,大气凝重,轮廓流畅,天衣无缝,构成一幅美丽的图画。像国画,似油画,近水墨,若水粉。这是人的杰作,也是大自然的杰作,是自然人的自然杰作。它比钢筋水泥结构更自然,更坚实永久,不仅会千秋万代,而且融入大自然,成了大自然的构体,它就是大自然。

人具有两重性。一方面人具有社会属性;另一方面,人是大自然的产物,是大自然的一部分,具有自然属性。这里充分地再现了人的自然属性。

向上走了一段,一人正在清理路中沙堆。

司机对他说,把塄儿平平。

司机问我,认得他不?暑天。

我:啊!认得,原来是他。我在检察院工作时,回家用院里车,监所科长与我一道来检察他的表现,当时他是保外就医。我对科长说,这个人原本老实。科长说,是,他比较老实。

司机:他老实,老三难斗。

我:杀人的老二也一向比较老实,是我们的同班同宿舍同学,记得唐山大地震那天,我们端着糊糊从伙房向宿舍走,摇摇晃晃,洒得所剩无几,或许是早晨的余震。

可能是他实在想不开了。不过在通往刑场的路上,我看他站在卡车上好像在笑,或许是不正常的表情反应。

司机:好像是因为三百元的高利贷,他被逼得杀了那个妇女。

我:据说砍的一截一截的。扔到大锅里,打算煮。

司机:没有砍得一截一截的。就是砍了几刀。

我:后来埋在树林沙滩里。

司机:埋得也不深,很容易就被人发现了。

我:这是一件极特殊的突发恶性案件。

司机:与矿上打架的事,你知道不?

我:知道,矿老板占地砍树,60多人手持棍棒与岭根庄人械斗。

司机:青壮年都外出打工,剩下的老弱病残,拿着铁锹、镐、大锄、搭钩……怎么也打不过矿上干活的人。

我:村民被伤住院,失败了。最后村民胜利了。

司机:那些年出过一些震惊的大事。顺安村,那人同大儿子用铡刀铡死二子,又刀杀大儿,后服毒自杀,也不是因为多大的事。

我:一时忍不住怒火,往往出大祸。

司机:是。

我:你这是新车。

司机:一年了。

我:本儿挣回来了吧!

司机:半年就挣回来了。

我:挺快的。

司机:原来弄了十来年拖拉机,后来买了旧面包,又买了这辆新车。旧车还在家里放着。

我:你也不在县城买楼。

司机:我最看不来楼,不买。

战争、震惊、洗礼后的山村,依然美丽安祥。

树林问银儿爹:银儿没来?

银儿爹:风发了。

孩子问:啥是风发?

我:就是风寒感冒。

孩子:还挺准确形象。

廿亩地村来了京都人,要买农房作为度暑离宫。人们问怎么找到这里的,京都人说从报纸上和网上看到这里很美,就找来了。村里人说,准是看到雷宇写的文章了。

在寂静的沟掌选定了年子家闲置的几间破房子,说是房子,按时下来说那根本算不得房屋,也就相当于窝棚,十万元成交,京都人走时又给圈子放下了8万元,让给他翻盖修建,小轿车一溜烟地跑了。

牛儿说,崴子给来来县老板打工,老板撞伤了人,让他顶罪,被拘留了些时日,放出来,一点一点挤出老板承诺的20万元顶替报酬。崴子花钱手儿很大,幸亏没有糟蹋多少,又出去打工,后来包小活儿,挣了点钱,在远来县城买下了亲戚家的二手房,为将来儿子娶媳妇结婚打下了坚实的基础。现在打算,每年种地在村,收了庄稼就住县城。老年人们说,崴子做了件正经事,不马上买房,那钱就又让他扯摞着花了。

村里的姑娘都嫁到远处了,有几个嫁到了燕山、大灰厂、琉璃河。

村里的李五、赵满、新全都在县城买了楼房,高犬、邢文、树林、银儿……买的平房。

牛儿老丈人家全村准备整体搬迁到灾后重建居民楼,人们听说自家也要掏上几万,有的家没有钱,有的不想掏,但其他村人要想住进去,要全款,一般人可能很难得到,太便宜了。

又来一京都人,买了一阕墓地。坟地依山傍水,植被茂盛,绿油油的松树,自然天成,他认为胜过八宝山。那风水看一眼,心旷神怡,多活好几年。坟墓建得庄严肃穆,到彼岸的住所比现在美丽万倍。青山埋贵骨。

这里是阴阳两个世界都适合居住的胜地。

牛儿因两块山坡地和一面责任山,发了一笔横财。盖起了时尚的新房子。过去毛石垒墙不结实,现在,请石匠打出方方正正的大块料石,砌得整整齐齐,水泥润缝,勾勒出美丽的图案,美观城堡一样,固若金汤。

崴子家的新房是红砖的大墙。干勇家的新房子用的空心砖,虽然时尚,但哪有花岗岩坚固永久。

牛儿说年子,你们两口子不打架,你老婆贤惠。年子摇头晃脑背电视广告:黑土地,黄土地,施肥就施史丹利。

树木植被茂密的深山沟,雨后空气湿漉漉的,好似南方的景象,袅袅炊烟懒洋洋地盘旋着,不愿离去,缓缓上升。小羊羔咩咩地叫着,老牛们迈着正步,驴在舞蹈。溪水湾里,鸭子在习惯地游泳,像游泳健将,又像叶叶扁舟。偶尔,它们扎个猛子,捉食水湾的游鱼。大白鹅急匆匆,像是在赶场,来不及梳洗打扮。狗向主人打着小报告,母鸡咯哒哒哒地宣传着自己的业绩。

忽然,一道彩虹横跨天际,村里人仰头远望,凝视虹桥构成的颜色,黄色预示玉米、谷子丰收,红色表示得高粱、红小豆,绿色代表绿小豆,紫色显示瓜果梨桃等果蔬的兴旺……哪个颜色多,哪个作物丰收。

太阳出来了,把所有的地方照耀的新颖闪亮。崭新的绿色,清亮的瓦垄,洁净的墙壁,馨香的空气。人们的心里明了,眼睛亮了,鼻翼舒畅了。大自然,动植物,房屋,牲禽……以至每个人都感到被刷新了一番。

晴了两天,天气又炎热起来。

年近九旬老父,取羊粪给生长的蔬菜施肥后,从大门外小溪旁地堰下水井,提着清亮的泉水,浇灌院子里的蔬菜,几株黄瓜,几株茄子,几株辣椒,几株西红柿,苗秧大小不一,错时栽植,方便分时采食。左侧一畦韭菜,右侧一畦小葱,中间还有菠菜、油菜、小白菜……

窄窄的简易石砌阳台上,放满了一排用各种废弃的盆罐栽植的花卉,盆罐错落,鲜花茂盛,映入眼帘,景致别异。母亲用水壶依次浇灌着。

一会儿,母亲去房屋东边地里,扶植被大风刮倒的玉米,一棵棵扶正,培土,踩实。

日到中天,母亲拿柴点火,做起了午饭。

母亲干活不顾身体,常常累病,吃药。无论如何说服,母亲也不容易走出这个循环。适当地干些轻活,本意是让老人顺便活动筋骨、颐养身体,可这分寸不好拿捏。

父亲早饭喝点白酒,为了上午干点活;中午喝点解解乏;晚上不喝睡不着。原来一年二三百斤白酒,现在少些了。参加解放战争和抗美援朝时,行军打仗,身体透支,留下了腿疼抽筋的病根。一辈子劳作,晚年干些小活儿,活动筋骨,调理颐养。

今年雨水大,溪水比往年大了许多,几乎漫过搭石,哗啦啦翻滚着,顺河槽奔下跳跃。一白胡子老头背着东西,戴着斗笠,手持木棍弓腰前戳戳、后戳戳,左戳戳、右戳戳,试探着迈过搭石。终于他手一使劲,跷腿迈了过去。

我与孩子在井边提水洗莴苣,望着老人过河。好长时间没回来了,也看不出这白胡子老头是谁。

河槽里那伏卧着足有三间房大的磐石,光滑坚硬,不知已有多少亿万年了。

菜园子旁房屋大的磐石蹲在那里，似乎是守护着菜园。磐石，柔水，土地，庄稼，果蔬……构成了和谐世界。这是美丽的油画，难怪画家们找到这里写生。

莴苣、小葱蘸酱，这是过去经常吃的。割下一把院里的韭菜炒上一盘豆腐，拔出一缕院里的小葱炒出金黄的柴鸡蛋，摘下院里的辣椒爆炒鲜肉，选两根院里的鲜嫩黄瓜拍一大盘凉菜……喝着冰凉井泉泡着的啤酒。

当然，我最喜欢吃的还是土豆熬豆角。母亲把豆角择好，土豆洗净切成车轴辘状，放入小铁锅内，中间扔上一大方肥猪肉，加水加盐加大料，盖上锅盖，但那菜常常满满当当，高出锅沿，往往在上扣一大瓷盆代替锅盖。折几段专做引火的白麻秸，在脚下把秸头踩散，用火柴点着麻秸，麻秸点燃灶柴，灶膛里燃起槐树、松树、杨树等风干的树枝，大火红彤彤，柴枝噼啪作响，母亲拨拉柴火说，要来人了。一会儿，锅内咯哒咯哒地发出水汤热开的声音。又一会儿，锅上升起蒸汽，进而断续地顶起大瓷盆，倒扣的大瓷盆时时与铁锅沿扣击，哒哒哒，哒哒哒，敲打着动听的节奏。这时灶膛不再添加柴火，满灶膛的炭火富有足够的高温，接下来落火蒸腾，达到绝佳的火候。柴草燃烧散发出特别的香味，在铁锅周围形成浓厚的氛围，柴火香气不断在被蒸汽顶起大瓷盆的瞬间钻入铁锅佳肴中，整合着更美的味道。这是美好的韵律，伴随着炊烟和蒸汽以及柴火燃爆声，奏出生活交响曲，这是世界上最美的音乐，因为演奏结束，余音绕梁，不绝于耳，交响乐奏出的是人间美食。

排骨炖豆角也很好，但是土豆炖豆角别有风味，土豆是淀粉大王，使得豆角更加柔韧润滑，口感极好，而豆角中的土豆更加绵软、馨香。这豆角是棒子地带豆角，与玉米同时种下，同时生长，随玉米秧秆缠蔓而上，雨后，开花结角，一嘟嘟，有的超越玉米天穗一团团把玉米压弯。这豆角因玉米地里小气候，生长得尤其鲜绿柔嫩。土豆与豆角是最好的搭档。大方肥肉被反复蒸煮，如白玉，如凝脂，最后似豆腐，比豆腐还柔软，筷子一碰即烂，油润香滑，肥而不腻。土豆炖豆角，既是菜，又是饭，配以金黄色的玉米碴粥，吃的肚子滚瓜溜圆。这比在泰国、马来西亚吃的大蟹和燕窝还美味。

在村里，母亲是做饭的巧手，干净、利落、好吃，同样的东西，人们都做不出那样的味道和那么多的样式。

雨水太勤了，玉米长的像高粱，高富帅。溪谷梯田，一层层，一弯弯。高山沟涧，谷子翠绿，土豆茂盛。这是梯田中的高层。有的高到山尖，与白云接壤。在那些顶层梯田劳作，好像置身天堂，云雾缭绕，居高临下。还可远望莽莽深山，无边无际，神秘莫测。

有本事的走出了大山，有力气的出外打工，留守着老弱病残、鳏寡孤独。不管有没有人欣赏大山的壮美,大山依然是大山。假如山里杳无人迹,或许大山更加洁净清新。

乡村的路是通往城镇的。乡村是上游,城镇是下游。上游贫穷,下游富有。

扣儿摔伤瘫痪,老婆重病。两个在以来县做上门女婿的儿子,把他们接走了。听说给他们租了房子,挺宽敞。老实巴交的人,命也挺苦,离乡背井,远走他乡。

我问牛儿,扣儿是怎么摔伤的。

牛儿说:扣儿打算在院子里盖小西房,找了拖拉机拉砖。走到下面拐弯大下坡时,突然上来一辆小白车,赶紧躲闪,却翻下了路边高墙,开拖拉机的当场死了。扣儿摔得重伤,不省人事,拉到县医院救不了,送到市医院,还是昏迷不醒,经过几天抢救,后来终于醒过来了。保住了命,但是瘫了。

我:他家日子刚刚好一点。

牛儿:就两万块钱,给了开拖拉机的家。他老婆才出院不长时间,也是重病人。

我:真是不幸。

牛儿:孩子们到处借钱。

我:那段路就是险。

牛:爱出事,现在正在加宽修理。

我:早就该修。弯急坡陡,车速不易控制,迎头车难发现。

牛儿:修了好一点,但是不彻底,不够好。

我:为什么不一下子修好。

牛儿:难说。

乡村的路是通往城镇的。乡村是上游,城镇是下游。上游贫穷,下游富裕。贫富决定了人们的流向,决定了城镇化道路。

上面来人登记,征求意见,有人愿意搬走;有人说,才不走哪,这儿多好呢,外面乱哄哄的,多烦哪。

我娘问牛儿:你媳妇哪?

牛儿娘:桃树沟送汤去了。她表嫂生了。

孩子问:啥是送汤。

我:就是为生孩子的亲朋好友送去挂面、鸡蛋、炒谷米等营养品,进行祝贺。城里叫作九日、做满月。

娘问:生的丫头、小子?

牛儿:生了个大小子。

牛儿娘:挺甜荒人。

孩子问:啥叫甜荒人。

我:这个还真不好解释。就是很争气,很会按人意愿做,很合心意,很会帮助、扶持……真不好说清楚。

娘说:这是老辈人传下来的。

孩子说:这是小山村的传统文化。

我问:干勇哪?

牛儿:撞牛啦。

我:酒驾呀?

牛儿:是酒驾,不过不是酒后驾驶,是酒前驾驶。

我:哪有酒前驾驶的说法?

牛儿:你知道,干勇酒瘾很大,现在管得紧,他一般不敢酒后驾驶,尤其是在城里。那天他从县城往回赶,树林打电话说晚上请他喝酒,平时也没什么人请酒,他过度兴奋,急忙赶路,天晚车少,到箭柄河猛加油门,突然路边蹿出一头黄牛,来不及减速刹车,猛撞上去。牛伤车毁,赔偿后,在顺安镇修车哪。

牛儿:顺安镇灾后重建楼快盖好啊。

我:是。我们过来时看到,正装修哪。十来幢六层楼。

牛儿:有多少户。

我:三百多户吧。一千多口人。

牛儿:镇上有了一片楼房,像个小城市。

我:地方太小了,将来围河筑起大坝,扩大面积,建高层楼房,才算是个一般的城镇。

牛儿:现在搬去一千多人,总共也就几千人。

我:人口要超万。

牛儿:哪儿来那么多人哪? 又不让多生孩子。

我:发展经济,产业积聚人口。

牛儿:开些商店,谁去买东西呀?

我:不仅是商店,各种产业。商店也是根据社会需要不断增加,人口多了,需要也就多了。

牛儿:这地方弄高楼,庄稼人怎么住啊。

我:社会的变化是很快的,单纯的庄稼人会越来越少,城里人与乡下人的差别也越来越小。

牛儿:将来走在街上,就认不出谁是城里人,谁是乡下人?

我:其实,现在已经开始是这样了。

牛儿:怎么看我也是乡下人。

我:都在变,有时自己感觉不到。你现在一些方面就跟城里人差不多。如果你仔细观察,回忆一下,就会发现,老头儿、老婆儿也随时代在变化。现在不像过去,几年、甚至几十年没什么大的变化。

牛儿:世道变了。

我:镇子的规模还可进一步向东开发,甚至跨越到东山半坡上,好多地方的城镇就建在山坡上,我们去马来西亚,有座城市就建在高山顶上,有宾馆、医院、商店、赌城,几十万人口。美国山区的房子,大都建在山顶上,远远望去,就像长城。

牛儿:那得多少钱建起来啊!

我:经济的发展有时令人难以想象。顺安镇还可向北马村延伸到山拐角的地方,过西北大桥拓展至营家谱村和黄土埯村。

牛儿:这样能大出五六倍。

我:还可直接向西架大桥,把俗家权村连成一体。

牛儿:那就好像一个小县城了。

我:这都有可能。

牛儿:世道怎么变得这么快呀?

我:人类发展速度越来越快。原始社会几百万年,发展缓慢,有时几千年、甚至几万年,没什么变化。文明史不过万年,发展变快,到最近一二百年,发展速度令人难以想象。咱们这儿,这三十多年发展得也很快。

牛儿:是啊!分地后变化挺大,加上杂交种子和化肥,跟以前大不一样了。最近这十几年变化更快了,真是想不到。

我:实际上,原始社会几百万年是相对稳定的。人类像个人样的时候,就是说文明开始的时候,社会开始激荡动乱。文明发达的时候,社会急剧变革,翻江倒海。人类发展得越快,越不稳定,发展到高峰时,如日中天,开始走下坡路,这是规律。

牛儿:就好像老爷到了晌午,接着就转西下落。

我:不一样的是,太阳明个还要从东边出来。

牛儿:人可不好说了。那还发展那么快干什么?

我:整个人类是不以单个人的意志为转移的。你不发展,别人要发展。这就有攀比,有竞争。你这个地方不发展,别的地方要发展。你这个国家不发展,别的国家要发展。谁也没在真空里边,谁也不好孤立生存。每个人都或多或少跟别人、跟社会有着不可割裂的联系,人越来越是社会性的。

牛儿:是,吃的,穿的,用的,好多都是买来的。

我:遇到传染病,需要国家、社会防治;遇到洪水,需要庄上的人互相帮助,需要国家、社会救助。

牛儿:对! 日子越好,越离不开别人。不过,人类将来可怎么办哪?

我:人类早就开始想办法了。比如,现在的载人航天。

牛儿:将来还要离开地球,搬迁到天上去呀?

我:这是很多很多年以后的事了。但是,不是不可能。现在,不是老说飞碟吗,科学家预测,那可能是外星人的宇宙飞船,就像咱们地球人一样,资源用完了,环境恶化了,生存不了了,搬到别的星球上,找不到生存的星球,就生活在宇宙飞船上。

牛儿:外星人厉害。

我:很有可能比地球人先进发达。这还是猜测。宇宙无边无沿,无始无终,神秘不测。人类虽然知道的越来越多,但终归仅仅是一点点儿。

牛儿:真神哪!

我:真有些好笑,跟你聊起了天文学。

牛儿:么是天文学? 是老天写的文学吗? 还是老天爷看的文学?

我:你又说笑话。

牛儿:哎,媳妇没在,我得赶紧做饭去。

我:在这儿吃吧。树林也在这儿吃。

牛儿:不。找一天,你去俺们那儿吃。我套只山兔给你吃。

我:不用麻烦。

树林和崴子来了。

树林:轻易不见你回来,光看书呢。

崴子:不是看书,他是写书的。

树林:看了书,再写书。

我:没听说过呀,卖盐的,喝淡汤,泥瓦匠,住草房。我写书,不看书。

树林:成了大文豪了。

我:成不了。就像你们种地一样,也没成了粮王。

崴子:连个种粮大户都算不上。

树林:咱们这儿,地少块小,沟谷坡地,又不能机械化。靠种地怎么也发不了家。

我:种地也要动脑子,可以考虑发展绿色无公害种植、发展传统的农耕文化旅游。

树林:那可不好办。

崴子:天上掉馅饼好办,可没有。

我:你们现在种的玉米,除了换米面,都卖了钱。这与原来已经不一样了,再进一步把种地变成买卖,变成生意,想办法让它赚更多的钱。

树林:那样是好。

我:我写文章,一字字,一行行,一段段,一篇篇,一本本。你们种地,一棵棵、一垄垄,一块块,一片片。秋天,金黄的谷穗一根根,金黄的棒子一个个。而金黄的棒子上的棒粒,又是一颗颗,一行行。这都一样。

树林:有文化的人就是会说。

我:文化是全面的,你们种地也是文化,做买卖也是文化,你们有的文化,我就没有。崴子就很会说话。

崴子:我是胡咧咧。

树林:他是胡搅蛮缠。

崴子:不像你,大姑娘似的。

树林:崴子,你有钱了,也不包个二奶。

我:他外面包着咱们也不知道,他也不承认。

崴子:包二奶?还不如当二爷呢!

我:有句古话不是叫仓廪食而知礼节吗。

树林:同样有句话叫饱暖思淫欲。

我:你把崴子看扁了。

树林:他不是剩油的灯。

崴子:别绍了,帮着做饭去吧。

孩子拿出买来的烧鸡和熟猪头肉,我帮灶切着里脊。

树林:这刀真快。

崴子:吹毛求疵啊!

树林:什么吹毛求疵,这叫吹毛利刃。

大家都乐了。

父亲在屋檐下简台上坐着。母亲清洗着韭菜、小葱、土豆、山里的野蘑菇。

我:行了,菜不少了。

母亲：再洗点青椒、西红柿、黄瓜……

崴子：吃不了这么多。

树林：做多了，下顿老吃剩菜。

母亲：也没好菜。

崴子：这都是好菜。

崴子的酒量很大，他自己一斤白酒不显多，只是话语多了，滔滔不绝，侃侃而谈。树林不善饮酒，两杯酒下肚，脸就红了。崴子硬是给树林倒了几杯，把他灌得东倒西歪。

农历七月十五，上坟的日子。

小时候，我常常去上坟。一个人进入南沟，爬上大山，到达深坳坟地。草密林深，阴森森地，静静地，只有自己走路的声音，年纪幼小，有些害怕，壮着胆子，进行一系列程序。把供品分放在几排坟头各自石门前铺好的白布上，用手掐一些饺子、馒头的屑粒分别撒在坟丘上，这叫泼散。过一会儿，在每个石门洞，一一点燃纸钱。把瓶子里带有米粒的水或米汤，一一喷洒在每个坟丘上。分别告诉老爷老奶奶、爷爷奶奶、大伯伯母们，过节了，七月十五了，吃好喝好，拿钱去花。念叨时，似乎嘴唇触到了他们的耳朵。

然后，蹑手蹑脚，转过山弯，一溜小跑冲下山梁，心还在"扑通，扑通"地急跳不已。

现在成熟了，有思想了。

中元节，祭祖的日子。祭祀开始了，祭天祭地祭祖宗。古代讲究，帝王祭天地，诸侯祭山川。北京天坛，就是皇帝祭天的地方，地坛是祭地的地方，日坛是祭太阳的地方，月坛是祭月亮的地方，先农坛是祭社稷的地方。没有天地，我们人类何以存身。老天给了我们人类一个太阳，造福了我们。这是人类最大的宝物，几天见不到太阳，我们的心情就忧闷。太阳给了我们光明，给了我们温暖。有太阳，植物才能存活成长、进行光合作用，为我们提供必需的食粮。有空气，我们才能保有生命。刮风，疏通调节了大气，平衡了冷暖。雨雪，滋润了大地，为一切生命提供了不可或缺、不可替代的成分。有大地，我们才能安身立命。天地遭到我们人类污染，人类就会付出无穷的代价。我们人类理所当然地应该祭祀天地，敬畏天地，爱护天地。

没有祖先，就没有我们；没有人类始祖，就没有我们。人类世界就有两种人，活着的人和逝去的人。活着的人要祭祀逝去的人。因为逝去的人，才有我们活着的人。如果说世界上有座桥，每个人都要通过，那就是奈何桥。桥这边的人，应该尊重桥那边的人。应该向那边祈福,因为那边永远在向这边祈着福。

祭祀,非常庄重、神圣,最庄严是洗手这一会儿。你站在桥这边看风景,看风景的人在那边看你,明月装饰了你的窗子,你装饰了别人的梦。人在做,天在看。你做的事,祖宗会看到,人类会看到,上帝会看到。

祭祖后,人们又进入了忙碌的生计中。

我问干勇:牛儿哪?

干勇:他跟万国、树林、栓子、黑子和犬儿一大伙人,又去北京干活去了。

我:干什么活儿?

干勇:真勇和金子在燕山打石头,那一伙人砌护坡。

我:挣钱吗?

干勇:他们开钱不少。

我:那还行。

干勇:就是当时开不了。有时开的也很少。

我:崴子在北京挣钱不少。

干勇:他在国家建筑队多年,是架子工,挣得多。但他手儿很大,花得也多,剩不下几个钱。后来他到处倒腾,攒下一些钱。

旅游文化节的节目一直未在央视播放,专场举办录制,就是不见播出。

龚主席:他们与电视台协调未果。

卞主任:那歌星也太不认真啦。"小城故事多"唱成"小城事故多",谁还来旅游啊!

龚主席:正好那段时间,连续出现了几起大的矿难。

卞主任:真邪性。

龚主席:少给她钱也不亏她。

卞主任:一分不给她,都应该。

龚主席:领导组织协调的也不够好。

我:做大事需要强烈的责任感和事业心。私心重了,就可能耽误事业,甚至败坏事业。

卞主任:人是关键啊!

龚主席:这都是明摆着的事。不是不懂,是私利作怪。

一年又一年,游客数量不见明显增加。预想高速开通后,定会立刻出现井喷,结果仍是凛凛厉厉,荒凉萧条。

该升的升,该提的提,飞仙山成了垫脚石。

远来县面积很大,2500平方公里,却不到30万人口。邻县来来县是个农业县,旅游搞得不错,总体经济不算发达。如果把来来县并入远来县,总人口达到六七十万,旅游可以形成较大链条,经济可以互补,综合实力会大于两县各自为政,发展速度会迅速加快。从京都穿越来来到远来建设起直达城际高速铁路,半小时行程。远来将成为京都新兴卫星城。

作为高级督察员,可以像省里和国家建议,这是个大动作。这又是全天下我第一个提出来的,人们一定以为我是疯子。改天换地的人就是疯子,与传统观念和习惯势力实行彻底的决裂。

小人会利用壮大欺负别人，君子不会。刚而不霸，强而不威，大而不猛。

前面是一马平川，大道宽途，可以向大车那样任意向前了。是不是也像羊一样，遇到过篱笆墙哪，看来是遇到了。遇到篱笆墙不是奇怪的事。谁在人生的旅途上不遇到点恼人的事情哪？何况身处大壮的时候，说是把握事物的规律，可是事物的规律是那么好把握的吗？有哪个不是在跌过跟头之后才懂得天黑路滑走路要小心，有哪个不是被呛过几口水才学会在水里游泳？纵然不是亲历，也是观察了前人的车辙。现在是篱笆墙烂了，系篱笆的绳子断了，而羊角却越磨越坚硬了。前面还有篱笆墙吗？没有了，只有宽阔的大路任驰骋，可以像汽车的车轮一样，只剩下向前滚动了。

我们现在的城镇化仍然需要工业化，等到城镇化率高于百分之七十的后期阶段，产业结构将由工业向服务业转换升级。英国的城镇化大约用了 100 年，美国大约用了 80 年，日本大约用了 40 年，我想，中国也许时间更短，赶上了潮流。但是近 10 年城镇建成区面积扩大了百分之六十四，而城镇居住人口仅增长了不足百分之四十六，摊大饼势头强劲。

由我建议在县城西部规划的 25 平方公里的文化开发区，马上派上了用场。县委书记叶无休在大会上讲到：我县的大项目、好项目、立县项目越来越多，进驻远来的世界 500 强企业现在已经达到了 9 家，今年我们谋划实施了重大支撑性项目 85 项，总投资 500 亿元，特别是本月 17 日，中美文化科技园区项目正式签约，标志着远来的发展已经步入了与国内国际接轨的快车道。这一项目初步规划 15 平方公里，主要建设高科技产业研发中心、新技术产业制造基地、世界创新论坛永久会址以及公共配套设施，是高端、绿色、低碳、创新型项目，代表着未来经济发展方向。这一高科技项目落地建成，远来将真正成为现代化的中等城市，也将成为中国北方的"博鳌"。

过了寒露，天亮得晚多了，晨练路上，又是大雾弥漫，小心翼翼地向前行进，大路上车也很少，穿过小胡同，忽而狗汪汪地乱叫，一点也看不清楚，跨过河沟，走在一段松软的草地上，越过杨树林，踩得落叶哗哗啦啦，又过河滩，向南沟奔去。快到山脚时，突然"腾"的一声，我发现小块玉米地里一个黑东西，吓了一跳，仔细观看，原来是个人。但他猛地一下蹿出，我立刻做反击状。他跳出来后沿羊肠小路走去，我想可能是他为了防止干玉米秸叶划扯，双手拨开玉米秸秆，猛地跳出地堰，或许也是爬山的，一场虚惊。

上山一路无人，大雾迟迟不散。最早的那拨人可能是下山回去了，我一人，一个山头,两个山头……终于到了顶峰,还是一个人。回来的路上,看到了零零星星的晚来者。

返回山脚,去早餐店吃饭,偶遇龚主席和黎主任。他们说,外面来了几个客人。要我一起吃,我未等他们的客人,自己吃了。到办公室。今天是周六,是我思想产出的黄金时段。

黄金日子总是短暂的,大气污染防治要开大会了。

市长大大的脸盘,底气十足。头顶已基本上没有什么东西了,市委书记也是聪明绝顶,都是为了老百姓、为了民生、为了快速发展日夜操劳、劳心费神的结果。市长讲话,实事求是,抑扬顿挫,掷地有声。书记讲话,简明扼要,切中要害。

截止到现在,今年市区空气质量达标仅有 56 天,只有 1 天优良,在国家抽查城市中,我们位列全国 10 大重度污染城市。好不容易弄个全国"十大",还是个重度污染的耻辱称号。原来想好好宣传宣传我们是全国双料"低碳城市",现在感到很不好意思。国家规定,连续 3 天重度污染的城市,要向主要领导和分管领导问责。大气污染,是天大的事,我们连老百姓的呼吸问题都解决不了,还谈什么全面小康,谈什么民生为本、为民服务,我们政府还能做什么? 我们是有责任的。一定要下大力解决大气污染问题,既打攻坚战,又打持久战。

分析了污染的因素,找出空气质量差的原因,制定了一系列措施。

庹旺明县长在县里大会上讲,我们远来去年空气质量达标 325 天,情况较好,但不容乐观,稍有放松,就会急剧恶化。

县长分析了严峻形势,提出了全面要求。

叶书记插话:抽烟的别抽了,就显你有两根好烟呢,一会儿就把满屋子熏得乌烟瘴气。实在憋不住了,出去狠狠地抽几口。

庹县长烟瘾也不小,在办公室不少抽,但坐在主席台上,很少吸烟。

叶书记身体强健,面部轮廓棱角分明,挺直端坐。庹县长身材魁梧,戴着眼镜,神态自然,文雅气质中显示出阳刚的秉性。

叶书记声音洪亮,庹县长声音沙哑。叶书记念得慢,有时一个一个字地念,还常常重复念;庹县长念得较快,语言流畅。

我想,也许不久的将来,人们就会醒悟,面对污染的荣华富贵,我们宁愿过山清水秀朴实无华的神仙般的日子。我们想当富翁,我们更想当神仙。

本市十年前引资的钢铁厂完全彻底拆除了,污染严整的小企业取缔了,燃煤锅炉改造成燃气锅炉、淘汰黄标车、实行单双号限行,禁止焚烧秸秆,净化餐饮油烟……一场大气污染防治的革命风暴掀天揭地,声势浩大,力量强盛,势不可当。

都是走的先污染后治理的路子,都是贫穷闹的,吃不饱的时候就想先填饱肚子,饥不择食,慌不择路,贫不择妻;面对富裕,谁也难耐寂寞,耐不住穷困,发财梦走的是高速路,能打速决战,谁也不想打持久战。

现在已经不缺吃不缺穿,贫穷地方的人们,应该好好冷静想一想,走什么路子。时代已经从某种意义上告诉人们,实质上的现状就是,富裕也是贫穷,贫穷蕴含着富裕。一些富裕的地方,大气已经贫穷了,水已经贫穷了,阳光已经贫穷了,蓝天已经贫穷了,星星已经贫穷了,城里人为什么领着孩子到乡下来看星星,因为城里的夜空贫穷了。为什么城里的夜空贫穷,是因为大气污染,浓度过高,极度富裕造成的。

如果走跨越发展的路子,那就超越先污染后治理的老路。也迈过边污染边治理的中间道路。

站着说话不腰疼,我现在是坐着说话。

世间事有时不能讲道理,就像明知吸烟有害就是戒不掉一样,好在戒掉的越来越多。

今天还有会,卞主任来找我。我说,郑书记打了两次电话了,马上来接我。

近几年出版了一些大型铜版彩色书籍,欠了不少债务,政府财政解决不了,追急了给点零头堵堵嘴,社会赞助的资源越来越少。

纪书记半开玩笑地说,等哪天我喝多了,给你说说,让科局长们给你出点。

杜县长说,我给你试试,不过现在情况不是太好,过一段我给你回话。

南山湾会议室,县委常委扩大会议。30余名副县级以上领导(其实也包括非领导职务)在中心围拢成方阵,周围边缘是几十名有关科局长。叶书记说,就不讨论了,直接发表了意见。宣传部长传达市宣传思想文化工作会议精神,安排本县有关方案,叶书记又发表了几条意见。组织部长传达了市组织会议精神,安排了本县有关工作。叶书记依然发表几条意见说,要尽量减少会议,合并在一起,召开全县干部大会。尽管这样,最近还有好几个会议需要召开。副县长传达了省、市有关城建会议精神,布置了本县的城建工作。叶书记照样讲了几条意见,表示关于城建工作,近期要召开几个会议,重点研究部署。

庹县长说,我想,年底大家都很忙,特别是一些承担经济指标任务的乡镇、单位,一把手要集中精力冲刺,应尽可能地减少主要领导的会议。关于城建问题,我们县人口比较少,老百姓比较贫困,盖一些楼房,也没人住,重点应放在城中村改造方面。

叶书记说,竹竿捅屁股,进去一截算一截。会场并没出现笑声。叶无休接着说,最近向市里上报县城街面需治理规范的牌匾数量,有关部门仅仅报了 5 个。这么多的牌匾仅仅只有 5 个不规范?报 5 个的这个人是个大混蛋。会场依然没有发出明显的笑声。

会议结束时,已经十二点半了。几个科局长一起去吃饭。

卞主任说,雷宇,你给大家说说去美国的事吧。几个人都说,对,给我们说说。

我说,其实去那么半个月也没什么好说的。

我们从北京飞东京转机,飞到夏威夷。入关时,别人都过关了,我却被不停地盘问。老美不会中文,我的英文也很生疏了。老美让我写他们的地名,我写了,他说鸸,表示要写鹦哥利市,我说鸸,表示让他写,他写的十分潦草,我照写了,他说鸸。我被僵持在那里,忽然来了一个美女翻译,听说话是中国人,她态度和蔼地问,你包里没带食品和洗发水一类的东西吧,我说没有,并打开包让他们看,她说那没问题,我才迟迟入了关。后来发现,同行的那位美女博士也被盘问了好长时间,她的英语水平并不含糊,照样被盘查不停。

夏威夷确实是一方净土,碧水蓝天。天色是那么地清新,显得蓝天无比湛蓝,白云无比洁白。海水清澈透明,出奇地洁净,是我见到的最纯净的海岸。我正在欣赏洁净的海水荡漾海岸的美景,突然有五位大美女请我给她们拍照,手机的屏幕毕竟很小,我伸出 4 个手指,表示只有 4 个人头像,她们操着各种语言表示,近点,蹲下。我又伸出五个手指,她们嘻嘻哈哈笑成一片。

夏威夷人问我感觉这里怎么样,我对当地人说,现在吃穿和财富不是最重要的,洁净的空气和美好的环境才是第一位的。山清水净、蓝天白云,就是好地方。

这使我想起被我读了无数遍的故事。太平洋的一个岛上,来了两名皮鞋厂的推销员。一个是美国公司的,一个是英国公司的。他们都是来调查皮鞋消费情况的,准备开辟世界市场。第二天,他们分别给自己的公司发去电报。英国人的电报说:"此岛无人穿鞋,我于明天飞回。"美国人的电报说:"此岛无人穿鞋,因而皮鞋销售前景极好,我拟住下,进行穿鞋启蒙。"这个岛,就是夏威夷。这似乎也可佐证美国人的眼光和战略,由独立到发达强大。

我观察,现在夏威夷人都穿鞋子,只有他们在跳草裙舞时,才恢复到原始状态,扭动他们那特别丰满丰硕的身躯。

孙中山革命时,打了败仗就跑到这里。他的兄长和华侨们在这里发展实业,资助他革命。他屡战屡败,屡败屡战,最后一次大胜仗,推翻了落后腐朽的封建制度。他与美国的华盛顿有些相象,打仗的目的不是为了自己当总统。

夏威夷民族原来是个独立王国,后归属美国,成为美国的第 50 个洲,从前的国王皇帝成为美国的唯一。

党局长:夏威夷的房子怎么样?

我:夏威夷的房子建的很漂亮,有些建在海岸,很多房子建在山上,甚至山顶上,远远望去好像中国的长城。

姬书记:房价高不?

我:美国房子永久产权,夏威夷的房价在美国最高,每平米三千多美金,有些豪华别墅价位要高些。

焦局长:夏威夷气候好。

我:夏威夷基本上就是夏天和冬天。夏天不是很炎热,冬季白天温度与夏天接近,早晚温度偏低,很凉爽舒适。

龚主席:从夏威夷又去了哪里?

我:从夏威夷飞到洛杉矶,降落机场前,看到下面几乎没有高楼大厦,全是低矮的房子。进入市区,发现基本上是二三层的小别墅,富人区是高档的大别墅。只有政府机关和金融中心构成一小片高楼大厦。政府低迷,监狱无力维持,一万多犯人,有的提前释放,有的监外执行,有的转移其他监狱。大街卫生不是很好,环卫清洁工被大量裁员,整个城市灰蒙蒙的不阳光。

卞主任:污染严重吗?

我:原来有些化工企业污染,得到了治理。现在主要是汽车污染,美国是汽车王国,当然是他们认为很严重。

焦局长:堵车吗?

我:高速也经常堵车。六百多万人口,每家几辆车,几乎每天有堵车时段。在圣地亚哥,我的手机两次收到墨西哥发来的手机短信,原来那里是两国边界。回洛杉矶时,当地司机说,肯定早不了,我说没问题,这两个小时不堵车,他并不理会。到达堵车路段时,车子开得很慢。我对司机说,也不敢加油?他说都是这样,我看马路上的车都如此慢行,我说没事加油吧!路里面侧行着一排装甲车,车子很快到达目的地。司机说,您怎么知道今天不堵车,我说我是搞预测的,前方是空虚无人的村落,可以滚滚向前,没有阻挡。其实这个时辰就是升卦的九三爻。

姬书记:洛杉矶也不辉煌了。

我:好莱坞和星光大道还是依然风采不减。

焦局长:洛杉矶属哪个洲?

我:洛杉矶市归洛杉矶县管辖,洛杉矶县管辖包括洛杉矶市的一些市镇。洛杉矶县属加洲管辖。

卞主任:咱们是市管县,他们是县管市。

我:将来中国城镇化也许类似,县直归省管辖,一些大镇可能发展成小城市,但仍归县管辖,镇长变成市长,但级别不会很高,仍为乡镇级或者升格为副县级待遇。

姬书记:现在的地级市怎么办?

卞主任:仍然归省管辖,只是不再管辖县。

我:有的中等城市可能发展成大城市,有的大城市或许升格副省级。现在的副省级大城市有的大概升格为直辖市。

我比较看好美国西部沙漠。美国沙漠不像中国沙漠那样移动流动。经过长时间的研发杂交培育,美国搞出特种植物,根系可深扎地下 20 米,飞播种植绿化,成效很好。美国西部高速公路不收费,沙漠中的高速也比较简易,上下道中间由数米自然地表隔离,没有隔墙和护拦,看上去好像两条公路近距离平行伸展。

尽管已经绿化,但远远望去,视野依然开阔,80 迈的最高限速,好似在一望无垠的浩瀚沙漠中飞驰。

拉斯维加斯就矗立在大沙漠之中。由寸草不生,发展到 60 多万人口的世界著名娱乐城。摩天大楼林立,富丽堂皇。这座灯火璀璨的不夜城,不仅仅是搏彩业中心,是五彩斑斓的综合文化娱乐休闲之城。这里宾馆的电视节目,有好几个中文频道,说明华人在其中的份量。

白云蓝天本来就别具风采,智慧的拉斯维加斯人还在好多区域大面积人为制作覆盖了新天,几乎看不出是蓝天白云下笼罩着一层自己制作的新天。这样不论是晴天阴天,风尘雨雪,这里面的天空永远是蓝天白云。

拉斯维加斯的开创者,因起初的艰难困苦、高额亏损,被股东们所暗杀。现在,人们看到了开创者非凡的战略眼光,足以令人震撼。

在名品店,我们与店员交易,英语水平不流利。谈了半天,忽然,店员问,可以说中文吗?原来她也是中国人。

龚主席:看来,那里中国人真不少。

焦局长:可能有去赌博的,做生意的,工作的,考察的,旅游的……

我:那就是沙漠中的一团火。

姬书记:你在名品店里买了什么名品?

我:买了一件背心。

龚主席:什么背心?

我:就是内衣,两根巾的普通白背心。

姬书记:多少钱?

我:30 美元。

龚主席:合人民币 180 多块。钱多,烧的。

卞主任:肯定是国际大品牌呗!

我:文化主导经济嘛!

我出门一般就带几件衣服、几本书,行李很少,不用托运,就给别人提供了方便。西安的一同行者,除了大皮箱外,还抱着一个大圆筒,求我代托运,我想,这是什么东西,别是什么非法宣传品,我说,我给你托运皮箱,你自己托运其他东西。到了纽约展览发现,那是他自己创意人体表演汉字的印刷彩绘喷图,国内媒体已经有过一些介绍报道。创新宣传汉字的方式不错,我说,回去我要给你宣传宣传,给你一个位置——拿着武器跟随作战,双手紧握炮火筒。

后来解说员见到河流就故意介绍说,这条河流叫什么名字哪,就是"一条大河"。美国河流很多,有的河流解说员也不知道叫什么名字。

大家一高兴,就把团长放在一边,坚持推举我为团长,我坚持不从,就这么几天的事,跟办喜事当总管一样,没什么意思。但是由不得我了,我上哪儿,他们上哪儿;我干什么,他们干什么。

卞主任:被"黄袍加身"了。

我:握"炮火筒"的人私下对我说,那个书法家 70 岁了,他爱人去世了,娶了一个比他小 25 岁的如花似玉的姑娘。现在,小老婆一周只许他做三次。我说,三次还少?他都 70 岁了。他说现在他老婆又怀孕了。他的作品一平尺 7 万,很早以前的党和国家重要领导人给他题过词,是个大书法家。我说是不小。后来书法家送我他的作品集,里面真有领导人题词。书法家一路吹捧我,弄得我有些不自在,有时我就当面委婉地批评他一下,给他一些中肯的建议。

龚主席:看来真的是个大书法家。

我:同行的有几个书法家和画家,还是颇有档次和特色的,有个画家创立了自己的流派。

费城是伟人华盛顿的发祥地,华盛顿广场就是一片足球场般大的绿地。解说员说,美国有块空地就说是广场。费城曾经是美国首都,现在看起来也不是很景气。

美国的厕所,不叫卫生间,也不叫 W.C,叫盥洗室,Washroom。我想,盥洗室出自中国,《周易》观卦指观察、观光、观礼前在水盆里洗手洗脸,叫盥。盥,是类似脸盆的东西或地方。或许开发新大陆起初,就有中国人移居。中国人在那里发达起来后,就把茅房文明为盥洗室,只不过那里时兴英文,盥洗室被说成英语,但意思是我们中国人对茅厕的高雅称谓。我们一行就曾在纽约哥伦比亚大学的盥洗室,及时地解决过如厕问题。

卞主任:很自豪啊!

我:华盛顿领导美国从最发达的英国殖民统治下独立后,当了一届总统,就急流勇退隐居民间。美国给他建了纪念广场、纪念塔,以他的名字建设命名了华盛顿城市。他一次也不回来看看,全然不予理会。他打天下的目的就不是为了自己当总统。

龚主席:华盛顿是美国现在的首都吧。

党书记:华盛顿怎么样?

我:华盛顿真的很清新,六七十万人口,环城高速把周边城市群连成一体。正是秋冬之交,城市园林五彩斑斓。白宫不似想象的那样高大豪华,行政大楼因财力紧张前不久被迫放假一周,国会大厦也不似那么威严。诚然,均没有武装人员站岗把守。这是他们的一贯特色。

焦局长:美国气候比较好。

我:夏天不太热,冬天不太冷,基本上都不低于冰点。

美术博物馆是中国人设计的,展览的作品一般人不会看懂,看起来不是作品太深奥抽象,而是似乎绝顶的简单明了,这一定是世界精品,不容质疑。我问大画家,能看懂吗? 他说有的可以看懂。

进自然地理博物馆安检,我照样把相机放入筐篮,老美示意还有东西,我又掏出手机,他让我转身旋转,举起双手、作投降状,我却紧紧地握了握两个拳头,老美盯着我,马上竖起了两个大拇指喜笑颜开:古的,外瑞古的!

焦局长:美国人也不喜欢畏畏缩缩。

美国的城镇化率极高,几乎没有乡村,除了大中小城市,就是风情小镇。

司机说,这个州是美国唯一不用下车加油的州,你们看,我一直没有下车,油已经加好了。

在纽约的中美书画联展,午饭吃了一会儿,美方主席客套着问,饮点酒吗? 同行人说不用了,我说可以,主席招呼饭店老板上了红酒。

高速路比西部的要发达宽阔。

我问司机,中间那个车道是什么车道,他说是收费车道,我问收费高吗? 他说不高。收费车道行车很少,因为几乎没有什么必要,可能起到调节和缓冲作用。

司机说,快到隧道了,该堵车了,因为隧道是百年前建设的,没有预料到今天这么大的车流量。原来老美也有预计不到的事情。

卞主任:他们堵车不像咱们这么严重吧?

我:他们的状况好点。

焦局长:美国汽车总数从一亿辆增加到二亿辆用了28年时间,中国用了仅仅6年时间。速度太快了,基础配套设施、人们观念意识和秩序都需要和谐适应。

姬书记:美国有多少人口?

我:3亿多。

卞主任:他们的国土面积与中国差不多。

我:所以,他们鼓励生育,生孩子有政府补贴,生的越多补贴越高,因此有些懒惰的人生一大堆孩子,专靠补贴生活,实际上成了政府供养。

龚主席:那可不错,什么也不用干,吃了喝了就生孩子玩,也可过上稳定的生活。

焦局长:尽管那样,他们多数人还是不想多生孩子,甚至有些人不要孩子,丁克很多。

姬书记:咱们国家现在不是也允许独生二胎了吗。

龚主席:还不是放开。

我:中国人口控制,预计将来最高达到15亿,开始缓慢回落,或许几十年后有鼓励生育的政策,都是社会发展的阶段性需要。

卞主任:几十年后,与我们自身就没有什么关系了。

龚主席:与你的子孙有关系。

卞主任:没有子孙。

我:纽约是摩天大楼城市,而且一百多年了,居然没有古旧的样子,足以证明他们的城市建设质量和美国人做事认真的态度。一百年前的建筑科技工艺水平,令我们今天不得不佩服有加。

五角大楼修缮后,几乎与原来一模一样,说是颜色有细微差别,但我看基本辨别不出来。解说员介绍,世贸大楼重修后改名为自由塔。我对随行人员说,老年人常说取名不宜取大,否则不好拉扯。同行的教授说,是,就得叫狗剩儿、淘气、邋遢……

在唐人街,他们请我介绍我的文化主导经济论。我顺便说道,美国一般不搞制造,只是高端、保密领域、医药和食品自己制造,把项目企业包括一些高耗能、高排放、高污染的东西放到别国,现在全世界对此进行打压,这也是美国当前经济处于极度困境的主要原因之一,也说明美国战略的阶段性、短期性和不可持续性,美国缺乏互利共赢的文化意识,缺乏文化主导经济的长期战略眼光。纽约人微微点了点那骄傲的脑袋。

尽管萧条之后会复苏,但强大之后会衰败也是铁律。中国不会追求迅速强大,快速赶超,要稳扎稳打,把发展的道路建设的更加长远,没有高速的强大,也就不会出现急剧的衰退。

在华尔街,第五大道,我们走散了,剩下的二三人也失散了。我独自行走在大街上,又不进商店买东西,一往无前。从51街一直走到23街,我看到,街上行人照样闯红灯,而且习以为常,我心里怀疑"中国式过马路"的论断,这里也有许多中国人,但那毕竟是少数,后来同行人会在一起时,都有类似感触,说明"百闻不如一见"。当然,指责"中国式过马路"的出发点是善意的,但我看到了实际情况。诚然,不管是中国人还是美国人,抑或是他国人,所谓的"中国式过马路"显然都是无秩序陋习。

华尔街的街道名称很简单,就是第几大道、第几街,不像我们的城市街道名称具有丰富的文化韵味和文化内涵,但很明了实用,便于寻找记忆。

在华尔街,我看到了中国银行和中国工商银行。

我说,在不久的将来,华尔街就是一口井。随行人问,什么意思?我说,华尔街即将失去它世界金融中心的作用,就像一口水井,人们都来这里取水,就是一个著名的景点。

西安人对我说,有人问,美国欠中国人那么多钱,怎么还呀?美国一小孩说把所有的中国人都杀掉。我说小孩说的那怎么办?他们说在电台说的,我说那不行,那是电台的责任。接着华人游行,强烈谴责广播公司,要求公开道歉,做出应有的承诺。在强大压力下,广播公司终于公开致歉并砍掉有关节目,承诺以后不再发生此类事情。

卞主任:在华尔街买什么啦?

我:LV很贵,我在店里聊了一会儿,我说中文,后来来了中国美女翻译,光鲜靓丽。路易·威登,还是夏威夷最便宜。

南方的两个老板喜欢一个大品牌,那裤子拧七咧八,怎么难看怎么来,我说这个品牌的特点就是难看,教授说对,是十分难看、无比难看。名字也很难听,听听谐音,很不吉利。

卞主任:什么也没买?

我:买了两双袜子。因为1美元,搞了半天价。人家本来不搞价,为了好玩,我就搞起了价钱,顺便温习一下英语。着急时,我就说"柴你死",去了一个小伙子翻译,店员坚决不同意讲价钱,上海小伙从自己口袋里掏出 1 美元,我掏出一沓大额美钞向他示意,让他收起自己的钱,把那不足 1 美元的硬币交给他,他给店员,店员表示不要了。他把硬币给我,我说你装起来吧,他装进自己口袋说谢谢,我说不客气,再见。

卞主任:多少钱一双?

我:18 美元。

龚主席:合人民币 100 多块,多么高级的袜子呀?

姬书记:结实吗?

我:穿了一周,后跟就破了一个大洞。

龚主席:真不值。

我:袜子本来就不结实,又碰到我无比坚硬的脚后跟。我的脚后跟是脚后跟中的强者,无论多么结实的袜子,用不了几天就会被它啃出大洞,再加上经常登山晨练,更加助长了我脚后跟的威风。

卞主任:就买了两双袜子?

我:美国宾馆不提供牙具,有一天,我带的牙刷不见了,东北的随行陪我去超市购买。在选牙刷时,我看到有电动牙刷,也顺便选了一把。结账时,收银员打出了单子,但只收了衣服钱,没有收单据上的 18 美元牙刷钱。回到宾馆,仔细看单据,发现后感到不明白,为什么同在一张单据上,不收牙刷钱。肯定不是补偿,因为宾馆与超市不是一回事,那就当是华盛顿送我的礼物了。

华盛顿给我的印象不错。

卞主任:美国是好!

我:也不是像有些人说的那样天花乱坠。上世纪 90 年代,咱们的县委书记从美国回来作报告说,美国没有小偷没有乞丐。我们去了,当地人总在提醒防小偷,并列举桩桩案例。在拉斯维加斯大街上也有好几次碰到街头乞讨行为。

焦局长:敬一杯,辛苦了。

我:总坐飞机,吃不好饭。有一次,飞机上供应的是炒小米饭,太硬了,好像是生的。

龚主席开玩笑:你爱吃软饭?

我:还似乎吃过软饭。上学期间,我的下铺,小伙子长得不错,食堂里调来一美女,窈窕白皙,清秀潇洒,打饭时,总是多给他盛菜,尤其是肉菜常常多给他几倍。他往往是端着满满一大盆肉菜,高高兴兴地回到宿舍,让我们一起享用。这好像是间接地吃软饭吧!

我本想在华尔街存上100美元,表示自己在海外也有存款,可不知他们给不给办理,只好作罢。

……

飞仙大酒店二楼大厅,亨通矿业有限责任公司成功上市酒会,歌声嘹亮,气氛热烈。19桌酒席,觥筹交错,推杯换盏。

党局长有事没参加,第二天问:喝的什么酒啊?

提局长:1605减32。

党局长:那是什么酒啊?毒药。

龚主席:1573呗!

母亲说棒子熟了,父亲说还不熟。人们都没有开始收庄稼,今年后秋雨水多,玉米贪青,虽已下霜,一些玉米的叶秆仍然绿意昂然,当然有些地块的玉米全干了。

我和母亲去收路边完全成熟的零星地块,发现墙上的大石头翻掉下地,玉米倒伏一片,母亲抱怨,正好牛儿过来说,别说了,刚才我骑摩托从这掉下去了。

我:怎么回事儿?

牛儿:上来一个小车,躲车时,我从那儿掉下去了。

我:可能是你们双方的车速都较快。

牛儿:是,一个人慢点,也就没事了,都以为一大早没有车。

我:你从这个小道上大路,双方都不容易早发现对方。

牛儿:看到时,来不及了。车摔坏了,他的车镜也碰了。

我:没伤到人就好。

母亲:这么早你上哪儿去?

牛儿:去城里买那套楼房。

我:在什么地方?

牛儿:北环,新福家园。

我:多少平米?

牛儿:一百多。

我:多少钱?

牛儿:三十多万。

我:首付十万?

牛儿:是,十几万。

牛儿租车去了县城。

母亲:他小子的对象家要他在县城买套楼房,没房不跟他。

一会儿,树林家领着外孙来这儿玩耍。

母亲:树林干么去了?

树林家:赶集买臭豆腐去了。买不上,都被人买绝了。

我:这阵儿时兴吃臭豆腐?

树林家:不是吃,是熏山猪。

母亲:这两年闹山猪,山猪都把人们的庄稼糟蹋了。沟掌有人用铁丝网把庄稼围起来,都不管事。

我:野猪怕臭豆腐?

树林家:顶点事。干勇去打山猪,差点把小命儿丢了。

我:怎么回事儿?

树林家:干勇那天喝多了酒,像武松一样拿了一根木棒就上了冈子,隐藏在草丛中,蹲坑守候。等了好大工夫,也不见野猪踪影,心想再等等,又等了很长时间,还是不见野猪出来活动,正准备走时,突然,呼啦一声,他发现一个大黑家伙从一侧的树丛中向玉米地走来,身躯强壮,步伐有力。他憋住呼吸,等野猪走到跟前时,他突然袭击,双手紧握木棒向山猪猛力打去,山猪可能听到风声,立刻躲闪,木棒打在磐石上,干木棒断成两截。山猪躲过击来的木棒,猛转身扑向干勇,干勇撒腿就跑,山猪穷追不舍。穿过草丛,跨过地堰,飞过水沟,忽然,他被葛蔓绊倒,心思,完了,山猪的牙齿强健,弯钩状,被它咬住还能逃脱。边想边迅速爬起来,没敢回头看一眼,飞速跑出山冈,不停地喘着粗气,猛扭头望了一下,发现山猪并未继续追来,他长长地出了一口气,但不敢歇息,马上跑回了家。

我:那一定是他一辈子跑得最快的一次。

树林家笑出了铜铃般的声音。

流动饭店进入上庄,上庄有人办喜事。大道上人群,一拨拨拥向上庄。

家里的电视好长时间不清晰,我把大锅上下摆动,左右调摆,情况略有好转,但仍然不够清楚,白天几乎无法看,父亲没有耐性,母亲说,只有下庄那个孩子会调,有机会让他给转转吧。

别说是乡村,就是县城的有线电视,也经常信号不好,飘飘忽忽,花花哒哒,有时干脆什么图象也没有了。技术人员也找不到原因,修理后,几天又坏了。常修常坏,修旧如旧。

干勇要帮着收棒子,应贵与应格都说找上半天,大伙一下子就给全拾掇回来了。父亲说，不着急。

玉米用绿色把阳光变成了金黄的棒子，孕育出朝霞的色彩，编制出彩霞的锦绣。棒子的光彩熠熠生辉，无比美丽，这是最美的油画。

人们常常联合种收，一些人不计较劳力的多少，不吝啬帮忙。不时兴付工钱，就是请顿酒。当然，也有些人过分自私自利，甚至盗取。父母说，自家的树木经常被人盗伐，找到时一般都承认，不找就等于他伐的是他自己的，平安无事。这样的人还不是一个两个。别人家也常常丢树，但我家只有耄耋老人，这种事就更是家常便饭。

地堰下的小水井，是从后面高山里千折百转冒出来的，谁也看不到它的路线，是个永远的秘密。井水旺盛，世世代代永不减弱，大旱年村庄里所有的井都枯竭了，这里依然呱呱潺潺，人们都来这口井里取水，道路神奇地形成了姓氏图案。这个字图，只有我知道，是我的发现，是秘密，是绝密。它是人们世代取水形成的，它又是自然形成的，不是人有意为之，是人自然为之。

不懂的人挖掏水井，近年来，使得水位下降了。

我正在修理井壁，把旁边斜坡冒出的水缝堵实。以前拔几个大土苔就堵住了，现在找不到土苔，河里的沙石怎么也堵不严实，只好蓥出一个小湾，水位升到一定高度时，井里的水位开始上升。

水位终于升上来了。突然，一个姑娘手持相机从小溪对岸走过来，迈过几个搭石，相机对准我们，我立刻询问，她说，是拍房子，画画。让我看她相机上她自己画的油画，我说不错。她说她在北京攻读研究生。她妈妈从车里出来，返回这里，也从河对岸走过来。原来她们就是那在老崖根买房子的京都人。

我：这次住了几天？

姑娘：三天。

姑娘妈：我是中学校长。记个电话吧。

我：不用记，我给您拨过去。

前面车里人喊，美女甩着长发，资深美女扭动着神韵，她们走了。

《周易》真神，果然水井边有遇。

我想上北坡顶上看看"文革"时的标语遗址，现在大概长满了草，痕迹不明显了。那时，生产队社员从河边白崖背白石头到山顶，在山顶西侧坡面，刨掉灌木草皮，剃出一大块长方形斜坡地，把白石头垒摆出一个个硕大的白字，弄出标语口号。从外面回来，或者外面来人，从河槽羊肠小道，仰头即可望见那"抓革命促生产"白白的大字，清清楚楚。这是农民的杰作，这是生产队的特别景象，这是世界奇观。后来我们刨药材时，经常发跑石，把白石撒下山坡，看它们翻滚奔腾，像硕大的白跳跳球。不过，那些白石三棱八半，不圆滑，滚得不很壮观。圆球石或是扁圆石，撒跑石最好，跳得最远，蹦得最高，最有利于观瞻。我们最高兴，笑得最甜，最开心。

张总电话:雷总,在哪儿哪?

我:在万子营。

张总:万子营在哪儿?

我:朝阳这边。您在哪儿?

张总:我在门头沟邓家坡。好吧,明天联系。

我们从万子营来到亦庄。

小陈:为什么叫亦庄?

司机:从前这里有个神秘的圣贤,好像庄周、庄子,所以取名亦庄。

我:你又编故事。我也没有考证过。不过这个地方有点意思,西南是凉水河,北面不远是萧太后河。还有咱们刚去过的万子营。

第二天张总又打电话:今天在哪儿?

我:卧龙岗。您哪?

张总:我在雷庄,雷家桥。

我:咱俩调风哪!

张总:明天吧。

我:明天我与邓部长有约。

张总:又接触高端呀!

我:他对我的《被领导艺术》感兴趣。

张总:人们都谈领导艺术,您弄个被领导艺术,是够新颖的。全世界"独树一帜"。

我:蝎子啦屎——毒一份儿。

张总:有广泛的社会价值。

我:现在京都的大气治理下了狠招。燃煤改气,企业限排,汽车单双号限行……

张总：重度污染、严重污染天气，企业要限产、减产，甚至部分企业要停工，幼儿园、小学停课，机关事业单位汽车还要另外限制百分之三十上路。

我：周围省市都要跟进。大气污染已经成了我们不共戴天的敌人，你死我活。

我：这段时间也没有刘总的消息。

张总：可能是在温柔乡。

刘总请领导吃饭时，领导带了一个美女，给刘总介绍说，邹丽，在杂志社上班。美女身材高挑，皮肤白皙，相貌娇好，温柔贤惠，眼睛放着桃花电。刘总坚持点茅台，领导坚决地拒绝，美女说，算了，下次吧，这也不是喝茅台的地儿。美女与二人一同喝着鲜扎啤，边吃边聊。邹丽从包里拿出自己社里的两期刊物，送给刘总。邹丽看着盘子上通红的大蟹说，大蟹壳挺漂亮。刘总让服务员打了包，邹丽不拿，领导说拿上吧。

第二天，刘总照着刊物上的电话找到了邹丽，请她吃饭。邹丽说，今天加班，没时间，谢谢。刘总说那就改日吧，问了她的手机号码。

过了几日，刘总约到了邹丽，在一家普通饭店吃了顿饭。又过了几日，刘总约邹丽，邹丽说有一家生态园，有些特色，二人驱车去了那里。坐在吊椅上，服务生滑着旱冰手托菜盘来上菜。邹丽轻声说坐过来，刘总没有听清楚。邹丽加大一点声音重复，坐过来。刘总喜出望外，到对面与她坐在一个长条吊椅上，前后荡漾。她说，靠近点。后来她说，对面的人总是盯着看，你揽住我的臂膀。

吃完晚饭往出走，到僻静处，她突然伸出双臂，刘总会意，手里提着东西，并未影响，拥抱上去。

她说去小商店买双靴子，冬天开车穿。走进商店，选了又选，试了又试，最后选定一双，刘总交了钱，并不贵，几百元钱。

到了刘总住处，两人在床上交谈亲昵。刘总亲吻后，抚摩她的乳房。她的乳房较小，但没有影响他的情绪。她说我的乳房是小，他说你可以戴较厚大的乳罩。他撩起她的上衣后襟，白皙、细腻、滑润，上下左右缓缓地抚摩，接着撩起自己的上衣前襟，搂在一起紧贴，胸背爱抚。

走时，他又要求。他的嘴向车窗内伸，她的口向车窗外移，连接在一起。他贪求，她羞却地婉拒，车子慢慢向前移动，进而提升了速度。

刘总几次约她，她都说加班。后来还是一起吃了几次饭。

一个风和日丽的日子，二人又在一起吃饭。她说想买个包。在附近转了一些店铺，挑选一款，刘总结账，还是几百元钱。

回到刘总住处。刘总说刷刷牙吧,她笑着说好像在做什么准备,刘总也笑着说不打无准备之仗。

房间温度很高。亲热中二人快速升温,脱掉了上衣,他把彼此的下衣也脱得精光。

她的身体洁白润滑,腹部平坦,略微隆起,他似乎闻到了清新的味道,这味道又好像不是闻到的,是看到的,是眼睛闻到的,传导给了鼻翼,很香。实际上,他更喜欢女人清洗前的浓郁自然的味道,那更富有女人真正的味道,催发自己积聚暴发的欲望。那种味道通过鼻翼进入血脉直达丹田,孕育欲望的火山。特别是几天不洗,那地方积聚了最让男人着迷的味道,不是洗发水、沐浴液的味道,是女人固有的,上帝专门赐予男人的诱人味道。

其实,异性之间的气味吸引,是人的本能,是人的自然属性。人类早期,没有语言,不能依靠语言交流、择偶、调情,与动物一样主要靠气味沟通、吸引,这或许也是非物质文化遗产,但这里不用保护,不用专门拨款补助进行传承,可以自然传承。在人类伦理的深处,自然性就是它的合理性。因此,在这里表现得光明正大,一波三折,十分细腻生动,毫无淫秽之意。

虽然没有到达终极,但整个屋子弥漫着浓香的气息。

他问难道这就是你的底线,她说可以这样认为,不过还不是水到渠成的时候,到了那个份上,我会很主动的。

她说她老公那总是干的,让他看医生,他说他没有病,总不去医院。刘总说有我吗,她说到时候你可得给,刘总说,这还不容易?下载一个不就行了。

他说现在有卖的,她说是,有那什么库。他说对,有库房。

总是零距离接触,他对她的身体全览无余。一次,他偶尔看到她眼角留有东西;又有一次他突然发现她鼻孔毛丛中存有不雅。他想,这么讲究的美女怎么会有这样的问题,这些比描眉图唇可重要多了,清洁朴素是更有魅力的美。

她说距离产生美。他感到,现在距离越来越远了,可美也愈来愈少了。

这也是一种旅游,应该是微观旅游,还有人们不易感受的宏观旅游。我们每天都在旅游,坐地日行八万里,地球自转一圈是一天,这一天中我们面对的是多么广阔的宇宙空间,只是我们视力所限,做不到巡天遥看一千河。地球围绕太阳公转一圈是一年,一年中我们经过面对的多么浩瀚广袤的宇宙空间,视野之大令人难以想象,只是我们没有能力欣赏那无比丰富的风景。

眼睛看不到,还可以思想旅游。思接千载,视通万里。一念之间,可以到达宇宙所有角落,也可以到达未知的微观领域。思想总在美好的地方,或者从一个美好的地方思想到另一个美好的地方,或者思想的过程也是美好的。

京都出重招,空气质量出现了明显的好转。河北还在水深火热之中,被雾霾侵略了,让 PM2.5 占领了。石家庄沦陷,保定沦陷,唐山沦陷,邢台沦陷,邯郸沦陷,沧州沦陷……全面治理大气污染攻坚战拉开了广阔的序幕,保定"洗城净天",唐山把大型钢企夷为平地,类似"光复河北"的号角震天动地。

张总说:远来的空气还不错。

我:算是污染比较轻的,全年达标天数在 300 天左右。

张总:县城盆地的空气也好扩散?

我:县城地势较高,海拔 800 多米。

张总:那还不错。

我:形势也不是很乐观,防治污染的任务也不轻松。而且,泉群,河流,土壤,地下水,早就步入一级战备防御阶段。

张总开玩笑:也设定空中识别区。

我:不仅要识别,而且要有有效的应对举措。

张总:那次领亲戚去山西,走的京原线,太慢了。

我:据说那条线是林彪搞的国防线,40 多年了,从未重修,老掉牙的铁路线。

张总:国家经济和铁路发展这么快,为什么那条线就得不到改建?

我:不知道为什么。就是走 200 公里,最快也需要近 4 个小时,慢时长达五个半小时。那车咣咣当当,不慌不忙,走一小段,停一站,像个耄耋老翁。

张总:真是牛车呀!

我:最近去哪里?

张总:不出门,感冒了。

我:吃点药。

张总:每次感冒拿出药来,一看过期了。前天还没有感冒,翻腾抽屉,看到感冒药最近过期,心想又糟蹋啦,没想到第二天就感冒了,这次药派上了用场。

我:也不知道是浪费好还是不浪费好。

京津冀大战 PM2.5。气象学中出现了雾霾学;大学里开设了雾霾系雾霾专业;专门雾霾大学正在创建中;行政机关上下均设置雾霾综合治理委员会,下设办公室,处理日常事务。

政绩考核,增加雾霾为主要指标。官员们由愿意到富裕发达地方任职转向争去雾霾较少的地方,雾霾地方官位成了"瘦缺"。

假如三国时期有雾霾,诸葛亮或许会借到更多的箭。不过历史上,草船借箭的应该是孙权,也是无意中的收获。《三国演义》作者罗贯中把箭给了诸葛孔明,有意为之,把诸葛亮描写塑造成智慧韬略的化身,这是艺术。

雾霾是科学,科学会随着现实生活而产生,也会随着已有的科学而产生。雾霾是由于科学技术飞速发展带动的近现代工业文明而产生,产生不可怕,雾霾学会解决它。

张总说,您听,我给你念微信,大兴顺口溜。长子营的美女,青云店的汉,魏善庄的傻子满街转。榆垡的花,安定的草,大辛庄的光棍遍地跑。瀛海的淑女,朱庄的房,亦庄的男人是皇上。旧宫的疯,南苑的荡,西红门打仗一起上。南小街的鸡,太和的床,万庄的女人吓死狼。南红门的葱,芦城的蒜,黄村的姑娘不能看。

张总左眼下面的脸上偶然觉得有个小疙瘩,也没在意,这是常见的事儿,认为过一段就没有了。他没有照镜子的习惯,此时也没有照镜子看一看。谁知在洗脸时总摸着有个小疤点,后来发现有小突起,慢慢张长,像个线头儿,上端较干硬。想把它掐掉,试了试有点疼。想把它剪掉,又怕出血难止,弄出麻烦。下午,正好路过楼下医院,就去问医生。

张总:大夫,我有点小事儿问一下。

医生:好,你别揪它,我看到了。

张总:这是怎么回事?

医生:可能是病毒引起的,一般都是良性的,可以观察观察再说。

张总:把它剪掉不行吗?

医生:要出血哪?

张总:是啊,要不就问问你们医生嘛。

医生:先不用管它,等等再说。

张总离开时,看到两个女护士也在注视着。

张总回家,心想不会有什么事情。打开微博,忽然发现一条奇怪的消息:那玩艺儿哪有张在脸上的!

张总笑了,这美女们真够搞笑的。

好长时间不见面了,今天又聚在一起。

刘总:雷董,你孩子不是要买房子吗?

我:是,看了一些。

张总:草房有不限购的商住房,复式结构,上下40多平,160多万。

我:看过了,他们感觉层高较差。

刘总:开发区也有。

我:也看过,有复式结构,也有平面户型。

张总:那地儿不错。

刘总:京都上班的人在燕郊买房的也不少。

张总:对,那块虽属河北,但到京城很近、交通也很方便,京都公交车往来频繁。有通大望桥的,有通草房的。房价涨得很快。

刘总:现在也一万多了吧?

我:看过了,一万二三。

刘总:还是比这里便宜多了。

我:还是想在咱们上地这个方位考虑。他在这边上班,方便一些。

张总:闵庄这块儿也可以。

我:石景山也行。

微信信息。

周艳:你是北京人吗?

雷宇:我不是山顶洞人。

周艳:哈哈,还挺幽默。

雷宇:你是山顶洞人吗?

周艳:也不是。

雷宇:这并不重要。

周艳:是。最近去哪里啦?

雷宇:美国。

周艳:干吗去啦?

雷宇:文化访问交流。

周艳:旅游去了吧?

雷宇:去美国搞美术活动。

周艳:玩美了你。

雷宇:是玩"美"了。

周艳:完美了。

她不相信,把在纽约的中美文化活动照片发过去。

京津冀百日无雪。

密云不雨,自我西郊。

刚夸过美国的气候,就不长脸。今冬美国出现了历史罕见的大范围冰雪低温天气,有的地方积雪达60多公分,最低气温摄氏零下26度,有的低至零下51度,活活冻死数十人,有的被冻成冰人。连越狱逃犯,都途中无法忍受严寒,被迫自首返回狱中。

毗邻纽约县的曼哈顿,耸立着超过5500栋高楼,其中35栋超过200米,是世界上最大的摩天大楼集中区,也阻挡不住严寒的风雪。60平方公里,近170万人口的高密度,依然抵御不了凛冽寒风,丝毫显现不出它的热岛效应,摩天大楼好像一个个冰柱子。著名的格林威治街和第五大道,失去了往日的熙嚷热闹。处于经济下滑的美国纽约的唐人街,更加冷清。高度现代化的人群,在突如其来的气象中瑟瑟发抖。

尽管规划设计都有科学论证,摩天大楼间还是始料未及地形成比龙卷风还要厉害的狂风。汽车被飓风掀翻,行人被抛向空中。风魔似条条狂龙,交叉、撞击、飞舞,天昏地暗。或许是城市风初露端倪。

四季如夏的夏威夷,最低气温竟然降到摄氏零下7度。

宇宙,不,只是在地球的甚嚣尘上的一处,吹了一口冷气儿,仅仅一个小小的微不足道的天象,就让人类的弄潮儿们狼狈不堪。

摩天大楼,你想刺破苍穹吗?山再高,也够不到天顶。天象所到,无一物呈其先,无一物滞其后。

不过,辩证地看,摩天大楼确实壮观,而且节约了大量宝贵的土地。

人类必须敬畏大自然,同时也可以积极地有所作为。

刘总:是您的世界新学说给他们降的温吧?

张总:对,您去了一趟,就改造了他们的气候。

我顺势而为:也许是。我的文化主导经济论,惹恼了世界。经济发火了,一个软实力有什么可牛的,先给你断奶。政治不高兴了,你想主导,先把你孤立起来。社会不自在了,喧宾夺主,给你个颜色看看。就连文化本身也不买账,笑你天真、单纯、幼稚。

刘总:雷董是重磅炸弹。

就坡骑驴开个大玩笑吧:我1岁时,原子弹爆炸;我2岁时,氢弹爆炸。

张总:社科院发布全球环境竞争力报告,中国排名87位,空气质量倒数第二。

我:或许中国治理环境比脱贫致富的难度还要大。下一步生活质量的提升也许主要就在环境方面。

京都的空气质量脱颖而出,即使是春节期间,明显好于往年。烟花爆竹的燃放少了许多,人的素质就是比较高,走在了时代潮流的前列。市委市政府还专门颁发文件通报,感谢市民做出的贡献。人民为改善生活质量,放弃了一些不适应形势的传统习惯,党和政府还要感谢,这是人民的党和政府,这是仁慈的党和政府。有这样的党和政府,还愁大气得不到治理吗?还担心过不上好日子吗?不污染就是牺牲,不添乱就是贡献。人们越来越意识到,幸福生活的全面性、社会性。

国局长：国家准备改造京原铁路线。

焦局长：升级换代。

国局长：要达到动车水平。

我：那时京都到远来只需要一个多小时。

国局长：6个小时一列。

我：那样太方便了。

焦局长：比开车走高速要快得多。

国局长：还比较安全舒适。

我：对远来的中等城市建设一定会有较大的促进作用。还可以拉近城市群之间的距离。

焦局长：那时远来就像京都的郊区一样。

我：是京津冀城市群中京津周边中等城市。

全县领导干部大会，一年一度的考核又到了。今年的党政领导班子和领导干部考核进行了明显的改革。不搞地区生产总值及增长率排名。地方各级党委政府不能简单以地区生产总值及增长率排名评定下一级领导班子和领导干部的政绩和考核等次。强化约束性指标考核，加大资源消耗、环境保护、消化产能过剩、安全生产等指标的权重。更加重视科技创新、教育文化、劳动就业、居民收入、社会保障、人民健康状况的考核。对禁止开发的重点生态功能区，全面评价自然文化资源原真性和完整性保护情况。对生态脆弱的国家扶贫开发工作重点县取消地区生产总值考核，重点考核扶贫开发成效。加强对政绩债务状况的考核，把是否存在"新官不理旧账""吃子孙饭"等问题作为考核评价领导班子和领导干部履职尽责的重要内容。既注重考核显绩，更注重考核打基础、利长远的潜绩。既考核尽力而为，又考核量力而行。识别"形象工程"和"政绩工程"。选人用人不简单以地区生产总值及增长率论英雄。实行责任追究。对拍脑袋决策、拍胸脯蛮干,给国家利益造成重大损失的,损害群众利益造成恶劣影响的,造成资源严重浪费的,造成生态严重破坏的,盲目举债留下一摊子烂账的,要记录在案,视情节轻重,给予组织处理,已经离任的也要追究责任。使考核由单纯比经济总量、比发展速度,转变为比发展质量、发展方式、发展后劲,引导各级领导班子和领导干部牢固树立"功成不必在我"的发展观念,做出经得起实践、人民、历史检验的政绩。

5年前,我与一位大报记者聊天谈到,落实科学发展,关键在于考核和用人机制。现在新的考核办法和机制出来了,但是真正落到实处,确实需要较长的实践。

在测评表上,我都给他们填到最好的一栏,总感觉不管做得怎么样,都不容易。尽管有人对我不友好,甚至对我怀有敌意。宁肯别人负我,我雷宇不负所有人。打电话、拉票,我也不反感,想折腾,就晋升吧。哪有天上掉馅饼的好事,实践反复证明,拉票的升,不拉票的就地不动。

省里终于走上了我雷宇预设的道路。群众路线教育实践活动民主生活会,常委们给书记提意见,过分重视GDP排名。书记来联系点强调,主要应该解决本地近些年发展积累起来的问题。实际上就是应该把着眼点放到治理污染、科学发展上来。这也许是省里的一个策略,这样可以减小GDP增速的压力,集中精力解决大气污染问题,为改善本地和首都周边环境建功立业。

其实,中央现在已普遍地减轻了地方的GDP"课业负担",不搞排名,有些地方不考核GDP增速,有了新的"政绩观"。

首都周边"高天滚滚粉尘急",很大程度上是钢铁过剩产能造成的。有的企业新上脱硫等先进生产线,有的企业利润不错,但新上项目大都没经国家审批,绝大多数没有"准生证"。省长表示,要大刀阔斧,壮士断腕。第一,关,按国家标准强制关停一批;第二,压,实行差别水价、电价。严格土地、环保执法,提高落后钢铁产能的运行成本,发挥市场的倒逼机制,退出一批;第三,转,有条件的企业转产其他领域或者去海外发展;第四,并,通过企业兼并重组,扶优汰劣,削减劣质产能,整合优势资源。行政手段是硬着陆,市场手段是软着陆。行政手段是处以极刑,斩首,大劈,腰斩,起码是肢解;市场手段是"上吊"、"服毒"、"自刎",就是没有"安乐死"。

目前本省钢企中,既有央企或央企控股企业,也有北京、天津的国有企业;既有外商投资企业,也有境内外上市公司和民营企业。压减产能将造成20万直接从业人员和40万间接从业人员的"饭碗"问题,若有不甚,就可能带来重大的社会稳定问题。

　　随着一声声爆破巨响,座座高炉烟囱应声倒下,唐山拆,邯郸拆,承德拆,保定拆……这是摧毁旧的工业文明的炮声。过去曾经以宽阔的厂房,高大的烟囱而气派和自豪,现在它们成了历史的耻辱,成了过街老鼠,成了世界的公敌,成了人类发展史上的灰色记忆。不破旧,就不会立新;不憎旧恨,就不会有新爱。有了爱,什么奇迹都可创造出来。不是说,不弄污染严重的过剩产能,就不能发展了。诚然,不是不要工业文明,我们要的是新型的工业文明,是保护改善生活环境的工业文明,调整产业和经济结构,大力发展经济,归根结底还是为了人民的美好生活。守得住蓝天青山绿水的快速发展,那才是我们的真本事。

　　人类发展到今天,不能让一个PM2.5给弄住。

　　走城镇化道路就是为了美好生活,所以必须搞新型的城镇化。县里召开了有史以来的第一次专门城镇化工作会议。指出,城镇化是一个自然历史过程,要顺势而为、水到渠成,不要拔苗助长。过去总强调加大开发力度,现在要控制开发强度。

　　要推进农业转移人口市民化,全面放开建制镇和小城市落户限制,有序放开中等城市落户限制,合理确定大城市落户条件,严格控制特大城市人口规模。要以城市群为布局形态,现在已经形成京津冀、长三角、珠三角三大城市群,还要发展西北、东北城市群。提高城镇建设水平,慎砍树、不填湖、少拆房,让居民望得见山、看得见水、记得住乡愁。不仅要保护好自然,而且要延续人文。新型城镇化,是人文城镇化,是人性城镇化,是留存人类记忆的美好城镇化。

　　远来处于京津冀城市群中,作为山区盆地,建设中等城市,更要考虑自然人文特色,不能让高楼大厦、水泥森林掩盖遮蔽了美丽的山水,不能失去太行深山区的地域特色文化,不能抛弃美好的记忆遗产。

　　奥迪A6的广告不错:我想建造的不是摩天大厦,而是让下一代自在呼吸的蓝天。

　　龚主席:史书记走了?

　　卞主任:走了,当县长了。

　　龚主席:副书记年头也不少了,提个县长也不容易。

　　党局长:总起来说,人员换腾的还是挺快的。

　　我:就像坐地铁一样,旁边总是换人。

党局长:给你弄个要害部门。

龚主席:别,人家笑罢了咱才笑。

卞主任:以后的要害部门就是"要害"部门,打算要害你,就把你放在那儿。

龚主席:对,就是"要害部门"。

党局长:尚局长怎么才来?

尚局长:办一张转账支票,取了顺序号,前面等着的人很多,速度很慢,等到中午交接班还没轮到,下午好不容易等到办理,信用社说,盖章的字迹有的不清晰,让重开。再次返回信用社,盖手章时过于用力,印倾斜出现阴影,又重开了一次。最后填身份证号码出了边框,又跑了一趟。

卞主任:是,前一段我们有张支票,信用社说,盖章位置有些不对,跑回去重开,正好没有支票了,只好返回来换了一个窗口,终于还是办了。

龚主席:这种事不能含糊。

党局长:是。不过也有死板僵化的。

卞主任:也有类似刁难的。

这次回京都绕道市里,走时雾茫茫,回来还是十面霾伏。高铁是快,最高近300公里的时速,40分钟由京都跑到这个中等城市。出站,出租司机搞价,一大片黑出租。有个民警说,给他打表。我问司机,怎么这么多黑出租,他说没人管、也管不了,我又问怎么管不了,他说其实就是不管呗。我问今天天气有雾霾吗,他说那还少的了,都是这样。我说最近治理的力度很大,大力拆除污染企业,燃煤改燃气锅炉,应该见效,他说没感觉到。我问汽车限行吧,他说不限行,汽车有多少污染,就跟人们说的笑话一样,说汽车污染就像一个人在小区放了个屁一样。我说主要是因为其他污染太多,如果其他污染少了,汽车多了也是主要污染,比如美国污染较少,汽车很多,他们就非常重视汽车污染,洛杉矶的汽车污染就很突出。

我问市区有多少人口,他说100多万吧,加上县里那就多了,1700多万哪,我说没那么多。三环到二环距离还不近,饼摊得很大,还打算把周围三县纳入城区,城区、人口规模就更可观了。新建高楼林立,在过去看来这一定是座现代化的城市,本地人也喜欢说自己是古城,这里有保存完好的闻名遐迩的封建衙门。封建这东西,别看人骂,其实骨子里好多人都喜欢,我也不例外。这种东西可以用于特色旅游,它处无寻,美国也没有,而且他们永远也不会有,他们没有祖宗。其实,认为它出名,很大程度上是自我感觉,我认为它远不及本地的特产小吃——驴肉火烧。为此,我还写过一篇短文。

我雷宇在此习惯住省招,后改名省招酒店,总记不住这个名字,现在是从纸拖鞋上看到的。

每天早晨爬山或步行10公里,习惯成自然。从酒店出来,晨练漫步,本打算活动后回酒店早餐,却不经意地瞭望早餐摊点,体验此市百姓晨生活的想法占据了主导地位。

俗话说,天上龙肉,地上驴肉。驴肉火烧,天下闻名,进入了上海世博会。这似乎是本地当下包括经济、政治、文化中最骄傲、最著名的东西了。在下本不迷信名著,可在品牌上有时也不免俗。餐单上列出:清香火烧6.5元,精品火烧8.5元,极品龙凤15元,至尊天龙20元。

鄙人一向以吃方便面自乐,经常来一桶。我想自己并非吃不起饭,今天不求最好,只求最贵。姑娘问要哪个,我说至尊天龙,她说是驴鞭,我稍作犹豫:可以。还要驴杂汤。把驴那乱七八糟的东东都尝尝。

边吃边问另一姑娘婉口多少钱,她说与驴肉同价30元一斤,鞭180元一斤。我本以为婉口比鞭贵,看来女驴没有男驴值钱,差距很大,驴有特别。物以稀为贵,对于驴肉来说,驴鞭才有多少啊! 也多亏了驴那东东甚大,但母驴婉口不贵,却令人费解,不可思议。

我有过目就忘的记性,试着记了几次记不住,就向姑娘取来纸笔,记下单子。

走在大街上,忽然联想到很多年前碰到的事,一个路人对另一路人说,请问师傅您车上有扳子吗? 那人说有。这人拿下扳子把车上的警灯打碎了,亮出工作证,一定是违法(规)使用警灯。执法柔中带刚,甚是艺术。以其之扳,敲其之灯。态度温和,人性化,幽默化。

真是胡乱联想,驴唇不对马嘴。

突然路遇著名作家也在散步,他夸我精神,说我如何如何。我说,最后我再强调三点:我不想做大官,不想发大财,不想做大事。

黔无驴,有好事者船载以入,被老虎断其喉尽其肉。贵州朋友来,一定请吃驴肉火烧。

网友分明是在问:钱这东东,你有木有!

轻轻地走了,正如我轻轻地来。走了才有风声,恰似大人物离开某地才报道消息一样。

这篇小品文不宜发表,就藏在这里吧。

再大,在宇宙中也微不足道。不信,我给你说说我的宇宙观。

本人不是科学家,只是以一个普通人的身份,谈谈自己的宇宙观。

宇,指房檐,泛指房屋,如屋宇,栋宇;宇,指上下四方,所有的空间。宇,指无限空间,无边无沿。

宙,指无限时间,无始无终。

宇宙观,也是世界观,指人们对宇宙(世界)的根本看法。

古人认为世界就是天下,是天的下面。我们的古圣先贤追求的齐家治国平天下中的天下,不过是指中国。因为那时人们不知我们的大地是圆形,不知地球上有诸多的民族和国家以及像蚂蚁一样多的人。

后来知道了不仅有地球,月亮,太阳,那漫天的星星都是天体。我们人类生活的地球,只是宇宙中无数星系之一的太阳系的众多星球的一个星球。

现在有科学家称,宇宙中约有 3 万亿个星系。我想,这数字未必整得到位。那么清楚,那还是宇宙吗?

宇宙,永远在被人类认识,又永远不被人类所认识,这似乎不单是我的宇宙观。

人类永远在能动地认识世界。

如若有上帝,它看地球上的人们,一定比我们看蚂蚁还要小。

较远的星球,肉眼难以看到,即使是借助于天文望远镜,也不敢说看到了最远的星球,更不敢说看到了最大的宇宙;我们难以直接看到细菌、真菌、病毒、原子核、核外电子……即便是依托显微镜,我们也不敢说看到了宇宙中最小的因子。

所以不要以为什么是最大的,也不要以为什么是最小的。谁也不要以为自己是最大的,谁也不要以为自己是最小的。这也许是宇宙中的平等。

原子弹、氢弹、核武器……几乎是以很小的因子鼓捣出来的。

地震、火山、海啸、台风、暴风雨、洪水、战争、瘟疫……是使人类恐惧之事,在宇宙中却是极平常的事情,甚至可以忽略不计。史前曾出现物种灭绝时期,上帝并不理会。星球爆炸、撞击,上帝也不眨眼。星球消失,星球产生,都是上帝的家常便饭。

冰川期,人类延续下来了。宋明时期,为小冰河期,气候寒冷无比,人类熬过来了。唐山地震、汶川地震、南洋海啸,人们恐怖万分,拍出的电影都对人们产生震撼。美国电影《后天》预言未来使人震惊。环境恶化,南极冰川融化,汹涌的海水从天而降吞噬了几百米的高楼大厦及南半球大部;北半球史无前例的高气压团,寒流降温每秒数度,数日形成冰川。迅雷不及掩耳,甚至是人们来不及恐怖,连震惊的机会都不给你。这不是"明天"发生的事件,是

"后天"。

宇宙是永恒的。茫茫天地间,万物终归是过客。当然,有生命的过客特别是人类也会是积极的、主动的、乐观的。这是唯物主义。

唯心主义则认为,过客不存在了,宇宙也就不存在了。

突然,车子在隔离铁栅栏口回头,车辆拥挤,秩序较乱。

到目的地停下车,我看表上显示15元多,知道还要加上三两块其他费用。他说拿20吧,马上就蹦字儿。黑出租要35元,搞到20元,有可能还要等拼车。我不跟他计较。

这次我就不享受那"名吃"了,我点了鱼香茄子、米饭和紫菜汤,服务员说,21块。我不爱吃甜食,那鱼香茄子就只有甜味。

县委全会,书记报告28页。

柯局长:这有13000字吧?

提局长:不止,有15000。

柯局长:最近上边不是规定,地方重要会议,主要领导讲话不超过7000字吗?

提局长笑着说:干的事太多,字少了说不清呗。

柯局长:是会风、文风问题,也是总结概括水平问题。

提局长:对,用最少的字,说清最纷繁复杂的事,那是需要本事的。

龚主席:篇幅越小,重点越突出。一个小地方开会,罗列几万字,念上几个小时,谁也不知道说了些什么。重点都被浩瀚的文字淹没了。

报告、讲话显示出威严庄重。讨论好声一片,没有丝毫杂音。卫局长谈了卫生问题,土局长讲了国土工作,才局长晾出了财政家底儿,焦局长介绍了交通的力度,卞主任表了编制的态度,龚主席说了工会工作,党局长阐述了档案事业,提局长强调了体育的重要,水局长作了水文章,姬书记汇报了机关工委的工作,监局长申明监察工作的重心,温县长讲了会议的务实性,裴主任结合了社会主义核心价值观,权主席提了具体问题……

叶书记在总结讲话中说,有的人有好几个手机号,光我这儿就存了3个,也不知哪个能打通,弄那么多电话号码干什么,吃饱了撑的。

会议在掌声中胜利闭幕。

县里通知,上级正在明察暗访,注意工作纪律。

明察暗访组进入一个单位,人员基本在岗,就是局长不在,谁也不知去哪儿了。

出了单位,一组员悄声唱:牛儿还在山坡吃草,放牛的却不知哪儿去了……组长生气道:瞎唱什么。下来了解一下他们局长干什么去了。

后来查清了,局长去市里处理债务问题去了。

岁末年初,几个邻居单位一起吃顿饭。还没喝几口,梁局长一不小心,把酒杯碰倒,几乎满杯白酒都洒在桌布上,他感到很不好意思,我缓解气氛开玩笑说,没事儿,反正你那儿有粮食。倾酒灌地,权当祭了天地。

全省群众路线教育实践活动第一批总结暨第二批动员电视电话会议结束,县分会场有人说,也不强调几点。叶书记走上会台,面部表情充满了杀气,面庞棱角尤显坚硬,几乎是青筋暴跳,虽不算瘦削也不算肥胖,此时怒发冲冠了。他怒吼:闭上你那张臭嘴。有人说我与庹县长之间如何如何,唯恐天下不乱。我们团结跨越发展的局面难能可贵,远来的形势非常好。要管住你那张臭嘴,管住你那张王八蛋的嘴!最近连续发生了几起绑架、杀人案件,性质极其恶劣。当然,杀人偿命、欠债还钱,可是我们也不能无动于衷,连续出现系列重大案件,是不是说明我们的社会管理没有跟上,我们的管理还有没有到位的地方。昨天,几十人堵住县委政府大门,外边的人进不去,里边的人出不来。农民工工资拖欠问题的解决,也要按程序来,冲击党政机关,就是违法。公安,把闹事的都给我抓起来。

庹县长:我们是团结的班子,如果有人制造矛盾,发现了严肃处理。要讲政治、讲大局,要有政治意识。有些事,要慎重分析处理。中美大项目,说心里话,我也没底,不过这是市政府主要领导亲自抓的重点项目,我们要积极地做,认真地做,我们做些实实在在的工作。农民工工资,光抓闹事的不解决问题。有些工程有多层承包商,农民工拿不到工资,要仔细查一查是那层承包商截留了农民工工资,追究责任,解决兑现。

散会后,人们陆续走出会议室。

卞主任:又提拔了几个副县。

沈局长:都是有钱的。

我:有钱也是有能力,我没钱就是没能力。我虽然从未想过发财,但我并不仇富。

龚主席:他们票多?

我:我们党一贯注重民意,但也不单独地以票取人。

党局长:你好像顶层的人物。

我:现实中这事确实不好办。推也不行,不推也不行。上边的初衷是好的,可实际生活也是客观实在的。上级来考核调整和提拔干部情况,你们不是照样也都打钩吗!《干部条例》执行的很好。也不知道你们什么时候是真"我",什么时候是假"我"。你们在这里是群众,在那里也是领导。

龚主席:看着别人提拔吧!

沈局长:有的提拔了,有的重用了,有的交流了。

我:咱们是剩人。

卞主任:对,咱们是圣人。

我:都见了见新茬儿,剩下咱们,咱们还不是剩人吗?

龚主席:这就成了剩人了。

卞主任:当不上大官,当圣人。

我:剩者为王。

卞主任:最后都是一辈子。

龚主席:还得与狼共舞。

我:英勇和智谋是在险境中产生的,历史是由好人和坏人共同完成的。

沈局长:老雷是英雄啊!

我:英雄是真正的群众!

卞主任:有道理。神枪手就是神枪手,模范典型就是模范典型。

党局长:英模就是英模。

龚主席:英雄就是牺牲。

卞主任:吕局长的孩子有对象了吗?

党局长:听说有了,找了个富二代。

沈局长笑着说:出身不好。

党局长:怎么出身不好?

卞主任:出身在土豪的家庭,当然出身不好啦。

党局长:对,咱们的孩子出身好。

我也打趣:是,有个成长的"良好环境"。

沈局长:愈演愈烈。

卞主任:雷宇,你写写这。

我:我不毁人,不像你"毁人不倦"。

想让我们腐败我们都不腐败。我们没有实权,不能腐;我们胆子小,给了实权也不敢腐;我们看到腐败就恶心,厌恶腐败,从内心里不想腐败,不想腐。

我们永远不想腐败,想要新鲜的生机,旺盛的生机。

去办公室找叶书记,没轮到。第二次,外边来了客人。他告诉秘书,谁也不许进。我或许甚至就是"谁",还等什么。第三次,秘书说不在,下午吧。下午没等到。

今天是腊月二十九。县委电话连续重复两次,这几天市里要来明察暗访,要注意工作纪律,封存公务用车。

什么时候给我配公务用车了?怕我"公车上书"。

群众,我已走访过了。帮扶也是潜伏。走访走访领导吧。

叶书记办公室还是原样,通体两大间旁套一小间。前一段向市办公用房清查工作小组的文字汇报,也下发了各单位。使用面积为 16.576 平方米,根据党政机关领导干部办公用房使用规定标准,符合要求、不超标。

我:叶书记,辛苦。

叶书记:你们辛苦。

叶书记:坐下。

我:汇报一下工作和思想。

叶书记:文化很重要。一些开矿的,感到自己缺乏文化,全力以赴地培养孩子,送好学校,送国外,圆自己的梦。

我:是。其实开矿的也不是一点文化也没有,起码他们有一定的经营和商业文化,可能缺少一些其他方面的文化。

叶书记:文化是全面的。

我:对。文化不仅是文化单位,不仅是搞个书画摄影展,搞些文化活动,它蕴含于其他社会活动中。现在领导们都有文化,领导们做的事也都包含着文化,比如经济、政治活动中都有相应的文化。现在的项目中都含有文化因素,咱们正在引进发展的中美科技创新园,国际会展中心,实质上也是文化项目。

叶书记:文化在城市建设中也很重要。

我:文化是城市建设的灵魂。

我还是比较佩服叶书记的胆识的。胆小不得将军做。

科局长们的大办公室都垒了墙,当然有的有小门。省里拿出了那句著名的车轱辘话,抓反复,反复抓。虽然早先提这句话的领导并没有得到提拔重用,但时常翻出来用一下,似乎还是恰到好处的。

过年的气氛愈来愈浓厚,人们腰包毕竟越来越鼓胀,烟花爆竹也趋于增加。炮声响彻寰宇,惊天动地。似乎在热火朝天地竞赛,又好似硝烟弥漫的战争。团团烟火爆炸出朵朵祥云,飘荡游走,会集铺展,笼罩在远来盆地的上空。它们不知道它们与 PM2.5 的亲缘关系,它们也不理会这个亲戚,只是爆发着被压抑了很久的欢呼、跳跃。这是生活渐渐好起来的象征,也预示着生活会更加美好起来。不久的将来,它们会增强整体观念和社会意识,它们会理顺直系血亲和旁系血亲的关系,恒久守常,稳重前行。

工薪族,过年就是休息,休息就是过年。

前些年过年,人们老远就喊过年好,有的甚至到了二月二还喊过年好,好笑的是有一次五一有人仍喊过年好,我很不适应,但也只好被动跟着喊,就像跑操跟着喊 1234!这些年这样喊的人少多了,可前天马路上碰到过去的老师他老远就伸出了手大喊过年好,我也被迫还礼。在超市买电池偶尔碰到年老文化人,我脱口就是过年好,他未喊我却主动喊了起来。昨天碰到金主席,我不仅喊了过年好,还主动握手,但他右手握着钥匙和其他东西,较长时间才把右手的东西倒到左手,伸出了右手。

我:玩去呀?

金主席:不玩,耍会儿。

我也曾思考过"玩"与"耍"的不同,没想到还有动脑子的人。

我这是怎么啦,人们喊的时候,我不乐意喊,人家不喊了,我又频频喊了起来。人家笑时我不笑,人家笑罢了我才笑。

去京都的火车,白天只有一趟了,而且很慢,人们戏称"特慢",200 公里路程几乎是"朝发夕至"。有"特快"似乎也有"特慢"。班车每天 6 趟,二三个小时到达。

本次开机用时 41 秒,击败了全国 63% 的电脑,再接再厉。击败别人干什么呀,自己好用就行了。

初四,送孩子去车站后,又在办公室爬了一会儿格子,出来看到修鞋的仍然摆着摊儿。

我:张总,大过年的,也不歇歇。

张师傅:哎!待着也是待着。主席,过年好!

我:过年好。你真勤劳。

张师傅:你不是也没休息啊!

我:是。我依然上班,你还在不停地为人民服务。咱俩半斤八两。

张师傅:嘿嘿!

让人民高兴一下,也是为人民服务。

张师傅:这么大的主席,鞋都坏成这样,也不买一双。

我:穿了好几年了,再穿些日子该换单鞋了。买一双也花不了多少钱,只是扔了有点可惜。

　　张师傅:还得穿一个多月。

　　是,我想起小时候父亲常说,打了春别欢喜,还有 40 天的冷天气。

牛儿说,不知怎么,看到干勇解手时,那东西用手绢包缠着。

树林:你不知道,他黑夜下地尿泡,把火盆当成了尿盆。让火给处触了。

牛儿:那么迷睁,火盆没有亮光吗?

树林:半夜里,火盆的火早就化成了灰,灰里面还有火炭儿。他跑了一天的车,累得迷儿马瞪的,尿出后才发现是火盆,已经晚了。热尿灰烟滚起,像雾霾一样吞噬了他的宝贝。

牛儿:这事儿还真有。媳妇前些日子去城里办事,顺便洗了个澡。发现他的一个同学的那个地方有烫疤。问同学才知道,同学夜里解手,同时给炉子添煤,一不小心,炉盖正好掉到了那个地方。

树林:那么巧?

牛儿:你想想那寸劲儿。

树林:够倒霉的,真险!

牛儿开玩笑:好端端的地方,留下了一道疤。

树林:你还幸灾乐祸。

牛儿:不是缺德,是真的好笑。想想上初中时,传说班里一女生母不守妇道,被男人用烧热的烙铁烫了那个地方。每当与那女生矛盾时,人们就做出手持烙铁的样子,同时口里发出声音:刺溜!

树林:是,男生们都喊过。

雷宇:俗话说,臭不过茅房,废不过校生。

树林:唉,这两天也不见崴子。

牛儿:他去县城装修新房。

顺安镇山洪灾后重建安置房建设竣工,几十栋六层小楼构成新区,矗立在腾龙河岸高地,新的医院也已建成。周围群山中,河对岸山峰成"山"字型耸立着,它似乎告诉人们"山"字就是照着它的模样发明的,依照它的样子写出"山"字肯定没错。失去家园的灾民搬进了暖和明亮的现代化新居,实现了"楼上楼下,电灯电话"的历史梦想,还能看得见山,望得见水,记得住乡愁。迈进新家园,灾民一下子就"城镇化"了。群山巍峨挺立着,山沟野岔溪水欢呼跳跃着来到镇子,汇入干流腾龙河,腾云驾雾奔驰远方。

在铁路大桥下,溪水河畔集市,卖肉的、卖菜的、卖杂粮的、各种山货、山珍野味,人头攒动,熙熙攘攘。十里五乡,人们不仅为了交易,还包含了交往、交接、交流。镇,是乡村连接城市的桥梁和纽带;集市是原始的贸易场所,是乡村人的交易方式,赶集是乡村文化。

这里有时真能看到"一只绵羊换两把斧子"。"常赶集有碰着亲家的时候","赴一席饱一集","起了个大早赶了个晚集"等等都是从"集市"中滋生出来的。

集,有集会、集合、集中等意,这里隐含着民主集中制,想买卖什么、做什么交易,何价何法,是每个人自己的考虑,这是民主,到了农历三、五、八、十的集日,在大集上那就是集中,交换的结果就是集中的成就。

村镇的集市,与城市的集市有明显的不同,它带有显著的原始、古朴、乡土气息。小时候喜欢赶集,因为人多热闹新鲜;后来感觉赶集很乏味;现在看来赶集还是有文化底蕴的。

干勇:树林有文化。

牛儿:一瓶子不满半瓶子摇。

树林在院子里,剥着收回的带皮的玉米。

我:别人家都打棒子了,你还没有剥皮?

树林:活儿挺多。

我:这棒子还有带胡子的?

树林:有的长得结实。

牛儿:咱们小时候,经常把它揪下来,放在下颏,下唇向下使劲把他夹注,这样装长胡子老头儿。

干勇:现在不用装了。

树林:现在就怕成长胡子老头儿。

牛儿:再年轻也是半大的老头儿了。

我:刚迈出的花红线,紫红柔嫩,像玉丝一样。后来知道,它还是一味中药,叫佩兰。

树林:名儿还挺好听。

我：树林几个孩子？

树林：第一胎生的是丫头，想要个小子，第二个又是女孩。寻思第三个怎么也会是个带把的，结果又是丫头片子。

我：这与我资助的贫困学生家的情况相仿。其实，丫头也一样。男女的差别主要在传宗接代和体力方面，随着社会的发展进步，观念会改变；而且，过去，主要是在重体力劳动方面，男人显示出优势，现在这种优势越来越不突出了。男女养老都一样，时下看来，女孩养老更切实。除了家庭养老外，社会将迅速发展公共养老机制，我认为这会是人们预想不到的。未来较好的养老院，比一般家庭条件要好得多，服务资质专业。

树林：伺候得好？

我：比子女还周到、及时，因为从业人员都是经过专门培训的，甚至是专门职业大、中专学校的毕业生。

牛儿：天天有专人守着。

我：床头有按钮。有事一按，人立刻就到。

干勇：那是比在家方便。

树林：那得交很多钱吧？

我：有国立的，有私立的。

树林：国家办的，进不去。

我：私立的也分层次，服务的档次不一样。随着社会的发展，家庭的收入也在不断地提高。现在与咱们小的时候比，已经是天壤之别了。再过 30 年，你能想象是什么样子吗。

干勇：这倒是，别说是 30 年前，就是与 10 年前比，也是大不一样了。

树林：听说养老院有打骂的。

我：那是不规范的，将来有法规，有竞争。

干勇：加劲儿挣钱吧。

树林：挣的钱不够花。

我：一年挣多少？

树林：当小工一天 110 块，也就干七八个月，挣个 2 万多块钱。

我：你 5 口人，人均 4 千。还有棒子也能卖点钱吧？

树林：地少，打的粮食除了吃的，也就卖个四五千块钱。

我：人均 5 千，比全县人均收入高 1 千多。应该不算贫穷，基本达到小康水平，当然算不上富裕。

树林:还小康? 我觉得够穷的了。

牛儿:犬儿比你穷。

树林:他家常年有病人。

干勇:三儿家也比你穷。

树林:比我穷的少。

　　河里的流水比往年要大的多,但流到寒冬,显得瘦弱了许多,冰也结的较少。田地脱去了承载,静静地长眠。有些地块,玉米秆仍在兀立着,干叶已经凋落,唯有棒泡张开做莲花状。阳坡的刺槐,卸掉了梗叶,如释重负,通透地呼吸着山涧的祥气。只有阴坡的油松,依然郁郁葱葱,毫不懈怠,冬夏常青,历久弥新。

　　沟谷中,赶集的,回家过年的,摆渡在绕溪的玉带路中。

　　写着写着,突然跳出字幕:通篇存在语法错误……哪儿的书生,给我讲语法。我会在乎语法吗? 我怎样写,怎样就是语法,我就是语法。那年一个美女舞蹈家说,跟不上点儿。我说,是点儿跟着舞蹈家走。乐队的鼓点儿跟着舞神走,而不是舞神跟着乐队的鼓点儿走。

　　人们陆续地向家里积聚,年货不断地向每个家庭积累。

　　山村过年,最醒目的还是对联和鞭炮。对联在山野人家的门楣显得格外鲜红,或许是空气清新的缘故。鞭炮在山野间回荡,大山使它的声音更加恢弘磅礴。年节的炊烟是丰富不断的,家家被热气腾腾的蒸气温暖着。红火和蒸蒸日上是山村春节的传统景象。

　　天气不那么冷了,阳气由零落在外到凝结入内了,尤其是在外上班、打工的年轻人回来了,在外上学的孩子们放假了,妇女们的面庞浮出了红晕,老年人脸上的褶皱拉开了,沉寂的山村重新焕发了生机,连鸡鸭鹅狗都活跃起来。暖阳把段段河冰渐渐地划出了沟漕,溪水呱呱地迎接着新春。杨柳的枝条尽管并没有发绿,但看起来却新鲜柔韧了许多,似乎就要发芽了,它们在蠢蠢欲动。新春,是任何力量也阻挡不了的。

　　正月的主要营生是拜年。我们雷家的亲戚很多,四个姑都嫁在本村,我们小时候她们就都不在了,表兄们每年都来拜年。陆陆续续,有时他们一天来,或许是碰巧了,或许是他们事先通过气,这样更热闹,便于联络交流,也便于我们家集中招待。那段时间,母亲非常劳累辛苦,且好吃的东西不多,还要精打细算巧安排。亲戚们都很讲面子,我们家也讲究台面。

　　母亲:你表兄他们理儿长。

　　我们:么叫理儿长。

母亲：年年来看，拿挺多的东西。

其实那时候，常常是带 2 斤白面、2 斤挂面。白面用报纸包成整整齐齐的方包，面和挂面分别用纸绳十字捆绑，在十字下压一鲜亮的小方块红纸。表兄们往往给拿 3 斤挂面。

母亲做菜，总讲究凉菜几个、炒菜几个。凉菜一般为焯白菜、粉条、豆腐干。豆腐干是自家事先准备的，年前做出的豆腐，切成薄方块，放锅里与红彤彤新鲜的高粱刷子一起煮，然后晾晒成豆腐干，红红的很好看。极简朴的方式做出的食品，在今天看来，那是纯天然的绿色食品。热菜，我今天实在想象不出当时有什么东西，母亲能做出那么多花样的炒菜。只是记得有猪肉、有山里的野蘑菇、豆腐豆芽，萝卜和土豆之类，不上席。

炕桌上摆满十来个菜，父亲把火盆里温烫的酒壶提出来，给表兄们一一斟满。表兄们恭恭敬敬，含含蓄蓄。然后父亲领大家端起酒杯说，喝！接着，大家都抿一口。之后，父亲说，吃菜，也没什么好菜。表兄们说，挺好，净好菜，还吃么好菜呀？菜冒着热气，酒也温烫，座位下是热乎乎的火炕。父亲不动酒杯，他们不动酒杯；父亲不动筷子，他们决然不动筷子。父亲说，喝！口深点。他们从来不把自己杯中的酒先喝完，他们也从不干杯。小喝几杯，他们就推辞说，喝好了，喝好了！有时我们去劝酒，也斟不了几杯。有一次，一个表兄竟然躲酒，把杯子装进了衣兜里，走时忘了掏出来，后来让赶集的人给捎了回来。

酒毕，母亲揭开山草编制的锅冒，端上年前准备的热气腾腾的红枣年糕和馒头。

饭后，父亲给表兄们斟上茶水，像喝酒一样，叙谈着生活家常。

表兄们与父亲的年龄几乎相当，有一个表兄比父亲还大几个月。

有时他们吃顿饭就走了，也有住下的时候。他们走时，我们总是拉拽着说，表兄宿了吧，宿了吧！

姨家在大岭的那一边，属易来县，那时我们管他们叫国南。现在想，那可能是古代延续下来的叫法。古代，我们这儿大概曾经属赵国，他们那里属燕国，以大岭为界。姨家的上庄名血河，传说燕王扫北在此大战，死亡 3 万人，小山沟血流成河，留下了这个地名，这或许是明朝朱棣的杰作。

母亲：国南泰憨。

我们：咋泰憨？

母亲：他们拿盒儿，都是 3 斤面。挂面也多。

我们：他们那儿种麦子，个人磨面，个人做挂面。

我们上学放假时，常常去那里，他们那儿还有柿子、红枣、黑枣、花生和红薯等等。过去翻越大岭往来，现在坐车绕上一大圈。国南，是我们小时候的"江南"。

还有许多其他的亲戚，不断来拜年。待戚有时超过正月十五，有时甚至绵延到二月二。

现在，拜年不拿面粉和挂面了。方便面、白酒和饮料成了主流，方便面也渐渐地少了，奶制品逐渐地多了，还有杏仁露、六个核桃。

有一年，母亲说，你表兄的孩子们给你爹拿的茅台，我说我看看。我一看，与"贵州茅台酒"标签类似，我说，他们也不是什么大老板，但他们很讲究。北京朋友送我的茅台酒，拿回来让我爹尝尝吧。这东西不是我们老百姓享用的东西，没喝过，尝尝就行了。他参加过解放战争和抗美援朝，尝尝茅台酒也不过分。

现在仅有一个表兄了。表兄们的孩子们也都有了孙子，亲戚们主要是在过年时联系着。

我与姐来到表兄家，也给他拜个年。

铁将军把门。拜年看人瞧病人，一般在上午不超过 12 点，表示尊重，但家里没人，又找不到电话，只好在返回时进行，不在乎挑理了。

下午，一下车就从路边看到开着大门。红砖墙围起四方形大院，院落整齐干净，新盖 5 间大北房。

我：表兄今年多大了？

表兄：79。

姐：身子骨还可以？

表兄：凑合。

姐：该吃了吃点。

表兄：我舍得了，想吃么就买么。

我：想吃的就是好东西，想吃炒土豆片那炒土豆片就是好东西。

表兄：对吆，那鸡鸭鱼肉老吃也腻。

姐：老是大鱼大肉对身体也不好。

表兄：咱们也没有那么多大鱼大肉。

我：身体好是最重要的。观念也与过去不同了，不是说，有福就是山珍海味，我看你厅堂那些棒子粒儿有两三千斤吧？

表兄：没有哇！我二舅这两年实在干不了活了，我二妗子与我同岁，还种地呢。

我：享福不是说什么也不干，你这把岁数还种地，不要把它当成负担和压力，就当是锻炼身体,活动筋骨,种几苗算几苗,收多少算多少,一棵不种也有自己吃的,就为有些营生。

表兄:是,没事了我挎上筐去沟里拾柴火,不上坡。

我:对,不上高处、远处。人活一口气,就是要活动活动。

表兄:行,也不赖了。

我:你看你这白瓷砖墙面,铝合金门窗,比我还强哪。院东南角的厕所都是用水泥抹过的,这么大的院子,多种些菜,一样种几苗,每样还可错时栽植。不上化肥,不用农药,有了病虫,拔下扔掉。这是神仙过的日子。

姐:真是好日子。

表兄:你们来当神仙吧!

我:我们走了。

表兄:再回来看看行,别买东西。

姐:也没带什么东西。

我:东西很少,其实主要就是看看你。

上庄的表嫂比他大八九岁,与我父亲同岁,我们去看她时,她盘腿坐在炕上,一直盘坐着,她可能很少活动了。顶棚和墙壁都很新鲜干净,火炉带着暖气管道和暖气片。

在院子里,我对她大儿子说,宅院不错,背后靠山壮丽,树木茂密,前面河对面的南山也不算高大,背风向阳,又在大路边,出入方便。他说,自己的三轮车进出还算顺当。

树林说:我看过了你的书,你把原来那书记写成那样,挺奇怪。

我:基本上是写实,都是他的言行,不信可以翻开会议记录。

树林:你真厉害,选写什么,不写什么,那是你的权力。

我:软实力有时也很硬。我偏重于写实。其实我也想力争把人物写得好一些。有句古语,又像是玩笑,,皇帝爷口授,孔夫子笔录。

树林:你经常在京城?

我:经常往来。现在很方便,县城到京城2个多小时,从顺安镇到京城用不了2个小时,就与咱们过去赶个顺安集一样便利。

树林:是,过去赶集空手去还要2个多小时,卖柴火去要3个多小时,20里地来回折腾一整天,有时还要起早贪黑。现在咱们这儿赶集也都是来回坐车,享福多了。

京都春节不像乡下,好多饭店照常营业,有的餐店大年初一依然红火。

千万金总部电话:雷先生,这里登记,2月5日是您的生日,我们给您准备了生日蛋糕,看您什么时候有时间过来?

我:谢谢,我也不爱吃蛋糕。

女职员:可以带走送人。还有其他礼物。

饭店赠送水煮鱼和手工面。

公交上女乘务员一口浓重的京都口音,服务极度热情周到,甚至超过了人们的承受能力。现在很少碰到这样的服务了,以至人们感到有些不适应。

女乘务:可能是职业的原因,一上车,我就问在哪儿下车⋯⋯您扶好了,车子还在运行中。

老年乘客:没事儿,什么事都没有。

车载电视播送着广告:(女人声音)有异味,瘙痒,想抓。(男人声音)送你妇炎洁。

女乘务:您就坐821转986,一站就到,很方便。

考察一下地铁。

2号线去复兴门。

百盛大厦4楼,售货员说这款鞋不错,我问什么品牌,她说美国三亿,我说翻译成中文是什么,她说就叫三个亿。她说试一下吧,鞋子合不合适只有自己的脚知道。我比画了一下,表示自己的脚大,她说像你这样的个子,脚就应该这么大。我心里想,是啊,身高一般为脚长的7倍。她说稍大一点正好,因为现在是上午。

1400多,打9折,我说打8折,她说自己不能做主。她打电话问总部,解释了一番,终于成交。现在我终于拥有"三个亿"了。

总有人问我有多少,我有时说不到一亿,有时说不到3个亿,其实都不错,仅仅有几万块也是不到一个亿,当然也是不到 3 个亿。今天把"三个亿"踩在脚下。

地铁 4 号线坐两站转 10 号线,差点把方向搞反了。

刚才青年人给老人让座,我感觉很舒畅。现在我也给老年人让个座位,做点好事真舒坦。

多坐几站,去国贸。

菲律宾品牌半身睡衣 1200 元,售货员说不打折。我脱了外套试了一下,有些短,问有大的吗?两个美女说有。拿来又试了一下,美女说也大不了多少,我说大一点是一点,她们轻轻地笑了,说你可以配上这个,又另外拿出一条短裤,我说不要。

穿着在华盛顿买的衣服,走出一家商店时,监控突然响了起来,售货员把我叫回,说先生等等有情况。再次出门,又响了起来,男女服务员追了出来说,先生确实有情况,我很生气,怎么这么没礼貌哪,你们不是都看过了吗?后来发现磁盘没有卸掉,他们的器具不起作用。在餐厅,我让服务员找来钳子,硬是把它掰掉了。

走在马路上,我突然发现路边草坪中的绿色野菜,一片片,鲜活硕大,有的深绿,有的鲜绿,或许它们整个冬天一直生长着,刚过的冬天太暖和了。

一百多天了,终于下了雪。路边白皑皑,停着的汽车顶着洁白的瑞雪。马路上的白雪被过往的车辆碾压融化,呈现出灰褐色。清洁车的圆形大毛刷转动着,把马路靠边的融积物清刷吸纳,马路恢复了本来面目。站牌下等车的人们,走动着活动着,刚走过的冬天没有遇到这立春后的低温。

第二天,尽管天气不够温暖,但是京城一片晴空。湛蓝的天空,飘浮着白云。白云的衬托,天空尤显洁净。这是京都少有的好天气,是令人稀罕的纯洁的空气。大大地吸上一口,沁人心脾的馨香。

这样的好天气,不能浪费,应该抓紧时机充分享受。

地铁 5 号线转 9 号线。

公交更能欣赏较多的明媚阳光,976 去大望,再去望京。324 去草桥,723 去前门。今年是马年,927 去马驹桥。

我走的是群众路线。群众走哪儿我走哪儿,群众怎么走我就怎么走。

集团的车来接我回上地。

先看看春节值班的员工,再召开个节后会议。

五环外的烟花爆竹还是放的不少,时而可以看到战火硝烟的遗迹。

集团大楼门上贴着两个大红的"福"字,虽说有点土气,但更多的还是感觉到喜气。

新的一年来到了,新的气象开始了。

大楼封顶装修初始,外墙壁一概为青色墙面,我说好似一座青楼,不太好。后来把角眉装成大红颜色,好看多了。人们说,现在可以成为红楼了。不过,在这里做了梦,也不是"红楼梦"。

周围的铁杉围拢中,矗立着体育运动的浮雕,北面长木方厅下木榭台上,木条围栏坐着几个人聊天,西水泥砖墙顶金色琉璃瓦莹润闪光,东、西铝合金门厅内保安像往常端坐着,微笑着向我点头。

一楼的几家餐馆春节歇业,有两家已经恢复运营,两家大的饭店照常营业运转,最大的一家还很热闹红火。

张总来拜年。

我:自己来了,您那战略总监哪?

张总:她参加一个 MBA 班。

我:攻读硕士呗!

张总:可能有关部门也不承认学历。主办方打着最高学府的牌子,电话猎获,贴制网页,声称是国家教育部门认可。三四万元的学费一交,就显了原形,名称打一最高学府擦边球,疑似租用教室,聘请课程教师。实际上就是骗取学费,他们的钱挣足了。

我:治理大气和环境污染,京都和许多地方已经取得了明显的成效;政治生活中的反腐败也是在治理污染,"老虎"和"苍蝇"是官场中的 PM10 和 PM2.5;社会生活中也有雾霾,包括您刚才提到的社会现象。国家治理是全方位的,全面的,综合的,整体的,系统的,永久的。

张总:看来这次是动真的、来实的。

我:您看手机信息,去年 12 月以来,最快间隔一天就曝光一名省部级官员被调查的消息。而马年春节刚刚过去不久,更是创造 14 小时暴光两名官员落马的"记录"。

张总:现在是治理的历史空前时期。

我:对,历史上定会留下这光辉的一页。

张总:这也许是个历史的转折点。

我:咱俩聊的有点高端了吧?

张总也笑了:是,匹夫的志气。

我:刘总哪?

张总:没有消息。八成是去找咪咪啦。过年这段总在家里,早就憋不住了。

我:和家人一起,就关进了制度的笼子。

张总:难得生意上不操心,吃的又好。

我一下子笑了出来:平时吃的赖呀?

张总:平时释放的多。

我:说句正经话。如果你能超越物质与欲望的诱惑,居高临下,把感情从世俗中分离出来,你便能潇洒地远离闹市,心中既没有疑惑,也没有失落感,更重要的事在等着你去做。保持这种心境,你将会得到更大的收获。

张总:雷董,我怎么听着您好像在作诗哪。

我:听起来好像神秘一些,其实也是实实在在的。是我发现您有慧根,才对您说这番话。

张总:我有什么慧根?跟您在一起就是长智慧。

我:我们经营的是生意,是资产,其实也就是数字。

张总:没钱人感觉不到,有钱人也未必都能感觉到。

我:看起来,我总是故做姿态,好为人师。

张总:您的正能量过剩了,多释放点儿。

我:头上长角身上长刺,牛啊!

张总:您真的有些圣贤的气味。

我开玩笑:味道怎么样?

张总也摇头晃脑:味道好极了!

二人"哈哈哈哈……"一场大笑,过年也没这么畅快过。

我:我早有打算,将集团转让经营,等退了再做考虑。

张总:急流勇退啊?

我:正好目前中央废止了过去党政干部可以停薪留职经商办企业的规定,这个规定在地方上已经反复多次了,去年有个市长还在大会上重新宣布这个规定,鼓励创业创新。

张总:您也没停薪。

我:地方上一般都是这样。

张总:现在开公司程序简单多了。

我:在这里注册个公司很容易,但人们并不是都了解,有个县长在大会上多次讲,有人拿财政钱在京都注册公司,他不知道在这儿注册公司是不需要什么钱的。

张总:还去马莲洼吗?

我：去，咱们马上去。

张总：一个领导，怎么住这么远。

我：原来在翠微，后来搬到这里，肃静安详。这里也是乾位啊！

张总：什么时候去找邓部长。

我：过些日子。

张总：雷董，看来您真的有眼光。昨天高层开会确定京津冀协同发展，这些您不是早就写过了吗！

我：不能说明我高明，只能说我的认识比较到位。说出去没人相信，还会被人笑话。人们会说，事后诸葛亮。你怎么那么了不起啊，你那么伟大，怎么不让你当领导呀，说大话吹牛皮，不嫌羞臊。

张总：您有文字。

我：这些还未发表。即使事先发表了，人微言轻，也是世间常态。

张总：自己默默地守候。

我：这样倒是充满自信，丰富精神世界。

张总：地方割据，确实不利于发展。

我：现代化的特征就是分工协作，环境问题的突显更需要打破行政区划的局限，你不打破局限，大自然是不会在乎你的行政区划限制的，必须从整体和大局谋划发展。京津冀是首都区域，京津冀鲁辽是渤海区域，甚至是京津冀豫鲁辽蒙晋，这是核心层面，向外可以有多重层面，到一定时候，还要冲破国家层面，纳入世界区域分工协同发展，这不仅是政治需要，更突出地是人类整体发展的需要。

张总：京津冀协同发展已纳入国家战略，开始制定计划，前景可观。

我：展望一下远景，令人难以想象。我预计20年甚至10年后的变化，不仅是一般人甚至是今天的高层都不会完全预料到的。在自然地理环境方面，在行政区划方面，在信息财贸交通方面，在人口户籍人文方面，在经济、政治、社会、生态的文化方面，会出现意想不到的改天换地的变化，甚至包括今天"京津冀"的称谓。

张总：您能说的再具体一点吗？

我：比如交通，开始当然也是发展高速、轨道交通。20年后，会革新普及现在就诞生的截然不同的交通及工具，在城市群之间，一按按钮或电门，"啪"的一下，您就到达另一个城市了。到那时北京会成为世界上独一无二的巨无霸超级特大城市。

张总：这也许是首都梦。

我：或许是北京梦。

张总:您真神秘。

我开玩笑缓和一下气氛:不要搞个人崇拜嘛!

张总等人哈哈大笑,这笑声里也包含着对神秘未来的憧憬。

……

偶然去超市,发现有好几款睡衣,还有漂亮的睡袍,一般才七八十元,最好的一款140元。买早了,买这个多合算,厚厚暖和的法兰绒,手感极好,穿在身上也舒服。恋恋不舍,一百多块,为什么犹豫哪,买。穿上它,那就是紫袍人。也不担心睡衣的下摆能盖到哪里了。在今天这也不算怎么奢侈,过去连那伟大领袖的睡衣都补了又补,补丁落补丁,成为佳话。如今不是那个时代了,当然,领袖的简朴是永远令人崇敬的。裹着美眉的睡袍,纪念着先贤,熨贴着自己。温暖伟人,而不作秀。

春节后还没有聚过餐,今天弄了一桌。正吃着,周艳说,其实臭豆腐就窝头也挺好吃,张总说要不来点儿,我说别,弄的整个大厅都是味儿,别人也没法吃饭了。张总说没想到这么漂亮的美眉喜欢这个,周艳说闻着臭吃起来还是不错的,还想吃臭腌鸡蛋。张总说别闻就是吃,李主任说关键是闻,不闻吃着不香,实质上吃的就是味儿。物极必反,臭到了极限,那就是香了。香到了极限,就是臭了。张总说看不出来美美喜欢这个味儿,周艳红着脸说特喜欢。

李主任:刘总还不露面。

张总:他想当大丈夫。

李主任:老牛吃嫩草。

张总:据说他要成立一个分公司。

李主任:妖精公司。

我:还有这公司?

李主任:他开玩笑。

张总:是真的。

李主任:周美女会外语?

周艳:我的外语不好。

我:其实也不是多么重要。在华盛顿美国美术馆,美国漂亮妞向我打招呼,依刻丝可偶斯密,我没理会。后来我想起来了,那是说打扰一下。不理睬也好,或许歪打正着,也许有时外语不好比好更好。

周艳:这绕口令挺有水平。

张总:要理睬,说不定是温柔的陷阱。

周艳：你们有点小题大做了吧。

李主任：美国女人漂亮吗？

我：她们一般都比较肥胖，当然也有很漂亮的。

周艳：雷董不是翻译过英文书籍吗！

我：那是科技图书。后来不常用忘得差不多了，而且口语与此基本上是两码事儿。

张总：我看到过那译本。

周艳：听说您在底特律买了套房子。

我：那里房子都空了，没人住，1万美元买个小户型。万一将来复苏，不就值了。

周艳：您真有眼光。

张总：雷董是国际战略策划专家。

李主任：空城和鬼城也不限于美国，可能是未来的世界性难题。

张总：城市都像一个模样，都戴环，有的还没成为城市就先戴了环。环，并没节育，而且使城市和准城市不断摊大饼扩张，一环一环又一环，子宫越来越大，无限膨胀，孕育着极大的危险。

李主任：说是环，可一般都是方形，实际上不是环，是框。

张总：是，一框，二框，三框……

周艳：不好听。

我：习惯问题。

李主任：近些年，财政吃的是地皮儿饭，经济发展也很依赖城镇建设和扩容。

张总：也孕育了众多的腐败分子。

经过一番整治，到底治理得如何，社会秩序有没有大大改观，各级官员和百姓的精神面貌有无焕然一新，还是下来走走，做点实际考察吧。

远来县调整干部会议,组织部长讲,宋局长高风亮节,多次表示把位置让给年轻人。

台下有人议论。

贾主任:老宋多大了。

卞主任:52了。

贾主任:我也早不想干了,不过这事应该组织上提出来,不能自己说,好像不愿意为党工作了。

我:在基层本来就没有什么终身制,最多有退休挡下来了。

卞主任:早不想干了,也不"切"。

我:不是早有专门规定了,县乡领导干部不准划定年龄界限,搞一刀切,要根据年龄段进行实际管理。

卞主任:但有的县仍然在"切"。

贾主任:有的是变通方式在"切"。

我:有个县不是被全国通报了吗,网络、电视台、报刊都报道了。正在进行调查处理。

卞主任:按说,现在50来岁,正是年富力强、经验丰富的时候。

贾主任:退休年龄不是准备推迟吗?

我:联合国也将年龄进行了新的划段,45—59算中年人。对我来说,无所谓。不在这儿干,在别处干。在哪儿干也就是发挥一些自己的价值,做些事。没有权力,省得被关进制度的笼子。

贾主任:真明智。

卞主任:尤局长提拔了。

来来县新提拔的女局长,虽然岁数不算小了,但有气质比较能干,把市里的会议拉到他们县召开。尤局长曾与她通过几次电话,印象不错。这次开会,尤局长提前一天下午到了。女局长为他安排了住宿,一起吃了饭。第二天开会,二人约好出去走走。晚饭后,她对他同房间的人说,我领尤局长去看看我们的老局长。

二人穿过大街,走在小巷。巷子里较暗,不见行人。二人走的很慢,进而停了下来,在路边亲热。他的手从她的上部游移到了下部更神秘的地方,她呻吟了一会儿说,明天吧,明天晚饭后我洗个澡,领你去我单位看看。

她的单位条件还真不错,在政府大楼上有几间办公室,竟然还有一个小会议室。二人在长沙发匆匆做了,她说好像不像我想象的那样。他觉得她那地方有一股孜然粉味儿,烤肉上撒孜然粉,味道还可以,这地方有这种味道,不习惯,他喜欢原始的味道。他说太紧张,她说这会议室晚上不会有人来,而且只有我有钥匙。二人起来,她靠在室中央的会议桌沿。不一会儿,依着桌子,又做了一次。

他:会议结束。

她:但不散会。

后来一次去市里开会后,她请他吃"东来顺"涮锅,她不吃肉,蔬菜吃的也较少,只是照应他,看着他吃。

他:少喝一点。

她笑了:喝多了不行吗?

二人的脸上均泛起了红晕。

在小旅馆,二人战斗了一夜。他说,没想到,你还叫床。她噗哧一笑,谁叫床了?他说,很严重。

之后不久,他路过来来县城,提前给她打了电话。在宾馆,二人又开了会。

尤局长已经进步了。以前,时兴美容美发厅、洗头房、洗脚房、洗浴中心,桑拿、按摩是家常便饭。开始从跳舞起步,那时候不跳舞,似乎就不能交际,就没有社会关系,学跳舞成为时尚。官员不跳舞,就落伍了。不进那些场所,就不开放,就没有开拓精神,就寒酸,就会被人瞧不起。

上面来人,要资金、争拨款、拉项目,都要领着去。习惯成自然,没有来人,尤局长也总想往里溜达。"打炮"活动经常开展,这暗语也颇生动,不打持久战,就打速决战,像大炮一样,前冲后坐,分秒完成。

人们也经常西游临省,说那里的饭菜便宜,内里是那里的小姐便宜。吕局长与宋局长去了,把钱给了小姐,却被大狼狗给追了出来,成了笑柄。

市局来了几个领导说,今年就退了,山珍海味、好烟好酒都不感兴趣了。宋局领他们去了美容美发厅,好好地享受了一番。

市局一把手带几个朋友来,吕局长好酒好菜狠狠地招待了一场。客人们说,少喝点,还有节目。依维克开到洗头房楼下,吕局说,进去别耗费时间,一步到位,速战速决,出来咱们还在车上集合。一朋友问,你不站岗了?吕局说现在很安全不用望风。市局一把手岁数不算大,但很为难地说,怎么也得聊聊,有个过程,一步到位,我弄不了……

夜里值班,领导们都走了,几个秘书和司机临时动议,决定西游。从县城买了大理丸,车开到龙水镇,有人说再过半个小时就到了,临时吃药不管事,几个人都把药吃了,没想到半路堵车,整整堵了一夜,药性发作,火烧火燎,嘴干舌燥,欲魔不断上涨,把几个人折磨得难以忍受,次日上班头疼眼花,无精打采。当了乡长、书记后,他们私下还偶尔笑谈一番。昔日风流人物,谈笑间,往事烟消云散。

那时候,在我雷某办公室旁边有另一单位一把手的办公室,他姓匡,头脑灵活,嘴皮子好使。上级来人,他汇报工作,常常拿一张白纸,出口成章,有条有理,条条是道,有实际有数据。每次来人都是这样,但他汇报的内容每次都有不同。有一次,上边来了大领导,他噼里啪啦一通汇报,领导很满意,但有一秘书没记好,很不好意思地再次询问他,他又一通噼里啪啦,另一记好的秘书发现他与刚才所说的完全不一样,后来发现他手里拿的就是一张白纸,让他终于露了马脚。

我知道他这个人,所以并不接近他,但他没事时,起身就到我办公室来。来了总是侃大山,真真假假,真假难辨,我也不予辨别,因为也没什么意义。

下午四点多,门一推,他进来了。他说,中午那阵大雨,有两个副局长和一个校长从歌舞厅出来了,两个人也没真做,搂着小姐说,真绵乎。天空阴沉,越来越暗,当然他们在里面亮着灯,也不知道天色。突然电闪雷鸣,霹雳轰顶,恰巧有人喊"茶叶"来了,吓得他们屁滚尿流地就往外跑。另一个人在隔壁包间全身心认真扎实地做着,全然不理会发生的一切,进去人了还不知道。穿制服的人,一把将他拽下来,冲上去与小姐展开了肉搏战。

他拿着水杯,边喝水边狡黠地说,有个县官(他说出了他的名字)发誓要骑到100匹骏马。后来他去找"骏马"时,小姐说她不干了。小姐说不干了和一般人说不干了意义截然不同,那表意更准确,更有力度。

我说,你又胡思乱想、胡说八道,你还胡作非为,他说千真万确,他还说出了那几个人的名字。

胆子大的人,适应社会的人,真的上升势头很好。没有明显毛病的人,谁敢用你。况且,"毛病"也不知道究竟是优点还是缺点,还有时代性、阶段性。

几年前那些场所就萧条了,现在人们不去那些场所,也过得挺好。不过,有些人转移了渠道。伟人说过，一夫一妻制社会，以卖淫和嫖娼为补充。现在以"小三"和"二奶"为时尚。

县里召开"两会"。分组讨论，组长想坐在常委旁边，但没有座椅，自己搬了一把椅子，与常委拉开一些距离后向近挪了几挪。

每年都是这个套数，习惯成自然。每个人都说是个好报告，如何好，怎么好，好到什么程度，一一发言。我干了这么多年，也一样人云亦云、随波逐流。实际上，肯定是应该的，也是做了些事的，主流是好的，关键是老生常谈，人们有些麻木，甚至缺乏热情。而本质上我不是一个嚼蜡的人，多年的临摹实在有些不畅快。

我说，报告都是好报告，全面具体，总结成就非常到位，部署工作措施有力。至于站位很高，高屋建瓴、理论性、实际性、可操作性强，纲领性文献，云云，上面发言的领导们都说了，我就不再重复了，也就不再表扬领导和报告了，我就说说在会议精神指导下，自己如何创新驱动、充分发挥自身职能，贡献我们领域的力量。说到文化，人们自然想到的是，文化单位、文化设施、文化知识，实际上这仅仅是个初级层面，文化渗透于经济、政治、社会、生态诸领域之中。社会和生态中的文化容易看到，经济中的文化因子和文化含量也越来越突显，文化与政治也水乳交融，比如今天我们开的会是例会，领导报告，分组讨论，讨论说什么、怎么说，刚才新任乡长私下向另一乡长讨教说，没开过这样的会，不知道应该怎么说，这就是文化。城市建设中文化非常重要，文化是城市的灵魂，这不是学术观点，已经基本成为共识。

我们主要抓反映城市建设的拳头产品，对地域、全国甚至人类的城镇化状况进行描述和反思。这里面可以广泛地涉及经济、政治、社会和生态等内容，描绘波澜壮阔的社会生活。

多年的经验告诉我，讨论发言的高手是那样一种人。声音抑扬顿挫，态度和蔼可亲，语言流畅，富有逻辑性，侃侃而谈，但说了十几分钟甚至半个小时你根本不知道他说了些什么。我就没有这种功夫，不由自主地就把自己的观点说了出来，想含蓄也含蓄不了。我清楚没有这种真本事，也是政治上不成熟的表现。有一次吃饭聊天，一领导说一些人政治上极端的不成熟，我内心说，是啊！你太成熟了，极端成熟，熟透了，简直过火了，都"娄"了，其实就是腐败了。

我发言后气氛活跃了，提局长对组长说，看我给你主持会儿吧。我说对，你做好记录就行了，好好汇报。提局长说，乡长说说。

好几个人推说有事，先发言后就走了，组长拦不住，讨论结束时，剩下的人寥寥无几。

奏国歌后,主持人宣布会议结束,人们仍然站立不动,主持人又说散会,人们涌出会议室。

提局长:放心吧,该有的都会有的。

贾主任:是啊,现在就有了。楼上楼下,电灯电话,汽车洋房……

提局长:富贵病也有了。三高,血压高,血脂高,血糖高。

卞主任:雾霾我们也有了,原来以为只有城市和发达地区拥有,现在我们远来不是说有就有了吗。

贾主任:对,原来我们斥责欧美的性侵、抢劫、敲诈、绑架、凶杀、吸毒……不是在远来时有发生吗,最近还是一系列的,比欧美还富有。

我:也不要说的那样无望,这是发展中的问题。

提局长:雷大人是高端人物。

我:别戴高帽。

几个人笑了起来:请君入瓮。

好多年没碰到骑自行车向行人摇铃的情景了。这个大高个人高马大,黑色加重老式自行车。人过去后,我慢慢想起那是多年不见面的老熟人,想打个招呼寒暄一下,可他已经走远了,他已多年不上班了,早退二线了,或许早就退休了。

卞主任拉我去洗温泉。路还不近,从远来县城向西开了40分钟,卞主任觉得自己开得很快,搓澡人说一般人来开半个小时吧。据说这温泉是从地下800米深处打出来的,温度在48—60摄氏度,人们经常来泡温泉。

结账时,等了好长时间才见到人,那人说两个人60元,没有别的吧?

在回返的路上,贾主任说这里有3个小姐,周围矿山上的人大多为南方人,常年不回家,也需要有渠道,每天300多块,挣钱拿命换,也就放得开,常常下来五六个人,小姐夜以继日,有的矿工还连续作战,把小姐累坏了。

专业的供不应求,就出现了兼职的,甚至有中学生,因此完事时小姐常常说下课。有的正当职业人员洗完澡,换换衣服,化化妆全面地说是化化装,也投入战斗,不单是为了钱,尝完鲜再次泡澡,她们认为温泉能杀菌消毒防病。

现在萧条了,矿山不景气,路边的饭店都是铁将军把门。

这轮京津冀雾霾持续了好几天了,远来也是灰蒙蒙的。

这几天的会不通知我,也不知道是吃亏还是占便宜,我并不过问。

昨天深夜两点左右,县委办突然电话通知,叶书记让马上去拿紧急文件。人们不知道发生了什么突发事件,拿到文件才发现是例行"两会"安保事宜。这次我接到电话倒是很早,我看了看时间,零点五十。有的单位值班电话转移到手机,接到电话后马上打给办公室主任,主任感到十万火急,立刻打电话给局长,局长又打电话安排人员速往县委办领取紧急文件。

电话涉及人员及家属,统统度过了不眠之夜。这一夜,好像又被迫熬了一个除夕。

今天上午县里召开安保会议,不同的是没有让全体干部职工去"四护"。往年把人员分到铁路、公路、天然气管道、高压输电线路,分段负责看护。荒郊野外,特别是高压线路,大多在人迹罕见的崇山峻岭上,搭临时简易帐篷,24 小时昼夜蹲守,像特警破案一样。这里气候仍然寒冷,不逊色于寒冬,老弱病残和妇女均不例外,这真是艰巨的考验。

叶书记讲话中说到,有的人只知道睡大觉,把眼睡得都水肿了……叶书记一贯强调工作要白加黑、五加二、八加一,白加黑就是白天加黑夜,五加二就是每周五天加周末法定休息的两天,八加一就是每天八小时再加一小时。不过,私底下也常常有人质问,白加黑了还八加一,简直是废话。谁都明白,实际上,就是要求昼夜不停地干,不让休息分秒。典型表态发言时,人们也常常响应喊出这些口诀。谁能跟叶书记比呀,叶书记名字就叫叶无休。诚然,规律是谁也违背不了的。也有那调皮捣蛋的,安排人半夜三更轮流给他打电话,弄的他连续几夜无法休息,终于大动肝火。但是,查不到打电话人。也有人说风凉话,白天不睁眼,夜里不瞑目。那口诀对我还有些适用,多年来我基本不休星期天节假日,叶书记来之前就是这样。大年初一,我本想写作,可又想自己不休息也不让电脑歇歇? 老人们常说过大年大骡子大马也要歇三天,初二实在按捺不住了,就把键盘敲打起来。只是夜里不休息,我是受不了的。

下午继续开会,惯例大讲堂。中央党校教授恰巧评论每年"两会"安保动用140 万人,触目惊心。富有唯一显著群众路线特色的我们党,开个会,还要动用如此庞大的队伍来保护,看来,中央部署的群众路线教育实践活动,真的非常必要和及时。当然,另一方面也说明了我们党的强大,是值得自豪的。我还有不苟同的是,确实存在着恐怖组织和敌对势力。

下楼时,我发现苗书记的腿不太正常,她说没事,昨天布置乡里安保工作下楼崴了一下。

部门单位召开安保会议,乡镇召开安保会议,"七所八站"召开安保会议,村里召开安保会议……稳定压倒一切。

周末,贾主任和很多人一样自己开车回市里新家,晚上几个朋友一起喝了酒。次日早晨他笑着问老婆怎么样,老婆说微软。

远来县城也是雾茫茫的,放鞭炮的人们不理睬这些。

小时候,大人们常说,正月剃头妨舅、伯,显然是迷信,没有一点道理。今天二月二,理发人很多,二月二,龙抬头。放炮的比往年多了,传统的意味是崩穷,也有说是崩虫儿。燃烧枯枝败叶垃圾的少了,这习俗于今日环境意识不合,但在消灭病虫害方面,还歪打正着地隐含着科学道理。小道理要服从大道理,防止大气污染是大道理。

过了二月二,大年算是彻底地过完了,再流恋忘返就是纠缠不休了。

大杨树上垒着鸟窝,有的有两个,甚至有三个。大概算二楼、三楼,它们不住一楼。一片片小杨树林上也筑起了鸟巢,也是二楼、三楼。鸟窝是鸟用嘴从远处掀小干柴棍搭成,分量不重,里面卧上两三只鸟也不会增加很多重量,但年幼的小杨树歪了、倾斜了,有的几乎倒伏,放眼望去,成片的小杨树,朝向一边倾覆,很显然是暴雨狂风所致,顶上的鸟窝推波助澜。喜鹊建设美丽家园,只看到小杨树林漂亮,没有意识到它的承载能力,扩容不足,选址不当。

远来新提拔了一个宣传部长,原来当过县委办常务副主任、乡党委书记,早先是县医院办公室主任,开始是卫校毕业的医生。社会上不三不四的人传言,说他擅长治疗阳痿早泄,能把软实力弄硬,提升软实力的勃起频率,所以让他当了部长。

廖部长多次向主要领导建议,并在多种场合游说,在县城西北部山脚下建起了远来故宫,取名飞仙宫。

高大的正门比天安门还高 2 米,斗拱盘连,雕梁画栋,黄金琉璃,气势恢弘。上面匾额,闪耀着斗大的金字——飞仙宫。后面正殿高高耸立,雄伟磅礴,内墙布满飞狐成仙的大型壁画。最后也是古式建筑,宫殿型五星级飞仙大酒店。整个宫殿仅镏金就用去黄金 11 公斤,这不算什么,远来盛产黄金,这是一片金色的土地。

飞仙宫暗合了老子的面南帝王术,坐北朝南,背依青山,高高矗立,居高临下,俯视着远来广袤的盆地,周围群山遥相呼应,形成一个独立王国。腾龙河源头的渤海之泉,从盆地中喷薄而出,滋润了盆地后奔腾地涌出大山。

飞仙宫占地 4 平方公里,富丽堂皇,在大气中隐含着霸气,与县城西部的文化开发区连成一体。从大盆地远远眺望,飞仙宫祥云缭绕,颇具王者之气,又似人间天堂。

这座宫殿,正好符合古代兵法布阵格局,右背向高,前左低,东南方为古建筑群——豪华的纣王城。纣王城似乎成了它的阵地和攻伐的目标,古代作战一般居高临下,士兵大都右手持武器,从右后杀向左前方。

昨天下午县委办电话通知，下班前文件必须拿走，今天上午拿了文件。一会儿，组织部电话通知速拿文件。一会儿，宣传部通知拿文件。一会儿，群众路线教育实践活动办公室电话通知拿紧急文件。每天都有这么多文件阅读，生活真的不错。办公室文件，不长时间就堆积成一座座山峰。天天看文件，真有些领导身份的感觉。拿文件这活儿很繁忙，所以相邻几个单位不约而同地结成了广泛的统一战线。虽然没有事先约定，但是步调一致，协同一体实践，减少了很多工作量，大大提高了工作效率。群众是真正的英雄，走群众路线真的很舒服。瞄准这个路线，踏踏实实地走吧。

开机用时41秒，击败了全国63%的电脑，请再接再厉。

"外国"的同学来了，我说整天忙于琐碎事务，还经常考虑世界人类的事情，也要解决日益增长的物质文化需求与落后的家庭状况之间的突出矛盾。同学感到诙谐幽默，这是在上学期间他们从未发现的，在学校我基本上是个绵羊型的书呆子，但在复习阶段我与下铺的昆录常逛街看电影，当然在考试时我也很潇洒，常常半个小时交卷，洒脱地走出教室。有的同学恭维我，有的同学嫉妒我，有的老师说我扰乱军心。

同学大老远的来了，也不在这儿吃饭，放下一箱酒，拿了一本天书就走了。书里载《我有一面封神榜》，虚拟一下，分别封他俩为"安国公"吧。

酒是喝不了了，喝一点就醉。喝别的东西也醉，早饭喝碗小米粥，醉了；午饭喝碗方便面醉了。喝了小米粥，周身爽快，晕晕乎乎，有醉的感觉；喝了方便面，胃里煎熬，与醉酒的状态极为相似。我曾发表过《向胃祈祷》，夸张了一番，胃已四面楚歌，说纪委书记的话不如医生的话管用。国之大事唯祀与戎，祀在首位，解决了头等大事。下一步就是用兵了，比较来说，在队伍里，我是下馆子最少的人，曾经以此为耻，人们也因此有些看不起我，当然现在也不以此为荣。现在不时兴下馆子了，我却天天早晨下馆子喝小米粥吃包子，总是不合时宜，这或许与个性有关。

虽然不喝酒了，但是有人送酒，且与行贿受贿八杆子打不着，还是颇感熨帖，这是同学30年后浓浓深厚的情谊。

在办公室碰到老郭，老郭说你也不上山了，我说好长时间没去了，他问为啥不去了，我说懒呗。在大马路上碰到老段，老段说该去了，天气暖和了。

那个"龙爪"上的大队人马正在向上挺进，前边有个红衣人。

快到第四个山头，东方红红的太阳露出了半块，我拿出手机拍照，两个人问拍上了吗，我说拍上了，他们说看看，就这么一点不显，我说就要这效果，你们看两边这两道光芒。

红彤彤的日头全部出山了,他们说,现在拍,快拍。我们登上了四个山头。

乔主任也上来了,我说爬到顶啊,他说往上走走,走到哪儿算哪儿。这时,有的人已从山顶返回下山。我们到了山顶,老段早在他天天窝出的那个窝窝里打坐哪。

我:上山时有些累,现在暖阳照着下山,精神状态最好。

乔主任:回去冲个澡,上午上班周身爽快。

杏花:洗澡方便吧?

乔主任:太阳能热水器,挺方便。

我:节能环保。

乔主任:咱们这儿还是空气好,如果空气和水不污染,这地方住着还是不错。

我:是。现在主流是进城潮,但也开始有反向的苗头,大城市人在偏远乡村买房子,简单装修收拾一下,夏天常来这里居住。

乔主任:对。还可以弄一小片地种着玩。种些绿色新鲜蔬菜。还可以体验推碾子、推磨子。

我:种地的不想种地了,不种地的想种地了。北京有个司长朋友,拉我去他那里。他就住单位大院里的家属楼,楼间夹一小片空地,或许是他有资历或许是他有特别爱好,反正被他占有,他看到我的书籍,似乎找到知音,让我去指点。我想我农学系出身,这不是小菜一碟吗!去了一看,我大吃一惊,辣椒红灿灿像小灯笼,挂的满满当当,南瓜跟头轱辘,黄瓜一根根顶着黄花,西红柿一串串硕果累累。好家伙,请我指导,简直是与我分享。心服口服,我应该好好地学习。

乔主任:那不仅是一种乐趣,也是收获,吃着更放心、更香。

我:他看到我写两棵枣树的文章,当然更由于鲁迅有关枣树的作品,说在郊区买了一小块地,买了两棵枣树栽在地里,一直不发芽。我说,不用着急,常言道,松树三年不算活,枣树三年不算死。移栽树木,松树总是绿绿的,实际上它有可能早死了;枣树叶枝脱落,发芽缓慢,看起来光秃秃、干巴巴,好像早就死了,但过了很长时间,会突然发现枝梢发芽了。

乔主任:不同的树木有不同的生理状态。

我:现在吃的苦荞面,几乎都不是苦荞面。

乔主任:老家给我拿来点棱子,我把它磨了。

我:那是真正的苦荞面。味道特别苦,面汤绿绿的。

乔主任:饭馆吃的那都是掺和面。

我:可以怀旧,可以体验古老传统的农耕文化。社会发展这么快,未来是什么样,很难预料,30年前的梦想,楼上楼下电灯电话,现在远远地超出了这些,这是以前人从未想到的,同样,以后的社会,也是我们现在难以展望的,什么都有可能出现。但是物质文化遗产趋于衰退,人类记忆遗产日益消亡,这些东西失去后就永远也回不来了。

乔主任:将来一切皆有可能,但失去的也无法弥补。

带照相机的,拿双节棍的,爬上了第三个山头。

今天周日,比昨天起的更早,还有新发现。这座山登了几十年了,没有感到它有多么陡峭,现在从山根向上望,紧接顶峰的那个山头,鬼斧神工,壁立千仞,山脊似锋利的刀锋,我们每天就走在那刀锋上,真可谓上刀山,却从来未害怕,这里眺望,颇有些胆战心惊。常常行走在那刀锋上,却没有危险意识,真是当局者迷。实际上,仅仅是远望似刀锋,等到走到那里,还是相对宽阔的脊梁。

羊肠小道上,松树的根,被多年雨水会聚的溪流冲刷,暴露在地表上,我拿出手机拍了两张照片,我想,这就是根基,这就是生态。雨水向着低洼聚流,冲出沟槽,那自然的沟槽颇像人体部位,都是自然嘛! 人走在无草的地方,无草的地方被雨水冲刷。雨水冲刷的常常是羊肠小道,羊肠小道常常被雨水冲刷。水流走过的地方,也是人走过的地方。人走过的地方,也是水流走过的地方。水流走过的地方,人走过的地方,羊肠小道,寸草不生。

返回四个山头,张总也上来了。

快下山时,一群群男女学生,陆续上山。

还在山脚下的早餐店吃饭,演义《周易》的"王用亨于岐山",反正都是玩,玩点文化味。油条,豆花。突然,乔主任打招呼,我说在这儿吃吧,他说买上回家吃。一会儿,张总也来了,我说要是知道你也在这儿吃,我等你一块儿吃呀。他说,好,愿意,下次吧。

昨天,群众路线教育实践活动会议,今天上午全省京津冀协同发展电视电话会议,下午环境整治会议,明天上午群众路线教育调度会议,下午治理文山会海会议,后天上午安全生产会议,下午大讲堂,大后天……

还是先看看每天的一大摞文件吧!

父母坚决不种地了，行动不方便了，老父亲几乎没有了视力。不用伺弄那点庄稼活动手脚，同时也懒得活动筋骨了。老态龙钟，认为自己年岁太大了。缺乏精气神，精神上立不住，腰身就重重地弯下了。但是，一场肺炎使老父结束了五六十年的吸烟陋习。剩下喝酒的嗜好，他说，早饭不喝点上午干活没劲儿，午饭喝点解解乏，晚饭不喝点睡不好觉，去年终于也戒掉了。这位 1948 年参军入党的老军人、老党员，解决了享乐主义和奢靡的坏习惯，真的不简单，我们在强大的政治攻势下，还感觉很难破除这些坏毛病。官僚主义，他无法扯上，一辈子谦虚着往下出溜，最后做了几年村官。在村官里头，他也是没有官僚主义的。形式主义，多少有点，亲戚们来拜年，总是表面上把他当成"老祖宗"逢迎着，后来他自己也感到这有些形式主义。觉察到了，跟着就是改正了。

对面的孝敬人家，把老人孝敬走了，在村里留下了极好的口碑。

亲戚家的子孙是出了名的孝顺，老年享受着天伦之乐。她盘腿坐在炕上，像老佛爷。吃饭时，孩子们盛好，双手捧到她手里。受了一辈子苦，终于可以享福了。别说是干活，就是下炕活动一下，孩子们都怕累着她。结果"三高"了，高到那边去了。如果多活动活动，或许还能多活几年。过去的俗话，人活七十古来稀，现在早就过时了，九十多岁不算罕见。

无论我如何想摧枯拉朽，也于事无补。那股横扫千军如卷席的气魄哪儿去了，难道是站着说话不腰疼吗？好心办了错事，慈悲善心表现为青面獠牙。善意似为残暴，还是顺其自然为好。

在清除蛊毒的过程中，妨碍着人了。这个人不是别人，就是自己的亲老子。老爹的过错该不该纠正，老爹的不合理的规矩该不该去掉，这有点难。有人勉励说，有你这样的好儿子，你爹那点过错不算什么，你把道理跟他老人家说清也就行了。他老人家能接受吗？在社会上，可以比作爹的事物有的是呢，你能轻易惹他们吗？你要是想为社会的前途清理一条道路出来，不惹他们又决然不行。

老爹的态度还没见好转，谁知又惹恼了老娘。其实，老爹身上的蛊气，弄不好还是老娘沾惹来的呢。跟老娘谈这方面的问题，有相当的难度。一是有点不忍，二是老娘到底是个没见过多大世面、没有多少文化的人，有些话不容易说清楚。怎么办，不可太较真，别直来直去，尽量把话说得委婉，别让老娘错会了你的好意。

老爹把拐杖指向门外，让"不孝"的儿子滚出去。自己后悔了吗？有点。事后想起来，觉得不该对老人发火。可是能不发火吗？爹是这样糊涂，竟然不认错。爹总是说他当年，当年他的确是条好汉，在战场上曾经横刀立马。可是，当年的功劳，就能顶替如今的过错吗？难道当年流血流汗，就是为以后犯错误铺垫因由吗？自己是对的，虽然不该对老人发火。

大概能得到大人物的支持了，这个大人物也许是老人当年的顶头上司，也许是非常有威权，他特别关照了一下当年的老部下，或者是把新的律令展示在老人面前。要不就是自己终于想出了妙法，说服了老人。或许是老父亲在与儿子生过气之后想通了，觉悟了，愿意把自己那不算错误的错误剖解开来，以醒子孙。

老父亲这一关一过，一切的障碍都不在话下了，于是，这有能力有抱负的自己，以摧枯拉朽之势，横扫千军如卷席，清除积弊，净化空气，制订新律，移风易俗，开辟新地，像当年大禹疏导河流，让那些失了序的重新有了序，如扁鹊疗疾，痈疮瘤瘀，该药疗的药疗，该开刀的开刀，该截肢的截肢，半点不留情面。

爹是个象征，是对过去和旧的泛称，一切原来不好的东西，都是蛊。改革，就是改革旧有的不好的东西，建立崭新的天地。父之蛊，也是自己的蛊。父之蛊不除，别的蛊就不好革除。几经反复，自己也曾经灰心过，但最终还是把"蛊"给干掉了，结果得到了自己应该得到的荣誉。不痛不快，久病痊愈，由乱到治，痛快！自己是个胜利者。

河旁柳树枝条渐渐地发亮，进而显出新鲜的绿色，芽孢日益膨大，忽然生出鹅黄色嫩芽，在阳光和春风中变成绿色。春天是欢快的，溪水是欢快的，水中的小鱼是欢快的，水岸松软湿润的草皮是欢快的，蜇虫是欢快的，鸟儿是欢快的，野狐和山兔是欢快的……

阴坡的郁郁葱葱的松树，早就新鲜了许多，阳坡的刺槐还在长眠不醒，明媚的春光把它们晒的暖洋洋的，老官嘴生出了殷红的嫩芽，苦菜碟蓬勃成红绿相间的菜碟，老麻肉顶出了赤红的浆浆苗，漫山遍野的槐树们，依然沉浸在梦乡，它们不动则已、一动惊人，到了夏天，它们会突然鲜花怒放，把迷人的芳香撒满整个山沟。

清明节快到了，这里是清明前几天上坟。小时候，经常代表家里去上坟，祖宗们一定知道。现在,上坟的少了,烧"洋钱票"的少了,火灾少了,空气污染少了。世上人要改革,另一世界的人也要跟着改革。祖宗先人们在天有灵,心领神会,心到神知。把这个世界经营好,是对彼世界的最好告慰。

"洋钱票"的叫法很好,就是"纸钱",自己用块木头刻版,图上红墨水,一张一张印出来,面额很大,因为自己刻制,想做多大就做多大,要多大有多大。上坟时,烧在坟头的石窑里。因为过去使用铜钱,把这"纸钱"称"洋钱票"。现在看来,外国纸币,也可谓"洋钱票"。相对于中国的人民币,洋钱票大都贬值了。鬼票子,是贬义说法。

有些人上坟,还要给祖宗们念叨念叨自己的生活光景。

牛儿:念叨什么呀,你们过去是下中农,现在还应该是下中农。

树林:不像你们过去是贫农,现在应该是下中农了。

牛儿:崴子他们过去是贫农,现在应该算是中农了。

树林:干勇他们过去是中农,现在应该够富农了。

牛儿:算不上啊!

我:将来你们都是富农。

树林:够馇啊?

我:富裕农民。

牛儿:咱们这山坡地,块小,不能机械化,要不我包它几百亩,当个地主。

树林:你包多少,也不是地主。地主的地是自己买的,不是承包。

我:可以搞适当的规模经营,提高效益。

树林:怎么提高啊?

我:可以搞高效种植,生态种植,特色农业,旅游观光农业,开发传统的农耕文化旅游。现在不是有城市人来买房买坟地的吗,可以开始做相关的事情。

树林:人也挺没意思的,你看黑猛车祸,一眨眼,"噶嘣"一下就没了。

我:是,人有很脆弱的一面,还不如动物。在美国的一个农场,有一只5个月大的公鸡,被砍了头,还照样行走,存活了18个月。

树林:它不吃食吗?

我:通过食管喂食。

牛儿:真掉蛋!

我:扁虫不食情况下,可活10年。蟑螂头尾有两个大脑,去掉头尾,可以存活7天。林蛙在寒冷的冬天,一动不动,它的身体从外到内全部结冰,春天会慢慢解冻苏醒过来。

牛儿:真邪乎。

我:咱们常见的苍蝇,有26种。

牛儿:不就是蝇子吗,看起来都一样。

我:科学家有专门的研究。苍蝇的眼睛是立体的,它能看到前后左右,比人眼高级多了。

牛儿:怨不得不好拍呢。

树林:世界上的虫子可不知道有多少种?

我:科学推测,世界上没有发现的物种还有2900万种,同时物种不断变异产生新的物种。人类出现前4亿年,大多数物种就有了,所以有人说,不是它们侵占了我们的领地,而是我们侵占了它们的家园。历史上,人类灭绝了很多物种,还在不断地灭绝。当然,在人类早期的野蛮时代,野兽也吃了很多人,人也吃了很多野兽常常发生你死我活的战争。

牛儿:人不向着人说话,灭绝他们不好吗?

我:灭绝物种,破坏了生态平衡,人的生活环境就糟糕了,甚至决定人的生存。

牛儿家的小孩和干勇家的小孩在院子里玩游戏,一个人握紧两拳,另一人手指在两拳间来回移动,口中念叨,公鸡头,母鸡头,不在这头在那头……

我:也不见崴子和栓子。

牛儿:崴子的老婆和栓子的老婆打架了,都住进了县医院。

我:打坏了吗?

牛儿:谁都没事儿,都砌着哪。白天在医院,黑夜就偷着跑到亲戚家宿。

我:那得砌到什么时候?

树林:砌一阵儿,没人搭理就回来了。

我:因为什么打架?

牛儿:崴子家怀疑栓子家偷砍了她家界碑的槐树,先是骂,后来就打起来了。

树林:年上个,栓子家就怀疑崴子家偷剥了她家的棒子。

我:都是猜疑。

树林:有的人就是猴狼,我那杨树,前年还被人偷砍了两棵呢。

牛儿:我北洼的那棵杏树也被人偷着拉了。

树林:靠界碑的树,三天两头地有人偷。逮住了,他就狡辩说是他的;不好狡辩的,他就说拉错了。

我:这事儿挺多。农村矛盾疏解也很重要。

树林:有的人整天就琢磨占便宜,手脚不干净,蒙点,拿点,偷点。不害臊,不要脸。

我：看来需要运用疏导、调节和法律解决这些问题。

牛儿：都是这样，治不住。

我：这些看起来的小事，也不是很简单。

1993 年，我曾经发表过《如何正确处理新形势下的物质利益矛盾问题》，现在看来，这依然是个重要问题。

牛儿：崴子的小子回来了。

我：在哪儿上班？

牛儿：在北京。听说成了创客。

树林：怎么得了创客？

我：不是你说的那创客，着邪，被鬼附体缠身，精神失常，精神分裂。是个新职业，创意，策划，研发，创新，发明等等，是比较高级的工作。

牛儿：那小子还挺有出息。

远来县在市有关会议上介绍了防火先进经验的第二天，西佛乡就着火了，县里停止了乡长的工作，常务副乡长主持乡政府工作时间不长，他具体分包的村子又失火了。其他乡镇也有零星火灾，还是烽烟四起。

上了公共汽车，一伙小伙子和姑娘们占座位。一姑娘坐在最后说我靠窗户，小伙们说前边也都是窗户、一样都打不开，姑娘说这个能打开，他们一路不停地说笑着，忽然不知怎地，那姑娘大喊，接着，并没有什么事情发生。女汉子，贼汉子。快下车时，他们有的说下车先吃饭，有的说先睡觉。看来，他们是在京都打工做事。我并没有感到这些进城人粗俗、野蛮，而是觉得他们放得开，有些洒脱。他们长得算不上漂亮，也不够时尚但不蹑手蹑脚，颇大方。

　　回京高速路边高大的广告牌闪过，上面掠过一行大字：这老东西回来了！反向行驶时同样看到这行大字，后来发现那是为刘伶醉酒做的广告。

　　山里原来只有普通公路，在沟谷沿着河流延伸盘旋，好像是河流的伙伴，又好像是自然基因的两条螺旋链条，有时又像是在与河流拧麻花儿。近些年开通了高速路，高速位置也高，在半空中把山头连接起来，好似在空中行走，乘飞机一般，目光直射天边，飞速奔驰，一往无前，势不可当。远处看烦了，俯首脚下的风景，明媚的春光抚摩下的山野，在通透亮丽中，忽而闪过粉红的山杏花，忽而冒出鲜红的山桃花，于清明的山坡里勾勒出美丽的水粉画，尽收眼底，惟有那世世代代生生不息的无比熟悉的村庄，显得非常的陌生和新鲜，总在不停地观察判断，这是哪个村哪个庄，因为站位太高了，速度太快了。从来没有站得这么高，看得这么远。

　　两个小时回京。用老辈子人的话讲，就是一个时辰。仅需一个时辰。"灭"此而朝食。

　　京都公交车上，司机突然大骂。他可能是在骂别的车里的司机，妨碍他的行驶。这骂声比姑娘的骂声显得生气，是发自肺腑的，气势强盛，类似雷霆大发。姑娘的骂声好像不是发脾气，就是说话，似乎是发自内心的荡漾。两个骂声反差很大。

　　创新驱动，发展文化创意产业。妖精公司是刘总开办的网络公司，夫人任总经理。

妖精公司招聘员工,在网上发布招聘启事。要求漂亮潇洒美丽动人,有狐狸精般的魅力,具有引诱诱惑迷惑粘贴能力,善于网络表达和富有多变之素质。既然是招聘妖精,那就不分男女。公司按劳取酬,实行绩效高薪工资。刘总的几个情人任副总经理和战略总监以及财务总监,当然每名管理人员和所有员工均以网名身份开展业务工作。以隐性组织的形式,做显性事务。员工一旦被打回原形,后果自负,且立刻自动除名。

妖精公司在现实社会以实体形式出现,当然名称不能命名为妖精公司,注册为柔性服务公司。柔性服务是相对于政府刚性服务的,就是用温柔如水的方法,解决水滴石穿的事情。大江东去,浪淘尽,千古风流人物。乱世穿云,惊涛拍岸,卷起千堆雪。上善若水,水是温柔的,无比团结,一滴滴,一股股,相互吸引会聚,从不矛盾,积聚成无穷力量。水是英雄的,遇到悬崖峭壁,毫不犹豫地跳下去,即便是粉身碎骨。它们不会粉身碎骨,立刻重聚在一起,冲向新的悬崖峭壁。

今天京城天气很好,太阳放射出万丈光芒。久违的红日,放眼望去,光辉耀眼。小时候,大人讲故事说,太阳是个漂亮的小姑娘,月亮是个白白净净的小小子,小小子总是偷偷地看美丽的小姑娘。姑娘发现后,每当小伙子偷看时,就用光芒刺他的眼睛。雷宇总觉得这故事倒置,或许今天人们形容美丽姑娘用"阳光"一词,如出一辙。也许,在人类中,女人就好比太阳,男人好比月亮。

出站口的人虽然不是很多,但人们排着队都急着验身份证出站,几个美女更是争先恐后。突然,雷宇的眼镜被美女的头饰钩走了。雷宇看到眼镜挂在她的头上,雷宇说你把我的眼镜弄掉了,同时雷宇拿回了眼镜。怎么会这么巧,这个细边眼镜框向外弓着,她的头偶然一动,正好挂住了眼镜,还不够绝,假如在眼镜被钩走的刹那戴在她的眼睛上,那就是独门绝技了。还好,这次眼镜没有被损坏。前年有一次,一女孩买东西跑上车,一阵风似的就把雷宇的眼镜挂走了。仔细一看,眼镜挂在她的项链上,挂掉了一个鼻托。她赶紧说对不起、自己太慌张了,她说有朋友开眼镜店,到站后给修理,我说不用,我自己去眼镜店修吧。下车后,她说领我去眼镜店,我说一点小事自己解决不用麻烦,她说其实也没朋友在眼镜店,那就请你吃饭吧,我说吃饭还是可以的。她的酒量真大,一斤白酒让她喝了多一半。我坚持结了账,一起打车先送她回了家,到宾馆时我付车费,司机说她已预付了。我没看到她付钱,看来雷宇的酒量比她差远了。

钩走眼镜的为什么不是男人,或许是男人不戴项链头饰,你也可以说同性相斥。

我:刘总,您终于露面了。

刘总:净瞎忙了。

我:你那柔性公司搞得怎么样了?

刘总:不好招人,北漂的人们走了不少。

我:说起"北漂",与我的作品还有渊源。

刘总:是您提出来的啊!

我:1998年我创作的中篇小说中写到——她忽然问,漂到哪儿了? 他逗趣地说,漂到北京了。

张总:这就是最早的"北漂"概念。

我:现在顶层设计,京津冀协同发展。

张总:京津冀这个说法,我好像看到过您2012年写的《京津冀激战7.21》。

我:京津冀是三个行政区域的合称,也是个地理区域,7.21洪水也表明了这一点。所以我当时反复考虑了这个表述。在其他地方我也使用这个概念,分析谋划研究。

张总:本就是一个直辖省——直隶。

我:现在不是那么简单了。也有人认为三个行政区发展受制约、限制,但今天的京津发展如此庞大,它们的地位和力量已经造就,协同发展比较合理。

张总:有的既说协同发展,又说一体发展,这没什么大区别吧?

我:我认为,主要还是协同发展。有些方面比如交通互联互通,可以是一体发展。协同发展,是三个独立区域分工协作,共同发展。一体发展强调整体性、一体性,淡化行政区划。当然,或许有阶段性。

张总:现在也提出了首都经济圈。

我:将来京津冀也许改成大北京。京津冀城市群就是大北京城市群。不论首都在那里,这里就是大北京,它的地位和作用,显明昭彰。大北京,是世界上第一大城市,是城市之王,是城市之最。

张总:那时候,全世界的人都往北京跑。

我:北京的外国人达到十分之一,旅游每年上亿人次。

张总:那时北京的旅游就更热闹了。

我:北京旅游业成为全国国民经济支柱产业。

张总:中华民国时,南京是首都,北京叫北平。那时的北平,也是个大都市。

我:现在更庞大了,越来越庞大。应该限制规模,发展周边卫星城。

张总:最近河北放出了风声,城市要大干快上。

我:准备以保定、廊坊为非首都功能疏解的集中承载地和京津产业转移的重要承载地,与京津形成京津冀城市群的核心区。其中,保定市作为畿辅节点城市,利用地缘优势,谋划建设集中承接首都行政事业等功能疏解的服务区。石家庄将围绕建成京津冀城市群南部副中心城市,唐山准备建成东北部副中心城市。成为京津冀城市群的两翼。充分发挥张家口、承德的生态优势和秦皇岛、沧州的滨海资源优势,打造服务首都的特色功能城市。邯郸树立晋冀鲁豫接壤地区中心城市地位。增强邢台、衡水城市规模实力。

　　张总:直隶又牛了!

　　我:燕赵大地热闹了。

　　张总:北京周边的房价该涨了。

　　我:燕郊、涿州、固安等地都涨了。由于网络等媒体的大力炒作,有的甚至预料保定将成为首都政治副中心,保定出现了空前的购房热,每平米比春节前猛涨了一千多元,房子卖得热火朝天。

　　张总:现在一平米多少钱了?

　　我:7千多吧。

　　张总:您预计会持续升温吗?

　　我:狂热后会冷却下来。不过,京津冀城市群的协同一体发展是历史必然趋势,我预测,将来京津冀的概念也许会改变。

　　张总:变成什么?

　　我:或许叫大北京,大北京城市群的简称。不管它是否首都,就叫大北京。在世界上,就是大北京。

　　张总:京津冀的说法就消亡了。

　　我:大概还有行政区划的变化。

　　张总:您老家远来怎么样?

　　我:石家庄、太原成为次中心城市,远来是处于北京至石家庄、太原之间的节点城市。

　　张总:人口不是比较少吗。

　　我:提升经济实力和地域魅力,吸附周围市县人口。

　　张总:夏天很凉快!

　　我:空气比较清新,经济比较发达,距离北京较近。

　　张总:交通方便。

　　我:现代化互联互通后,处于北京"半小时生活圈"附近。

张总:宜居城市,环境是首选。

我:对,其他方面的差别,现在不是很大。

张总:都是高楼大厦。

我:全是汽车洋房。

张总:城市……

我:"化"了。

"哈哈哈哈!"张总笑得很爽朗。

儿子来了。

雷宇:房产证办了吧?

儿子:办了,50年产权。

雷宇:商住房一般都是这样,不限购。

儿子:可能到时候还能续产权年限。

雷宇:反正土地国有,产权实质上也就是使用权。

张总:有地方住就行了。

雷宇:暂住证办了吗?

儿子:还没有。没什么用吧?

雷宇:应该办。国家建立居住证制度,城镇流动人口暂住证持有年限累积进居住证。

张总:2020年是个节点。

雷宇:2020年在全国实行以公民身份号码为唯一标识,反映户口信息。合法的职业住所,一视同仁。

儿子:我们应该不算流动人口。

再买双鞋,走群众路线就是费鞋。

走地铁亦庄线,上5号线。5号线直挺挺地像一支长箭,射向天通苑北。这名字叫的真好,天通就是通天。立水桥转13号线,立水桥的名字很神秘,我雷宇描写过一场史无前例的大洪水,山洪由匍匐蔓地变为直立行走,直立的水就是立水,这名称令人不寒而栗。5号线上有美女说,有站的地方就不错。过了十几站,终于有了坐位。列车奔驰着,两侧铁锈色的高楼不断地甩过。13号线,坐不了几站,坐与站无所谓。路过回龙观,终于到了上地。

在上地大街上走了一会儿,雷宇突然坐上公交,到了终点,一看是西三旗。那边还有西二旗,厢黄旗……闻到了一股大清的气息。片刻,我又上了公交,看到了山,我想这次别到终点了。下车一看——马莲洼,在这里打打尖吧。

走进一小店,灰暗的房间中,男女二店员在吃饭,他们问吃什么,我说你们吃吧。

又进一店,灰暗的房间内,只有一人。他问你一个人哪,我说是,他关上了门说,没事,想吃什么。我看有股关门打狗的气氛,我又不是狗。

穿过马路,进第三个馆子。天上龙肉、地上驴肉嘛。不很灰暗的房间内,店小二说,火烧有夹普通驴肉和精品驴肉的。我看那墙上食谱,还真是驴大全,除了驴毛,当然肠胃内的东东自不必说,几乎涵盖了驴身上的所有部位器官零件。看来,驴浑身都是宝。想起小时候,人们常对听不到话或不说话的人喊骂,你的耳朵让驴毛隧住了,你的嘴让驴毛隧住了?那驴毛指的是驴鞭。可见骂人的力度,当然此驴毛非彼驴毛。再看食谱,驴鞭每条160元。这家伙比一天的工资都多,不过这玩艺儿虽硕大,也不能每天往出长。他们不如某地会做生意,人家把驴鞭切到火烧里买大价钱。

驴鞭。为什么称每条不称每根,或许做熟了叫每条,生着叫每根。骂人话——"驴日的",那种狠毒亦或与此有关。

店小二也是老板,他说,要不来个驴脸。我心里暗笑,人们骂脸长或不笑的人常说那张驴脸,自己也是个从不爱笑的人,我的部下曾说,您这人什么都好,就是不爱笑。不过,人们也称呼有面子和面子大的人为驴脸。你面子大!驴脸,有戏谑意味。这驴脸,应该算天下第一脸。我说要不吃个驴脸吧!

老板娘不笑,但是个圆脸。

我问老板,这驴杂汤里都是些什么东西,他说,在驴身上除了驴肉以外的所有东西。我心里琢磨,其实就是不是东西。

这次吃出了面子,吃了"天下第一脸"。真是"天下一脸"。

相传,在北山上有个山洼,形似马脸,故名马脸洼。又因山洼多马蔺,马蔺也是马兰、马莲,后名为马莲洼,也作马连洼。

上公交返回上地。

在公交车上,浏览上地的每个街区,中关村软件园、百度从眼前掠过。上地,从名称上说,似乎是上好的地方,街道命名有着华尔街的简洁明了特色,就象北京经济技术开发区的凉水河一街、凉水河二街……简单实用。

下车时,刷卡总是刷不响。进公共厕所,守门人说,坏了。

"唰,唰,唰!"像一道光,从上地闪过来划过去。

自己的地方,怎么就这么生疏哪?

张总回来了。

我:刘总的柔性服务公司怎么样?

张总:有3个人,让她粘人没粘住,辞退了;有5个人被人粘走了。现在也就剩下十几个人,七八条枪。他那妖精公司,可能生意不好做。

我:他那块地征得怎么样了?

张总:进度不快吧。

我:现在征地不好征了。

张总:钉子户拆不了,"董存瑞舍身炸碉堡"。

我:又开玩笑。

张总:不是无稽之谈。

我:将来搞个宇宙开发区,把金木水火土各星球连在一起,不用征迁,建个星球群,地球上没法生存了搬过去。

张总:跨越发展,搞个太阳系开发区。

我:只有想不到的,没有做不到的,干脆来个银河系开发区。

张总:那得上帝批准。

我:程序不复杂,手续也简单。

张总:那您就是宇宙战略策划专家了。

我:宇宙开发总设计师。

张总:您真是个文化人。

我:现在的文化人,是褒义还是贬义呀?

张总笑眯眯:做文人,挺好!

我也跟着笑:做女人,挺好!

张总:别说,这事儿将来或许不是异想天开。

我:你不做,美利坚、俄罗斯就要做。我前年策划,去年朝鲜就成立了太空开发局。

张总:80后的小领袖,应该付您专利费。

我:没收到。

"哈哈哈哈",二人侃到了高潮。

今天独自走走,去大望。来早了,名品店十点才开门,先转转吧,新光天地,华贸广场,这地方环境还不错,树林鲜花,围拢的座椅,坐在这个氛围中很惬意。青年男女,看书的,玩手机的,交谈的,亲密的……

店里衬衣,大都五六千元,甚至价码更高。美女店员说这是高档商务服装,买一件吧,我们看您就是高级商务人员,您穿上肯定很合适的。我说价钱不低,他们说您穿在身上感觉肯定不一样,我说是,价钱贵嘛!

电动牙刷也是三几千元,我在华盛顿买的才18美元,但品牌款式不太一样。LV腰带更明显了,几千、超万元,在夏威夷名品店里看到的同款商品,只有几十到百十美金,很少达到几百美金。

虽然不到中午,但已走动半天,去顶楼餐厅,坐下来吃饭,顺便歇息。哈,小笼包子,半笼吧。点个炸排,来瓶啤酒。服务员问,是要日本的还是台湾的,我说台湾的吧!

买单与埋单都讲得通,似乎买单更贴切,埋单类乎猫盖屎,近乎吃白食,感觉不塌实。姑娘没有笑容,有些忧郁,颇像自己人一样,很自己。结账时,服务员问来个优惠礼品吗?我一看小包粽子,尽管自己有点喜欢,可离端午节还有一个多月,平时吃不出节日的味道,味道的相当成分在感觉,到了一定程度,吃的就是感觉、是文化,算了吧,我手里不拿东西。

来到国贸,服务员说您往前走,这是国贸二期,在一期那边。好家伙,这里更有力度。两万多元一件的西服还是可以的,面料款式均大气。这双皮鞋的价格很好,顶一辆车。鞋子可以是车,车子也可以是鞋。那件35万元的皮夹克,分明就是一道靓丽的美景。

品牌,就是文化。消费品牌,就是消费文化。消费的不仅是商品,更重要的是感觉。感觉,值多少钱?无价之宝。

十秒夺宝。观风景者,成了风景。

全聚德烤鸭,吃了几次,感受了品牌。约上许社长和屠庭长,晚饭还去千万金吃烤鸭。198元的烤鸭,金卡48元,现在又降到29元了。烤鸭鲜香,肥而不腻,外焦里嫩,油酥绵软,口感极好。小料齐全,葱段、黄瓜条、水果条五颜六色,艺术地芬芳在精致的白磁盘里,围成转塔,好像水轮机,又似制瓷的转轮,慢慢品味,还如放在餐桌上的硕大的转经轮,转出了真,转出了善,转出了美,吃的就是美。烛光加热,热水保温,赋予您悠长的时间温馨。

"半小时之内烤鸭上来"是店规,计时容器里的晶体颗粒仍在争先恐后地掉下漏斗。物质全部漏下时,倒转过来,重新开始,向下漏去,又是一个30分钟的循环。艺术地品,品味艺术。有时也单刀直入,小饼卷成大卷儿,大块吃肉,大口喝酒,狂放地吃,吃得豪迈。雅中有俗,俗中有雅,雅俗共吃。

许社长:你女儿博士毕业了吧?

我:毕业了。

屠庭长:上班了?

我:刚上班。

许社长:什么单位?

我:区中院。

屠庭长:那不错呀!

我:还没有房子。

许社长:不是多么大的问题。

我:不轻松,儿子那儿刚安顿好。不过有她对象家里安排,压力还不大。

许社长:学业和工作解决了,其他问题会迎刃而解。

屠庭长:是,基础打得牢,一切就好办了。

许社长:明天去我那儿,还有两瓶茅台。

我:谢谢,改日吧。明天关汉卿老家来人。

屠庭长:关汉卿老家来人?

我:开个玩笑。安国来人。

许社长也顺势说笑:喔!国外来人。

我:关汉卿酒也不错。

在团结湖,我与姜主任和程局长又聚在了一起,周艳也来了。

姜主任:雷宇,你别光写农村,写写城市吧。

程局长:城镇化是个现实的大题材。

我:到2013年底,中国超过1000万人口的城市有6个,超过400万人口的城市有21个,100万以上人口的城市127个。

姜主任:城市病也很明显。污染,堵车……

程局长:像瘟疫一样蔓延。急症,慢症,并发症。

周艳:越演越烈。

程局长:城市病不论城市的大小。2013年中国空气质量最差的十大城市,邢台、石家庄、邯郸、唐山、保定、济南、衡水、西安、廊坊、郑州。河北占了7个,就剩下张家口、承德、秦皇岛了。

周艳:北上广深等特大城市均不在此列。

我:国外也是一样,在泰国首都曼谷,由于车速过慢,甚至出现过3个月内有900名孕妇因堵车被迫在轿车中分娩的情况。曼谷的交警不但会指挥交通,还会帮孕妇接生。

周艳:生孩子那么容易啊?

程局长:小周去曼谷吧!

周艳:我还没怀孕哪。

我:不是生孩子容易,是表明堵车的严重程度和状况。

姜主任:发达国家度过了这一时期,1952年伦敦是著名的雾都,浓雾笼罩,能见度极低,甚至需要人坐在引擎盖上指引才能开车。浓雾直接间接造成一万两千人死亡。

周艳:真好玩儿,一边堵着车,就把孩子生了。

我:1910年,美国纽约人口不足200万,1921年达到618万,遭受严重的空气污染,很多居民患上肺气肿甚至肺癌,只有5%的人活到60岁,20%的幼儿活不到5岁。

周艳:后来发达国家城市得到了较好的治理。

我:导致城市病的原因是多方面的。规划布局不合理。比如北京过去将政府部门、商业中心、公共服务机构集中在市中心,人到郊区居住,"职住分离"导致城市建设"摊大饼"及居住点、工作点、活动点分离,使人们的出行需求倍增,必然会加大交通压力。

周艳:是啊,住在河北燕郊30多万人,跨省上下班。北京上班,燕郊睡觉。应该像姜主任,工作在前院,生活在后院,上学看病一个院。

姜主任:这是我们过去曾经反对的"大而全"、"小而全"。还有功能定位不合理。时下,许多城市追求定位太高,承担功能太多,使城市资源环境和基础设施不堪重负。都在一个区域,都想成为中心。

我:再有,就是管理方式不科学。香港人口稠密,人均道路仅一尺左右,但在高峰期却不会大堵车,奥妙就在于精细化管理。香港灵活调整红绿灯时长,大量摩托警四处巡视,提高汽车的牌照费、停车费、燃油费和环境税,只有不足一成的市民每天开私家车出行。伦敦、东京等都是大力发展地铁、公共汽车和火车等公共交通。东京1950年至1970年人口由628万增加到1140万,现在轨道交通承担了东京都市1300万人口全部客运量的86%。

程局长:这些都需要一个过程。

周艳:中国的城镇化更是轰轰烈烈。

我:国际专家断言,21世纪对世界影响最大的两件事,一是美国的高科技产业,二是中国的城市化。

这个电话总在问我是谁、是否北京人,回击他一下,"您好,我是胡必烈"。你说我是不是北京人,我1272年就来北京了,当时也叫汗八里,是我是北京人、还是你是北京人?1403年前朱棣来了。1644年福临来了,前脚到的李自成,他不是北京人,北漂了一个多月,就跑了。

当时朱元璋问朱棣怎么样,朱棣满意地说,我在北京,挺好的。

对闯王,我只点赞,不评论,老李也有苦衷,亲也不容易啊!干掉了明朝皇帝,吴三桂却加了清军朋友圈。

朱棣有北京户口。谁知道,忽必烈和福临是不是北京户口。

当然,也不算说假话,我用过很多笔名,在百十来个笔名中还缺这个吗?当时文章发表后,朋友看着那笔名开玩笑说——胡逼咧咧。

又涨工资了，月增艰苦边远地区津贴 25 元。去年轮到我雷宇增加级别工资，也增加了 20 元。虽然防暑费还是 30 多元，但去年取暖补贴涨到 800 元了。

前天，给所包贫困学生赠送了助学资金和书籍，昨天为贫困户送去了米面油和现金，今天继续下乡入村蹲点调研帮扶。

贫困户是 94 岁的孤寡老人，有的说他结过婚，有人说他没有结过，反正现在孤身一人。大杂院住着四户人家，房屋低矮破烂不堪，老人住中间两小间，进屋一大堆碎柴，挡住锅灶，也阻住进路，踏着木柴拐进里屋，老人坐在土炕沿上。

这么贫困环境下的人，如此长寿，值得思考。除了顽强的生存能力，还会隐含深刻的哲理。

匡局长请吃饭，卞主任、党局长我们三人一起，当然还有陪同人员。我们三楼经常一起，这就是著名的"三楼"。

我去爬山，提局长晨跑，他说今天市局来人。

市局领导来了，提局长陪领导们吃完饭，在街上散步。市局领导好奇地说，好家伙，皇家公共厕所。提局长说，原来大街上没有厕所，行人很不方便，有的人拐弯就尿，环境卫生很差，老百姓很不满意，后来建了两个公厕，但城建部门养不起。人大、政协会上多年多次建议，后来下了狠心，投资 8 百万，在几个较繁华的街区建了 10 个高标准公厕。因为是政府所建、档次较高，人们特起名为皇家厕所，其实就是公共厕所。市局领导随员说，真气派。

走了一会，市局领导说，好了咱们回去吧。提局长说，现在洗头房、洗脚房、洗浴中心很少了，偶尔还可看到足疗。随从开玩笑说，是啊，脚脖子以上的问题都不见了，就剩下基层了。

刚包一个村没几天，县委就进行了大规模调整。督导组人说，组织部调整的，小孩们不懂事，给弄乱了。

七屯村就在纣王城旁边,位于西北。纣王城是远来城的城外城,商朝时,纣王城是远来城的中心,那时远来不叫远来,叫飞仙,建过郡,置过道,最早叫有易,是个显赫的部落,后来也称国。此地地势高爽,水草肥美,商朝老祖宗们曾为躲避洪水,赶着牛羊越黄河而北,来到这个富庶的地方。此地是华夏最早最繁盛的贸易交易中心,商部落酋长到此骄奢淫逸,被有易部落酋长杀死,商部落后人又杀掉有易部落酋长,到纣王时,已经过去了七八百年,纣王文韬武略,看到此地为风水宝地,同时为了加强对北方的统治,举国之力,花了7年时间,在此建造了离宫,名纣王城。附近的7个村屯用于屯兵,几个村屯发生骚乱,被驻兵所灭,只剩下三屯、四屯和七屯了。七屯村涉嫌骚乱,被纣王刑罚大辟,萎缩了村屯。

有史料记载,纣王城在周朝由于意外失火被焚毁,其断壁残垣年长日久被历史风化、人为毁损。现在的纣王城基本上是在发掘的原址上重建的,但仍保留了部分遗址。北面就是野狐山,山名是历史遗留下来的,不是为了开发旅游新起的名字。传说,山上有窝野狐修炼成精,有的化作白胡子老头,有的化作绝色美女。

纣王光搞形式主义、官僚主义,享乐主义盛行,奢靡之风成为中国历史之最,老辛不懂群众路线,让得民心的周给灭了。周文王、周武王走的是群众路线,周国不断地繁衍生息繁荣强大。姬昌化治西岐,姬发干掉了老辛。

新纣王城雄伟高大、富丽堂皇,城内鹿台,由青铜筑成,内镶2吨黄金。城门洞开,游客络绎不绝。其实,在殷商时代,铜就称为金。

来到七屯村,村党支部书记只是电话联系,一直不露面,让一个村委会副主任来开村办公室门,费了好长时间锁也打不开。我说打不开先到你家里谈谈也可以,他说那可不行,那样就没命了。后来他只好打开窗户,伸手从里面把门打开,一转眼副主任就不见了。等了好长时间,不见来一个村干部。

街上一大群人跟进屋里,反映土地和低保问题。群众说曾去镇上,镇上拿了意见,但得不到落实。有一人不停地用手机录着场面,我做错什么说错什么啦吗?他说没有,群众都说没有。他们说让我记上,我说记上了,他们说要用纸笔记上,我对随行说,记上。

我接着说,我们主要是蹲点调研,不是调查组,不是工作组,当然可以帮助向上反映问题。解决问题需要过程,就像治病,需要医生,要对症下药,实际上往往是用一种药不起作用再换另一种药。群众点头称是,情绪降温,退去了。

项目征用七屯村土地100多亩,每亩4万元,用于园区筑路。有的农户部分耕地曾被1996年洪水冲毁,村里也曾进行了注销,有的农户自己弄了小片地,当然都争要征地款。农民往往不是在保护土地,好多人早就不想种了,撂荒了一些耕地,一般都是为了多要些钱。钱,最直接,最实在,最给力。只要眼下有了钱,谁会顾及不可测的未来啊!

卞主任说,他蹲点调研的村里,群众在联名状告村干部。一些群众不分青红皂白,仇官仇富,态度过激。中午在联系户家吃饭,主人拿出酒,坚持喝酒,卞主任等坚决不喝。主人说自己平常也天天喝点,卞主任说那你自己喝吧,我们就吃饭,主人觉得别扭,自己也不好意思喝了。吃完饭,卞主任说,领着再走几户,主人推托说,下午自家还有急事要办。

近日国外大投资户要来,进一步考察征地事宜,陪同的有省市要员。为了维稳,重点确定了附近几个村,给予特别关照,党局长也跟随包了个村。那天大批的干部和警察进驻村里,把村子弄的固若金汤、稳如泰山。

市里召开"讲诚信、懂规则、守法纪"精神文明建设广播电视大会,看来还是有现实意义的。

我雷宇认为,走群众路线,为群众服务,还应该包括对群众的教育。1990 年我雷宇曾在报刊上发表《要教育和引导群众前进》的文章,看来今天仍然具有长远意义。群众需要启发,需要从各种纠结中解脱出来,向前看,向远看。

走党的路线,走群众路线,走党的群众路线,鼓舞群众走党的路线。

在治国理政上,先做个头顶按摩,再来个足底按摩。

思想渐渐地走入了梦境。

领导的随员不是分列两旁,而是二人都在领导的右边,我在左边面向领导述说我的看法,基层确实存在很多问题,基层干部的问题也不少,这无庸质疑是主要矛盾和矛盾的主要方面,但另一方面群众也确有不断提高觉悟、增强素质的必要,这是不容忽视的,它的份量我认为大概占到三成,走群众路线应该包括引导和规范群众,党的群众路线教育实践活动也应该注重教育帮助群众。说着说着我忽然停了,领袖说您说。或许是因为问题的重要,所以梦境中把我放在了左侧。

记得桌子上放着我的帽子,走时我戴帽子发现帽子很紧,两手在两侧用力往下抻了一抻。这是什么破梦啊,我雷宇又不是齐天大圣。

上午,国贸那边打来电话,请我抽时间过去,我说没时间,她说您怎么那么忙呀,我说不知道。

除了革命的时候可以矫枉过正,一般情况下,孔子的中庸和马克思的辩证法都是好东西。

书记高瞻远瞩,面向全社会提出了,讲诚信,懂规则,守法纪。成为广大人民群众的行为准则。

十五年前的一个夜晚,我做过一个大梦,我看到了惊世骇俗的神奇场景。伟大领袖在天上,一座汉白玉拱桥,汹涌的天水通过桥洞不断地奔腾荡漾……细节随着睡梦流失了。

不敲键盘了,下午还要继续开会,晚上开电影会、观看政治电影。不蹲点了,蹲会,明天还有会。天天过政治生活,政治生活太好了,在人类历史上,我们的政治生活是最好的。有些人还不知足,这么好的政治生活,我们应该知足了。我们的生活水平,在某些方面,已经是世界之最了。

今天早饭不在外边吃,家里有榆钱疙瘩。老家拿来的香椿,自家树上长的,比大棚里的香椿好多了,红嫩的幼芽切碎,拌上咸菜丝,淋上香油,还可用韭菜拌咸菜丝,掺和在疙瘩里,就着小米粥,真香呀!春季吃五芽,有很好的养生功效,这榆钱和香椿就占了两位,柳芽、花椒芽和槐花,小时候也是每年必吃的。上高中住宿,时令星期天常常带一篓子槐花饼子,从食堂打上糊糊一起吃。当然那时吃,不是为了新鲜,也不是为了养生,而是为了填补食物的短缺。槐花的芳香气味,槐花饼子的甜腻,吃得我实在不想吃了,有时看到就反胃,现在通晓它是养生佳品,对它颇生好感。

吃柳芽可以忍受,热焯后凉拌,把口腔舌头刮磨的清洁舒畅,连同肠胃的燥火统统运出体外。杨树嫩叶虽然不在五芽之列,我们幼年也是每每必吃,除了类似柳芽的吃法,常常和上玉米面蒸菜饼子,同时为了节省粮食、玉米面尽量少些再少些,我们把它和槐花饼子等都叫菜干粮。菜干粮与我早年有着千丝万缕的联系,有时掰开饼子,真的看到千丝万缕,扔了可惜,糟蹋粮食,还有父母起早贪黑的辛劳,关闭嗅觉和味蕾,坚持把它吞到饥肠辘辘的肚子里,既对得起肚子,又对不起肚子,有时接着就吃"四环素"。尽管这样,还常常赶集捎上一篓子,放在学校传达室,下课我发现小黑板上写着,就去拿。现在知道它们都有药用价值了,能养生。在养生的情况下吃,当然味道非同寻常了。变废为宝,社会真的发展了。其实,在那时候也应该是宝,是大自然养育了我们。

今天早晨爬山,在悬崖上又发现了盛开的大片彼岸花。彼岸花,是我给它起的名字。它在佛境中存在,河对岸开满了茂盛的鲜花,馨香诱人。彼岸,就是另一世界,这里指的是黄泉路。我描绘了鲜花的来历,吓的一上一下两个爬山人,拔腿就跑。我说,在这个南河南岸山上几年前我就发现了这种花,爬山每到春天就留意这种花萌生怒放,就是意念上的黄泉路,也早就超越了。况且,佛家的彼岸花,只是一种玄机。实际生活中发现了,它还神秘吗?你们看,在它们旁边的坡土上,已经生长出了红绿色的小叶子。他们说,嗨,是,这叶子离它们较远,那是它们的叶子吗？不是见花不见叶、见叶不见花吗？我说绝对没错，现在花快谢了，等花完全谢后，叶子就长大了，它们不在一起，表面看起来它们似乎没有什么关系，实际上本是同根所生。

崖壁上的丛丛鲜花被春风吹拂，点头称是。

网上人点击我发的"艳照"，阅读人次达到3万、5万、8万……有些人问什么花，有些人请求来此一睹为快。

这两天比较超脱，不开会。实际上，不是没有会，只是没有自己参加，有些人仍在天天开会。

不开会的日子，也算日子。有些不自在，总觉得缺点什么。

不上大山，去东边看看。大马路边搭棚，我想是不是发送人，绕了过去，发现好像是吃饭的棚子，但紧接着又一棚，真是灵堂。幸亏从后面过来了，我特别不愿意看到这种情景。

从小山丘上下来直奔南面国道，大步流星，很快到达腾龙源公园。一些人围绕湖水散步，突然一箭步如飞的人摔倒在路面花岗岩石上，几乎掉进水里，人们看着不敢搀扶，好长时间，一妇女走近跟前，那人挣扎起来，收着腰坐在水泥制的假树墩上。我仔细看，不老，年轻人。腿脚太匆忙，被不够平整的石块棱面拌倒了。

广场上，人山人海。打羽毛球的，做健身操的，跳集体舞的，还有一大群一大群的人，看不懂是做操还是跳舞抑或是太极健身。这么多人，怎么还建不成中等城市哪？实际上人还是很少啊！

把易来县的子金镇拿过来。把来来县一分为二，一半归京都，一半归远来，这样远来人口可达50万。但这是全部人口，远来城的发展，还需要不断地提高吸附能力和魅力，大规模地吸纳乡下人口和周围县人口向远来城流动转移。

从广场出来，碰到了提局长和卞主任。

提局长：卞主任，无欲则刚，有欲则柔。

卞主任：是啊，咱们还想怎么着呀，知足常乐。

我知道老提憋着坏：你呀，没看出来他在拿你开涮。没有欲望的时候，你很硬；有欲望时你又软了，办不成事。

卞主任针锋相对：老提净花花肠子。天天晨跑，举坚而持久。也可能是经常吃好玩艺儿，憋的。

提局长缓和气氛：那不假，火烧火燎的。

我打圆场：天天锻炼，就是不一样。

提局长：老雷的书写得真好。

雷宇：你看到了？

提局长：那天我是在哪儿看到的，真深刻。

卞主任：是，《"二十亩地"的山村》《最后我再强调三点》、《我有一面封神榜》……

我：今天是4月23日，世界读书日。

提局长：你是写书的，不是看书的。

我：写书的也需要多读书。

卞主任：多写书，写好书。

提局长：为社会做贡献。

卞主任：启发人们，了解社会，了解世界。

提局长：唉，老美那家伙去日本了，胡说钓鱼岛由日本管理。

我：华人把"奥"翻译成"欧"。

卞主任：老雷给策划策划。

雷宇想：不就是侃大山吗，运筹帷幄，决胜美国。

提局长：决胜于万里之外。

卞主任：万里之外，也是千里之外。

提局长：更是千里之外。

我：一万多公里吧！我在飞机上看那航线电子监控影像，大概是一万三千多公里。

卞主任：纽约到北京，华盛顿到北京？

我：底特律到北京。

提局长：底特律破产了吧？

我：破产了。

卞主任：不光底特律吧？

我：还有别的城市。破产的城市会越来越多。

昨天下午组织部电话通知今天开会，一会儿又通知会议暂时取消，明天再开。今天植树，下午学习会，不会再像上个周末了吧？先发学习会通知，紧接着又通知取消会议。卞主任说，朝令夕改。实际上明显比朝令夕改还快，不过，自己倒没有什么不愉快。

普通的普洱茶，有点苦尽甘来的感觉。

今天早晨在山上看到彼岸花长出叶片，用手机拍下来。见花不见叶，见叶不见花。既看到了花，又看到了叶，只是花快谢了，它们不在一起，或许是它们彼此不见,超越了境界。

"领导,上来了。"小伙子打招呼,白净净,圆乎乎,有些熟悉,可想不起是谁。他说在会上一起讨论过,我说喔,是甄主任,我还存了你的电话。他说乔主任也经常来,他的身体不错。我说这不好说,前一段他"栓"了一次,住了一段院,好长时间后又来了。

甄主任:看你爬山很快,身子很轻,很轻松。

另一黄背心小伙:有轻功。

我:时间长了。1993年开始,那时山上几乎没有人,偶尔看到放羊的。

甄主任:贵在坚持。

我:也没刻意坚持,做不到天天来,就是经常来。

小伙:我跑着上,也不快。

我:主要是你不断地歇着。人们不是常说,不怕慢,就怕站。

突然,小伙子被紫荆茬子绊倒,"扑通",重重地摔在地上。好在没有受伤。

甄主任开玩笑:你这重功不错。

小伙咧着嘴:是,摔得挺硬。

另一个小伙脚下一滑,也险些摔倒。

我:小心,搓脚石。

走在山坡上的这些小石子上,经常有人摔倒,特别是下山的时候,速度较快,冲力较大。生长在平原的人,走山路有难度。去年的一天,孙局长跟我爬山,下山时他猫着腰,盯着脚下,犹豫一下,走一步,只怕滑倒,脚下还是经常"刺溜"。我说越慢越容易滑倒,你看我,这一步还没有来得及滑,早就迈出另一步了,不给它滑的时间和机会。他说,你那样行,我那样一下子就摔倒了。

孙局长不爬山了,他深有感悟地说,上去了,还得下来。

还在山下吃饭,用亨于岐山。

最近的文件好像少了,近日的几个会也不通知我参加,看来文山会海在我这里还是有所治理的。

卞主任:龚主席,咱也跟你们体体检啊!

龚主席:行。明天吧,我也没去哪。老雷去不?

我:去就去。

我从来没有参加过体检,血压也仅仅量过一次,还是陪别人看病时顺便量的,是90到110,还是70到110,记不清了。医生说,是你身体好,我说也不是。

医生说,心脏没有问题,功能很好。监局长说,他的身体挺棒。龚主席开玩笑说,心好! 我说,哪有没有毛病的人哪,这种大话是不可以吹的,能够保持基本正常就行了。

微信上看到市局局长发的第25期大讲堂照片,有手顶眉头的,有睡觉的。后来照片下面多了一行文字:不是故意拍的人家。局长是善意的,怕无意得罪了同僚。

"我通过了你的好友验证请求,现在我们可以开始对话了。"晓坏,这是谁哪?返回查看通讯录,找到了,原来是老同学,关汉卿的老乡,上世纪80年代就成了大老板,现在定居天津。曾经同室的最好同学,弄得这样陌生,把阳光搞成了潜伏、隐藏、卧底。微信,还可以找到原形,微博和QQ就不容易了,说不定我的几万粉丝中有不少72变的孙悟空和神女仙姑,都在潜水。明的变成暗的,暗的浮现成明的。现实世界不便说出不便表现的事情,在虚拟世界可以无所顾及,可以说真话,便于掏心窝,这样看来虚拟世界又成了真实世界,而且比现实世界要真实客观,就像人在浴池,回归本真,可谓假作真时真亦假、真作假时假亦真。当然,前提是联网,关闭数据,谁还能卧槽将军哪!

随时联系,还是短信方便。《周易》水火既济九五说,盛大的祭祀有时不如简单的祭祀有效,关键是条件和时机,正如往往使用简单的方法与设备反而比使用高级复杂的工具能完成更重要的事情。

讲授人的基本共性是——敢讲话。在笼子外面讲话,依然难以抓住各级干部的听觉。听而不闻,麻木了。对讲堂状况,视而不见,习以为常了。

卞主任电话:哪儿去了?

我:在街上走访调研。

卞主任:李总看了你的书,要请你吃饭。

我:不用请。

卞主任:他看你书上写的"有钱的喝酒吧,没钱的你走吧",坚持要请,让我作陪。我去接你。

李总:我们小时候在村里,有时早早把笤帚放在碾子上先占上。碾子少户家多,人们往往这样做。碾子百家用,水井百家饮。

我:这是公共设施的公用性,城市就是这种功用的广泛高度发展,给人们带来了便利文明的生活。城市,就是公共。

老板:公交,就是公交。

村民:还是作家厉害。

北京也有些读者请我吃饭。好读者。好多人读了《资本论》,也不请作者吃饭。

《资本论》作者，吃饭有困难，后来几乎没有饭吃。这使很多人感到不可理喻，写《资本论》的人没有钱儿花？显然，这不影响作者的伟大，而且彰显得更加伟大。作者连个科长也没当过，但人家是伟人。人家不是官儿，人家是无产阶级革命领袖。多少年人们不怎么提他了，可我发现，现在世界似乎又在向着他理论的方向悄悄地瞄准，世界或许"不幸"被作者言中。

这是我酒后打的醉拳，似醉非醉，似醒非醒。叫作"醉笔"吧。

县委电话通知，叶书记说，最近几天省、市暗访组正在暗访，要注意工作纪律，特别是公车私用，一旦发现，严肃处理。我说我这儿，县委、政府从来就没有配过公车，下乡雇车、租车找私家车，刚刚为特困户送去米面油、衣物和现金。我这儿是私车公用。我往往是以私谋公。

随行：都94了，这么大岁数，又是个老光棍子，有什么活头？

我：生命是宝贵的，俗话说，好死不如赖活着。没到那个岁数，到了那个时候，你就知道了。为什么这么贫苦，如此岁数还能活着？

随行：是啊，就是荣华富贵的人活到这么大，也往往很困难。

我：他确实很贫穷，但我认为他有三宝。一是生命。生命无价，最宝贵，多数人94岁早就没有了。二是健康。如此大年龄，耳不聋眼不花，自己做饭料理家务自立生活，在他的同类人中是佼佼者。我二姥爷也活了94岁，在村里算是身体好的老寿星，但他提前两年就卧床不起了，子孙们伺候。三是无忧无虑，精神好。他不操心，欲望最少。这些都是拿多少钱也买不来的，也是多少稀世珍宝也换不来的。三件宝是身内之物，谁也夺不去。人们往往是看表面，而不注意实质。名车豪宅荣华富贵也重要，但一定意义上说，它是装饰品，就如化妆品一般。人是社会的人，装饰也有必要，但那不附属于实质。当然，人们可以追求荣华富贵，同时也要长寿健康精神。

随行：这么看，真是那么回事儿。但往往是，人生总有不如意，不能豪华占尽。

我：归根结底，是欲望。

随行：三个宝贝。

我：这三宝与老子的三宝不一样，老子说，我有三宝，一曰勤，二曰俭，三曰不敢为天下先。这是处世哲学。毛泽东的两大法宝与老子的三宝有些相似，艰苦奋斗，谦虚谨慎、不骄不躁。既是处世哲学，更是政治理念需求。

没有什么救世主，我感觉不是居高临下地帮助人，而是在拜访他、奖励他，他是生存的榜样。老人家还知道说谢谢。

昨天在电视上看到的那位 123 岁的老人,是人中之王,更应受到人类的嘉奖。

吃,不能再敲打键盘了,全县三级干部会议的时间到了。

小车行驶在开会的路上,卞主任穿着 LA 毛料西装、梦特娇白衬衣、黑色鳄鱼牌皮鞋,边开车边说,现在没什么欲望了,年轻时见了美女还有反应,摩挲摩挲。龚主席说上了 50 岁就淡了,卞主任说 45 岁后就少多了,女人更淡。龚主席说女人过了更年期,雌激素少了,要求就少了。卞主任眯着眼说她疼。龚主席笑说水小。我雷宇与龚主席穿的不是什么大品牌,勉强算是西装革履,当然我身上也有梦特娇和 LV,我说男人比女人寿命长一些,电视上报道一老寿星,70 多岁时娶了 20 多岁姑娘,生了一个孩子,现在老伴 70 多岁了,他 123 岁,仍健在。龚主席说男人 80 多岁还有生育的哪,女人虽然平均寿命稍长,但生育期较短。

仕途过了青春期,似乎跨越发展到了更年期。有的仕途甚至没有青春期,一生仕途在更年。

我想,总谈论什么,可能就是缺什么,反映人的内心活动。名车豪宅不缺,好日子,生活水平,幸福生活,不完全呈现显性,内在的幸福更重要。给我一双慧眼吧,可看到表面的风光与内心的沮丧。表面的风光与内心的沮丧共生、共存、和谐统一。当然,看的再真切,也要达观,不能影响人际关系,尽可能和谐相处。

河北由对接京津转变为承接首都部分非功能转移,大红门服装批发市场转移到白沟,中关村高科技部分转移到秦皇岛,动物园服装批发基地转移廊坊。远来也拾遗补缺,航天火箭实验项目洽谈推进,拉开了转移的序幕。战略大转移,颇有撤退的意味,当然不是逃跑。这些转移的东西,在首都功能上就是打了败仗,兵败如山倒。这些东西们曾经占领了无数的有名高地和无名高地,现在落荒而逃。河北"环京津""环首都"退而求其次,老大不好当,兄弟缺资格,"对接"变为"承接"。

焦局长、卫局长、姬书记、水局长和土局长等等在我们前排,做着笔记的样子。土局长圆脸,面上呈现纹理,看起来他的年龄似乎可大可小,是个好人;水局长白胖年轻,像水豆腐,男人女相;有人喊姬书记美女,时下美女也是称呼;卫局长人也不错,与卞主任一样脱顶;焦局长很精神,小帅哥儿。

后排有几位美女局长和一些不太熟悉的人,美女们不断地翻看着手机信息网络页面,也许是在用手机记录领导讲话。

坐在后面的人,大都不认识,一般为村干部,间或有一些乡镇干部。

现在,有些小乡镇长们,也感到陌生。乡镇党委书记们,还是比较熟识的。县级领导也经常更换,空降的,挂职的,虚里来,实里去。有的走了还不认识,从来就没结识过。从现在时兴的唯心主义来说,根本就没有他那个人。眼里没他,就是心里没他;心里没他,就是不存在。

　　组织部长讲群众路线教育实践活动和组织工作,宣传部长布置"讲诚信、懂规则、守法纪"活动。会场肃静,有的人后仰头靠在座背上,合着眼;有的人趴在桌板上;我右侧人头弯弯地垂向右侧,进入梦乡,大概于梦中也在开会,梦即开会,开会即梦;有的人在玩手机。真象是长途大班车上的情景。

　　庹县长说,就在刚才布置"讲懂守"活动时,后边有的人还在抽烟⋯⋯庹县长本来烟瘾很大,但开会说不抽就不抽,这是需要毅力的。

　　下边有人自言自语,懂规则,主要是要懂潜规则,明规则一般人都懂。

　　叶书记做重要讲话,声音洪亮。远来从未有过这般大好形势,2014年全县财政收入达到15亿元⋯⋯这分明是弄错了,今年才5月,全年财政收入怎么会出来哪,"萝卜快了不洗泥"。当然这是小疏忽,不值一提。

　　当个县委书记也不容易,不管人们爱听不爱听,照样坐在台上,辛辛苦苦、一本正经、口干舌燥、不厌其繁、声嘶力竭地念稿子讲话,还往往发脾气,喊粗话骂人,损害自己的素质形象。

　　叶书记提高了声音,对于煽动组织串联上访的,要依法严厉打击。(都知道,打击是目的,依法是手段保障。)不能只见楼梯响、不见人下来。我想是否是"只'听'楼梯响,不见人下来",算了,这有什么好较真的,不见人们都不理会吗? 不仅是睡觉的、玩手机的,就是个别记录的也未必听出来。开会,就是开车聚会。今天,交头接耳的少,似乎尽在不言中。麻木了,懒得说话。

　　叶书记引用领导人的话,说一尺不如干一寸,台下有人小声附和,老是开会有球的用。好像是在对对联,恰恰是反向的呼应。

　　不要总是点评领导讲话,叶书记是对的。远来全县不到30万人口,县城仅有几万人口,抬出省市来吧。省、市决定,省、市领导讲了,建中等城市,就会有些底气。叶书记说,我们远来就干两件事,一是建设中等城市,二是中美科技。这类似于21世纪世界的两件大事。

　　叶书记又像往常会议一样,安排了当前工作,方方面面,13件大事,条分缕析,一二三四⋯⋯

　　叶书记说,下乡不准去酒店吃饭。你可以去家里,弄瓶二锅头,弄个黄瓜,弄个西红柿,跟村民喝上两杯。你也可以晚上回到自己家里,让老婆炒上两个菜,倒上一大杯,两口闷了它。

　　庹旺明嗓音沧桑,音调平缓。庹县长总结,无休书记的重要讲话,站位很高,思想性、指导性和可操作性很强,各部门、乡镇(办事处)要认真学习,迅速召开班子会、党员会、全体干部职工大会,传达贯彻落实,确保全年工作时间过半、任务过半。全县非法占地 600 多起,县城占了 300 多宗,要依法拆除、没收、罚款。有的村干部参与其中,必须严肃查处。

是啊,现在的一些村干部太厉害了,特别是围城附近的村屯,名车豪宅,太有本事了。我们去联系贫困户,先给村支书打电话,进了村子,他电话说在路边,我们看不到,他问你们开的什么车,我们说一个白色车,他说你们看到我的车了吗,我开的黑色奥迪。见了面他说愿意帮就帮去吧! 去另一个村子,村支书先问给钱不? 只是接电话,一直见不到人,后来听人说,他在县城居住,很少来村里,现在村里情况他不熟悉。有人说,他开的宝马。他们的坐骑,比镇长的好,比县长的好,甚至比市长的好,没办法人家那是私家车。叶书记也讲了,有的支部书记以权谋私,不为群众办事,优亲厚友,还享受着公务员待遇;有的支书,乱花征地补偿费、扶贫款,有的携巨款潜逃。

时势造英雄。一代枭雄。"泗水亭长"。

快 12 点了,部分人员散会,留下的继续开会。

回到办公室,还没喝上一口水,就来人了。

督察组来说,你说说"四风"方面存在的问题。我说,我们这儿算个官吗? 有多少人拿我们当作官,这里不容易产生形式主义和官僚主义;连个公车都没有,没有权没有钱,很难形成享乐主义和奢靡之风。"四风"也是需要一定条件和土壤的,我们没有这个资格。当然。走群众路线,为群众服务,是没有止境的,我们要不断努力。我经常坐公共汽车、公交、地铁,步行上下班,这是明显的群众路线吧。从群众中来,到群众中去,一切从群众出发,一切为了群众,一切依靠群众,没有休止符,我们总在路上。

刚从会海中游出,游览一下文山吧。昨天看了一沓文件,今天又是一摞。关于推进"审批提速、服务提质、效能提升"的工作方案,关于开展"纠难治乱"专项行动的工作方案,关于开展"三整治一清查"工作实施方案,关于对工程建设、项目招投标、土地招拍挂"暗箱操作"问题进行专项整治的实施方案,关于对公款消费问题专项整治的实施方案……还有很多关于,很多专项,很多方案。景点太多,目不暇接。免费游览,精力有限。

上级发文件了,对照检查材料必须按统一格式撰写。主要问题一二三,主要根源一二三,主要措施一二三。基本情况一二三,突出问题一二三,原因分析一二三,改进措施一二三。其中,形式主义一二三,官僚主义四五六,享乐主义七八九,奢靡之风十、十一、十二……形式主义是如何形成的;没有起码的条件,无论如何也实现不了享乐主义，只是空想而已，那是空想主义。宣传部长开玩笑说，该写5万字，你写了13万字，那就是奢靡。我说这还不够，计划25万字。在我这里硬找"四风"问题，有被侮辱的感觉。"宠辱不惊"算不上什么，"宠辱皆忘"才是境界。我不想享乐，没有权利，我不空想，我重实际。就是有条件我也不会享乐，我压根就不喜欢享乐，我一贯喜欢实用俭朴，我没有享乐的人生观和价值观。恰恰相反，我雷宇习惯于发扬"特别能受罪的精神"。

我雷宇从小过苦日子，艰辛耐劳，朴素节俭。我雷宇走过的单位都不是吃喝的单位，我也不喜欢吃吃喝喝，没有公务车，没有个人办公室，不但不以权谋私，而且常常以私谋公，不喜欢享乐和奢侈浪费，相反往往显得过度节制和吝啬。这是我的性格特点，过去也是我的弱点，表现成我人生的灰暗，现在成了显著的亮点。我雷宇不用"坚决""保持"，我自然而然地就与中央一致。

实在找不到问题，没事找事，没病看病，材料是一定要写的，又不能瞎编，要不临时犯点小错写进去，临时抱佛脚，临阵磨枪。这错要犯得恰到好处，既不严重，又是明显的错误，要有艺术性，艺术地犯个错误。

院子里的雀鸟唧唧喳喳，不知它们在说什么，在做什么游戏，它们自由自在，自然而来，自然而去，没有笼子，没有束缚，它们在苹果树和楸子树上跳钢管舞，舞出它们的鸟生。唉，那句话倒过来说吧，鸿鹄安知燕雀之乐哉。还有那鸽子、野蜂，不仅来去自如，它们还在屋檐下筑巢，它们虽在我的屋檐下，但它们并不向我低头。野蜂是我的国防生力军，马蜂蜇人疼痛难忍，花葫芦蜇人致人呜呼，是小偷和强盗的克星。不管遭受侵犯时军队是否及时出击，反正形成强大的威慑。花池和菜地中，蜻蜓在跳跃，蝴蝶在舞蹈，蚯蚓在蠕动，蚂蚁在开运动会。山墙上的壁虎，跑来跑去，现在我知道它们也叫天龙。又是虎，又是龙，龙虎合一，龙虎同体。

一根竿子兀立，黄瓜秧子在跳钢管舞！

偶尔，碰到一男一女两个乡镇党委书记。章书记穿着红色休闲上衣，衣服飘拂摆动。她说，昨天乡里去了两个记者，我们也弄不清，就给他们介绍宏观情况，后来网上查了一下，查不到，就委婉地把他们推走了。许书记说，现在假的很多，经常遇到。她说，前段打击处理了一些，不打击更不行。我说，还要查处，要保持经常。

许书记说，雷主席，你也太敬业了，端午节也不休。我说，平时没时间，节假日，敲敲键盘。

纪委出人物，勇救落水儿童成了全国先进典型，纪委副书记亲自批示号召系统宣传学习。前些年，好多人开矿做生意发了财。2008年汶川大地震，有一人特殊党费缴了 20 万元,而且坚决拒绝先进材料和当模范。很一般的人还获得国家专利。藏龙卧虎啊!

卞主任找我西行。跨省西行,其实也就百八十公里,但国道之难难于上青天,"二十轮"高大的货车,首尾相接堵出一条几十公里的长蛇阵,纹丝不动。随行人说,多为收费造成,几乎每天如此。数小时后,终于到达"西天"。这里也是盆地,景色很好,有山有地有树林儿。县城也在摊大饼,新开大道两侧景观灯一字伸向远方,甚为壮观。李总要拿自己车上的白酒,结果买了汾酒。这酒确实不错,饮后没有不良反应。我说都吃口白糕高升,李总说白糕是骂人、应该说黄糕,我说本地叫素糕。家常饭菜蛮可以,蒸红薯土豆是我一贯爱吃的。一桌人,八九不离十,好像吉利数字 GDP。苦荞凉粉,吃了一碗又一碗。

去阎锡山和寇老西儿老家串了个门儿。昔日,寇准身为县令奉召进京,为潘杨两家之事升至吏部天官。他吃素糕最多,一步升天。

因为颇近,还是走了一省和数省。

建设城市群的战旗,插遍了一省和数省。试看将来的寰球,必是赤旗的世界。

看看微信。关汉卿的老乡加我朋友圈,原来是"安国公"。

据说,微信账户 6 个亿,发展壮大繁荣,出现九大流派,广告刷屏派,心灵鸡汤励志派,集满点赞送礼派,偏方秘方养生派,45 度嘟嘴自拍派,新晋父母晒娃派,亲友海外代购派,吃喝拉撒展示派,孤单寂寞文艺派。每天晚上看微信,早晨起床首先看朋友圈。人们都觉得,不看想看,看完后悔,厌烦无聊。微信成了生活,生活百无聊赖,生活味同嚼蜡。看了后悔一阵子,不看后悔一辈子。现实生活也是这样,往往不做后悔,做了更后悔。要正面、积极地看待,还是一分为二好,中庸是个好东西。假如现在没有了这个好东西,好多人无所适从。

拔艾蒿与吃粽子有着同样的意义。艾蒿,白秆儿,白叶,有香味,特别是掐断时,散发出浓郁的香气。艾蒿,也叫端午艾,端午节时,人们拔回一束束放在门口,有辟邪之意,实际是驱病避蚊,也经常把它编成大长辫子,晾干点燃驱虫熏蚊,效果不错。中医的针灸,我原以为就是扎针,后来看《养生堂》才知道,灸,是把艾条风干加工成小棒,点燃熏烤穴位,达到治病的成效。而且,原生态药物治疗,无毒副作用,现在又颇盛行。这是中国的国宝,任何发达国家都没有,是中国特色,中国之最。老外们看了,中国人弄些草,就能治病,有的根本不相信,有的觉得不可思议,当然,认可的还是越来越多。

端午艾,也是端午爱。大人们掐下艾蒿尖,夹在孩子的耳朵上,表示被人喜爱。有的人拔的艾蒿与端午艾相像,但不是端午艾,是亲缘关系很近的物种,颜色发绿,味道较淡。微信上有人发了个照片说,艾蒿孙子也辟邪。

艾蒿很多,田间路边,随处可见,但人也愈来愈多,有的人大捆大捆地往回拔,这是斩草除根,日见稀少,现在很难找到。刚才在大马路上,看到两个人手里分别拿着一点点,说找不到。看来,一旦被人喜欢,就贵了。

几个美女在大马路跑步说,白衬衣真白,我说拔艾蒿去,他们说拔过了,其实我也拔过了。走了几个地方都没有,看到一美女耪地,靠房根的地方有一行蒿子,但看不清是否是艾蒿,无论如何在她那玉米和菜地里应该是杂草,问一下,她哼哦哼哦,原来是哑巴。这哑巴站起来,身材高窕、匀称、线条流畅,五官端正,肌肤光滑,不像种地的,更不像哑巴,很少见过这样的哑女。起这么早干活,还挺勤劳。她用手拨开,看了看我手里的一点艾蒿,哑哑地比划着,指引我去下面沟里的杨树林去找,我心想那里没有。

本次开机用时 40 秒,击败了全国 66% 的电脑。

早饭还在对过的"天客来"吃。一进门,有两个美女吃完起身,边走边扫尾。嘴部不停蠕动,舌头在口腔里来回刮刷着牙齿,咀嚼运动,带动起脸上丰富表情,肌肉伸缩,五官舞蹈。这大概是美女们早饭的吃相特色,时间紧任务重啊!

卞主任:小姐吧?

党局长:小姐,哪有起这么早的。

龚主席:哪儿还有小姐呀? 扫黄早把小姐们关进制度的笼子了。

卞主任:白天干什么呀?

龚主席:下乡。

党局长:老陈以前下乡,进村找不到人,他们就到河里捉鳖。捉不到,正好过来一人,就问怎么没有王八了,那人说,王八们都下了乡了。

"这老东西回来了。"

国家改革在各领域进一步深化,创办企业放宽准入门槛。情况到底如何,还是亲身体验一下吧。我的督察采访是原生态的,原汁原味,高昂的代价。也就是这种事情,要是创作"抢银行"题材作品,无论如何不会采用这种彻底的方法。

工商局注册,首先确定名称。工作人员说,没有"战略"这个行业,我说没有就从我这儿开始吧,他们说不行。我问注册资金可以不填吗,她们说不能空着、必须填写。

三个工作日后审定,名称确定。网上注册申报,自己有些生疏,原来他们说可以帮助网上运作,今天说大厅对过小门有代理,我转身去小门联系,美女们说一千五不包括刻章,我感觉费用有些高。

出门碰到一人发给代理材料名片说,也就注册资金不要求,其他程序还一样,你就跑吧,没有耐心不行。

领取营业执照后,代办人说办理组织机构代码证需要身份证原件。我亲自去行政大厅办理,工作人员服务态度很好,效率很高。

电梯里,一小孩弯腰仔细端详我提着的执照,他说注册资金十元? 我问好笑吗,他说是有点好笑。我说白手起家,不是有了钱开公司,而是开公司挣钱。另一人附和说,是,现在不要求注册资金数量。

税务登记证、统计证办理后,国税、地税报到。即便是自己的房子,也要一本正经地拟出租赁合同,打款交费,起税,好像不错的过家家游戏,但必须郑重办理。"游戏"是合理的程序,规则行事。

代理计账报税,找兼职会计,代理公司们纷纷主动联系。进得一家,一大群更年妇女七嘴八舌,女汉子横眉立目,刚愎威武,反反复复,没法办事。

这是哪儿啊,西三旗、上地、马莲洼、天宫院? 只好更换一家吧,但愿不是盘丝洞。

代理人员开收据,她转身向椅子坐去。坐下后,牛仔裤包裹的臀部瞬时丰满肥大起来,臀部两边在椅子上向两旁蔓延,似乎把裤臀无限撑紧,好像即将包裹不住了。这种力量,应该就是人们常说的性感。她的长相并没有留下什么印象,下次见面或许不认识,这也是个弱点。

采风花去了3千多元,收获了真金白银,就是一大把玻璃铜章。名分半年申请延续,否则自动取消。我似乎履行了自己的神圣使命,顺便做了产业链和GDP的事情。我这人总是"马后炮",现在GDP不炙手了,我才染指这玩意儿,还不是实实在在的。

人们仍然在拼命地拉那产业链,争先恐后地往GDP的火海中扔柴火。

司机问去哪儿,我说天外村,他疑问,天外村?我说啊,天外天,他说是天上天吧,我说是,这类名字太多了。

虚晃一枪。

张总:雷总,那个实实在在的公司转让了,却在这儿耍把式。

雷宇:是他们要求的,也是一本正经地走程序。

张总:中午吃点什么?

雷宇:会员水煮鱼没有了。

张总:吃烤鸭。

雷宇:总是吃烤鸭,吃腻了。

张总:要不吃驴那玩艺儿?

二人爽朗大笑。

前些日子,总有人打电话邀我看房子,间隔了一段时间,现在又有人电话找我。前天,"雷先生,您什么时候看房子,业主很着急";昨天,"雷先生,您什么时候来,业主都快被逼疯了",我以为43平的70万,原来是33平70万,还是考虑六七十平的吧;我说不是自己买,是给别人看,他说知道;今天,"价钱还可商量,有诚意先看房子。"房子是景区、景观、景点,看房子成了旅游。

我是中国十大杰出策划人物,策划一下,将来的房地产业大都转变为旅游业。

"我是国家会议中心,邀请您来开会⋯⋯"这个电话又打来了,手机短信两次确认。

来到会议中心,车水马龙,人头攒动,值勤人员正在驱赶卖饭的摊贩。高大磅礴的建筑物,一道道铁栅栏,工作人员说就是这个口。走进去,又有工作人员问邀请函,我拿出邀请函,他们说不是这里、这里是婚庆宴会。走出来又问,进去看到一号口,但门被包裹着,仔细看有不显著的说明,此门准备修理。电话打给组委会,他们说进二号口,有工作人员。工作人员热情接待,一美女主动说我领您上去,搭电梯上了三楼大厅。我顺便带了两本书,包较小拉不上拉链,签到时,另一美女看到说雷总还挺爱看书,我说我自己写的书,她问能看看吗,我反应不快,她说一会儿结束还您,我说给你们放下一本吧。

工作人员分期分批、三三两两地把与会人员引进会议室,轮到我时只叫了我一人,这会议还有些特别。小会议室坐满了被邀请的企业家。

红裙子主持人一番介绍后,亭亭玉立的美女引主讲人——互联网顾问庄重走上讲台。掌声响起。

专家侃侃而谈,不断地要掌声。

对于移动网络,我还是认可它的现实性和重要性的,手机网络已经很强势地占据了社会经济、渗透了人们的生活,注册客户端,让全国甚至全世界搞战略的都来找我,确实是个难得的机会。在天上的云朵中,有一朵写着自己的名字,那块云彩是我的,腾云驾雾,居高临下,俯视苍生,恩泽普惠,似乎是个近乎实现的美丽梦境,但我今天不做,不为实现梦想。超越梦想,超乎所能。

组委会人员与客户一对一洽谈,会场气氛非常热烈,对方说什么基本听不清,对方在纸上写了几个字,还是不够清楚,人声鼎沸,我与邻座女士走出了会场。

女士问您去哪儿,我说还没吃饭,找地方吃点饭。她说她也没吃,我说一起吧。电梯下到一楼,出了大厅,街面上有小吃,她说不知您吃不吃这个,我说不吃。向左转去,走了一会儿,发现左侧有餐厅。不是饭点,只有我们一桌。我说这里价码不低,这小瓶啤酒竟然40元,她说真是不低。无所谓,仅喝一瓶意思意思。她坚持埋单,服务员回来说卡里余额不足,我拿卡,她又拿出一张卡先给了服务员。

走出餐厅发现,这里仍然是会议中心大厦。

回来后,组委会一个个电话追踪,动员我抓住机遇,还声言集体参观拜访,我自岿然不动。放弃机遇,勇士也。

又是电话,"不知道前些天我的销售给你说清了没有?"我说现在我不想做宣传,他说什么时候做,我说至少三个月以后。

前些天那人说了好多,主动热情地报了自己的名字,说出是哪几个字,哪里人,在哪儿上的大学,还问我的QQ号和微信号。我说你问这些干什么,没有告诉她。

电话又来了,"雷总……"听声音比较年长,口音发哏,可能是西北人,我告诉她已经有过两个类似的电话了,她还是滔滔不绝,"什么时候来,我安排人接待你。"我有些不耐烦,三月后。

电话又响了,"雷总,您在哪儿?"我说我在太行山里修炼。

电话忙就是我忙,"雷总,在哪里?"我说我在太行山里修行。

宣传,就像化妆,涂涂唇膏,画画眉,也不是不可以,但它不附属于实质。包装有必要,但不能过度。当然,现代社会,搞搞战略策划,充分利用媒体,也有相当的意义。

不告诉他们,我不需要介绍,更不喜欢炒作。

"雷先生,在哪儿?"换个说法,我在太行山里修道。其实,我虽富有道家思想,但我并不修道。

猎物分三等,射中心脏的是上杀,为神品,用于祭祀;射中腿的是中杀,为妙品,用于宴宾客;射中肠胃的为下杀,为能品,只能自己食用。

张总:中午还去千万金哪?

我:不想去了,没什么可口的菜。总是烤鸭,吃腻了。

张总:在电梯里,有个东北妇女说,一点也不想吃鸭肉(YOU),总是鸭肉(YOU),鸭肉(YOU)。

我:服务也不如以前了。

张总:是。诚信差了。

我:服务员素质也欠缺。

张总:有个服务员满身狐臭,周围全是味儿,甚至整个大厅都非常难闻。她还常常点菜、上菜。这大热天,呼吸困难。

我:是有两个那样的服务员。

张总:怎么招的工?

我:或许是天冷时招来的。

张总:也可能是他们闻不到,要不就是喜欢闻。

张总夫妇休息睡懒觉。他说这地方毛茸茸的不错,她说把手拿开。

她说别墅前的那块草坪该剪割了,他说买台割草机,她说那么一小片片,还用割草机,刮胡子刀也能把它给剃了。

年初,我写了今年是法制之年。没人知道,就是有人看到也不会理会,我本人也没特别在意。现在,半年过去了,中央声明即将召开法制全会。我怎么这么有先见之明哪!改革步入深水区,急需法制;大刀阔斧、壮士断腕地反对腐败,迫切呼唤法制。

国家政要亲自主持经济座谈会,遴选了十几家新登记注册企业负责人参加会议。我发言主要谈了文化主导经济问题,这是我 2008 年提出的新理论,学术理论界一些人称为世界新学说。领导人听得很认真仔细。

火佳丽又来电话,我又说我不作投资理财,我做的是公益事业。前些天,有投资理财人电话找我说,他不是东直门,在国贸,比她们大多了,资产 3 个多亿哪。他们说不就是因为赚钱才忙吗,不赚钱忙什么。他们觉得不可理解,我也觉得不可理喻。

还问我在哪儿,我在旧宫,天上天。实际上我在长子营,也是旧宫附近,旧地名,现在一般人们不知道这个地名了。

"雷宇,你好。"广州来电,"你好"。他说听出我是谁来了吧,我说听不出来,他说听口音还听不出来,我说真听不出来,他说是廊坊人,我说你这口音怎么会是廊坊的。像哪儿的? 好像是南方人,你直接说是谁。我姓刘,明天去你们北京。

或许是看过我的书,书中有"咳嗽一声就知道你是哪儿的人"语句,还有"她说是廊坊人,分明是高老庄的。"这似乎有些武断,现在好多年轻人特别是美女,除了自己家乡话外会好几种"外语",她们面谈时是一种口音,电话上叽里咕噜,又说另一种"外语"。她们会说好多地方话,见什么人说什么话,抑或见什么人不说什么话。语言是籍贯、是工具、是武器,掌握几门"外语",真方便。

寻开心,也许就是骚扰电话。还不如干脆直截了当:"你好,请让我骚扰一下……"午休被吵醒,可以"骚",不可以"扰"。

前赴后继,或许是前仆后继,又来了。"不再接听请按 4",直接挂断了,忘记按 4 了。比以前的死缠烂打进步多了,打入黑名单吧。

雷总,你好。电话不断。什么时候有时间,找你谈谈。下午可以吗。最近我很忙,等有时间我找你吧。那得等到什么时候,我不就成了望夫石了吗。

不简单,知道望夫石,胆子也够大的。或许是轮空者。或许是诱惑者。轮空说的是,在择偶时,有些男士宁滥勿缺,有些女士宁缺毋滥。于是甲男娶了乙女,乙男娶了丙女,丙男娶了丁女,剩下丁男打光棍,甲女只好轮空独身。白骨精难嫁,凤凰成剩女。丁男变剩人。因此,有歌唱到,我的心在等待、永远在等待;我在等着你回来……

望夫石,是一尊等待的雕像。

踏石留印!

等多长时间。你可以先发个短信。你的微信方便吗。我很少上微信,还是短信可以随时看到。

没有信息。我雷宇是圣人。

名字叫什么,月亮的月。我有个相识与这名字有点相似,我们曾同在文化报的一个版面发表文章。

老舍写了《月牙儿》。

双井。二奶。

华威桥,大概与华威先生无关。我雷宇先生也是整天腋下夹个皮包,处处开会。当然我不像他那样到处讲话。

对照检查材料不要求统一格式，不规定字数……我真有先见之明，说出来别人也不会相信，为什么要挑明哪，越是藏在心里，越是增加观察自信、思想自信、远虑自信。藏的越深，积的越久，蕴涵的能量越大。

早晨爬山后，来单位，门开不开，钥匙拧了。早就有裂口了，一直用着没在意。拿下来，走廊正好有不用的桌子，上有大木件，把钥匙砸平、砸正，再开又拧了，再砸再拧，最后终于断了，剩下钥匙柄，钥匙断在锁孔里，几乎不露头，用指头掐不住，只好到后面锅炉房取小钳子把半截钥匙夹了出来。离上班时间还有近两个小时，打电话叫人来开门。电话不通，发了短信。

不一会儿，开门人来了。

记得抽屉有把备用钥匙，怎么也找不到，却意外地翻出一张银联卡。这卡怎么也没锁着，或许上面没什么钱了，长期不用了。去银行取款机查一下，不仅没查出，而且机子把卡吞了。工作人员说明天拿身份证来取。

事情较多，卡也不要紧，就暂时放下了。过了两天去银行办事，突然想起了被吃的卡，想正好顺便取回来，没想到工作人员找不到。碰到在大厅上班的老同学，老同学一向热情，进里面又找一次，还是没有。同学说是你拾了一张卡吧，我有点不愉快，但并没有表示生气，我说绝对不是，旁人说是不是拿错了，我说没有。后来我终于发现凭条是另一张卡的，我只注意末两位搞混了，但卡是一定有的，我没有记下卡号。老同学说也可能是注销了，负责人说注销了也应该查到信息。老同学说你回去找找卡号，我说算了可能里面也没多少钱，他说那也应该找到，我想也是，不然他们会真的以为我是拾的卡。为了清白，下力找，几乎把所有的柜子抽屉搜了个遍，各种证书证件，一沓一沓的未能报销的多年前的票据，几十年前的老照片，文章手稿，还意外地看到了单身时的两封老情书，居然没有扔掉，现在不扔了，万一成了伟人，这就是稀世文物了。其实，就是有人介绍，通过几次信，不是谈恋爱,而是谈对象,现在看来那简直就不是情书,好像一般信件。雷宇与她的实质性接触是在分开后,也就一次,半程,肤浅,浅尝辄止。

翻到的几乎都是无用的,就是找不到卡号。有时证明事实和清白也是很难的事。

同学说办张网银卡吧,我说我不用网银,这么多卡太乱了。他说他们有任务,我说那就办吧。反正现实社会无用的可以有,有时虽然不用也必须有。

卡多了,同学送给卡包,很不错,越装越满。我一向喜欢赤条条,身外之物却愈来愈多了,负担重了,自己找累啊!腰包鼓了,心烦了。

中午回家吃饭后,顶着烈日步行来单位,还真的睡着了,设置的两点铃声响了。挺起来,喝点水。两点十分了,打电话,"你过来了吗?""正往外走哪,不是两点半吗,着什么急呀,你忒着急了。"

卞主任说,你上车等一下,我上楼拿杯水,不喝水可不行。急匆匆往会堂赶,一辆摩托起步,突然一蹿,差点撞到车上。卞主任说,你看这人们不知道咋回事,这要出了事,虽然咱们没有一点责任,也得给他买个棺材吧。老弄大讲堂,有什么用,好多都是胡说八道,偶尔请个水平高的搞一次还凑合。我说,空谈误国、实干兴邦。市里搞经济很难上水平,比周围市落后,就想创个其他经验,独辟蹊径。

叶书记没来。下了车,我看到庹县长弓着腰在往会堂走。上了二楼,进会堂,庹县长从会堂出来,手里翻开烟盒,边往出走边拿烟,这是"地头歇"。

一般不许请假,不许代替。情况有所转变,但依然有好多空缺和很多代替者。

讲授者有关于北大、清华的虚衔,还有一个什么头衔我没记住。他自称经济专家,说因为发表文章,被中央领导看中,领导拿着那张报纸亲顾茅庐,把他调进中央书记处,当处长为总书记写讲话稿子。差事不如意,辛辛苦苦加夜班,最后一碗方便面就打发了,还不能讲价钱。不干了,出来给省市领导策划,可以大讲价钱,现在有钱。

他的口音有些听不清,但到雷人处,颇有惊天动地之气魄——人们看不到,实际上现在是严重的通货膨胀,突出的表现在房地产。集体土地大多被国有掠夺,治理房地产,必须承认小产权房的合法化。如果继续通货膨胀,债务得不到解决,现在是中国经济寒冬的开始。

大讲堂请来的高人们惊人地相似,都是瞒天过海,此人不同的是,他直接就说自己吹,今天吹几个问题,拿自己做榜样,表明会干很一般,最重要的是会吹。吹完前两个问题,他说接着吹第三个问题。政治经济文化,他无所不能,你想当多大的官,他就能给你谋划多大的官;你想发多大的财,他就能给你搞到多少钱;你想出多大的名,他就能给你策划出多大的轰动效应。

会堂后面有人出去接电话,有人没有回来。我旁边有两个人走了,前面监局长不见了,一会儿卞主任出去了。我的手机振动,我猜着就是卞主任,"我走了啊。"我说,喔,你走吧。他一定早就不耐烦了,早想走了。市里有家,周末回去了。

经济学家问,怎么样,还吹吗?好,那就再吹会儿。

我深深地思考,这是不是个表面现象——讲授人宁肯牺牲自己,也要批判官场。或许是冲天的政治运气被自己扼杀在摇篮之中,怨不得别人,只好有这不阴不阳的表现。也许是他一个人在演"双簧"。大概他比披头散发、佯狂为奴的人,有些叛逆精神。

我雷宇是很有耐心的,这么长时间都坚持不写他们,这叫涵养。

高人们,真乃神人也。

庹县长说,散会!他坐着未动,拿出烟,大概要猛吸一阵,放松一下,那专家总讲好县长、傻县长……

人们终于被解放了,争先恐后往出走。龚主席说,老雷,还不如让你讲呢,市委书记也不让你讲讲。我说是,天津几次让我去讲,我嫌钱少没有去。老龚说,有些讲的还是那么回事。我说没有两把刷子,也不好吹。老龚说,专家不仅会吹牛逼,还要闲扯蛋。

老龚把我送回来,掉头说去平房旧院浇菜。我说,我天天浇菜。

嫩绿的黄瓜结了一条又一条,有时是一批又一批,不赶紧摘就不脆了。自己种的,绝对没有化肥农药,具有正宗浓郁的黄瓜味道,既是蔬菜又当水果。20来年了,院中心小方块地里从来没有施过化肥,也没有打过农药,有了病虫,拔出来就把它扔了。西红柿也结了很多,茄子、辣椒、豆角都开花了。明年调整产业结构,少种几苗黄瓜,错开生长期;淘汰落后产能,砍掉糊地又不肯结好果子的几苗菜种;对地里的杂草比如苦菜碟、曲曲菜、勃勃丁、马齿苋、人情菜等等,不予铲除,任其旺盛生长,因为要与正经的菜一样吃它们,而且它们都是中草药,富有食疗和保健作用。要知道究竟是谁,才是真正的好东西。要厘清,谁是我们的朋友,谁是我们的敌人。

每年自然生出的菊花、海棠、百合、烧火花、水蓬花、夜来香、千穗谷等等,我不断地铲除,但不全部消灭它们,华而不实的也并非没有存在的意义,菜园周围保留一部分点缀院落,形成美景。秋子树早被我砍掉了,春天盛花,芳香浓郁,满院重香,霸王浓香使人难以享受,就像盛暑密室或公交车里浓厚的化妆品味,不流通,不交换,几乎令人窒息。苹果树结的果子,被大风和冰雹打下了许多,剩下的长势不错,今年幸好没疤,光光的,圆圆的,颇具观赏性。它们怎么那么圆哪,可能是基因和自然的造化使然。如果培育出方形、三角形、菱形等形状,或许更好玩,吃咬起来也更方便。

鸽子、麻雀、燕子,不动它们,是生态;马蜂是国防,君不见,地痞、诬赖、盗匪也可成为抗敌入侵的有生力量。

住宅鸟多,机关也鸟多。办公室窗顶换气孔,没安换气扇,用一块编织袋糊着,天天早晨有几只小鸟在这里唧唧喳喳,还啄那块编制袋,日久啄出两个手指大的窟窿。胶带粘的,并无糨糊,它们真会捅窗户纸,想让主人看看外面的世界。它们不知道那些大窗户玻璃视野比这小洞大了多少倍,但它们确实是捅了窗户纸。这或许是上天的显象,就差一层窗户纸,你不捅,上帝给捅。

草莓,不去管它,几乎野生一般,每年自然过冬,春天开始生长。不仅不打药不施肥,而且在影壁后,也很少浇水。果子没有大棚的硕大,但完全成熟,需小心翼翼地摘,不然就会捏烂,红红地染在手心。吃起来甜酸可口,天然味道,口感极好,是市面上买不到的。这才是真正的草莓。

工作进度不错,但往往垫支大量经费,还是一点一点地解决。

去年底的一点经费,今年初才办了。现在半年过去了,说得好好的,拨半年经费,却只拨了三分之一,还要去找才局长。才局长升了人大副主任,现在还兼着局长,总是想不起称呼他主任。在这个位置干了就升官,交运局长、水利局长都升官,住建局长一般也有希望。

雷宇:才主任,不是说好的拨一半吗,怎么拨了那么一点。

才主任:你再写一个(请示)。

雷宇:说好的,就不要让我再跑了。

才主任:好,我给预算说一下,再给你们拨点,拨半年的。不过,就是预算的那一点也不一定都给。

雷宇:预算,本来就大打了折扣,还这样,别说是做事,怎么运转?

才局长办事还是比较麻利儿的,这次却很不利索。等等吧。要经费需要十分的耐心和耐力,有时需要非常的意志和毅力。

过了几天,问预算,说还没拨;又过了一周,问预算,说没拨。还得找,工作的精力主要牵扯在这些问题上,经常放置业务跑来跑去。

手机短信通知有快件,不理他,上次就是骚扰诈骗。现在打来电话,真的有快递。快递不快,让自己去取。只有礼拜天送,一个点是这样,另一个点还是这样,还有一个不仅自己取还收取一元手续费。他们说,人手少,没人送。几天开,几天关。开了又关了，关了又开了。速递就是开关，快递是机关、是衙门。快递是过家家，是游戏。

看问题也许要乐观积极，要钱就给，财政早就倒闭了。快递就是好，开了一家又一家，彼伏此起。

终于又拿去一个请示。

据有人反映，说我下午不上班，今天下午我来机关办公室查一查，看看我到底下午上班不上班。

早晨爬山下来，又在山下早餐店吃饭。忽然碰到熟人正在点餐，"豆腐脑"，服务员问什么，我替他说豆花。围着餐桌吃饭，程经理说，他们不知道豆腐脑是什么，我们那儿叫老豆腐。老席开玩笑说，你想吃她的豆腐，她恼了，把豆腐打烂了，就成豆腐脑了。经理说，你这是胡编乱造吧！我说，不是，是杜撰。经理说还是作家会说。爬山了，多吃点。

上次见市里的程经理大概是去年或是前年，她打着一把遮阳伞，穿着短裤，时尚漂亮。现在明显不一样了，当然还潇洒美丽。这种人就是变得快，忽胖忽瘦，判若两人。直接说，上次看是少妇，这次是中年妇女。不像我雷宇，不善变通，一成不变，以不变应万变。

龚主席说，宣传部还有个大讲堂吧。我说是，那里要副职参加，到处都在大讲。龚主席说，空谈误国、实干兴邦，市里就会弄这些没用的。我说误不了国，顶多误误我们这个小地方。空谈是我们的特色，是我们的优势。假如与周围地方合在一起，他们实干，我们空谈，优势互补，那样就无敌于天下了。

大讲堂结束后，我看手机，有几个京都的电话。如果在会议厅开会，一般屏蔽，根本没有信号，不仅电话打不通，短信也难发收。

院子里的黄瓜结的很多，争先恐后催着吃。黄瓜蔓围绕着木杆儿摆渡，它的须似乎有灵性，向着木杆生长，一旦接触木杆，迅速缠绕，一圈圈，像螺丝一样铆紧。我随手拍了个手机照，点到微信，很多人点赞。其实这镜头太普通了，一点都不珍贵，只是赞美了一个意境。照片上我说"黄瓜秧子在跳钢管舞！"有人说黄瓜秧也是生命体，有人说有点意思，有人说很形象。看来有时名字和意境是很重要的。

晚饭还在阳台上吃。雨水把水泥表面冲洗得干干净净，不放餐桌，板凳席地。周围的海棠、百合、夜来香与泥土共同发出特别的馨香。刚刚从院子里摘下的豆角和挖出的土豆，在吹风机煤炉的灶火上已经炖得纯熟绵软，适才摘下的嫩绿黄瓜洗去花刺拍切拌好，斟上一杯好酒，接着地气，杯就头仰，与蓝天的明月和鱼鳞一般的白云一起享用。

有时好饭晚了,星辰相伴。大地精华进入丹田,星月罩顶。倾酒灌地,一嚼一嚼又一嚼。自然的馈赠,馈赠自然。

浩瀚的银河在天上荡漾,牛郎织女分立两岸。何以解忧,惟有杜康。银河两岸是宇宙级别的无限极城市,亿万家灯火。喜鹊们正在朝着银河云集,快到他们一年一度开年会的时候了。鹊桥相会的不只牛郎织女,更多的是这些喜鹊哥们,也许是男女喜鹊,在热热闹闹成全牛郎织女的同时,也愉悦了他们自己。送人玫瑰,手留余香。何以欢乐,惟有杜康。

这日常生活,却似乎祭祀天地。不仅是感恩大自然,更是为人类祈福。

国家又发布命令,公车就要改革了,要发放交通补贴。我没有公车,不会失去,只会得到。天平向我倾斜。

开会时就有几个小弟兄给卞主任发短信,商量吃饭。几个人到了一起,庭长带着茅台,晚饭喝了一些。

夜里老婆说,倒是老了,他说醉驾!她说你这是托词,几年前你就往往说酒驾,这会儿升级了,也是顺理成章。酒驾犯法,醉驾犯罪。

老卞想,老了,需求少了,东西少了。

宋庭长还不足40岁,就感到力不从心了。还是黎经理雄风不减当年,是幸福的诠释。

党局长在我办公室,有段时间不见面了,聊一聊。突然有人敲门,美女推开门问卡主任在哪儿,我问卡主任?党局长说是卞主任吧,美女说是,我说一直往里走有门牌。

党局长大笑:"卡主任",有意思。

我也笑得开心:"卡"与"卞"长得很像。

党局长:他儿子快结婚了。

我:是,他对我说过两次。不打算大办,小办也不想,说请请亲戚就算了。现在又不让大操大办。

党局长:给别人上的礼都白上了。

雷宇:以后基本就是这样了。以前的工资都贴进去了。

党局长:这亏可吃大了。

7月下旬,去年组织考核结果出炉了,文件发了。出乎意外,雷宇在"实绩比较突出"栏目没找到自己单位名字,心想是不是弄丢了。转而向上看去,找到了,给定了"实绩突出"。自己的名字也顺理成章位列优秀正职领导干部方阵。去年年终考核,不吃不喝,廉洁公平。作风说改就改了,看来没有不能改变的习惯和事情。原来也弄过"突出",但最近几年无论如何干工作,年底考核结果,只能落在后面的档次。说实在的,去年没有前几年工作实绩突出,只是具有潜在的隐性成就,是高端大气上档次的能量积聚,是飞跃的节点。这在省市系统、甚至全国系统是鲜明的亮点。这是风雷益的六二,多年的心血汗水终得到有关部门的认可。

不管官大小,还是官方组织评定的优秀领导干部,这名称还是挺好听的。以前也经常获得这样的名号,还有什么记功、记大功,都很受用。

太阳照耀着爬山,汗流浃背。发民拿着双节棍,我说要一个。要要你的双节棒儿,美女用黑丝巾捂住嘴偷笑,发民说一会儿到上面要一个。

到达第四个山头,都不走了,我继续往上攀登。忽然听到裤兜里"喀嚓,喀嚓……"不停地在响,拿出手机一看,它自己在不停地拍照。拍什么,在兜里。一张张空白,其实是口袋的景象,空空如也。我是清官,不怕你偷拍,抓拍也一无所获。智能手机就是这样,那次突然听到兜里隐隐约约在说话,拿出手机端详,原来它自动随机拨了电话,真是智能到家了。幸亏拨去的是一办公室主任的电话,又很熟识,要是拨到市长、省长、部长那里多麻烦,那样只好随机应变了。现在好在有所准备,不至于多么尴尬。事也凑巧,真有事需要与那主任电话联系,这不是神道吧?仙人指路。

这手机原来没有这本领,一年多长能耐了。有时直接听到它在兜里"嘟,嘟……"地自己偷偷拨号。4G卡也不配套,该换4G手机了。

"雷先生,国家会议中心有个会特邀您作为 VIP 出席。""雷总,有部科技著作邀请您参加。"社科院电话找,科技部电话也找,还真够忙的!一不留神,成了人物。上面经常把我弄成这人物、那人物,也不知道自己究竟是什么人物。

我不是要经营,是要虚晃一枪,目的是体验生活、调研采访采风狩猎。我是仁慈的猎手,网开一面,舍弃往左往右的,不追杀向前方奔逃的,只捕杀迎面而来的。想走的让它高兴地离去,发给路费,让追随的自觉前来。来者不拒,去者不追,逆者不杀。顺其自然,按天意行事。顺天应人,泽被普惠。

当官的根本不买我的账,一个文人。有的知道一些内情也不加理会——怎么不提拔提拔?华而不实。

对于种种遭遇,自己也同样不予理睬。人们追求的,自己未必想得到,我雷宇有高大的精神支柱。明白者不用说,不明者会厌烦,为什么要说出来哪,表明了也无人相信,让他们梦寐以求吧!

我并不厌恶这个俗人世界,而且喜欢这个俗人世界,有俗人才会妙趣横生。

如果俗人都变成圣人，就如小孩子都变成成人，说成人话办成人事，失去了童贞和童趣，偶然为之还感觉好玩，那样的世界真是百无聊赖了。试想全世界的每一个人都是圣贤、神仙，那还有什么意思和趣味。就像工业文明和城镇化一样，破坏了自然环境，那仍然是生态，至于文明不文明，那是人类把自己当成自然的主宰。

人类是自然的产物，人类也是自然的一部分，从属于自然，人类的一切活动包括所谓的破坏自然，都是自然本身的活动，有何"破坏"，就如星球的诞生和消亡，宇宙依然还是宇宙，而且永远是宇宙。"保护"和"破坏"都是从人类的生存利益和享受来说的，人类认为自己是世界的核心，这似乎没有错，我们是人，当然要站在人类的角度来说话。我们强调唯物主义，但不管是唯物主义者还是唯心主义者，殊途同归，最终都是唯心主义者，唯物主义主张意识无限反作用，最终并轨到唯心主义。我们人类就是唯心主义，永远是唯心主义，动植物自然物质是唯物主义。

人类总想认识自然、改造自然，但在遭遇灭顶的天灾时，才感到人类的作用几乎可以忽略不计，在强大的高压态势下，人类羞于再提"改造"，轻声细语地说"尊重""顺应"自然，但人类的潜意识里仍然念念不忘"改造"自然，在稍微长一点的时期没有天灾的情况下，就会好了伤疤忘了疼，"改造"的念头和行为死灰复燃。

说到底，保护自然生态，不是我们人类高风亮节，而是为了保护我们赖以生存的环境。自然界中的人类有精神有文化，能有意识主动地保护自己的生存发展环境。"破坏"往往也是为了更好地生存，但那是短期行为，为了长远的利益，还是要保护，这是人类的优势，人类希望永远生存下去。

城镇化是人类目前认为最好的生存方式，使人类中分散的个体积聚得到更好的生存发展环境。据预测，到2020年，中国500万人口以上的特大城市将达到21个，1000万人口以上的超大城市将达到8个，超大城市所在都市圈人口总量将达到5亿人。

昨天没有爬山，今天早了一点。

我说"你真早"，乔主任说还往上走啊？我说还溜达溜达。

从山顶返下来到第四个山头，一伙人下山，美女好像来晚了，上到四个山腰停下歇息，连打两个喷嚏，我说有人骂你哪，她说为什么，我说老年人们常说一是叨念、二是骂、连打三个是风发。黄总说怎么讲，我说这是乡村土话，管喷嚏叫嚏忿，打一个意味着有人想你或提起你，曾医生说打两个说明有人在骂你，黄总说三个是风发，风发就是本地乡村人所指的感冒。曾医生说，虽然没有什么科学道理，但是还真是经验的总结。我说风发其实就是风寒感冒，风寒发生的一发子，曾医生说一发子就是流行感冒,黄总说风发、一发子,这方言土语还挺确切。资深美女说还真没准有人骂我。山上资深女人不少,资深美女不多。

曾医生说我看到拔尖人才的文件下来了,不知你怎么样,我说这两次都没申报,原来当过几届,也是他们撺我报的,有一次县委主管副书记让我看那文件草稿,让我说说看法、发表修改完善意见,还动员我申报,看我不感兴趣,他有些不高兴说,怎么看不上,嫌每月一百元津贴少呀,我说不是,原来二三十元都没怎么落实,他说那你就报上,重在参与,帮助留心这一块的工作。

上次有人动员我申报,后来他们又说领导说了不让领导干部参加,以后干脆省事了,本来我也没有什么热情,混到此时还是县级档次,也不知道我是傲慢还是淡泊,自己都拎不清。

第三个山头,一群少女与少妇穿着统一的海军衫用手机拍合影。少妇金鸡独立,"唉,唉,唉……"差一点倾倒,灿烂的笑容好似一朵烂漫的山花。

乔主任早下山了。

郭水跟我一起走下山,他说体重减了三四斤,不显。我问现在体重多少,他说还有 220 斤。我说也可以,你个子高,身材魁梧,看起来不是很胖,很健壮。他爬山并不吃力。

我问生活还可以吧,他说还凑合,主要是三个孩子,二胎生了双胞胎。他说刚刚收到手机短信,中国顶端 1% 的家庭占有全国三分之一以上的财产,底端 25% 的家庭拥有的财产总量仅在 1% 左右,贫富差距太大了。

我说走,跟我一起去吃碗面。他说你去吧,我家属没在,给孩子们买些豆浆和油条回去。

远来县又召开领导干部大会,总结上半年工作、部署下半年任务,确保实绩突出县。火灾通报八九个乡镇,进京上访通报八九个乡镇,各个乡镇基本上"榜上有名",个别乡镇"祸不单行",发生火灾但没有进京上访的乡党委书记作了典型发言,教育局、县一中考了几个清华北大,"双喜临门",实际上人们一般不知道今年照顾国家级贫困县 50 分,表彰了一批行业标兵,享受两年月津贴 100 元。

庹县长总结部署工作指出,钢铁矿产品价格下滑,企业开工不足三分之一,半年财政收入 6 亿多,少收 2 个多亿,是远来历史少见的负增长,124 个项目进展不理想,全县 130 个贫困村,几乎占所有村一半,今年要有 65 个脱贫出列,腾龙湖建设进展缓慢,非法占地 600 亩,居全市之首。

叶书记主持会议,最后总结讲话。上半年收入少了一点,据说还存有 300 万吨的铁晶粉,最近价格有所上涨。我们远来是省、市支持在建的中等城市,要看到我们历史上从未有过的发展形势,要发扬"白加黑,五加二,八加一"的工作精神,再创实绩突出县。

叶书记讲了四个大问题,25 条具体意见。

卞主任说,搭老提的车吧,我说一块搭吧。上了车,我说十二点多了吧,提局说十二点半。

在单位吃碗方便面午休一会儿,还没睡实,手机响了。她问,先生,做理财吗?我说不做,她说要不要了解一下,我说起码现在不做,很忙。她说忙什么,不就是忙着挣钱吗,我说不是,公益事业,他问什么事业,我说公共事业,她说啊,您在哪里,我说在"旧宫",她说啊,上次记得您说过是旧宫,地铁 5 号线吧,我说你那儿东直门是 2 号线。

这样谈论的意思意味着,试探你开不开车,有多大实力。我心想,此"旧宫"非彼旧宫。

她说,前一段给您发过信息,我叫火佳丽。我说有印象,获佳丽。她问什么时候找您,我说我真的很忙。她说找一天您过来,中午咱们坐坐请您吃个饭。我说有时间我可以请你吃饭,但现在抽不出身来。她说,那好,以后再找您吧。

我的手机现在很怪,反映迟钝,懒洋洋的不中用,有时虽然没有死机但就是不行动,让你拨不出、刷不了,可放在兜里,它却又是那么的灵活,暗自偷偷地拨号,"卡嚓卡嚓"地拍个不停。走着走着裤兜里隐隐约约的就有人说话。真乃神机也,不知它是否还会妙算。

它神机妙算,我得换个手机。

手机与人一样,各自有各自的优缺点。

县委电话通知,近日省里明察暗访,要处理人,注意工作纪律。

这段时期,胡子长得飞快,快成草坪了,刮胡刀剃不动了。要不买台割草机,马达一响,三下五除二。

局长说预算内经费不用写请示再批了,预算说不是那么回事。请示给了局长,局长说放下吧,下来找预算。过了很长时间,问了几次,预算说批了 5 千。与上次一样,请示一万五千元预算经费,拨了 5 千。这还不错,有时说请示找不到了,再写一个吧;有时不给批,请示也找不到了。以前曾有项重大事情向政府请示 30 万元,几个月后几次过问,最后办公室说没有请示了,但却退了个复印件。

孩提时代,经常玩一种虫子,体形像蚰蜒,土名马莲虫。它在爬行,用小棍儿摁住它,它就排泄,再摁再排,再摁再泄。孩子们反复摁它,边摁边唱,马莲虫,不拉屎,坚决不放你。摁一下排一次,它就不断地排泄。

今天清早,手机屏幕显示牛郎织女画面。牛郎高高个子,是个好后生,头戴道帽,却有学者教授专家模样;织女手拿团扇,颈肩坦露玉肌,亲密美好。可能是过去常年织锦上网,现在又于天河长久探头望牛郎,似乎颈椎有些不适。今天七夕,鹊桥相会。古代人们就知道银河系隔断了佳人,现在人们更知道那银河系好生了得,将来人类会解决这个问题的,常娥奔月早就变成现实了吗!一年相会一次,还得有那么多的喜鹊搭桥。好在牛织情人永不变老,不用鹊桥,终有长相厮守的日子。倒是这神话故事与董永和七仙女一样,我想都是男人们鼓捣出来的,男人们总想占大便宜。梁山伯与祝应台,一个县官一个大户小姐,郎才女貌,才子佳人,门当户对。许仙与白素贞就是另一码事了,白素贞是蛇妖,妖有道,仙有情,妖有才,仙有德。道德不兼备,以德为先,许仙不占便宜。

一大群鸽子在山顶上空飞行,灰色鸽群中有一只白白的鸽子,我说那可能是它们的鸽王。不一会儿,老张说,看,又一群,还有一只白鸽子,真白。我说还是那一群吧,它们盘旋又飞过来了。老张说要搭鹊桥,我说鸽桥,和平之桥。

下到第三个山头,一伙人正向上攀登。迎头碰到美女停息,我说出汗了吧,她说出汗了、太热,我说排毒。老席指着一年长妇女说,她不出汗——她养汗。女人说你才养汗呢。山上的笑声很清爽。

老席对老张说,看到织女了吧?老马说他又不是牛郎。老席说是蟑螂,你是蚂螂,老苟是苟郎。老马说是狼狗。我说你们是一群山中狼。

山下河滩生长着茂密的黄蒿,足有一人多高,散发着浓浓的苦香。我感到很亲切,非常喜欢这种苦味。小时候常常割这种蒿草沤绿肥,以前经常用富有这种苦味的洗发水,感觉大气,不喜欢那种浓郁香味的,那是奶油小生用的,我是男子汉大丈夫,大丈夫就应该是这种大气的苦味。越是荒凉,黄蒿越旺盛,它好像在与荒凉宣战。黄蒿胜过其他蒿草,显得威武雄壮。杨树林旁的一潭死水,浅薄而混杂,被黄蒿包围着,像个无奈的几乎干枯的眼睛,发着暗淡的余光。

街上突然出现一些人卖鲜花。是牛郎送织女哪,还是织女送牛郎哪,大概是郎送女。

七夕也有人发短信?北京短信:您好,雷哥。都说银河浩淼,短信驾起鹊桥。缘分已有预兆,爱情不能潦草。转眼七夕已到,浪漫就在今宵。幸福加速奔跑,快乐身边围绕。送上甜蜜骚扰,祝您爱情美好。

发短信人是个老板,老板的感情很丰富。要不是牛郎,就是老板,天帝或许也不会答应把孙女嫁给他。与时俱进,现在的天帝也许与过去不一样了。

调出副职后组织一直没有配备,领导班子就雷宇一个人,照样积极召开民主生活会。组织、督导来4人,4对1,对照检查,条分缕析。在领导班子中我要讲民主,我老雷要听听雷宇的意见,雷宇要采纳我老雷的建议,我时而是雷宇,时而是老雷,不能家长制、一言堂、专断,我要多听听那个我的看法,那个我要多为这个我出谋划策。我努力以严格的标准要求自己,同时我一贯从内心深处感觉到自己就置身于群众之中,与群众是一家子,是群众的一员,我就是个老百姓。

督导组长点评说,这个专题民主生活会开的很成功。

又改善了一次政治生活。有辣味,没红脸,出了汗。

顶楼很热,没有空调。

1993年,房屋征迁,曾经住在庙里。全国保存完好的辽代寺庙,荒无人烟,阴森恐怖。小厢房的窗棂上糊着麻纸,光线暗淡,空间狭小,透风漏雨。铁床没有木板,横拉一根根铁丝代替床板,好似斜拉桥,上面一个草褥子。幽暗的灯光下,我看到书里的故事。昔日,吕蒙正日间讨饭、夜间宿庙……

与自己的过去对照检查,现在条件好多了。与那时相比,真够享乐和奢靡。

昨天洗澡后去体检,有点紧张,因为这是生来第一次检查。好在有恐无险。

我的血压虽然不高,但是压差偏小;血脂不高,但是有时有点低血糖;体重不超,但是要预防脂肪的增加;槽牙略有空缺待镶补。

他们说我的身体很棒,这话很受用,谁都爱听,医院医生的水平很高。

这是一次高质量的体检。

我打响了第一炮。

昨天本县电视新闻报道,督导组长点评县委办专题民主生活会,是一次高质量的生活会。

准确评价和措辞也很有必要,还应有合格的、有特色的、高水平的生活会,大概不会出现激烈的、火药味的生活会。

厕所里偶遇卞主任,他蹲坑办大事。我问这两天忙乎什么哪,他说孩子结婚。我说真的都没通知,悄悄地办了。他说就是亲戚们弄了两桌。我说真行,独一份儿。

紧接着,我想,蝎子拉屎——独一份儿。这"独一份儿",用的场合太贴切了,但不是我有意为之。我这人说话,不喜欢打弯子绕圈子,厌恶卖弄,讨厌恶语伤人。与他颇有不同。

这做法,我还是赏识的。

出厕所门,碰到监局长。他说你那儿还开民主生活会呢,我说是,开过了。他说你那儿几个人,我说现在班子就我一个人,他说一个人怎么叫民主生活会,你对谁作对照检查。我说问组织和督导,他们说应该开。让开就开呗,向组织和督导组对照检查,列席人提意见建议。仅有的一个列席人员,就相当于千军万马。实际上,最近中央明确指出,县级党委民主生活会后,重点是乡镇党委,县直单位以执法部门、窗口单位和服务性组织为主。

他问已经开了? 我说是,开了。他笑了笑,开过了,那就得了。

好几次有科局长笑着问,你开过民主生活会了? 他们笑眯眯的样子,我一点也没感到尴尬,反而感觉很熨帖。

"开过了",这民主生活会开"过"了。

称为组织生活会,就可自圆其说了。

县委办电话通知,明天或后天,市里明察暗访组来暗访八项规定执行情况,要做好各项工作。党局长说,明枪易躲,暗箭难防。上级给的160万安装资金,贵贱装不进去。我说你就不会弄成铜墙铁壁。

不喜欢喝腐败的旧水,每天要喝新鲜的开水,这是我唯一"腐败"的方面。

爬山回来,先打开水。

后勤老龙正在做饭削黄瓜皮。对,黄瓜老了得削皮,怎么吃呀。凉拌。也可以炒着吃。炒着吃腥。可以多搁点五香粉,可以炒鸡蛋,腥味融合;擦丝,买瓶麻酱,吃麻酱面。我院里的黄瓜结的很多,吃不过来,有些长老了,个子很大,我就炒着吃,还经常熬炖。可以炖肉、炖粉条、炖蘑菇,特别是炖山里的野蘑菇,口感很好。

我也是上得了厅堂、下得了厨房的。经常出入大会堂、会议中心、礼堂、国宾馆,偶尔还作个报告。我做的白菜炒肉、尖椒炒土豆片、韭菜炒土豆片、韭菜炒鸡蛋、虾仁炒黄瓜、葱爆肉、蒜苗炒肉、山蘑炖黄瓜、土豆炖豆角、白菜豆腐猪肉炖粉条等等,谁吃了都说香。就是撇一根芹菜,摘几个辣椒,切碎凉拌,人们都感觉开胃爽口。因为地里没用化肥农药,从心理上品味美味有加。别人做不出这个味道,这是我的中国厨艺文化,这是我的风格和专利。

前几天很热,我把被子掏出来,只盖被罩。这几天骤然降温,而且温差很大,夜里冻得我几乎瑟瑟发抖,又把在政协礼堂开会发的薄薄的蚕丝被装进被罩。过几天是不是还要热哪,末伏了,反正是强弩之末了。

远来最大的特色和优势就是夏季比较凉爽,周围县市都比较炎热,惟独这里凉快,炎热时段较短。即便是最炎热的一段,温差也较大,不像周围昼夜热嘟嘟的闷着,呼吸困难。可能主要原因是这里海拔较高。这也应该是这里的旅游魅力所在,人们并未真正认识并发挥这一吸引力。所以旅游开发了近30年,仍然没有火起来。以为旅游就是砸明火儿，改天换地死往山上码钱。总以为自己风光无限，看不到休闲的聚宝盆。

要把远来盆地变成首都都市圈的聚宝盆。

要把中国乃至世界的宝贝积聚到这里，聚宝，生宝，发宝。

牙又长高了。不是长长，就是长高。我雷宇不敢惹它，不敢碰它。一接触，它就让我狠狠地疼。

"一群老汉背走了伊丽莎白"——我雷宇的一条微信，博得了点赞，也有人感到迷茫。一群老汉背着瓜，两个塑料袋结在一起，前面一袋，后面一袋，好像过去的捎码子，搭在肩上，走在国道上。他们买的瓜真不少，这瓜的名字就叫伊丽莎白。雷宇早晨遛弯儿，看着很好笑，手机拍了下来。

很多开发商仍在开发楼盘、新建小区，人们还在热心买房子。没看到网上消息，有些专家预测，10年后，每家平均拥有6套房子，很多房子将空无人住，闲置废弃。好像危言耸听，仔细分析，还是颇有可能性的。假如10年后不会如此，我想20年后很有可能。20年左右，就是一代人。10年后青年人总量高峰过去了，房子的需求就会急剧下降。老年人越来越多，青年人越来越少，而房子在不断增加，世界就成了空房子。

钩机开到村口，被村里拦住，保护道路，交费放行。著名的植被生态之地，沟掌砍树修路，山坡被打成蜂窝。村支书说，还有县里最大官的股儿。当然，他直言不讳，说出的是官的名字。村干部工资很低，可自在潇洒。虽然不及城八关村干部富贵牛气，但手握"橡皮疙瘩"也为一方神圣。年轻的有能力的大都在外地做事，剩下老弱幼病残无资本理论，正是群众力量的薄弱环节，恰好有利于村官的政治割据，这是土生土长的金色根据地。

招商引资，借力发展。新农村建设，造势推进。

这几天镇里很热闹，省、市、县领导纷至沓来，媒体蜂拥而至，媒体也迅速重点报道。一农民勇敢保护国家财产，受到有关部门和省、市、县表彰，近百家媒体宣传报道。

在这个喧嚣的世界，注重个人利益的氛围中，竟然有人放弃私利，不顾个人安危去拯救与自己似乎不相干的国家重要财产遭遇的安全威胁，这是人类中的优秀和先进分子。这是小人物的高大，是底层的高尚，是草民的高贵，是平凡的伟大。不仅镇子就是远来县也在全国着实风光了一番。

天气大旱，玉米叶子卷缩，好多叶子边缘干枯，风一刮，"哗啦、哗啦"乱响。地里的热浪形成"忽闪，忽闪"的上升气流，好似无色的火焰。庄稼最怕"卡脖旱"，正是抽尖受粉的关键时候，无水滋润，雌雄干瘪，授受不亲，怎能开花结子哪。

村庄人们头戴沾水的柳条帽圈，宰杀大肥猪贡献牺牲，敲锣打鼓求雨。一轮不成，过了些日子，又是一轮。老天爷吃了一个又一个大肥猪，大概龙王有些过意不去了，拿人钱财、与人消灾，或许是有胆大人骂街，不给好处不办事，给了好处还不办事，难道把上天给百姓的恩泽都吃了回扣吗！都一样肝火过旺肾阴虚。"咔嚓！"一声霹雳，骂声消失了，老天爷拿起那沾水的柳条帽向天下挥舞着。但是，老天爷怒火中烧，一场冰雹把庄稼打的七零八落。

雨泽,千呼万唤始出来,错过了孕育的最佳时期,大幅度的减产和大面积的绝收,基本已成定局。

老天的启示,人在大自然中的力量几乎可以忽略不计。

牛儿:这会儿在么局呢?

雷宇:什么局也不是。

牛儿:管着多少人?

雷宇:几乎不管人。

牛儿:你那个单位多少人?

雷宇:没几个。不如你当个片长,起码管着一百多人吧?

牛儿:我这算个球!

牛儿:树林上哪儿去啊?

树林:上老虎背刨药材去。

牛儿:12345,上山打老虎。

树林:他们才是老虎哪。

牛儿:小心,既打老虎,又拍苍蝇。

雷宇:当老虎没资格,连个苍蝇都不如。充其量也就像个蚜虫。蚜虫就是咱们说的腻虫、油龙,在叶子上懒快快地吸点绿汤汤,有的叶子干巴巴的还很难吸。看看脸色就知道了,菜色。身体卷缩,不舒展。

牛儿:应今级别还不如你高,他就有油水。

树林:油水大着哪!

雷宇:他在部队当到营级。

树林:好像是教导员。

牛儿:现在这局长们可厉害了。林子也不弱。

树林:村里这么个小毛毛,连个油龙都比不上。

雷宇:级别高的贪官是老虎,数额巨大的小官也算老虎,村干部也有老虎。

牛儿:是,也有不少几十个亿的,还有上百亿的。算土豹子,豹眼子。

雷宇:也不是有钱就打,看它是怎么得来的。你不是官,非法所得,照样要打。

牛儿:好来的少啊!

树林:听说了吗,栓子的孩子考上清华大学了。

雷宇:知道全县今年考了 5 个清华,1 个北大。原来有他的孩子。

树林:那孩子忒强。

牛儿:忒是好的。

树林：不简单，这村里有了上清华的。

牛儿：远来是国家级贫困县，今年清华、北大对贫困县照顾 50 分，要不也难考上。

树林：是，要不一个也考不上。

牛儿：栓子家的坟地冒青烟了。

树林：风水先生就说了他们那坟地要出文化人。

雷宇：传宗接代的观念会慢慢淡化，现在农村与过去也有所不同了。

树林：是，没有过去厉害了。

牛儿：过去可着劲儿地生，五六个孩子了，还生哪。现在有的只有一个丫头，就不愿意生了。

雷宇：传宗接代的根本也会发生变化。随着社会的快速发展，科学技术可以越来越多地干预人的遗传。遗传物质，就是人们说的精血、骨血、血脉，其实就像长长的梯子，换一个梯子档儿，就会改变遗传。

牛儿：要是那样，谁都想换好档儿。

雷宇：不过这事，木匠换不了。

树林：得像他们那样上过清华的人才会换。

雷宇：比那还要厉害。

树林：既是祖宗的血脉，又比祖宗好得多，那还不多换点。

雷宇：所以就越来越离祖宗远了，原来的传宗接代就慢慢改变了。

牛儿：子孙们都做大官、发大财。都换了也行。

树林：你换，别人也换，不一定你的子孙做大官。

牛儿：发大财也行。

雷宇：这是完全有可能的。社会发展这么快，想想 30 年前是个什么样子，10 年前是个什么样子。今天你想到了吗？同样，30 年后是个什么样子，10 年后是个什么样子，根本想不到。社会发展呈现加速度，以后比以前发展的速度越来越快。

树林：到那时就都发大财了。

雷宇：人类会遗传祖宗的优秀基因，不断地更换不理想的梯子档儿。

牛儿：真是想不到啊。科学家都是木匠！

雷宇：现在科学技术已经研制出智能穿戴产品。比如，给你一块手表，它可以随时显示你的血压、血脂、血糖，你的亚健康、隐性病、基础病、慢性病、急性病、突发病的状况，都可显示出来，而且可以传输到云端，你看就像是传输到天上那朵白云里，其实就是网络。网络与医院、医生相连，医生立刻知道你的病情，马上采取措施进行及时有效治疗。

　　树林:这是尖端科学,不知什么年月才能施行啊。弄不好,永远也不会普及。

　　雷宇:现在京都正在部署实施,3年内,普及到三分之二的老年人。

　　树林:这么快?

　　牛儿:真厉害!

　　树林:咱们这儿没什么希望啊。

　　雷宇:这个你也想不到。

　　干勇:咋着老百姓也不沾光。

　　雷宇:现在国家不是取消了农业与非农业户口的区别了吗。

　　牛儿:取消也不行。

　　雷宇:过去人们羡慕非农业,实际农业才是正宗,要不怎么叫非——农业哪。

　　树林:那只是个名字,因为早先都是农业。

　　雷宇:你们是末代农民。

　　干勇:末代皇帝?

　　雷宇:末代农民比末代皇帝幸运多了。

　　矿山把廿亩地沟掌的山梁弄的七零八落,植被破坏,砂石遍野,泥石流隐患头顶高悬。村干部说不清、道不明,非法采矿有后台,40余名村民代表,奔赴县政府上访告状。

　　京城人在这里买了房子,带着朋友们来避暑游玩。星空,他们感觉无比新鲜。一个扑灯蛾,就让他们拿手机拍一夜,通宵达旦,兴奋狂欢,彻夜不眠。要是看到萤火虫,他们更会激动不已。还别说,现在萤火虫似乎很少见到。小时候,到了夏天夜晚,漫天繁星,蛐蛐"嗞嗞"地叫着,萤火虫飞来飞去,我们常常飞速地甩出手向那绿光抓去,有时真的抓到了萤火虫。

这个官儿,也就剩下开会了。

　　我想向组织上辞去领导职务,反正也不是多么大的官。组织没有批准。接着干吧,也不是什么要害,没有任何实权。

　　乔主任早到了四个山头,和我打招呼。你是从杏花村过来的。不是,从大桥下面。河里的水不多。是,我也是从那儿过来的。

　　红红脸,出出汉,排排毒。神清气爽,正是敲键盘的好时候。

　　开机用时 41 秒,击败全国 63% 的电脑,请再接再厉。键盘被敲得"喀喀"作响,这电脑还很耐实。

　　山上人们问我有几天不来了吧,我说是,懒,懒惰,懒加惰。懒惰,也是腐败,中年后容易懒惰,也就是容易腐败。朝代也是一样,到了中后期都容易腐败。腐败到极致,就会有起义或者改朝换代。历史就是这样,这是规律。

　　夏朝出了个著名的夏桀,拿女人当椅子坐,让商朝取代了。商朝后来诞生了腐败的商纣王,妲己鹿台酒池肉林,被周朝推翻了。周朝腐败,四分五裂,春秋战国,让秦朝统一了。秦始皇残暴荒淫,让陈胜、项羽、刘邦给推翻了。刘邦勇武,无为而治,可后代开西园卖官,腐败透顶,国家分裂为三。魏晋南北朝,都不可避免腐败,隋朝统一了。隋朝腐败得更快,被唐朝推翻了。大唐盛世,寿命很长,腐败更是五花八门,三藩之乱,土崩瓦解,烽烟四起,到处都是帝王。赵匡胤陈桥兵变皇袍加身,大宋时间不长就腐败了,积贫积弱,也阻挡不了腐败的颓势,唯唯诺诺、蝇营狗苟,苟延残喘,晃晃悠悠达 300 年之久,但最终无法抵挡辽、金、元三把头顶之剑,被蒙古军的铁蹄踏平了。元代的强盛是极其显著的,成吉思在蒙古语中就是强大的意思,名符其实。

　　元朝在统一中国的同时,进行了三次超大规模的西征。

　　第一次,从 1219 年到 1225 年 6 年时间,成吉思汗亲自率领蒙古军,灭掉了花刺子模,占领了俄罗斯中亚、伊朗、阿富汗的大片领土。接着,又于乌克兰境内的迦了迦河打败俄罗斯联军。

第二次,从1235年到1244年9年时间。成吉思汗于1227年病逝,享年65岁,这老头儿在皇帝中还算是长寿的。由他的长孙拔都和贵由、蒙哥等率领。这次蒙古军平了钦察,占领了俄罗斯,并进入波兰、匈牙利、奥地利等地。

第三次,从1253年到1259年6年时间,由旭烈兀率领,攻灭了部分伊朗和黑衣大食阿拔斯王朝,还进入了叙利亚的大马士革等地。

元朝真的超强盛。成吉思汗亲自征西后,儿子、孙子继往开来,相继征战。那时没有电话、电报,连飞机、汽车都没有,完全靠铁蹄征战世界,骑着四条腿的牲口一路踏平坎坷,驰骋亚欧。别说是打仗,就是骑马旅游,跋山涉水,跨越万水千山,到达波兰、匈牙利、奥地利都是不可想象的。朝廷与前方的信息沟通不知有多么困难,命令和战报不知需要多少时日到达,五百里加急,驿站鱼贯相随,马腿跑断,军差累死,信息都难以传达。所以往往有失去联系的,将在外君命有所不受的,自立为王的,反戈一击谋反的,都是可以理解的。鞭长莫及,难以统治。无论如何,它是人类历史上的一个奇迹。

元朝开疆阔土,使得疆域比汉唐盛世更加辽阔,有些地方还超出了今天的国界,如辽阳行省就统辖着包括库页岛在内的整个东北地区,应该是当时世界上的超级大国。而有些行为带有侵略性质,是侵略战争,尽管无比英勇,也不予表彰。这种精神如果用于反侵略战争和民族的自强,我们中华民族将无敌于天下。

话说蒙古军,作威作福,荼毒百姓。在蒙古军攻金过程中,中原地区的社会经济遭受到严重破坏。由于害怕被占领地区人民的反抗,蒙古军每攻下一地,都实行残酷的屠杀,使无数人民丧失生命。如攻下保州(今保定)、密州(今山东诸城)、卫州(今河南汲县)时,除工匠留下不杀外,其他人都一律杀死。大量掠夺人口做奴隶,称作"驱口"。今天的保定人,大都是工匠的后代,绝大部分是后来迁入的人口。

在皇室内部剧烈的争权夺利,官吏贪污、军队腐化。官吏要钱名目无奇不有,部属参见要"拜见钱",逢节要"追节钱",生辰庆寿要"生日钱",迎送要"人情钱",无事白要称"撒花钱"。到顺帝时,凡监察官职皆论价而得。民谣说:"天高皇帝远,民少相公多。"军队享乐奢靡,丧失了蒙古军战无不胜所向披靡的战斗力。

红军诞生了,红军也叫红巾军,迅猛发展,声势浩大,席卷全国。1335年,红军攻入河北,一直打到大都附近的通县,就是今天的北京通州,致使元顺帝一度打算逃跑。各地风起云涌,纷纷称帝,建立政权。蒙古军起事162年,忽必烈灭掉腐败的大宋,在北京建立元朝仅仅 89 年,就被红军给灭了。与秦朝相似,穷兵黩武的帝国是短命的王朝。

朱元璋就是红军出身,安徽凤阳人,出身于贫苦农民家庭,幼时曾入皇觉寺为僧。后参加郭子兴部红巾军,因为作战勇敢机智,逐渐得到赏识和重用,日见发达,势力猛增。提出:"驱逐胡虏,恢复中华,立纲陈纪,救济斯民。"前两句在今天听来是那么地熟悉,他一边联合捣灭元军,一边明里暗里把战友同事前后左右甚至主子杀了,自己就做了皇帝,建立了大明王朝。朱元璋的伟大在于他的战略不可效仿,否则你不仅做不到皇帝,甚至会失了老本,严重时会丢了小命儿。说什么他本是贫下中农,却代表地主阶级的利益,这是什么逻辑。首先代表资产阶级利益,然后才能代表无产阶级利益。怎么脱贫致富,显然不能像朱元璋那样,必须搞项目。怎么搞项目,必须引进资金。怎么引进资金,必须给优惠、给好处,站在资本主义的立场上、代表投资人利益优化环境。如果仅仅站在无产的立场上,谁也挣不到钱,无产永远是无产。

明朝比元朝强多了,但没想到,276 年的光景,让草莽李自成给灭了。难道也是腐败。大清更厉害,腐败了,让孙中山给灭了。国民党腐败了,让共产党给灭了。

对,那个朝代灭亡了,你都可以说,腐败呀!

腐败灭亡是规律,但是腐败也不是一概不可治理。

杀,已经杀了一大批省部级腐败分子了。刑法的枷锁开始夹在了大夫的脖子上。

学生暑假期间,又是星期天,游客较多。早饭,仙客来饭店座无虚席,服务员忙得火急火燎。男男女女,热热闹闹。美女游客手里牵着小狗,坐在木椅上吃包子和削面。小白狗偶尔发出"汪汪"声,它也是来旅游的,从自己活腻的地方到别人活腻的地方看看,一定不需给它买门票,否则,在统计旅游人数时,就得说多少多少人狗次。

突然想起与此无关的笑话,一人带情人牵狗游玩拍照,回来让朋友给照片题名,朋友题了:狗·男·女。简捷明了,诙谐幽默。不像有些名字,一大串字,长得无法让人记住。名字就是越简单通俗、越短越好,重名再很少就更见水平了。有朋友给孩子取名烦琐之至,重名虽然较少,但很难书写。我说假如你孩子长大当了领导,人家等他签字,他却迟迟写不好自己的名字。这怎么能当官呢?他马上给孩子改了名字。

党局长:现在孩子们真废。我邻居们在靠院墙的地方,有的点儿苗棒子,有的栽几苗西红柿。一群十多岁的孩子,摘下青绿的西红柿打斗嬉闹,弄的满街都是摔碎的生西红柿。他们还扳倒棒子秸,掰下嫩棒子,到处飞舞,搞的七零八落。

龚主席:正是暑假。有些半大的孩子还到处偷窃,一家家扫荡。有三个十五六岁的学生,连偷邻居家三次,民警说没有办法,年龄小。抓了放,放了抓。

卞主任:不抓不放没钱花。不是有警匪一家的说法吗。

党局:一般不会。所长家也被偷过好几次。

雷宇:这两年也不断地严打。情况还比较好一点。

龚主席:情况是复杂的。

卞主任:还有耍水淹死的。

党局:明天开会呀。

龚主席:秋收100。

雷宇:春季严打,夏季闪电,秋收100。

卞主任:冬季什么?

党局:不知道。

雷宇:又要涨工资了。涨多少?

卞主任:二三十块钱吧!

会计说是,上次是普调一个工资档次,这次是级别工资。

前几个月涨了二十多,现在又涨几十块。我老雷写作,每次一千来字,多的也就两三千字,有时只能写几百字,甚至几十个字,还有几个字的时候。

上午十一点多了,那边老卞又在电话上大声喊叫,中午还上那儿吧,现在挺紧张的,叫上老李和老赵。

去营业厅办点事。工作人员僵硬的脸上显示出阴云密布,与那程式化的文明语言极度的不协调。对不起,让你久等了。实际上也并没有久等。请问你有什么事需要帮助。说出要办的事,但她又说我们不负责这个事。

老党几个经常在一起的人,正准备去吃饭。再联系几个人,找俩喝酒的。老党的酒量大,酒瘾大。

二楼又在装修,轰轰隆隆,叮叮梆梆。两个副职的办公室由分别两间改成分别单间。其实以前就是单间,后改套间。现在外墙一拆,原来的门就露出来了。里面接墙开的门一堵,就成单间了。话说天下大事,合久必分,分久必合。原来里掏门外堵门,现在里堵门外掏门。掏门,堵门,循环往复,复辟轮回。阿门!

一楼也是开门堵门,轰轰隆隆,叮叮当当。好在著名的三楼不用堵、不用凿,原本不超标,甚至缺少匮乏,有的没有领导办公室。假如几十层的大楼,每层折腾几天,花钱多少不说,一年五十多个星期,很难正常工作了。

堵里门凿外门,各单位到处都在施工装修。一个公式,一个模式。施工简单,包工方便。要不是3D打印成本高,一台打印机就办了。也有个别的,改造后仍然超标一二平米,只好紧贴着原来的山墙又垒了一道墙,尽管又多花了不少钱,接出去的空间为零,因为连个墙缝都没有,但终于一点也不超标了。

又增加了不少的GDP。

财政局电话,刚报的办公用房情况可以,还要再报一次,市里要情况。在此之前已经上报了三轮,第一次是在半夜,国资办人命令,必须连夜上报。其实也有很多单位是在第二天填报的。现在公房文字表格报告成了一项主要工作内容。

下班了,活动办电话,通知领文件,周末准备系列材料,下周一上报。前几天报了民主生活会的一系列材料,昨天又报了组织生活会的一系列材料,现在又要一系列材料,不知是哪一系列,反正准备吧,现在写材料报材料是首要的工作任务。每开一个会,还要上报学习贯彻落实情况。汇报,是真功夫。

晚上照样做梦,一会儿,一伙人急急忙忙跑来喊,报!一会儿,又有一伙人火急火燎跑来喊,报——报。似睡非睡,似醒非醒,朦朦胧胧,恍恍惚惚。

市里整治文山会海。愚公移山,精卫填海。我雷宇不是愚公,我是智叟。

周五照例大讲堂。老提说,风雨无阻,雷打不动,两周一次,比例假还勤。

缘分的说法也不是无稽之谈。最近早晨上山较少,今天还走这边,跨越式攀登,一下子就上到三个山头。下山时突然又碰到他回来上山,他当了一个市直单位的主要负责人。

雷宇:啊!来了。

他:是。

雷宇:当主席了。

他:和你一样了。

雷宇:你是大主席。

他:也不是大主席。

又聊了一会儿。

雷宇:还上啊?

他:再上一会儿。

雷宇照样很世俗地问,经费是否充足,管多少人。到了村里,常常有人问我,是管什么的,管多少人。我雷宇几乎什么都不管,也几乎不管人,别说是与村主任比,连个片长都不如。我们村有个小学同学后来当了小队长,管几十口人,前几年虽然没有当上村干部,但当了片长,就比以前风光多了,人们说他的脑袋大了、说话声儿高了冲了,走道也不一样了,最后他终于没有继续升上去。

我雷宇的权限几乎没有一个家长管的人多,因此他们也就不屑一顾,我就红了脸,出了汗。

越是世故,越是和谐。升到了比自己高的位置,那就是没白混。

他身穿运动服,挎着相机,向上走去。

他的形象不错,是个比较好的官员。

一个人,熬到多大的官,才算一辈子没白折腾哪?

没进常委,到了政治局,人们还不免多有微词。

做官,高危风险,压力也很大,就像世界冠军,没有蝉联,没有破纪录,你就连个百姓都不如。

我雷宇做不了什么官了,还是朝着政治家的方向发展吧。

雷宇:忙什么哪?

监局长:清理办公用房呗。

雷宇:这事还不简单。里堵外凿。

监局长:什么意思?

雷宇:里面堵个门,外面凿个门。

监局长:还真是,概括的不错。这样说,就容易多了。

雷宇:现在不是时兴大数据吗!高度概括。

监局长:形象生动。

今天是不是起的太早了,是否与那天一样看错了时间。马路上车很少,不见行人。大马路向南,穿过国道,进入小胡同。这小巷常有狗突然"汪汪"着蹿出,要有所警惕。静静地,生怕狗们听到走路声。还好,走过来了。穿过小河沟,一片杨树林中夹杂着的玉米地,前面别墅人家有一群狗。这群狗好长时间不向行人扑叫了,但愿今天安定。忽然,急速的几声"汪汪",听着好像扑了过来。天色昏黑,只听到动静,看不到状况。凶险越来越近,只好返回绕道,穿过大河滩,树林中一人高的茂密野草,无路无人行走过的迹象。对面的狗不停地示威,似乎要冲过干河滩。虽然看不到,但我知道有条猛虎样的大狗。深一脚,浅一脚,几次踏进泥坑,恢复到上山的路途。

知道前面几家还有狗崽队,一般没有刚路过的地方厉害。心里还是很小心,谁能保证,咬主人的事还经常发生哪,宋局长和张主席都曾被自家养的狗咬伤,不是多么怕,打预苗多麻烦,而且仍然不能排除危险。

正在思考,"汪汪……"四面狗声,只听得"嗖"的一声,冲了过来,这次它们要来真的。我右手里的石头"唰"的一下朝那个方向飞了过去,紧接着把左手准备的石头倒到了右手。冲锋暂停后,又冲了过来,石头打出后,旁边摸不到石头,只好向右撤退,走远了一些。狗们还在凶猛地冲锋。这里摸到一个石堆,心情略微有些放松,天色已经不是很暗了,这时再有进攻,我的石头有可能让它们的脑袋开花。小时候曾经放过羊,我的石头打的很准。有一次,一只调皮的公羊,远远地不听招呼,我扔石头警告,它以为打不到它,撒着欢向远方跑去,我又一石头打过去,一下子击在它的两个大犄角之间。它倒在那里,再也不跑了,好大一会儿才站了起来。当然,我的心也软了一下,是不是惩罚有些过头了。石头越打越准,后来我就不打它们的头了。

这时,走过来一个老汉。他说别怕,没拴的狗不咬,你就大胆地走过去,你越怕它越咬。他拿着一把长柄雨伞,端在手里,走在前面。我感到这场景有些幽默。"汪汪、汪汪",狗们仍然不断攻击。原来有他家的几条狗,谁能保证百分之百不咬啊,主人也没有保票。

山上静悄悄,一路无人。上一个山头又一个山头,登上顶峰,天色一下子黑了许多,这是黎明前的黑暗。原来我是在半夜里独自一人来爬山,听说过夜游人有此类举动,我绝对不是夜游,就是时间看差了,起的太早了。后怕吗,山上的狗远了,但是近些年山里的野猪、豹子是有了,就是遇到兔子、狍子、獾子、野鸡,也会吓一跳。更别说绑架、杀人的逃犯了。不过,或许会立功。我有功夫,在公安、检察都干过。这也许不重要,我是圣人,有大无畏的气概。圣人,要有非凡的意志和毅力。

回头想象,无所畏惧,应该有深刻的辩证理解。

天亮了,发现身上粘了很多草屑和花粉,难道这就是拈花惹草。晨练也是娱乐,看花赏花,有时问问花的名字,有时拍拍花上的蝴蝶,这可谓地道的寻花问柳、招风引蝶。甜蜜的东西多了就腻了,探寻刺激成了有惊无险。

人们纷纷上来了。我雷宇终于又考了个第一。

上海,应用3D打印机,打印出了几栋新楼房。将来建房子,用3D打印就行了。

扶贫攻坚指挥部电话,你们怎么没来开会,把文件领回去。

又安排包村了,又包了一个偏远山村。

不是不能脱贫,是时间不到。时间一到,全都脱贫。不信?等着瞧。

老卞一边打着电话一边进了雷宇办公室。

雷宇:你看,中等城市50—100万人口。我原来写的并不错。100万以上为大城市。

老卞:大城市得300万以上。

雷宇:100万—500万是大城市。

老卞:500万以上呢?

雷宇:特大城市。

老卞:还有1000多万的哪。越来越大。

雷宇:国家定的路线图是,全面放开建制镇和小城市落户限制,有序放开中等城市落户限制,合理确定大城市落户条件,严格控制特大城市人口规模。

老卞:你怎么这么清楚。

雷宇:这不是大报上登着呢吗。

老卞:不好控制呀,大讲堂上那家伙不是讲了,城市规模不能人为地控制。

雷宇:有统计说,七成的进城人愿意进入大城市,只有三成进城人愿意落户中小城市。

老卞:控制不住。

雷宇:条件限制呗,居住证,积分制。着眼解决好进城时间长、就业能力强、可以适应城市产业转型升级和市场竞争环境的人口落户,提高高校毕业生、技术工人、职业院校毕业生、留学回国人员等常住人口的城市落户率。

飞仙山在崖壁上修建了玻璃栈道,号称是全国最高最宽最长的玻璃栈道,京都游客一下子来了很多人,有人说数万人。景区乱成了一锅粥,拥挤的人群中好多人无票钻了进去。缆车坐不上,大巴见不到,有些人徒步登上去,甩着僵硬的两腿走了十多公里的山路回来,大呼“上当”。

二中的路好走多了。原来埋下水管道被开膛破肚,埋好后打的水泥塌陷,马路中间形成十几公分深的沟槽,多年如此,折磨着行人。现在突然把洼陷的沟槽填铺上了沥青,与水泥路面结成一体,平整光滑,走起来省心节力,愉悦舒畅。大人物走了,尽管退了,毕竟是二号人物,无论何时何地,恩泽普备。

中午,我正炖土豆茄子西红柿,电话响了,去接时正好挂断了。县委来电,又响了。市明察暗访组在顺安镇,通知注意。

高铁上有人问我是做什么的,我撇开拇指食指说——八路。他们笑了。

国家会议中心有人问我是做什么的,我悄悄地说——共产党。他们笑了。

现在网络有人打电话称呼我王总,越说越亲切,干脆叫我王哥。我也就坡下驴、顺水推舟,叫什么都没关系,黄、王、皇不分,网名不算,反正我用过一百多个笔名,有些名字自己都忘了,名字吗,又不是自己叫的,人家叫什么就是什么。自己也一样,有时电话存个代号,时间长了,就把他的原名忘记了,他在我这儿,就叫这个名字。

侵华日军,在我们这儿,他们的名字就叫日本鬼子。侵华日军是他们的大名和学名,老百姓并不十分熟悉,皇军是他们的自称,老百姓最习惯的就是叫他们日本鬼子,一般索性就喊鬼子。小时候,经常听大人们称他们为洋鬼子。当然,他们也给我们起外号,叫我们土八路,东亚病夫,支那人。历经 8 年,他们打不过我们,也骂不过我们,最后投降了,在 1945 年 8 月 15 日举起了双手,9 月 3 日签订了永存人类史册的投降书,灰溜溜地滚回去了,被世界军事法庭审判。因为他们是侵略者,理屈词穷。现在,他们的一些孝子贤孙还时不时地参拜他们那沾满人民鲜血的牌位,其肮脏的灵魂和丑恶的"拜鬼"行径,为人类所不齿。其实,他们应该时不时地拿出那投降书来看看,以便反省和教育自己。军事侵略是这样,经济侵略、文化侵略,也是同样的下场。

网络的电话不断,每天好几个,有的连续打过来。听说他们有五六百号销售,现在来电话的大概还不到一成。其中有个人告诉我一个号码,让我屏蔽他们,我没有做。他们虽然也有些烦扰,但比以前的另外一种推销好一点。以前那些人像狗皮膏药粘你,一次接一次地烦你,你不买,她就诅咒你。好在本人有把诅咒反射回去的本领,而且力度更大。作用力与反作用力,方向相反,在这里大小不等。

电话上,不断有人问怎么称呼。我是胡必烈。他们惊讶,我转而缓和气氛说是姓胡的胡、古月胡。他们只好硬着头皮叫胡总。是做什么的。我是做梦的。

雷总,您没在北京呀？我暑期办公在太行山。何时回京。约定无期限。百度上看到您的信息。什么信息。还有什么。没有了。那就对了。您不计划做网站和客户端吗？不做。为什么？天机不可泄露。您是做什么的？不可泄露。

东三环马路,车流像两条河相向而行,更像是两条笔直的水渠彼此对流。夜晚,河流灯火通明,似万家灯火。河灯荡漾,荧光闪闪。双井桥,国贸桥,长虹桥……

售楼小姐晚上还打电话。南五环外复式结构,100 平,150 万;70 平,110 万。小户型,卖得多。

全国房价都降了,连人们常说的北上广,就是北京、上海、广州,都出现了从来没有的下行趋势。常规说,商品房合理存量在售期一年半左右,现在达到了四年多。四年多时间才能卖完。当然,四年中会增加客源,但四年中更会增加房源。房地产热的惯性很大很持久,而且政府总是会推波助澜。还有,不动产登记的风声,会使投资购房大量抛房。

很多城市解除了限购。

很多人耐不住了。救市,救市!

真要救市,吃亏的仍然是广大的老百姓,抑制房价过快增长的意图就要泡汤。房地产是暴利,应该把房价降下来才合理。买房人都希望这样,但卖房人肯定会相反。同样一人,在买时愿意价码低一些,抛售时自然总想弄到高价。关键要看价格是否运行在合理的区间,中国的房价为什么这么高,难道仅仅是因为人多地少吗？

马总说,再吃饭我拿上家乡的西凤酒。

雷宇:那酒不错。

马总:李自成爱喝的酒。

张总:李自成是什么时候？

马总:明朝呗。

雷宇:1644 年二月,李自成统兵从西安出发,渡黄河东入山西,对明朝进行最后的冲击。二月八日破太原,三月一日破宁武关。明总兵周遇吉凭关死战,李自成军伤亡数万人,这是李自成进军途中所遇到的最大抵抗。三月七日,李自成进抵大同,总兵开门迎降。三月八日,李自成至宣府,就是现在的张家口宣化。明巡抚朱之冯登城督战,令士卒发炮,士卒皆不应,自己亲自去发炮,士卒又争挽其手。明监军太监杜勋,总兵王承允争先纳款,朱之冯自刎而死。三月十四日,明居庸关守将唐通献城投降。三月十六日,李自成由居庸关入昌平。三月十七日,进围北京,明城外三大营皆溃降。三月十八日,明太监曹化淳开彰义门,就是今天的广安门,李自成军进占外城。三月十九日,明崇祯帝朱由检在万岁山上吊。万岁山就是景山。李自成军破内城各门,李自成骑马进城,入承天门,就是天安门,登皇极殿。城内人民皆设案焚香迎接,在门首大书"顺民"及"大顺永昌皇帝万岁万万岁"等条幅。

张总:雷先生就是知识渊博,怎么这么清楚?

雷宇:我经常研究历史,有些书生气。

马总:闯王英勇,李哥威武啊!

张总:李自成为什么从西北过来。

雷宇:这是兵法战略。布阵在右后高、前左低的地势。

张总:可惜老李在北京首尾不过42天。

马总:都知道那个吴三桂。

雷宇:吴三桂正在准备接受劝降的同时,李自成的开国元帅刘宗敏占有了老吴的爱妾陈圆圆,并执其父吴骧拷掠。老刘只懂军事,不讲政治。只顾自己喜欢圆圆,却丢了李大哥他们的江山。当然,老吴只是个焦点,清兵入关是迟早的事儿。李总等是招架不住的。美人情妾,只是个榫头。

张总:当时,清军势不可当。北国鞑子,使人胆破心惊。

雷宇:努尔哈赤建立后金,儿子皇太极改国号为清,孙子福临继位,多尔衮摄政。这多尔衮是滚地雷,一路南下,占领了北京。把北京弄成了大城市。

马总:元朝时,北京就是国都了。

雷宇:实际上,夏商时代,房山就城镇化了。

张总:原始社会,这里的山顶洞人可能也不少。

雷宇:大清的强盛也是一时的,最后也腐败了,让北漂的孙中山给灭了。

张总:东方红,太阳升,是北漂最成功的。

雷宇:他们有法宝——两个务必。

马总:现在这兵家必争之地,是限制城市规模。

张总:要建设京津冀城市群。发展北京周边城市。

雷宇:明朝朱棣做燕王时,京津冀就一体发展。

张总:周朝时这里就是一个诸侯国。

马总:本来就是一个区域嘛!被行政区划割据了。

雷宇:行政区划要为地区发展服务。

马总:这里的行政区划有可能改革。

张总:有可能。

雷宇:起码可以让个常委统领起来。

正义的反侵略战争也是必须的。但兵法的最高境界是不战而屈人之兵,能用和平的方法、文化的办法解决矛盾和冲突是最高明的。人类越来越文明,野蛮愈来愈失去阵地和市场,善于利用和平发展解决国内国际争端的人,将会成为人类中最伟大的人。

登革热是死亡率极高的流行病,广东已经发病3万多例,广西、云南、福建等数量也不少,但社会气氛并不紧张,感觉不到人们的恐慌。埃博拉更是恐怖,新闻报道,一个小国家目前只有4千个裹尸带,预计需要8万个,这是个令人毛骨悚然的消息。

香港导游一再强调,那几条热闹的街道不能去,"占中"折腾得很厉害。

版图上看,台湾像漂在太平洋上的一叶扁舟。踏上宝岛,感觉它的地域还是不小的,3万多平方公里,2.3千万人口。日月潭的名气太大了,它本身就很美,再加上声名远扬,越来越美。崭新的舟船冲浪于山涧浩水,山水一色,碧波荡漾。人们纷纷观景拍照,确切说是只顾拍照、忽略了赏景。文人们早已描写的不厌其烦了,本人就不再多费笔墨了,这么洁净的胜地,更能激发人的节能环保意识。导游说,一个像日、一个像月,所以称日月潭,实际上人们很难看出像日像月,自己看了50多年了,也没看出来。

登上小山顶,我看到一边圆圆的可以说像日,另一边可以说像半月,日月潭名副其实。站得高,才能看得清。其实,像不像也不重要,名称嘛!关键在于潭水之美。

山坳里金碧辉煌的庙宇熠熠生辉。山腰间生活着古老的邵族,船公说他们是阿里山的邹族后裔,现在仍然过着母系氏族社会的生活。

阿里山的名气更大,一首歌就把它唱火了。人们争先恐后地与姑娘合影,后来一问那姑娘是大陆东北人,看她膀大腰圆就像大陆北方人。土著邹族人早就搬出去了,姑娘小伙都是外地来的生意人。这也无妨,文化旅游,红红火火。

喷灌滋润着茂盛的茶园,梯田像幅亮丽的油画。一座座歌舞厅装点着美丽的画卷。香蕉果旺盛地生长着,顶端一朵紫红的大花蕾含苞待放,我得把这个画面拍下来。

那个阳具图腾直挺挺的,黄黄的像是木头刻的,我问这是什么木头,同行还没回答,一旁的姑娘抢先说不是木头是泥塑,风吹日晒木头爱开裂。真像木头,听到是泥塑,立刻对它的阳刚打了折扣,还有些僵硬,没有流畅的线条,不够生动形象,缺乏神韵。

同行给我手机请我给他拍照,他坐在下面的椅子上靠着图腾,我开玩笑说你站着都没它高,你还坐下。

书画展开始了,大厅三面墙壁挂满了书画作品,主席台上连续不断地颁发着奖状。竞选议员的女士也上台作了简短的讲话,一传十、十传百地拉着选票。

导游坚持加收700元,说是公司定的。人们意见很大,僵持两天,后来降到400,人们都交了。

好在一天一个宾馆,这个马桶似乎堵了,四海翻腾云水怒。

导游说,先去扁瘦,再去驾蹦。扁瘦是解手,卫生间叫化妆室;驾蹦是吃饭。

我们正在化妆室办事,我感到微微晃悠了一下,我说可能是地震呢。少顷,旁边人说是,感觉有些晃荡。次日新闻播报,有地震发生。轻微地震不会形成危害。台湾是地震多发地带。

宝岛牌香烟上标明,吸烟会导致性功能障碍。这比"吸烟有害健康,戒烟可减少对健康的危害"更有力度,同室的人,吸了两根就没烟瘾了。宝岛人厉害。

我包里顺便带了两本自己的著作,后来仅剩一本,在车上人们都想看,有的要晚上看,但坐在后面的香港的叶总坚持要买,我说好多人还想看呢,还是被他拿走了,他硬是把400元台币塞进了我的口袋。

行程即将结束了。那个老先生原来就常常拿过导游的话筒,时而吟诗,时而歌唱。吟诗时,后半句也是歌唱,像古代的夫子,但总是半途而废,不是说自己调子起高了,就是说忘记歌词了,总想表现,总是表现不佳,引得人们大笑。

说实在的,他的嗓音还是不错的,听得出来,他没有练过。

最后,老先生一再坚持让大家记他的联系方式。请大家记上我的秋秋。他把QQ念成秋秋,这是我第一次碰到,我想大家一定也是首次。我的秋秋号是……自己也记不清了,重来,我的秋秋是,我的秋秋是……开始大家可能处于尊重,依然严肃认真地听着,不管记不记一般不出声,竟然有人说再说一次。他一而再再而三地念叨秋秋、秋秋……大家实在忍不住了,捧腹大笑,有的笑得抬不起头来,有的笑得肚子疼了。

忍不住的笑,是最厉害的笑。憋不住的笑,是最彻底的笑。

我是个极度严肃的人,仅仅笑了一部分。现在还想笑,就把它写出来了。据说有什么心情,把它写出来,就释放了。不然,自己总想笑,就改变了自己不苟言笑的性格。

叶总发来信息说,感觉我的书对读者很有益处。甚至每读一篇文章,就发来电子邮件,谈良好感受。现在连续几个邮件,说"看到您写的抗日战争的文章,那是我看到的有关抗战的最好的文章"。

我办公室的墙上挂着中华人民共和国地图和世界地图。我盯着那台湾板块,似乎发现它在不断地向大陆漂移,越来越近,越来越近……

这里邀请开会,那里邀请开会,还有所谓的部司会议。我雷宇最不缺的就是开会了,我比华威先生开的会还要多。开会是我挥之不去的事情,比饭局还要丰富十倍。

客户端,域名。我悄悄地来了,正如我悄悄地走。

会计所经理说,钱是她们挣了,我没挣到钱。我说你的员工挣了钱也是你挣了钱,况且她们收钱也是通过你的,实际上她们也是为你收钱。

黧黑面庞的经理有些语无伦次。不就是报个税吗,还总想多要些,要大价钱。钱嘛,会使人有五花八门的表现。

出旧宫,不回头。

中午吃驴肉火烧,周艳问夹什么肉,我说驴脸吧。

尽管没有经营,为了了解情况、体验生活,但避免关键时没人认可,还是把注册的公司转让出去,这样就没有后顾之忧了。

长子营。新建成的十层办公楼旁边,又一幢新建筑正在紧锣密鼓地施工中,公交站畔食品棚车,热热闹闹。有买煎饼的,有要里脊薄饼的,有的边走边吃着鸡蛋灌饼。一群一群的 20 岁左右的小青年,急匆匆地赶往公司、车间上班。北漂的娃娃们,像一团一团的游鱼,午饭、晚饭又来到附近的餐馆就餐。他们年龄很小,收入不高,但紧身的衣服裹挟不住青春的魅力,洋溢着无限的朝气和活力,稚嫩的面庞预示着不可预测的未来。

早晨,我也经常在这里买饭,各种营养粥还是不错的。顺便颐养眼目,吸收些青春的气息。

当然,我雷宇也经常与老年人一起开会、出国,那时则感觉到自己身上的年轻韵味。

我说好长时间又不见刘总了,张总说刘总又有艳遇了。

说是艳遇,其实那女人并不漂亮。开会时,她就向刘总靠拢。本来也没什么事,可会议结束了,她来到刘总房间想道个别,正好同房间人已经结帐走了。刘总一直也没什么感觉,马上都要走了,但二人突然涌出欲望。她说再见,他没松手,她说她们在大厅等着呢,但她也没松手。握手发展成了拥抱。刘总的手进入了她的胸部,一会儿到达腋窝,毛茸茸地增强了内心的热流。在床沿上,他发现她那里很白。但他对自己的表现不满意,说太紧张了。

虽然拉着窗帘,可这是一楼,似乎外面有人经过,这宾馆还是兵馆。

他说用水擦一擦吧,裙子粘湿了两片。同路人电话叫她,她没擦洗就急忙走了。后来他打电话,她说去商店买衣服去了。他想,裙子尽管是深色的,但干了也会有斑,还要坐火车。应该换了裙子。

你是怎么知道的,编的吧。张总说,他酒喝多了我套出来的。刘总透明度很高,反正也不太避讳这些。

张总:最近刘总在街区搞了一件雕塑。

雷宇:老刘净弄艺术建筑。

张总:听说上海城区雕塑有3500多座,约有2000座是2003年后建设的。

雷宇:2014年10月31日,是首个世界城市日。在上海举办。

张总:城市建设中要有浓厚的艺术味道。要有上档次的博物馆、艺术馆、美术馆和街头雕塑。

雷宇:艺术会成为城市现代化的一部分。就是要让公共艺术融入城市,融入生活,使公共艺术不再被排斥在城市整体设计之外,不仅仅作为城市的点缀和装饰。现在不少国家都有"百分比艺术建筑"制度,就是立法规定,公共工程建设总经费中要按照一定比例设立艺术基金,支持公共艺术品建设。

张总:公共艺术不是"烧钱",是城市的文化品位、文化韵味,也能带来经济效益。

雷宇:对。城市发展到今天情况越来越明朗,新型城市应该是文化城市、艺术城市。

在百姓跳蚤市场,我问长安大饭店,有人说就是陕西大厦,转过去就看到长安大饭店字牌。

豪华的大厅等了一会儿,在二楼开始洗脑。女博导讲的还真不错,循序渐进,娓娓道来。还是购买客户端,旁边负责的工作人员终于没有说服我,而是被我雷宇说服了,销售被客户销售了。他认真地洗耳恭听,聆听我雷宇的理论。我的目标是解放全人类,何况他一个毛头小伙子。他问我应该做什么,我说做这个也不是不可以,当然要有阶段意识,将来你很难预料得到,或许五十年后你就生活工作在其他星球上。他似乎很认可赞同,表示完全有可能。

工作人员单独给我上了一杯热饮。

飞翔的翅膀合拢落地,回到了上地。

这段时间儿子很忙,儿子生了儿子,诚然,准确说是儿媳妇生了儿子,儿子有了儿子。等这小家伙像我这个岁数,或许就是外星人了。

刚刚软着陆,翅膀又忽闪起来。

客户端,也就是个云端。

我雷宇飞起来,是要超越云端的。

老龚:这一段也不见你,又去美国啦?

雷宇:没有,老去美国干什么?

老龚:美国美,美国强呀。

雷宇:是啊,美利坚吗!

老龚:老卞又不在了?

雷宇:说是去市直办事。可能周末顺便回家了。

老龚:他家就在市里住啊? 夏天热烘烘的,不享福。

雷宇:他把老大安排在市里上班,老二在市里上学,老婆随着照应。

专家讲,不要把地面都变成水泥,把河道硬化,要让水回家,补充地下水,这是对的,但我把云彩看成水的家。水下降,到基层,滋润万物泥土,补充地下水。水蒸发上升,变成云彩,又回到了自己的家。到底是地下是家,还是云彩是家,如同鸡和鸡蛋,无论如何尽量顺应大自然。蓝天和大地都是人类的家园。

今天的大讲堂时间短,正好县里接着开会。县委通知时就说,大讲堂后,叶书记要发表重要讲话。

政法委书记通报正在进行的严打情况说,筑牢铜铁。紧接着又说,铜墙铁壁。

庹县长:当前,信访稳定情况十分严峻,进省进京,络绎不绝,影响非常恶劣。经济运行极度下滑,上半年财政收入比预算少收了 3 个亿,比去年同期还少,仅仅相当于前年的水平。完成任务量,全市倒数第一。园林城市建设的压力很大,项目建设困难也不少。扶贫任务艰巨,全县 8 万贫困人口,占全省第一,今年要完成 2 万人口脱贫出列。

叶书记:现在我们总的发展形势很好,有的人总是不在状态,远来难道就是这样排名的吗? 倒着数。有的部门,交给你一个信访案件,多长时间了,你连个屁也不放,干什么去了? 辛苦,你的成绩在哪儿。有的乡镇党委书记、乡镇长,你跑到县级领导的办公室扯淡你有时间,你以为我不知道吗？翻闲话、扯老婆蛋。看你们惹的那些麻烦,昨天庹县长喝了一斤酒,谁愿意跟他们喝呀,人家也不愿意跟你喝,还不是为了把事摆平。

不管年终考核结果排在哪个档次,末位的要进行诫勉谈话。我们一定还要争创实绩突出县。

叶书记今天的重要讲话时间不长。

实绩较差,甚至实绩比较突出的诫勉谈话,还可以;排在实绩突出末位的,也要诫勉谈话,就太不合章法了。

出了会场,马上把手机由振动调回标准模式。有好几个未接来电。

新电话马上来了。

市直领导:雷,你们那儿现在特别困难啊？

雷宇:是,刚开会县长还讲哪,开工率低,财政吃紧。办公经费也要减,去年下半年就全部压缩扣减了各单位的办公经费。

市直领导:办公经费也要减？

雷宇:是。

领导:我有几个朋友今天去你们那儿玩,我现在在省里,过不去,你帮我照应一下,就说你是我的下级,代表我去看看他们。请他们吃顿饭。

雷宇:行。既然是你的朋友,单位没钱,我个人出钱招待一下。

领导:那就算了。你去看看他们。都不错,有一个是退了的副厅长,喜欢摄影。

雷宇:好,我去看他们。

这次电话,他没像前天那样骂骂咧咧的,尽管我有理,不跟领导计较。今天他或许想顺便启发我。我不知变通一辈子了,现在还想开窍吗！其实也不是不知变通,只是不愿意那么做,那样做了,那还是我吗？一辈子都没升上去,也没想着怎么升,到现在还能把自己丢了？丢什么都不丢自己！

我雷宇从小就个性鲜明,母亲说我"各自"。这"各自"是方言土语,范围不是很广泛,但它是颇生动形象和确切的。"各自",与谁都不一样,是个性,又突出,固执任性,倔强恒常。在特定的环境中,"各自"是"个性"无法完全替代的。

清早,母亲让我推碾子,我坚持背土垫圈。在菜园里,我背架子上的篓子快装满时,母亲把背架子推倒了。我支起背架,又一锨一锨地往上装土。背架子上的篓子距地面有一米五左右,很大工夫才能装满篓子。土快满时,母亲跑来,又一下子给推倒了。我重新支起背架,再次装筐。背架子又被推倒了,我接着支起装土……最后我终于干了背土垫圈的活儿。

当我把背到猪圈里的一个个土堆散开、铺垫均匀时，南道上生产队长高声喊，去白草沟刨地去了！喊了一声又一声。我拿起镐头出了家门，向西走到捣石猫沟，翻过高高的北山梁，去了白草沟。

背了一早晨土，不吃早饭，抡起大镐，与早晨没干活吃早饭的大人们刨起地来。开始就有些心慌，干了好半天，队长终于说歇了。把软软的身子硬是挺起来，坚持把镐抡过头顶，虚汗像大雨一样从脸上淌下。有人说你闹一发子了吧，我说有点，队长说你回去歇着吧，我说不用，没事。终于盼到第二歇。说实在的，歇头歇时，老汉们抽烟锅，我就累趴下了，想躺在草地上，却爬在了被太阳晒的滚烫的磐石上。歇二歇后，再干一会儿，就散工了。这是希望。

母亲非常心疼，但不表示有错。晌午还是吃了些饭，下午我又坚持出工了。我的意志和毅力，队长是佩服的，大人们都佩服。我仅仅是个刚从学校门出来的十四五岁的孩子，只是像玉米拔节一样猛蹿，个子挺高，每天出工，一天不落。

娘说，真是各自，世上哪有你这样的人。我说，没有？那我是哪儿来的！

母亲吃苦耐劳，除了我的"各自"以外，母亲是最喜欢我的。父亲又是解放战争又是抗美援朝，走南闯北，见识多一些，似乎知道我就如"规律"一样，吃顺不吃呛，很少强硬地管教我。我学习好，干活行。老师喜欢，同学亲近，队长爱护，社员照顾。母亲感觉，我只是"各自"，但不淘气、发废，不做坏事。人们经常夸奖我，母亲脸上有面子。

高中后，我基本上就是绵羊式的书呆子了，但江山易改、本性难移，我知道我确实有些"各自"。现在我也承认，我依然有些"各自"。

"各自"，也要辩证看待。皇帝世袭，总统换届，联合国秘书长按届更替。只有我是世界上独有的"这一个"，谁也替代不了我。一个是有我的世界，一个是无我的世界，这是截然不同的两个世界。一个有我，一个没我，这完全是两回事。

我这个活生生的人，就是文学作品中的典型人物。不用性格刻画，不用比喻描写叙述修辞。我就是文学，文学就是我。

按照最近联合国的说法，我雷宇正值中年，现在对青年少年幼年进行回头看，对照检查，立行立改，建章立制。将来进入老年，同样进行回头看，对中年进行对照检查。是否要改掉"各自"的缺点？

我一贯不知变通，以不变应万变，特别是 35 岁以后，停滞不前、山河依旧，还好生态保护的不错。一成不变，却成了跨越发展。队伍向后转，我雷宇做了前卫。在我"各自"的性格中，又充满着叛逆、变革、改革和革命的思想精神，这好像是矛盾的,但的确共同存在于我这个"各自"的统一体中。

我雷宇是很孝敬父母的,孝敬的方式也很"各自",主要存在于内心深处,有时甚至表现在经济、文化和政治上,有时方式方法简单甚至有些粗暴,可我认为很实用,心灵深处就是希望他们健康一些,更长寿一些。我认为,对父母的孝敬,也要反对形式主义,甚至反对官僚主义,更要反对享乐主义和奢靡之风。要帮助他们保持健康的心理和肌体,而不是摆花架子,做给人看,好大喜功。

伟人说,学马列要精要管用。我雷宇认为,孝敬父母,也要精,要管用。

活动办通知,上报奢靡建设情况。很幽默。

又摘了一盆院里鲜嫩的生态豆角,有的绿绿的,有的紫紫的。晚饭依然在阳台吃着土豆炖豆角,看着天上的蓝天月亮。突然财政国资办电话,要求马上领取报表,连夜上报办公用房清理情况。办公用房问题半夜上报过两次了。报了十来次了,又要求上报。原来是省部级对下的统计表,原文照搬。都是这样,都写无,都填零,必须盖章上报。天上的表格像雪片一样飞来。兵来将挡,水来土掩。十八般兵器,还会有大量的系列的汇报材料,连绵不绝。文字就是工作,工作就是文字。弄好了材料,就是做好了工作。

夏天是卡脖旱,庄稼灌浆时期却连阴雨。这种连续秋雨,哩哩啦啦,潮湿阴冷,老百姓称其为秋傻子。老天爷总会有所表示,不晒秋老虎,就弄秋傻子。

这件衣服太厚了,洗完晾晒不干老天就下雨,在屋里阴干,衣服有了怪味。晴天再洗,晾晒不干天又下雨,又有了异味。晴天再洗吧,不与老天呕气,宁可老天负我,我决不负老天。快一把年纪了,两把年纪时也是一样。

又安排分包两个贫困学生,给钱给物,给思路。打一枪换一个地方。

明察暗访的来了问,你办公室的另一个人哪去了,我说请假了。请什么假。因为我感冒了。你感冒为什么他请假。因为怕传染,我坐阵离不开。

县委又打电话,刚发奖励教育的文件要收回。已经告诉找不到了,还要。写个说明,送到县委来。没人送。明天下午开会带到会场。

以前也干过类似的事。覆水难收,驷马难追。

昨天给了贫困学生 1 千多元的图书和 2 百元现金,春节还要给。这次所包贫困学生情况一般。她姐姐已出嫁,父亲在外打工。

资助了一些困难学生了。有一个学生父亲瘫痪,母亲在外给民工做饭挣点钱。还有一个小学四年级学生,姊妹三个,父亲在外打工。还有一个高中女生,长得有些胖,到现在已经很多年了,只记得副校长把他叫到学校办公室,我每次给她三百元钱。

贫困户也要给。希望工资再长点。

从前我也开过玩笑。骑自行车走了十几里,去了所包的农户。那家是贩野味的,刚买了崭新的三轮车。我说,你看你比我还强哪,你还有辆三轮车哪,有机会你也帮帮我,他会心地笑了。

我遇到的情况还不希奇。卞主任那次去所包贫困户家一看,崭新的大房子,大儿子在单位上班,二儿子开着饭馆。龚主席去的一家更是红火,拥有好几辆大卡车,说是大八轮、后八轮。监局长到户,大门紧锁,找了半天才见到人。一伙少妇,穿着光鲜,正在打麻将。老监上前一看,哇!带咀的,比我打的还大。

欠债不好要。比较起来,我还是愿意给钱。催债不好做,要钱不如给钱容易。给钱好办,先从容易的事做起。

过去经常宣传拾金不昧,实际上,根本就没几个钱儿。现在人们有些钱了,也很少见到有人丢。因此,我就不想那拾金不昧的事儿,即使碰到了也要路不拾遗。

又看到了这段话。又是有能力的奸臣威胁君位的时刻,逼宫的逆子,违背新老传承之道,来势凶猛,为德法所不容,必然被杀被焚被唾弃,死于非命。

纪工委书记电话,市里办公用房出了些问题,市纪委来人要量领导办公室。我这里根本就没有领导干部办公室,同样坚持要量。量吧,达不到最低标准,要把不足甚至严重缺乏的数额给我补上,增加配备办公室。

鸡零狗碎。鸡犬不宁。鸡鸣狗盗。鸡犬升天。

很多教授讲课,都拿他自己的老婆开涮。

书记县长没参加,大讲堂结束即刻散会。

小袁:雷,有车吗?

雷宇:我与老卞一起来的,还和他一起走吧。

下楼出门看到了老卞。

老卞:小袁,讲得怎么样?

小袁:讲得真好。你看人家的语速多快。

老卞:你这大美女都说好,看来讲得就是好。

小袁:你看人家是同济大学毕业的。

小袁开着自己的红车走了。像美女侠坐骑枣红马扬长而去。

老卞:远来城弄的乱七八糟,哪有中轴线?河流湿地也不规划治理。

雷宇:怎么没有建设治理?飞仙湖不就是个河流湿地项目吗!打坝蓄水,周围盖楼。这几乎是各地的普遍模式。水是很重要的。

老卞:当然,水是生命之源。有水,才有灵性。有水,才有风景。

雷宇:也不是绝对的。世界第一大旅游城市——美国的拉斯韦加斯,是在大沙漠之中建起的旅游城市。

老卞:就是赌博。

雷宇:也不是那么简单。我去过,了解那里的一些情况。

老卞:赌博带动的相关产业嘛!

雷宇:世界娱乐之城,也是世界文化之城。娱乐是多元的,文化也是全方位的。

车子路过小学校大门口,正好赶上放学。马路上一孩子嬉闹,猛推另一孩子,老卞急刹车。

老卞:多险!

雷宇:注意点。

老卞:突然那么一下子,防不胜防。

雷宇:学校门口提前减速慢行。慎重些,就会好一些。

穿过国道大马路经过一路上坡,刚准备加速,又到了另一所小学门口,两旁广场停满了接孩子的车辆。

老卞:这街上车真多。几乎家家都有车。

雷宇:有的专门为了接送孩子买了车。

老卞:你兄弟送货的三轮,也是车。

雷宇:那算什么车? 对,三轮车!

老卞:我们这个家族都有车,而且都是好车,一家最少一辆。

雷宇:我们家车少,我哥姐家有,也不是高档车。

旁观者清。不开车者点拨着驾御者。

到了单位对面,小袁也几乎同时停车下车。

我的驾照在匣子里沉睡多年了,只用过一次,就是验照。不用,可以有,必须有。就是买了车,也许会如此。

考驾照时,要求已十分严格。有人说外地好考、交费就能通过,结果更是严格。教练手里的小木棍把有的人的手指都打出了毛病,补考几次都没过关。有的开车好多年了,就是一次次地补考。矿上有个人8年驾龄,却连续补考也没听到他过关的消息。补考需交费,教练说交费就能过关,事实上在不断地交费依然不能通过。

我是被关照的。驾校校长破例坐在后面,"左打、右打、回轮儿……"把考官气得满脸铁青,"是你考还是他考?"终于亲自过关了。

我雷宇是个不识时务者。几乎是几项全不能。琴棋书画,吹拉弹唱,样样不通。有时简直觉得笨得有些可爱。圣人说无用之用,我大概就是那种无用之用的大用,大器无用,大器之用。不能给家庭和单位带来福利,那就为人类谋福祉吧。一屋不扫,就扫天下。

什么也不想干,光想着治理国家,就想引领人类。马克思连个科长都没当过,一下子就当上了全世界无产阶级革命的领袖,把全世界无产者联合了起来,肩负起了解放全人类的神圣使命。

老卞上楼边走边喊:雷宇,雷宇。走,开会去。

雷宇:开什么会?

老卞:哎,都有啊,没有你?

雷宇:我没接到通知,可能是部分单位或有关单位吧,也可能是要害单位吧。你要害。

老卞边走边说:这个楼上就我一个人去。

好像是自得,又好像是抱怨。

开会很烦,但开会也是一种权利规格待遇和身份。

飞仙山似乎是火了。玻璃栈道建成后,在京都搞了强大的宣传促销攻势,号称是全国最高、最宽、最长的玻璃栈道,京都人蜂拥而来,景区爆满,人满为患,秩序混乱,最后索道、大巴难以承载,有的人步行十多公里高山险路才下山返回。国庆节,大批游客紧接着蜂拥而至,景区只好劝返过剩的2万游客回京。周末也是人山人海。一张煎饼裹肉卖20元,一碗方便面卖20元,一个煮鸡蛋5元,甚至一杯白开水也售5元。一对京都来的老夫妇200元买了两把山韭菜,如获至宝,认为物有所值。

天冷了,游客渐渐消失了。游览期太短了,而且县财政只能拿到少的可怜的承包费,税收几乎无几,只能是极少数老百姓短期内火急火燎地挣些票子。

应该延长旅游产业链条,增加非夏季旅游项目,比如冬季滑雪项目,比如矿业旅游项目,比如人文旅游项目等等。

大讲堂秩序很好,几乎没有人交头接耳,鸦雀无声,好多人低头玩着手机。手机就那么好玩吗?在无聊时,或许手机就是有意思。这与大城市公交地铁上的情景非常相似。他们要乘坐大讲堂到达目的地。大讲堂是高铁,大讲堂是宇宙旅游飞船。

亚洲峰会安保会上,叶书记讲,你不愿意干可以不干,腾出位置来,我可以连夜召开常委会。一个乡镇党委书记、乡镇长,与村支部书记称兄道弟,喝了酒想怎么说就怎么说,想说什么就说什么。你是那个地方的战区司令官,有没有点威严。烽烟四起,乌烟瘴气。这几天通报了几个单位和乡镇,再有着火的,免职查办。

叶书记进一步说,今天庹县长没在。全县的经济也是一样,不能说形势不景气、铁矿石降价就交代了。人代会上代表不听你这个……

我旁边人悄悄说,别再说了,翻来覆去那么几句话,有什么可说的。我说,你不让他说不行,他是书记。台长小声说,新闻没法播,有用的就那么一两句话。不全播不行,全播也不行。

叶书记继续说,当前要做好四中全会精神的学习宣传贯彻,坚持依法行事。现在到年底还有 2 个月时间,我们要争取实绩突出县,时间紧,任务重,礼拜也不休息了。

有人私下说,还是五加二,刚说了依法行事,紧接着就又违法。也有人说,党的领导,书记这样不算违法。

大讲堂之外,左膀右臂立刻响应,先是宣传部又弄了个大讲堂,现在组织部又搞了个大讲堂。一些单位争相效仿,大讲堂星罗棋布。配合各种丰富多彩会议上众多领导长篇大论的讲话,整个官场变成了大讲堂。一时间,尚空谈形成了浓厚的氛围。中药铺繁荣昌盛,一二三四,甲乙丙丁,1234……

突然,叶书记被平调他县。马上就要到那个县召开常委会了。

县领导干部大会结束。一上车,老卞边开车边发表看法。老卞喜欢议论。

老卞:老叶动感情了,讲着话哭了。

雷宇:痛哭流涕。

老卞:这不好,太过了,可以哽咽,可以伤感,哭涕就有失体统了。

雷宇:他不是说了有些做法感到内疚嘛。

老卞:走得够土的。他前面的人都是提拔重用调走的。

雷宇:他可能也早想走了。矿业衰败,财政下滑。

老卞:中等城市影子渺茫。前面的书记吹了牛皮就高升了,他接着吹大话没有实谱。

雷宇:就是真的建成了中等城市,也未必升格地厅级。还有镇级市、村级市哪。

老卞:老叶不拿稿子讲不了话,实际嘴够笨的。

雷宇:每个人都有自己的优、缺点。

老卞:新来的讲的不错吧。

雷宇:讲的很好。没有稿子,口头语言表达能力不错,有气势。

老卞：叫什么来着？吕什么？

雷宇：吕知宪。

老卞：知道的"知"，哪个"县"？

雷宇：宪法的"宪"。

吕书记没有在县里参加大讲堂，直接参加市里主会场，大讲堂结束后市里要继续开会。最近，本省暴出了轰动全国甚至世界的小官巨贪的大明星，副处级待遇的水官，家中被搜出亿元现金和数十斤黄金，真金白银不含糊，都是硬家伙；估计这样的明星不止本省特产，就是首先在本省发现出名，弄不好首先在一省或数省。这几天，省里的组织部长涉嫌严重违纪被干掉了。仅仅一个管水的一个管人的，就足以震惊朝野。天子脚下，灯下黑。

大讲堂堂主也不知是怎么享受的国务院政府特殊津贴，连个"人民"与"公民"的含义都讲不清，他说不出"人民"是政治范畴，"公民"是法律范畴；讲不出"法律"的强制性和"道德"的自律性；不清楚"以德治国"的"以"与"依法治国"的"依"的辨证关系和因果联系。搞不懂法律与法规的不同，弄不清法规是法律、法令、条例、规则、章程等的总称。幼稚怀疑，蒙昧混沌。以其昏昏，使人昭昭。

卞主任：大讲堂还搞？

雷宇：另外，组织部还有超级课堂！

老卞：干部成了学生。

雷宇：即使是这样，也读不了多少书。中国人年均读书二三本，欧美达五六十本。干部读书不是比较多，而是比较少，是更少。强人所难呀，强迫的事，就没有好效果。关键是社会机制和整体素质。国外或许很少有拿出大多公务时间来，让公务员上课读书学习的。

这老东西回来了。

徐司长:雷先生,几个孩子?

雷宇:两个。

徐司长:都在哪儿?

雷宇:儿子在长子营,女儿在上地。

徐司长:好,都在北京。

张总:都很能干。

徐司长笑了:老子英雄儿好汉。

雷宇:一般般。

张总:徐司长几个孩子?

徐司长:一个儿子,在巴西。

张总:最近网上议论京津冀整合的声音很多。

雷宇:说了两种可能。一是把河北一分为三,廊坊、保定、张家口、承德划归北京管辖,唐山、秦皇岛、沧州归入天津,石家庄、衡水、邢台、邯郸合为石家庄建立直辖市。另一种可能是把北京除东城、西城、海淀和朝阳外的各区县划归河北省,将天津变为河北省省会。

张总:徐司长,这有可能吗?

徐司长:没有正规消息。

雷宇:领导不会随便议论这些的。

徐司长:也没那么严肃,在网上我也看到了这些谈论,很多人都是为了关心国家发展的大事,我真的没有官方消息。

雷宇:其实,行政区划也不是一成不变的,历史上经历了多次演变,也有根据时代的要求调整的必要。有时也会有否定之否定,早期主要是依据自然地理划分,后来民族、军事、经济、人文占了一定比重,现在科学发展,环境问题突出,可能自然地理又凸显出特别的必要性。

徐司长:有一定道理。

微信有消息,雷丽问我在哪儿?回一条:在河北,京冀切换。一端京都,一端远来,在我这儿,早就一体化了。早晨来远来,下午就回京都了。我就是桥梁和纽带。我把京都的城市风裹挟到了远来,又把远来的山风带到了京都。

房山与保定发生了关系。

榆垡、礼贤,下高速。

新机场在大兴榆垡镇、礼贤镇一带,2015 年动工,2019 年建成起用。假如把北京经济技术开发区与机场和廊坊整合,确定为副省级,依然由京都统辖,说不定或许是一件合理的事情。

长子营的楼房翻盖了不少,但仍然很少高层,视野开阔。荣京街的宽敞马路整体翻修,平整笔直,雍容华贵。

又是这些电话,雷先生,给您做个网站吧。不需要。您怎么宣传。不用宣传。您是做什么的?战略策划。什么战略策划?企业战略,地区战略,国家战略,国际战略。喔,原来是这样。

工信部产业对接会,特邀您参加。没有时间。您在忙什么?国际战略。

看着电视昏昏欲睡,狐狸精洞穴星罗棋布,白骨精遍野。视线所到,全是美人,白领骨干精英,社会普及。有人看到了我的宣言,不到 3 个亿,没有冷静思考"不到"的含义。我是成功人士,是吹大话成功人士。

张总:现在真的是动真的来实的,查处了很多腐败的高官。

雷宇:部级以上老虎近 60 个了。

张总:昨天公布了大老虎被开除党籍,移送司法机关。

雷宇:收受巨额贿赂,包养情妇,泄露党和国家机密……

张总:另外还有权色交易、钱色交易。真厉害,多大岁数了,情妇还不够,还要以交易为补充。

雷宇:被查处的腐败官员,几乎没有例外,"与多名女性通奸"成了公式。

张总:通奸比顺奸好点,顺奸比强奸好点,还有性侵幼女的。

雷宇:看来,性是个好东西,不然,他们不会拿权和钱那么好的东西去交易。过去有又要江山又要美人的,也有宁可不要江山也要美人的,美人是永恒的。

张总:所以表现出了诸多怪异的嗜好,有收藏几十条女性用过的内裤的,有收藏毛发的,还有专门写性日记的高官……

雷宇:表明了腐败官员们,人老心红,青春永驻,竞相迸发,活力四射,欲望涌流。

张总:有个60多岁的家伙,有15个情妇。其中有个情妇特别要求,每周必须与她2次。

雷宇:表述也有发展。

张总:过去常常说,与多名女性有染,包养多名情妇。

雷宇:这从侧面说明,领导干部们的身体还是挺棒的。

张总:社会在发展,腐败也在上档升级、发展完善。

雷宇:这些腐败分子都成了大明星啊!他们的演出振聋发聩、惊天动地。

张总:惊天地,泣鬼神。

雷宇:早点可以采用微创手术切除病灶。

张总:现在只好壮士断腕、开肠破肚。

雷宇:蔺教授没有过来。

张总:他是研究什么的?

雷宇:明史,很专业。专门研究李自成攻北京城、崇祯帝上吊的事件。

张总:那有什么好研究的。

雷宇:比如,崇祯怎么去的景山,有无太监跟着,有无太监看到;那槐树是国槐还是洋槐,带不带刺,多少年生;用的什么绳子,怎么吊上去的,登的是椅子还是板凳;双脚距离地面多高;被什么人发现的,发现时是奄奄一息、还是已经僵硬;是瞪着眼还是吐着长舌头,亦或是既瞪眼又吐舌头;谁把他弄下来的,怎么弄下来的……每个细枝末节都写出一篇学术论文,甚至鸿篇巨制一部专著。崇祯是不是就在那一棵树上吊死的,可以搞出三部曲。据考证,之前崇祯召集大臣们议事,结束时他说,最后我再强调三点,一是吏治的腐败,二是宫廷的斗争,三是没有把反对势力扼杀在萌芽状态。

张总:这不是吹毛求疵吗!

雷宇:现在的一些学术界就是这样。要不就比着起新名词、炒概念,把极其简单的问题弄的异乎寻常的复杂。你不懂,他就是专家。

张总:这也是腐败!

雷宇:商界也是一样,弄个概念炒着卖,比传销还神秘。

上次的快递,我让他先放到物业,他说现在物业不让放了,放到了楼下超市。西安来的快件,国靖父女的书法还是有功夫的,飞白为特色。

这次的快递,他说必须送到家门,亲自接受。下午,打开快递,深圳治国寄来的书法作品《中国梦》，有功力有特色。在台湾他就送了我两幅作品，其中一幅尺幅颇大，气势磅礴。

安徽和甘肃的同行，也纷纷寄来书画作品。

萍水相逢的朋友们，仅仅得到我一本书，就这样慷慨大方。

本人郑重声明，不注册网站，不注册商标。不要经常打扰我，不许天天骚扰我。不要给我讲课，不必问我原因。

吾都东迁，依靠晋郑。

老同学电话。现在还写书呗？写着哪。你还行。出了几本了，出第一本时，你还赞助了。现在就是还清2千万的债务。那能还清吗？不多了，快了。你真厉害。嗨，一言难尽，大起大落，进退沉浮。都是一辈子。是，怎么也是一辈子。去你那儿地铁怎么走。10号线转5号线。开车好找吗？好找，电话这么方便。好，有时间你来天津，吃吃狗不理包子。行，你过来，咱们吃庆丰包子。

张总：刚开完会，雾霾又来了。

雷宇：今日欢呼孙大圣，只因妖雾又重来。

张总：到什么时候才玉宇澄清万里埃呀？

雷宇：26日新机场动工了。

张总：到底叫什么名字？

雷宇：暂定名，首都新机场。

张总：网上炒作，天津想叫武清机场，北京想叫大兴机场，河北想叫廊坊机场，最后综合叫武大廊机场。

雷宇：好像很搞笑，其实真叫那个名字也不是不可以，或许更火。其实，新机场位于北京市大兴区榆垡镇、礼贤镇和河北省廊坊市广阳区之间。离现有首都机场70公里。机场总投资近800亿元，项目工期5年。

张总：据说新机场本着简约、高效、便捷、舒适的原则修建。旅客从最远登机口到出口只有630米，步行只需8分钟。将来有一半的乘客通过公共交通来到新机场。

雷宇：新机场定位于大型国际航空枢纽，规划建设7条跑道，年旅客吞吐1亿人次。

张总：采用三纵一横4条跑道"全向型"布局，在国内尚属首创。

雷宇：可以最大限度利用北京地区紧张的空域资源，减少航空器的地面滑行时间，提高空地一体运行效率，还减少了对周边地区的噪声影响。

时光过的真快，一晃儿，一年又过去了，转眼50多岁了。真的是这么大年纪吗？是不是搞错了，还是在做梦，要不或许是父母给记错了。那时一大堆孩子，几乎没有什么记录手段，难免有记错的时候。但这些可能性都不大，就是一把年纪了。当然，心态不老的话，还算壮年。

假如现在20多岁多好，生不逢时啊！

一般年份元旦前后是最冷的时段，但今年反常得厉害，这几天温暖如春，似乎树木要发芽，大蚊子在客厅里飞翔，阳光暖洋洋地照着天空和大地，天气预报说，这几天是历史罕见的温暖天气。

国税怎么总是半夜里发信息，又不是十万火急，发了一次又一次，不就是国地合一"一税两费"吗！或许归属人类发展方式革命范畴。

电话。雷先生，今天有时间吗？你那儿信号不好，听不请。现在好点吗？好，现在清楚了。我是说，如果您在这里，咱们坐坐。我在上地，改日吧。行，那就以后再说。

清华的那个教授讲，关于小产权房问题，十八届三中全会前建的，补足土地出让金，国家承认；三中全会后建的，不予承认，按违建拆除。

他购买的大概是小产权，好像是在香河，不知怎么样了。其实小产权是民间说法，国家从来没有认可。情况非常复杂，牵涉很多社会矛盾利益，不可简单处置，不知事态如何发展。似乎国家并未松口。

书记谈治国理政，党组书记论被领导艺术。政通人和，上下融洽，社会和谐。

忽然想起自己曾发表的《论被领导艺术》，翻了几本书也没找到，昨天晚上终于在早先出版的集子里看到了这篇作品，写得正襟危坐，现在要写一定会诙谐幽默。当然，严肃大气，也有必要。

事情有起因，当时据一些领导反映，这话似乎这样说不够合适，但还就是这样说，说我这个人不好领导，怎么不好领导，实际就是没有人财物呗。蔡书记笑眯眯地对我说，都不愿意分管你这块，我分管。我说好，你管更好。果然他管的很好，我们相处很融洽，也出了不少成绩。同时，我就产生了被领导艺术的思想。当然，从前也曾与孙书记一同研究探讨如何当好副职的问题。

世人都谈论领导艺术，唯独本人首先提出创作了被领导艺术、丰富了人类知识、思想、理论和政治宝库。

被领导艺术得到普及，领导艺术的事就好办多了。现在需要增进领导艺术，但更有必要提倡被领导艺术。都讲究被领导艺术，执政能力和执政体系的现代化，就具备了良好的基础和环境条件。皆追求被领导艺术，和谐世界的实现就具有了有力的保障。

我想具备被领导艺术,艺术地被领导。

都想当领导,我愿当被领导。当个艺术的被领导,艺术地被领导领导。

诚然,被领导艺术,也不是一味地被动地被领导,是主动地发挥自己的被领导艺术,让领导很艺术地领导;同时在艺术地被领导下,去艺术地领导别人,让别人充分发挥被领导艺术,艺术地被自己艺术地领导。

建议各级党校和行政学院甚至各所大中专院校,都开设一门《被领导艺术》课程,好好学习研究我的被领导艺术,迅速大步提升全员领导能力和被领导水平。

周日空闲,去看看牙吧。大早的,就别让司机送了。

售票员说,刘家窑桥东转 17 路。

下了车,天色仍然没有明亮。进了大门,好像不对,来了多少次了,明明记得是这个门楼,可就是疑惑,出门问人,左拐右拐,终于找到了。

四点开门、七点开始,这是我事先网上查电话问到的。挂号人没有以前多,那次队伍排到顶头又折回很长。

排了一会儿,我想没带登记簿卡,是不是应该先去买卡。出队填表购卡,返回队伍。很快到了窗口,挂了专家号。

八点多了,不见分检。经打问,在另一楼上。

医生说,很快,给他看完了,马上给你看。

雷宇:你是专家?

大夫:是呀! 等一会儿我给你写上。

雷宇:我主要想咨询一下,后面少了一颗,不理会会有什么不利影响。

大夫:从专业角度看,应该补充。不然,上面对应的牙齿会有下移倾向。

雷宇:前段牙疼,和这有关系吗?

大夫:没有关系。

护士:怎么疼的时候不来看。

雷宇:吃了一些消炎止疼药。可能是上火引起发炎疼痛。缺编没有其他大的影响吧?

大夫:没有什么太大影响。

雷宇:那就这样吧。

大夫:好,你去交费。等你回来,我就给你写好了。

她是专家,导医橱窗上有照片介绍。副主任医师,口腔医学硕士。

我原打算如诊断必须补充,也挂了普通号。反正来了,多咨询一下也好。

排了一会号儿,终于叫到。

医生:你不是刚在那边看了,怎么又来这里?

雷宇:我想在那里诊断,在这里做。

医生:都是门诊,那里也可以做。你怎么跑到那里去了,那里很贵,去那里的都是有钱人。

这医生好像认识我,很亲切;虽很年轻,阅历深厚,一眼就看出我不是有钱人。连我自己都不知道我不是有钱人。

雷宇:我主要想咨询这个缺编的利弊。

医生:除了上位下移外,周围牙齿会有倾斜、稀疏的倾向。另外,关节容易出现问题。

她拇指摁住我的腮穴,让我张咬,说这就是关节。

雷宇:补充上,也可能有对两边牙齿不利的方面,比如腐蚀;弄一嘴金属,成了铁嘴钢牙;种植还有适合不适合。

医生:什么都有副作用,你吃药就没有副作用了吗? 要我们这些医生干什么?

雷宇:我不是说你们,我是权衡利弊。

医生:利大于弊。

雷宇:种植需要来几次。

医生:八九次吧。

雷宇:这链条太长了。

医生:种植很贵,一颗,一两万。

雷宇:不是钱的问题。适不适合是一回事,八九次能不能种上还是一回事。

看来,房子大了,不利于成长;小户型里,才长得端正挺拔。

出得门来,看到大门楼,原来就是刚来时进来的那个大门楼。

张金生张总来接我。

张总:京津冀城镇化速度很快。

雷宇:是。中国以至亚洲的城镇化速度都很惊人。10年时间达到了欧洲50年同等城镇化进程。

张总:最近又出国了?

雷宇:去亚洲一些小国家散了散步。

张总:有气魄。

雷宇:其实,印度与咱们去的巴西有些相似。城镇化速度飞快,基础设施和产业跟不上,社会秩序还不稳健,贫民窟和社会犯罪成为问题。

张总:小国家怎么样?

雷宇:比如,印尼首都雅加达,人口总量从 10 年前的 1600 万,增至 2010 年的 2300 万,面积超过 1600 平方公里。跨越 3 个省级行政辖区的 12 个城市行政辖区。分散的城市管理对城市协调发展造成了负面影响。

张总:印尼也是人口大国。

雷宇:日本、马来西亚、韩国的城市人口已超过农村人口。印尼、蒙古、中国等城市人口占到总人口三四成。

张总:还有些小国家城镇化率依然较低。

雷宇:像朝鲜、越南、老挝、柬埔寨、缅甸、尼泊尔等等,但有的发展也不慢。

张总:新加坡城镇化率最高。

雷宇:对,它就是个城市国家嘛!

张总:非得城镇化吗?尼泊尔人的幸福指数不是最高吗!

雷宇:幸福,是一种感觉。人类发展到今天,城镇化是一种趋势。

张总:未来哪?几百年后……

雷宇:那得拭目以待。也许几十年后即露端倪。

张总:中午在哪儿吃?

雷宇:去簋街吧。

张总:东直门那儿?

雷宇:对。把刘云水叫过来。

张总:有些日子不见刘总了。

雷宇:他那妖精公司还挺红火。

张总:云水有一套。

雷宇:不简单。了不起。

吃饭刚回来,还得去接个人。

公交读着一个个站名,小红门路口北,方庄桥西,木樨园桥东,六里桥南……随行问,他在哪儿等,我说他告诉我他在北京西站南广场东。

26

飞仙山大酒店二楼多功能厅,县级领导方阵两侧两排和后面方阵,为县直单位主要负责人及乡镇领导,县委常委扩大会议传达省市会议精神。

吕书记不时地进行讲话,巡视组通报都是有特别针对性的,每一句话都有具体事实所指。以后查处是新常态,今天在这里坐着,明天说不定就有人进去了。贪污受贿要查处,不干事同样要查处。该干什么就干什么,叫你干什么你就干什么。远来是国家级贫困县,还有8万人未脱贫,任务艰巨,但是因为是矿产资源大县,县财政收入居全市前三强,人均全市第一。于全国突出实行高中、幼儿园免费教育,75岁以上老人给予养老补贴,村支书比照公务员待遇,今年矿业衰退,税收距预算任务差距很大,以后那些福利待遇怎么办?小老鼠上灯台,上去下不来,谁下来谁倒台。唯一的办法就是努力狠抓项目,国际科技文化园是省市党委政府力推支持的大项目,现在科技部已经批准为国家项目,包括世界创新论坛永久会址、世界创新联盟总部、元首园3个单体项目,有移动互联网研发运营基地、国际新材料产业基地、以色列NPG研制研发基地和镍反应堆,还有美国风情小镇,争取在明年五一开工。

吕书记侃侃而谈——这个园区规模14平方公里,占地13000多亩,建成后等于新增加一个远来城,人口增加十几万,而且它的现代化功能品位是原城无法比拟的。因为是国际科技文化园,项目太大了,档次太高了,以至于有些同志不相信不认可,感觉是大忽悠。其实,这么大的工程,不是一蹴而就的,是分阶段进行的,全部建成需要二三十年的时间。一定要解放思想、扩大开放,把思想认识统一到集体意志上来,每个常委、县级领导,各个部门、乡镇都要为此努力工作、贡献力量,把大事做成做好。

吕书记,浓重面庞,白衬衣,羊绒衫,黄棕色西服,在县长右侧面对大家,点拨着有关部门和县级领导们的发言,时而铿锵有力,时而娓娓道来。

庚县长讲,作为一个小县,能炒出这么一个大概念,而且得到了上级认可,被批准为国家项目,确实不容易,我们应该倍加珍惜。这个项目实在是太大了,但我们宁可信其有、不可信其无。我们还打算把县建成市,没有项目,没有产业,是没法实现的。

老卞几乎每天上班来打照面。

老卞:怎么样,感觉他比老叶强不?

雷宇:就开了两次会,那能看出来一领导怎么样。

老卞:口头表达能力。

雷宇:那比老叶要强些。

老卞:我去找,小秘书们拦住说,要通过办公室副主任、主任的批准才能去见。我们管的是保密的事,还要通过他们,我说你们赶紧去通报,后来我给吕书记说,我们的工作涉及保密,有些事要直接汇报,他点了一下头。你看,你们的工作无所谓,我们的文件上都标着秘级。

雷宇:是呀,你们干的是"人事儿"。我的作品里涉及县级、市级、省级、国家级的领导时,有时也需要直接汇报沟通。我现在正在创作的作品,只有我自己看到,其他任何人不许看到,虽然没标出秘级,但这是真正的绝密。就像《皇帝新衣》一样,所有人都看不到。没写好的东西,怎么拿出来示人哪,对别人对自己都要尊重。有些作品在写作过程中被人看到,会受到很大阻力,发表时会得罪一些人,过几年也就不算什么啦。

老卞:就像你那《官帽总协定》。

雷宇:1994年发表,有个官员火了,说先查查他那个官是掏多少钱买的。结果查了一年,一块钱也没查出来。当时只说党内存在腐败现象,后来讲党内存在买官卖官现象,言辞越来越严厉。有个作家说,那作品有鲁迅风格,历史价值不亚于鲁迅作品,那是他的偏好。

老卞:我大局的局长干过,现在早不想干了。你干着还有劲。

雷宇:干着就是干着。

不要这山望着那山高,到什么山上唱什么歌。地位不是多么重要,生活就是舞台,角色就是演员,把自己的角色演好就行了。这话我说过,没必要唠叨。他不明白给他说他厌烦,他明白给他说没意义。或许,他以为别人不明白,他在开导别人。

在"著名的三楼",他是最爱说的,那嘴难得闲着。爱说,有时也是优点,这有二重性。在感性认识中,人们习惯先看一个人的长相,同时看他的言语。有时长相慈善的人却是恶人,青面獠牙的人也有善人。口头语言表达能力仅仅是综合能力的一部分,有的口头语言表达能力较差的领导,也是颇有领导能力的。

近些时日,华北持续雾霾,有些地方是重度污染。远来也不是很清新,雾茫茫阴沉沉。今天晴空万里,天上飞机喷出白白一条长线,甩在蓝色天空。用手机随手拍下来,这是值得回味的画面。小时候,割柴,刨药材,在山上常常看到湛蓝天上出现的白线,后面稀疏,前面细密,白线不断向前延伸。仔细看,白线前面有个白亮的东西在向前移动,我们知道那是飞机,但是我们只有在电影中才看到飞机的形状模样,仅仅是个影子。别说是飞机,就是汽车,也只有在赶集时才能偶尔看到,一般见到的也是大卡车。那时,小伙伴们光大班车叫棚子车,光小轿车叫小蛤蟆车,也叫王八盖子。应今说,那棚子车烧劈柴,在马路上一边跑着,一边不停地有人给它填劈柴,我们信以为真。

这是四十年前的事情。现在经常坐在飞机上考虑宇宙飞船的情景,五十年后的世界可以想象吗?

上午开会,市里通报严打成果,公布典型案例。还真有认识的,那人以前搞养殖,散摊子了。前几年经常碰到他,曾与几个人一起吃过饭。有两次碰到他,他和我谈生意之事,我不理会。现在非法集资十几个亿,进去了。看来,这人颇有些能量,只是都与"骗"连在了一起,负能量很大,淹了自己。

监局长:跟我走呗?

雷宇:跟你走。

监局长:去哪儿?

雷宇:去单位吧。

监局长:去哪儿,送你哪儿。去市里就送你市里。

雷宇:不去市里。你去市里呀?市里有房?

监局长:没有。

雷宇:好多人,市里都买了房,你没有?

监局长:没有,跟他们比不了。有个材料上报,没人送,我送过去。

"超级课堂"文件规定,4—11月为听课时间,现在又通知12月必学课程。朝令夕改。

清理办公用房刚刚装修过,二楼又在装修,还专门装了两个秘室。施工人说,这顶子是PC板,墙面是PU皮。纤维板上加海绵,上面柔软的皮革罩面。干活人说,这是为了防止谈话时有人撞墙。

党政机关办公房有了新标准,还是比较切合实际的。正科使用面积由原来的

9平方米增加到18平方米,副科12平方米,科级以下9平方米。这好办,正科基本上还是一间房的办公室,原改后现可以原封不动。县级正职由20平方米增加到30平方米,副职增加到24平方米。新一轮的破墙运动又开始了,刚建未干的截墙又被推倒重来。少不了叮叮梆梆,轰轰隆隆,尘土飞扬,噪音轰鸣,机关又变成了大工地。

警示教育大会结束。

老卞:看人家花天酒地都享受了。

雷宇:其实,那也没什么用。

老卞:倒是不如人家,人家十几个女人,咱就一个老婆还弄不上。

雷宇:那还不在你?

老卞:没办法。

雷宇也开玩笑:我没有权利,也没什么奢望。你还有点实权,可以搞权色交易。

老卞:球!

雷宇:有些东西是没什么价值的,也是没有意思的。

老卞:现在感觉,还是像你安于清贫寂寞,没有什么包袱牵挂,清静自在。我也该写些东西。

市文艺界主题实践活动电视会议结束。

洪校长电话。雷主席,刚才开会没见你。我见你了,你在前面,我坐在后面。现在在哪儿? 刚回到办公室。有时间吗? 想请你一块坐坐。好,有个画家在这儿。

画家:校长还是美女!

雷宇:也很能干。

洪校长:看你有那么多著作,应该变成经济。

雷宇:你说的对,很多人也是这样说。

画家:也不全是。有些大人物也不富裕。

雷宇:咱不是大人物,不跟他们比。当然,你说的也不错,比如,马克思著有著名的《资本论》,他为什么不把那鸿篇巨制换成经济,后来连吃饭的钱都信亏是恩格斯接济,不知道是不能换还是不换。

校长:恩格斯有钱。

雷宇:是个大老板,不仅有钱,而且有伟大的学术造诣,不仅帮助马克思,而且在某些理论成就方面甚至超越马克思。

画家:不叫恩格斯主义,而叫马克思主义。

雷宇:主要思想体系是马克思为主,他们都是伟人,有着伟大的友谊。不管到什么时候,不管人们是否承认他们的理论,甚至不管是否经得起长期历史现实的检验,谁也抹杀不了他们的伟大地位。

画家:在老百姓看来,马克思一辈子受苦,没享过福。

校长:没有名车豪宅。

画家:孙中山也曾一度受过自己吃饭问题的煎熬。

校长:毛泽东也没有怎么享受。

雷宇:他们都是顶天立地的,我们是草民,应该有名车豪宅。没有,说明我们的能力不行。其实,我或许真的没有这种能力,因而我一贯也不看重这些。所以,人们一般也不看中我,甚至鄙视,我不生气,社会也没有错,我也没有错,发达的社会应该容纳多重价值观。也有幽默的人,有个大报的社长对我说,哥白尼的矛头对准的是教皇,你理论的矛头对准的是谁?我说,我没有矛头,我的学说与官方的主张和社会意识是一致的,只不过是我强调了文化的重要。

画家:陈胜是个农民。

雷宇:他原来穷,后来成了王,荣华富贵,只是很短暂。苟富贵,勿相忘;王侯将相宁有种乎?燕雀安知鸿鹄之志哉!这些话都未必是他说出来的,他一个穷农民,没钱念书,也不识字,怎么能说出这样的话呢,分明是作者司马迁让他说出来的。看似不符合农民陈胜的身份,实际上是高度典型化、艺术化。这样丰满了人物形象,表现了人物性格。老陈的鲜明个性呼之欲出。

校长:跟你们在一起,有点毛骨悚然。

几十元钱,画家坚持结账,校长不让。

钱,对我来说就是个数字。我不动用现金,因为根本就没有钱。"数字"说是大亨的意思;对于我,是根本就不关心钱,不看重钱,没有挣钱的头脑。

又是飞仙山大酒店会议厅,专题研究中美科技文化园事情。大屏幕看过后,京都来的京津冀研究专家首席发言指出,京都周边有一类似园区建成废弃,而且地理位置比此优越;园区建成新城,10来万人口从哪里来,高科技项目在本地有多少人能够进入;水域哪里来,是否是泄洪道;园区3万多亩土地零地价如何实现;园区村庄怎么搬迁安置……

会场交头接耳,人们议论,人家是专家,怕什么,敢说真话、实话。有个别人离开了会场。

京津冀专家潇洒地走了。

投资方、项目规划方和市里专家分别阐述了项目的可行性及美好前景。县重要领导们一一发言,表示认可支持,表明必须搞、坚决搞,放上二三十年的长线,分步骤分阶段分区域实施,一定能够建成。

吕书记总结讲话。最后不是还要我强调三点吗!第一,这个大项目是省市支持的千载难逢的好项目,是京津冀协同发展的重要项目,千万不能错失良机;第二,必须管好和利用好土地,远来土地混乱在全市是出名的,非得抓他几个、判他几个,才能弄住。

说到这里,是他来到远来讲话的最高声调,震得话筒和会议室嗡嗡作响。

他接着说,第三,要有一盘棋思想,这不仅仅是哪几个领导、哪几个部门的事,是全县的大事,都要努力工作、积极配合。

会议终于散了。

任局长:怎么走呀?

雷宇:跟你走吧。

任局长:去哪儿?

雷宇:这都十二点四十了,找地方吃点饭吧?

任局长:对哟!

雷宇:我请你俩。

任局长:我请你。

任局长接电话:在哪儿,你们几个人哪?

雷宇:有饭局了?

任局长:他们走在咱们前面了。一块儿吧。

到饭店,下了车。

雷宇:啊,羊蝎子。

任局长:就是吃羊蝎子哟。

雷宇:这么多局?

任局长:哼,半个远来县了。

雷宇:还喝酒呀!

林局长:开这么长时间的会,累了,喝点。

雷宇:这家伙凉的,跟冰了一样。

路主任:在车后备箱里放着来。

雷宇:你们拿了酒了,一会儿饭菜我结账吧。

林局长:你别结。

路主任:不让你结。

任局长:你的大作让俺们看就行。

雷宇:绝对不成问题。

任局长:俺们文化浅。

雷宇:谦虚了。没有高学历不等于文化浅。看刚才会上的发言,领导们比专家们说的也不逊色,各有千秋。

任局长:是,说的挺好。

雷宇:这个餐会开的也很好。

林局长:是,很圆满。

任局长:结束。把你送回去。

雷宇:回机关。上楼拿书呗?

任局长:再拿吧。

天黑了。我刚下班回到家,电话说有快递,说好像里面就是一张纸。

早晨,像往常一样,黎明前的黑暗阶段,我就来到机关。传达室给我,果然就是一张纸。都在我预料之中。每年都是优秀,十几年换换口味吧,先进与优秀,不知哪个好。每年跟我要点小米,今年没要,我也没弄。也没多少钱的事儿。领导让我要笔款项,没有落实;领导电话安排几个私人朋友,没能招待。当然也有原因,那几个人疑似省里的几个骗子,打着厅长身份旗号,电话对我设局行骗被我识破。再狡猾的狐狸也斗不过好猎手,我九二田获三狐,其功卓著。被关在铁笼子里的三只迷惑领导的狐狸,有何感想? 白骨精都是手下败将,何况几只狐狸! 雷宇也曾想弄点小米,后来想算了,那两个事没打发高兴,光让他为难,举棋不定,倒不如这样成全了他。

我雷宇懒惰,有人说我抗上。这或许就是我的缺点和毛病,假如不是这些,大概我早就上去了。怨不得别人,谁都不怨,就怨自己。天作孽犹可救,自作孽不可活。说实在的,其实我雷宇不仅不怨天不怨地,而且不怨自己。说这些,没人愿意听。别人说这些,我也不愿意听。

细细思量,先进与优秀究竟谁好,不知道你就查查字典。优秀是(品行、学问、成绩等)非常好;先进是进步比较快,水平比较高,可以作为学习的榜样。一般来说,优秀偏重于对个人,先进偏重于对单位。市直不会不懂,他们故意不叫实绩突出、实绩比较突出,弄个优秀与先进,不分伯仲。其实,这比以前改进了,以前每个县看到文件中自己都是最好的,原来他们一个县分别给你印一份文件。突然有一次,另一县有关领导打电话交流,才知道这其中的奥秘。这或许是一种领导激励方法,但是容易露馅儿。

前些年,有个饭馆卖开口饺子,捏饺子故意剩个小口,那馅儿似露非露,买卖火了一阵,后来没有了。

曾听人讲过一个故事,有个地主,在每个长工的饭菜碗底都埋着大肉块,每个长工都以为东家偷偷对他最好,都在日复一日、年复一年地用力干活,而且都很感激东家。为什么他能成为地主,因为他有智慧。

为什么人家能当上领导,因为人家有领导艺术。关于领导艺术,有浩瀚的书籍著作,前些年,还很盛行学习和讲授领导艺术。我雷宇是个改革叛逆式的人物,因此独树一帜地发表了那《被领导艺术》的文章,但是理论与实践的问题好像好多官员言行不一协同发展,我雷宇总是不能很好地被别人领导,我往往缺乏被领导艺术。这是我终生的研究课题,也是我终生的实践课题。

干脆一点,不能被领导,就当领导吧。马克思没当领导,当了全世界无产阶级革命的领袖。我雷宇不能再当这个领袖了,当个别的领袖吧。要当人类发展方式革命的领袖。

这是我的名片——雷宇人类发展方式革命领袖。这是世界上独一无二的名片。

生产力推动人类发展,什么推动生产力发展,科技文化,概括说就是政治、经济、文化中的文化。文化是推动人类发展的决定力量。我有完整的理论体系,有思想有主义。不妨就叫雷宇主义。

你不信,这事连疯子都做不出来。

冬至日,在古代君王不幸巡四方,关闭城门,商贾闭户,老百姓也不到处瞎折腾,吃喝静养,全国统一放假一天。

著名的三楼要吃冬至饺子。偏僻的小饭店,熙熙攘攘,办喜事一样,今天是个好日子。家庭的,单位的,亲朋的,好友的。一些执法单位也来吃饺子,有人开玩笑说,这是依法过冬至。

老卞:咱们过去打个照面。

老党:你们去吧。

雷宇:一块儿。

他们没有喝酒。

领导:喝不了酒了。

雷宇:要过一个廉洁的冬至。

哄堂大笑,气氛热烈。

老卞:这可能是本地猪肉。

李总:是,挺香。

老党:有啥区别?

老卞:就是不一样。

李总:明显的不一样。

老党:有什么特别的味道吗?

雷宇:是不一样。总感觉口味不同,难以说出差异。其实,仔细回忆品味,就是有一股猪圈味。

老卞:真恶心。

老党:真挖苦。

雷宇:猪圈味,不是说猪圈的臭味。是猪圈特有的味道。不是养猪场猪舍,不是生长素饲料,填饱肚子傻睡,不能动时宰杀。一个大石圈,一个大槽子,一两头猪在那里,吃粮啃菜品泔水,吃饱肚子在大圈里散步撒欢跑步,那是身健体壮充满活力的大肥猪。

李总:真是有那么一股味儿,就是猪圈味。味道别致,口感润滑香腻。

老卞:吃饺子。

老党:为什么冬至吃饺子。

张顺:不冻耳朵。

李总:为什么吃了饺子就不冻了?

雷宇:就是一种风俗,也有一定意义。冬至数九,开始进入最严寒的时期,加强一些饮食营养,有利于提高御寒能力。

李总:你咋知道这么多。

老卞:哈,人家是思想家、理论家。

雷宇:经常看"养生堂"和"健康之路"。

老党:电视我也看,就不知道那么多。

雷宇:你关注的是国家大事。

第二天中午,有人还说吃饺子,我说昨天吃了一天的饺子,今天还吃饺子。天天吃饺子,顿顿吃饺子,又不是李自成。我曾经写过,现在让你顿顿吃饺子,那简直是一种惩罚。好东西也要有所节制,超过限度就是负担包袱,甚至产生副作用。砒霜是毒药,可一定剂量却是中药。好多药都是毒药。就像老百姓所说的厉害的官员,可以救人,可以杀人。

县委政府大院,上访告状人员熙熙攘攘,堵塞大门。领导的坐骑,出不去,进不来。楼道里挤满了三里五乡、十里八村和远道而来的乡村人，像集市和自由市场一样。

全县信访攻坚月大会隆重召开。

政法委书记宣读文件，办公室主任宣读实施方案，副书记进行讲话，县长主持随时讲话，书记作重要讲话。名分由低到高，井然有序。这是官场的惯例，规矩谁也破不了，即使是比这里大得多的官场。这也似乎是个国际惯例。

我的潜意识里浮现出另一历史场景，思接万里、神游八极。中国在周朝时就显示了礼仪制度。《周易》山地剥的六五记载的就是，皇后带领后宫的嫔妃，鱼贯相从，像一串鱼似的首位相接，依名分次序承受上九的密爱，不会发生争风吃醋的不利现象。就是每晚从地位低到高伺候君王，月圆夜即阴历十五由皇后就是王后侍寝，之后再按次序循环轮回，君王就好比永远在做巡回演出。如此，宫廷平安，天下稳固。

吕书记：主要强调三点。到11月底，来县委政府大院的1341批次，3782人次。到北京180人次非访。导致机关无法正常办公。要把问题解决在基层，要履职尽责，据统计，全县285个行政村中有105个村支书长期居住在县城，有的就在县城单位上班，不仅不能很好地管理村里事务、带领群众脱贫致富，而且连村里的情况都难以掌握，有的甚至不知道村里的基本情况。再像这样，你就别参选了。

吕书记声音高亢洪亮、干净利索。

我心想，要是真能平均，一天来个20多个人，也不是很多。关键是不平均，常常成群结队，人多势众。往往有气吞山河、排山倒海之势。

庹县长：最后我再强调三点。一是必须提高认识。连我办公室门口每天都堵着一大堆人，必须抓紧解决。二是必须解决问题。避免大闹大解决、小闹小解决、不闹不解决的不良现象。三是要把问题解决在萌芽状态。对审计出的问题，处理谁都不高兴，等抓进去了，再捞你，这时你感激了。

今天早饭在家吃，家里有剩饺子，原汤挂面饺子。自家泡菜，白菜辣椒。这辣椒都是小辣椒，不像小时候家里腌菜中的辣椒，那是圆辣椒，也较辣，小孩们一般不敢吃，我们常常看着父亲吃。他"噶喽"一咬，里面的汤水抖在碗里，咯吱咯吱地嚼起来，很脆很香。我们看着，很馋，那咀嚼的声音十分好听诱人，但怕辣不敢吃。

科局长们来的都较早，签了到，云集在楼道走廊侃聊。雷宇径直进入会议厅说，先入为主。组织部门工作人员进来说，领导让说一下，推余县长为正县。这好办，个人服从组织。以前冠书记开会就曾说，让你推谁你不推，你的党性何在？一旦让我发现，一概不予重用，是你自己让自己边缘化的。也有领导对我雷宇说过,你是没有素质能力和业绩,还是你胆小和懒惰,怎么人家都打电话活动,你连个电话也不打。他说的有道理,他有超长之处。这跟发展经济一样,胆子大的,不管污染和破坏,反正富裕了。现在节能减排,泰山压顶,人家早上去了,超越了好几级台阶。

刚坐下,人们陆续进来了,有个疑似局长跟我坐在一起,他马上说,余县长,这是市委开会定了的,没跑儿。或许是来继续给我做工作的,事先没人照应,大概这是临阵磨枪,用不着这么费事。

疑似局长说了一大堆准备提拔重用和被调整的人,他说从市里听说的。果然,均得到了印证。

疑似局长似乎很淡泊,说最后都是土面面儿。

飞仙山大酒店二楼多功能厅,领导干部大会,市委组织部来人组织推荐干部。无记名投票后,署名投票。安排个别谈话,吕书记宣布综合部门主要负责人名单,念着念着,念到一个早被逮捕的局长,他很生气;稍微停顿片刻,念着念着,又念到一个取保候审的局长,再念过两个还是个取保候审。吕书记有些怒火,组织部是怎么干活儿的,有这么干活的吗?

组织部刚刚拉给他的单子,是这样的。

厅堂过道,涌满了等待署名推荐和谈话的人们,像做红白事情一样热闹红火。

有的副县升为正县,有的升为常委,有的转任,有的科级升为副县,官场空前大洗牌,都见了见新茬儿,有的茬口是直的,有的茬口是斜的,反正都崭新了一下。有的按常规出牌,有的不按常规出牌。

我自岿然不动!

尽管雷宇与上边那个大领导过去曾经有些交情,但雷宇就是不去找他要官,从来就不跑官要官,有人耻笑,别人没缝儿找缝儿,你有缝儿也不下。有个领导说,你有资源不用等于没有资源。大领导想,这个人真是极度不适合官场,十分迂腐;后来大领导慢慢想,这个人或许真的了不起,是个人物。但无论如何,到什么时候,潜规则也是不会完全消除的。远离阳刚教诲的傲慢之士,你蒙昧的心灵周围定然是漫无际崖的荆棘丛。

看清了官场明德丧失的内情,绝望寒心的人终于跨出宫门,遁身远走不再回头。

萝卜开会,一群萝卜。

都提拔了,剩人只好做圣人了。官场即将少一个蹩脚的小官吏,推出一位伟大的圣人。

算了,怎么也进不了八宝山。最后终归是个土馒头。人人都是馒头馅儿。

你的理想与现实不符,遭到非难。低下头,垂下双翼,舍弃一切逃亡,三天没有食物。上天在打击雷宇、排挤雷宇,抑或是引导雷宇,向着雷宇主义方向发展。

人类发展方式革命。

雷宇主义。

吕书记浓眉稀发。报告、讲话、主持词,宣布县级干部调整全部到位,一个字也没念错,声音洪亮,语调铿锵流畅。

庹县长讲话别开生面,真实、实在、低调,当然也分析谋划了光明前景。市场的影响,不少县财政收入急剧下滑,保工资、保运转,这是最近十几年不曾听到的年度目标要求,这似乎是个讲真话的范例。

会议中几次继续提出全省经济强县和中等城市的目标。这目标无比宏大深远,县城几万人口全县不足三十万人口的小县,建设 50 万以上人口的中等城市,和以前一样气势磅礴、气吞山河。

应该拉起一干人马,专门掠夺人口。剩下的人马,专职盖楼房。盖房子,肯定要成立领导小组,另外还需要成立两个掠夺领导小组,一个负责圈地,一个负责抢人。这两大战略或这两件工作做好了,将无往而不胜。

分组讨论,参会人员大都开了几十年如此的会议,高屋建瓴,鼓舞人心,美好蓝图,震撼振奋……陈词滥调说的实在厌烦了,总也找不到新的说辞,好多人百般推辞,不做发言。

对干部调整的评议,人们都打了勾儿。不满埋在肚腹中,满意挂在笔尖上。

用人问题是最重要的问题,党风问题关系党的生死存亡。党风只是外在表现,是表象,关键在于人本身,是人的本质决定了目标方向方式方法。一个政党、一个国家、一个地区、一个单位用人是最重要的问题,一个人用人也是很重要的事情,有病乱投医,就有可能耽误病情,导致严重后果。

关键是以票取人不行,有权势的人会拉票贿选;不以票取人也不行,还是有权势的人博得上升。循环轮回,无穷无尽。潜规则是最大法宝,天下是权势的天下。世界观就是权势,方法论就是潜规则,人生观、价值观都是做官、做大官。

现在一提到官,这牙龈立刻就不疼了,看来官是世界上最好的东西,是点石成金的妙手。有了这个东西,其他的什么东西都会有,要什么有什么。

解决不好用人问题,党风好转或许是表面和暂时现象。说来说去党风是由不好的人给带坏了。真正做到德才兼备、以德为先,党风怎么会坏哪? 党风说来说去也是一阵风,既然是风,就是从气压高的地方向气压低的地方流动,是高气压到低气压的气流。我们调整了气压,也就改善了党风;我们稳定了气压,也就端正了党风。这气压都在我们手里操控着,难道我们还弄不好个党风?

一年一度的县委全委扩大会议在上午9点嘹亮的国歌声中开幕,于下午5点奏响的激昂的国际歌声中胜利闭幕。

阳历新的一年早开始了,阴历新年还有一个半月时间。这段时间,就是倒阳历与阴历的时差。阴阳两隔,阴阳靠近。阳早阴迟,阳快阴慢。阴阳在新年中终会统一。

新来的县委副书记盖新生对我说,又回去了几天。没办法,互相咬,开发商咬官员,官员咬开发商。我附和着说,也没办法,抓经济就得抓项目,却不让领导干部插手工程项目。盖书记说,关键是不能形成利益共同体。我说我知道这段时间你很忙,他说嗨,哥们,很挠头。

县委常委扩大会议上,盖书记又被叫走了,回去协助调查组工作。

会议传达贯彻落实省里领导的系列讲话,内容大都是农业农村农民和稳定工作,还有房地产清理问题,独独没有提到中美科技园。

前几天开了国务院第三次廉政电话会议,今天开省里的第三次廉政电话会。按成规开完后市里接着开,可今天破例了,不开了,或许还要召开专门会议。反正文山会海怎么也解决不了,不在乎多几个会议。省长讲了,年后3月份可能是会议月。

要上班,要当官,就不要怕开会。我们就是在会议中成长锻炼起来的。改变不了这个世界就要适应这个世界,这比较好办。反之,适应不了这个世界就想法改变这个世界,那就很难了。

早饭改改口味。

小吃店:吃木啦芽儿馅包子吧?

雷宇:就是呼啦吧?

小吃店:木啦。

雷宇:就是柞木、橡木叶。

小吃店:不是。是一种小灌木的叶子。

雷宇:来一个吧。再来一碗小米粥,一个煮鸡蛋。

这两天马路那边的小吃店里的包子馅,是黑狗筋的。黑狗筋嫩芽也很好吃,这种蔓草一般长在地堰和卧棱上,黑紫色,到了秋天长蔓长满地面,韧性很强,好像皮筋或铁丝一般笼罩墙堰。

有时包子馅,也有杨树叶的、柳芽的、香椿的。香椿太香了,是它把春天弄香的,因为是一种树木,所以加了"木"字旁。

这周一天也没空闲,天天开会,有时一天几个会。昨天大气污染防治会议,太重要了。吕书记讲,我们县也不容忽视,省领导看到有的村庄上空也有雾霾,这是我们自己制造的。我们的污染主要来自燃煤和沙土,要打3年持久战。

散会晚了。

雷宇:怎么样,在外边吃呀?

龚主席:回家吃吧,不想在外边吃。

雷宇:怎么也不如在家吃的干净卫生。

龚主席:有的时候,在外边吃碗削面或板面。

龚慧开着很多连锁大超市,很富有,但日常生活很简朴,抽十几块钱的香烟,花钱从不大手大脚,不张扬,不铺张,低调谦和。

树林:天气快热了,米里又该长虫儿了。

雷宇:长虫儿,不是因为热,是因为潮气大了。返潮,就容易长虫儿。

父亲:米里的虫儿不湿赖。

牛儿:用簸箕簸簸就干净了。

父亲:过去穷人向财主家借米,财主家用旧米作水饭,上面漂着一层米虫儿。嫌脏的人不吃,财主就不借给米;不嫌脏的人用勺子搅拌一下,把虫儿荡到一边,盛起米饭就吃,财主就借给小米。

牛儿:歪子又回来了。

树林:又解不下大手来了?

雷宇:他便秘吧?

牛儿:他说楼里那马桶没有茅坑深,忒费劲儿。

树林:马桶浅,重力和引力小,所以费劲儿。

雷宇:还有些理论。你搞项科学研究吧,论文的题目就叫《关于马桶和茅坑的引力问题》。

树林:也除非那些砖家和教兽干得出来。

小山村从前好似比现在冷多了,瘦瘦的小溪被冻结,淹水上蔓,继续冰冻……日复一日,严冰覆盖了全部河槽,把累累乱石,起起伏伏的河沟冻得几乎成了一马平川,只有偶尔一些咯噔台。有时淹水蔓上了庄稼地,大平地里便也成了冰世界。

今年冰也不多,早化了。出家门,就是哗啦飘。下面不远又是一个高的哗啦飘。再往下,被万古溪水雕刻了一个半管状的石漕。由严冰融化的小溪水,清亮亮地流过那结有红苔的润滑的石沟漕,下面又是哗啦飘。

我们小时候,夏天经常光屁股一次次从这沟槽滑下。溪水从屁股的两侧蔓下,有时伴有小鱼虾,麻酥麻痒。哗啦飘下面形成水湾,水湾里游着大点的草鱼儿,还有成群的小鱼针儿。

哗啦飘是我们的叫法。哗啦飘,就是小瀑布儿。

现在过年,早就不像过去那样准备年货了,也就是歇几天,但亲戚们还是依然走动的,有的一年几乎就见这一次面,平时手机都代替了,天南海北的确实都忙啊。有的几年不见,年这东西,就有本事把他们弄到一块儿。年,就是粘,粘连,能把一切粘连在一起。年,是伟大的,是神,所以人们要顶礼膜拜。顶礼膜拜,现在虽然有些贬义,但是回归本真,年,是一种信仰。

这满沟的树木,在春风中摇摆着,它们也感觉到了暖意,看得出它们的内心是舒畅的,它们的肢体荡漾,皮肤鲜亮,子芽蠢蠢欲动,像城里的广场舞一样在跳山沟舞。树木同样准备过春节,冰冻融解,大地复苏,树木有了好吃好喝。人声鼎沸,欢呼雀跃,它们享受欣赏着人间大戏,精神鼓舞,意气风发。春节,就是它们的小康。它们比人还幸福,有的活了几百年,甚至几千年,还耳不聋眼不花,依然在繁育子孙。

有的新房盖得还真漂亮。依山傍水,背风向阳,粉墙蓝瓦,清白龙脊,前脸白白的瓷砖,明亮的大窗户,院墙全是花岗岩料石垒砌,水泥勾缝,横竖成行,好像书里的方块字,整齐美观。

当然,旧房子,也有古老的韵味。凸棱和瓦垄样的窗棂,不失为古朴的艺术。毛石与泥巴绘出了油画般的彩墙。院围墙干脆用河石干垛而起,有大有小,有浓有淡,有楷有行,有隶有篆,排列组合,中锋侧锋,使转灵动,章法奇绝,一堆乱石舞出美丽的墙壁,这是山里人弄出的书法杰作。是妙品,是孤品,是神品。

车子开到石板桥上,倒车回头,停在路边。

今天是二十七,对联早贴上了,母亲说趁着孙女在家,要不很费劲。这对联与古朴的老房子是很协调的,显露出老院的生机和焕新的面貌,尤其是那长帖儿,现在人们很少贴了,在门头上横着一排,分别有红"福"字贴压着,轻轻摆动,五颜六色,鲜艳夺目。两个突出的木柱头上的长帖儿,更是显著抢眼。小时候镟过长帖儿,把一段粗铁丝的一端砸扁磨出刀刃,就是镟刀。把各种彩纸裁成小长方形,一沓沓,上面放上有花草人物图案的样纸,握紧镟刀,用力一刀刀镟刻,下面镟出牙帘,与剪纸十分相像,一张张揭下来贴在门头等处,多了就送给别人家。

院外小井背景石墙上的"福"字长帖儿吸引了我的视线,得给它拍张照,本人是吃这口井的水长大的。小井坐北朝南,背风向阳,阴阳和谐。清泉从地堰下石缝中涌出,大块河石围拢成简约的方形。一井甘泉,自然天成。成百上千年,损之又损而不损,溢之又溢而不溢,从井口沿下的石缝中流出,显现了它的源源活力。

遇到大旱之年,附近的水井都干了,人们都到这里来挑水。很小时我们就抬水,稍大时我们就担水,每每三次攀登台阶进屋。那频率几乎与我们今天翻看手机相当,其重要性就不言而喻了。

井泉可能是从屋后远处高山中流出来的,它的道路一定曲折艰难,历尽千辛万苦,听那汩汩的声音,就知道它奔涌出来是多么的高兴了。

祖宗们大概是看到了这股泉水,才在这里定居的。

老人早就切好了各种蔬菜,大家齐手,一阵小炒,不一会儿,饭桌上摆满了十几个菜肴,还有我们买回的牛肉。大牲用牛。

电话叫来了崴子和干勇一起喝酒。

崴子:回来当大厨来了?

雷宇:给你炒个菜。忙什么哪?

崴子:待着呢,什么活儿也没有。

干勇:我是不愿待着,没有挣钱的活儿,就干些零碎活儿。

雷宇:还没有搬到城里啊?

崴子:没有,不大想搬。

雷宇:等孩子结了婚,你就更搬不了了。

崴子:就在这儿住了。

雷宇:这么住着也不错。谁家也有个院子,种些菜,一样几苗,不上化肥农药,吃着干净。

干勇:就用羊粪。

雷宇:很好,羊粪就是养分。这么种出来的粮菜,吃短时间可能显不出来,吃上几十年肯定不一样。

干勇:不一样啊!

雷宇:买的西红柿都是生的,打药焐红的,一切很硬,切开一股水。

崴子:夏天,我院子里的西红柿,长得红红的,掰开有层白霜,我都不待烦儿吃它。

雷宇:买的黄瓜像胶皮,真难吃。

干勇:怎么也不如个人种的,从架上摘下来就拍,吃着脆生。

雷宇:现在说当官的腐败,其实老百姓也有腐败。光想吃好的,不想干活;光想享受,不想吃苦。大油大肉吃出了毛病,花钱受罪。

干勇:越吃越馋,越待越懒。

崴子:不像过去那样想干活了。

雷宇：其实，每个人都有腐败的可能。

干勇：你去美国，他们那儿地面宽吧？

雷宇：宽敞。他们没有中国这么多人。生孩子政府还要奖励。

干勇：咱们国计划生育。

雷宇：人口基数太大。不过，将来也许施行奖励。社会经济发达了，生育率一般都会降低。

崴子：就是这路还不行。

干勇：这两年又加宽了一些。

雷宇：这水泥路比过去的土路好多了吧，比原来的河槽羊肠小路不知道好了多少。将来，随着经济社会的发展，架桥加宽拉直，几分钟就可出山沟，半个小时可以进城往返。

崴子：那就忒方便了。

干勇：跟在城里差不多。

崴子：那得等到什么时候啊？

雷宇：你看，我前年写的，50年后，有好多人就离开地球到别的星球居住了。你现在，小子也快结婚了，50年后，就是3代人，你孙子都有了孙子。

崴子：等到那时候早烂成土面面子了。

雷宇：社会发展，生活越来越好，平均寿命在不断地提高，现在比30年前提高了10来岁，50年后，百十来岁可能是平均寿命。

干勇：是，过去说，人过七十古来稀。现在的老年人的确比过去的老年人岁数大多了。

雷宇：过去，就像你这岁数，早就成了老头儿了。

干勇：过去农村干活的，40多岁，就是老头儿了。

雷宇：人们都说我胡说八道。我写的是50百年后，恰好就在这几天，网上有消息说，国际上准备选100人去火星定居，还有4个华人候选人哪，我写的都跟不上时代的发展。50年后去的人就更多了，我预测的还是准确的，一定会应验。

父亲喝了杯啤酒，白酒早就戒了，啤酒也不怎么喝了。我说那多凉啊。他们说，啤酒就得是喝凉的。

戒烟戒酒戒咸，老人还是有毅力的。

喝了些白酒，他们又喝了点啤酒。我嫌凉，陪着他们灌了一杯。

老说坟地的事，那么重要么？十三陵风水好，明朝没有了；清西陵有龙脉，大清完了。帝王陵墓看多了，空前的绝后的，被掘的被盗的。不是先有帝王陵墓，才有帝王;是有了帝王,才有了帝王陵墓。一些伟大人物享年后烧成骨灰,撒了江海,连个坟头都没有,老百姓就是做不到,老百姓最讲风水,老百姓总是老百姓。

宅院、坟地,这是农村的象征,城镇化后,大家住在一个大院里,甚至住在同一幢高楼里,一栋楼就如一个村子,一个小区就似一个乡镇,或者更大。城里人时兴公墓,在那边大家也住在一起,好比村落、乡邑。在海外的一个大城市,那么多人口,黄金地皮,哪能看到坟头,公墓也仅仅有寥寥几座,极少数有钱人光顾。上次看到一栋摩天大楼,有人问造型,人们看出了棺椁的样子,原来那是彼世界的住宅,阴森恐怖。

在美国就没有看到坟头,他们一代代怎么就那么强健智慧哪?从前英国是最发达强盛的,难道是因为风水吗?后来美国领先,是因为风水吗?

富翁也不重要,富了,也翁了。不当富翁,富而不翁。

雷宇是个伟大的人,有个伟大发现——发现自己是个笨人。

敲键盘时,"本单位"总是出来"笨蛋为"。连电脑都骂我雷宇为笨蛋。电脑恼了,不能连网。

上次邻居姑娘给我下载了手机照片,这次还要麻烦她,她们的工作较忙。

又通知超级课堂。什么是超级课堂?所谓的超级课堂,就是上边一个人讲,下边人人讲。

49天的市长,1天的市委书记,怎么会这样,都是高票当选甚至全票通过,是人民群众的眼睛不雪亮,还是职能部门用人失察?腐败分子都有共同的嗜好,就是通奸,几乎没有例外。有的一个接一个,没有休止符。有的拥有多支手枪和大量子弹,办有大量假护照。令人费解。有的爱好收藏女人用过的内裤,有的喜欢集录女人暗毛,有的酷爱撰写性爱日记……腐败分子的爱好非常广泛,生活奢靡。

这些人确实腐败了,因为他们腐而被查,所以败了。

还有很多腐而不败的。或许曾经通奸,也许仍然通奸。那是个人隐私。贪腐受贿也是一样。

大讲堂讲这些,都没人爱听,还想听什么?超级课堂,就更乱了。

除了文山会海以外,县里的情况也好多了,一些人不再张扬了,一些人不再无所顾忌了,一些人谨言慎行了。虽然暗流涌动,但表面上风平浪静。

早饭简单,但不好找干净的店铺。

老卞:不在对过吃了。

雷宇:厌烦了?

老卞:吃碗面吧,吃出一根毛发。

雷宇:避免不了。

老卞:卡到牙缝里,抻出来一看,曲流的。

雷宇:也可能是头发,被煮弯了,或者是你把它抻弯了。

老卞:不可能,一看就不是头发。

雷宇:你收藏它吧。

老卞:我又不是那个市委书记。没有那嗜好。

雷宇:就是头发,也隔腻。

老卞:真恶心。

今年,看来是暖冬,三九天,蚊子老是在屋里曼舞,这几天拍死好几只。

这地方也有雾霾,笼罩着山城。久违的薄雪后,雾霾更浓重了。

昨天早餐,一口粥进到嘴里,牙龈就"嗖!"地一下疼了起来,马上拿出止疼药,用粥汤服下去,还真管用,马上就不那么疼了,记住这个博那痛,氨酚待因片。今天终于不用小心翼翼地吃饭了,但不骄傲,继续服用消炎药,巩固成果,防止反弹。长期以来,每天刷四次牙,是很注意卫生保健的,因为偶尔上火导致。先是口腔寡味,食物难咽;后到眼内长小白疙瘩;接着头疼;前不久又串到牙龈。俗话说,牙疼不算病,疼起来要命。一般药是止不住的,把虎口掐肿了。吃饭慢慢地,怕中途疼起来。快一点,突然就疼得吃不了了。开会时,大拇指狠劲地按着右手虎口穴位。

有些年头不牙疼了,也许有周期。

一股火,像个幽灵一样在身体器官间游荡徘徊。哪儿来的火,莫名其妙。

不能只记住止疼药的功劳、忽视了消炎药的作用。

建章立制。

进入新年,人们都高兴地说,大讲堂没有了。实际上是县委全委扩大会把上次的学习冲消了,这次都没接到通知,人们感到庆幸时,上午突然通知下午大讲堂。

祸不单行,福无双至。

这次大讲堂请的专家,我也认识。那次在中国大饭店开会,他也是参会者,在餐厅与我一起吃饭,交换名片,边吃边聊。后来经常给我发信息、邮件,我也不回复。有一次,我打开电脑,哇噻! 170多个邮件。仔细看,一个邮件发了那么多次,史无前例,感到震惊。我问专业人士是否系统问题,他们说不可能。这个人的执着和意志,给我留下了印象,几次记忆他的名号,几乎忘却时,现在又出现了他的名字。看来,只要你永不言弃,就会在我这儿留下名字。

但愿有朝一日说出,福至心灵。

老卞:我的牙也是用金属勾连固定的。

雷宇:十来岁时,就开始牙疼。在外地上学时牙疼,去医院补牙洞。那美女医生态度很好,一边锉磨,一边安慰,非常用心。三十多岁时,又疼痛,拔掉牙根,镶了新牙。

老卞:你是哪年生的?

雷宇:这问题你问过多次了,每次我回答都一样,你依然在不断地问。

老卞:也不切了?

雷宇:不是早不让切了。

老卞:真没劲儿。没意思。

雾霾笼罩着山城。

这几天人们都在议论,有个县的常委副县长和常务副县长都进去了,县长也进去了,书记也进去了,塌方了。据说,有个县的四大班子全体都进去了。本市的县委书记进去的已经不是先例,前赴后继未敢言。这算什么,这是官场里的芝麻。绿豆们也不是那么硬了,被煮得裂开了嘴。西瓜们都熟透了,喽了,糜烂了,腐了,就剩下败了。个别没有熟透的被人不断地敲着脑壳,听听声音,是清脆,是悦耳,是沉闷?比芝麻还小的也漏不了网,排队走向死亡。天命所到,在劫难逃。

远来常务程县长几次开会讲到新常态,看来他对新常态有深刻的认识,突然辞职回了京都。本来就是,好端端的工作不干,跨界空降官场,转了一圈,发现不好,果断地跑了。智商高的人,就是反应快。或许,一张白纸,没有负担。还没染色,趁早逃吧。舍弃官位,舍弃俸禄,舍弃荣华富贵,舍弃位子、车子、票子……舍弃一切,再次跨界,金蝉脱壳吧。

到了一定的位子上,怎么能洁身自好哪?大气候使然,雾霾天,空气净化器也解决不了根本问题,真空中是无法生存的。

也有山清水秀、鲜花盛开的地方,这地方仍然没有吸引力。别总想弄领导艺术,学学我雷宇,弄弄"被领导艺术"。

我就喜欢喝新鲜的开水,往往自己亲自烧。水在壶内,感觉不断发热,开始发出"吱啦"的声音。一会儿,声音更大了,好像说热、热,但他们逃脱不了,跑不出去。不多时,水们欢呼跳跃,可能是沸腾了,高潮了,发出尖叫声,水们挤着壶嘴和盖缝向外升腾,量变积累成质变,升华了。

龚主席:老雷,买个车吧。

卞主任:买个劳斯莱斯。

雷宇:老死累死。

卞主任:楼下小区停的车,被人划了。

龚主席:有仇富的人。

卞主任：也不是，小孩子们干的。

雷宇：放假了，小孩子们耍着玩儿，可能不是故意破坏。

卞主任：那个车后面有44标识，孩子们在44的后面划出"＝16"。

雷宇：对，还有孩子打个对号。

龚主席：真打了。

我雷宇的办公室在阴面，晒不到，暖气又不够热，开着电暖气还是冷。像往年一样，雷宇代表领导班子和自己作了述职报告，接着填表，个别谈话……程序进行完了。

美女组长说，好，按套数都进行完了。就这样吧。

雷宇说，这房间的温度很低，适合唱《国际歌》。全体起立，奏《国际歌》吧！考核组的人笑眯眯地走了。

这不算幽默夸张，我们的作品就是国际性的，是面向世界的。

尽管这样，我雷宇依然泡单位、泡办公室。

我雷宇办公室窗台上的君子兰是不怕冷的，虽然有大窗户，但是阴面很少晒得到，可它长得茁壮无比，茂盛繁荣。浓绿的大叶子，厚厚的身板，有的挺拔，有的密集翻卷。有一天，突然，在叶片的缝隙中发现有白色的东西生出，仔细端详，那是被叶缝夹住的花蕾，它在偷偷地向上生长，不让叶片知道，不让叶片看到，在硬硬的叶片挤压中，使劲地向上挺拔，它似乎富有无穷的力量。这是它的顶端花蕾，下面蕴藏的是它无比坚挺的花柄。被叶片死死夹住的阳刚花柄，拼命突出，日日向上顶起，露头伸张，挺出缝隙，渐渐地勃起在叶片的上空。伟硕的花柄顶端，花蕾丛生，由小变大，由白变红，红黄伞状，不多时就造就了一个红彤彤的世界。

在排挤、压抑中，挣扎、积聚能量、挺身而出，鲜花怒放。

这盆君子兰的花期很长，三月有余。

往年春节后开花，今年年前争着报春盛开。

党局长经常来观花，卞主任说，其实花就是植物的生殖器，党安说那叫生殖器官，老卞说一回事儿，雷宇说，雌蕊、雄蕊就是雌雄二性，老党说，就是雌性、雄性生殖器，老卞说，弄了半天，是看生殖器。

多年生草本植物。草木之人。

人非草木，人由匍匐行走变为直立行走，就把那东西遮盖起来了。不像草木那样无私无畏，把它鲜艳地顶在头顶。诚然，草木也不是绝对地无私，是为了吸引异性，利于繁殖。

卞户力说，怎么说也是好东西。雷宇说，是啊，那样才有频繁地繁殖呀。党安说，是啊，要不弄出来的那些人都有"通奸"。

很多事情说透了、说出了实质，那就没意思了。欲言又止，是一种美；只可意会、不可言传，也是一种美。

散粉了，都是雄粉。

这些时日，总走到这里吃早饭，也是顺便晨练散步。信用社门口早早的就有人排队，我一问原来是准备取号以便白天办事。今天又是六点多，人们堆在门口，我吃饭回来，还没开门。又溜达了一圈儿，工作人员在开门，人们拥挤，好不容易打开门，人们一涌而进，争先恐后取号。我也要电汇转账，让熟人代取顺序号。从单位拿手续再次来到大厅，窗口早就排起了队。碰到熟人说，有蓝票的不用号，要排队。挤在熟人堆里，耐心等待。终于开始营业了，但第一人一直在不停地办理，一笔一笔又一笔，有人说是财政所的，有人说这一个人就需要两个小时，有人说有个人800元的一张支票排了3天队还没有办了。最后面的人无望地撤退了。怎么会不忙哪，有的一张支票仅有80多元。

大年初一，去光荣院慰问，不是以官方名义，私下活动。大院里，两棵大柳树，高大繁茂，有个枝杈从上面伸出来向下生长拐弯又伸向天空。几排小平房，有一小块块菜地，后面是新盖的楼房，大厅两侧摆着两排小椅子。房间宽敞干净，有卫生间。还隔有靠窗小间，放有茶几木椅。老人们生活舒适方便。上午九点多了，食堂里还在包饺子。节假日，一天两顿饭。

西北望去，飞仙宫被大雪覆盖，俨然一座白宫，只是规模比白宫大多了。附近，坐落着两座硕大的烽火台，在盆地中好像两座小山丘，被历史冲刷地斑驳流离，有道路通到台顶，上面长有荒草树木。为什么相隔几十米有两座烽火台呢？或许说明它重要。我想起了"单于烈火照狼烟"的诗句，我似乎望见了那狼粪燃起的滚滚浓烟，千军万马，潮水般奔腾，尘烟四起，砂石飞溅，杀声震天，金属兵器奏响了斯杀交响曲，回荡在盆地周围的群山之间。这大概是几千年前的情景了，匈奴杀过来了，契丹杀过来了。也许是大宋在与金辽进行拉锯战。

光荣院东过小土沟，一座新盖庙宇，雕梁画栋，前面有两个地基，两排建筑还未兴建。人们三三两两来上香，东厢房里有人在做饭。

县纪委全委扩大会上，县委书记吕知宪讲完有关内容后，强调当前工作。

吕书记皱起眉头，额头中间挤出两道短纹，发火了。全国两会安保维稳工作是当前压倒一切的政治任务，昨天我县发生4起进京非访事件，今天凌晨3点都接回来了，其中有一个说是摘除子宫了，其实根本没有，纯粹是他妈的胡扯，政法部门要找找所有的法律条文，看看是不是构成敲诈罪，要严厉打击。

开机用时42秒,击败全国61%的电脑,请再接再厉。

县直单位、乡镇党政一把手空前调整,40多人见了新茬。有的一把手不愿意干了,有的辞去了兼职,有的争取到了好位置,有的得到了提升重用,有的嫌给的位置不满意拒绝了,无官一身轻。官场史无前例地出现了不愿意当官的现象,还有空位,一向这么好的东东,竟然有人不愿意要。不想金山、银山了,怕压死了。

我雷宇没有当回事儿,风声水起,闲庭信步。

老人生病住院,这段时间的折腾,几十口人忙前忙后。

牙又长高了。这几天牙龈发炎,隆起了一座长长的山脊,高大绵延,带的半个脸面肿胀膨大,真是一面消瘦一面肥,抓紧时间办事,脸大呀!

我雷宇要免几个领导,免去几个科局长和县级领导在协会的任职。不写辞职报告没关系,我打印出个文字,盖章有效。什么法定程序,我任命你时,也没选举。十几年了,做一了解。

我雷宇家门前新开的大马路,路街很宽,车辆少,晨练的人很多。老邹每天在这里遛弯,我说终于回来了,不在乡里当书记了,他说是,早就不想在乡里了。我说迟早也得回来,县直不像乡镇婆婆妈妈。他说是,不过这个单位有些人开支困难,也很麻烦;原来我想去你那儿,我也写不了。我说来这里也不一定要写,主要领导吗! 他说有好几个人琢磨你那儿来。

居然有些一把手觊觎我的位子,这是空前的,也是滑稽的。炙手可热,这个位置还是个香饽饽。

开会前,人们在聊天。

贾主任:政协又开发行会了。

龚主席:又出书了。

卞主任:什么书呀? 那也叫书。

贾主任:没有出版社,没有书号。

龚主席:也算书,光屁户书。

提局长:非法出版物。

雷宇:也不算非法出版物,顶多算非法印刷品。因为连个准印号也没有。

卞主任:到处抄袭剽窃。

雷宇:是,抄了好多篇咱们《民间故事全书》上的故事,也没有丝毫注明转载图书版本,还删去了著作者名字,有的改成了他们的名字。

卞主任:这是严重的侵权。

提局长:让被侵权的作者起诉他们。

贾主任：还虚张声势，常委、主席、副主席一一讲话。

龚主席：他们有钱。经费多。委员大多为大款。

提局长：偷窃别人的成果去赚钱。

卞主任：大书、硬皮、庞然大物。

雷宇：实际上空洞无物，纸老虎。

卞主任：他们能做成什么事？

提局长：稻草人。

雷宇：其实，他们除了开会没什么事干，真正地搞点有价值的文化也不错。

卞主任：就是不正经，欺世盗名。

散会晚了，大家在外吃饭。

吃完饭，我去结账。卞主任说早就结了，我问什么时候结的，他说去洗手间就是为了结账。

再次东征。

京津冀文化活动，上次筹备会，今天是启动仪式。北京、天津、河北的有关领导和作家、艺术家齐聚一堂，北京领导宣布活动开始。

会议很简短。

岳主席：在人民日报和央视发表很不简单。

雷宇：只是有些小小的角度。

岳主席：不要过分谦虚。你的思想理论非常新颖，具有重大意义。

雷宇：你这样夸奖，使我的承受力超负荷。

天津领导：当之无愧。

河北领导：这是大作家。

岳主席：还是思想家、战略家。

雷宇：我仅仅是喜欢思考，也搞些战略策划。

吕部长：中国十大杰出策划人物之一。

在大楼前拍合影后，人们又回到会议室，继续拍小型合影。老帅哥和资深美女还不少，不过按联合国新的年龄段划分，都归中年，看上去一般也不算衰老，有的颇有几分风韵。

大美女看我手机说，你这么近距离地给我照，我长这样胖。雷宇真诚地说，富贵大气。大美女说，那个亭亭玉立的哪？雷宇说，温柔贤惠。美女又说，旁边那个黑套裙白上衣哪？雷宇说，潇洒性感。美女领导说，你还挺时尚。

雷宇看看照片，对自己的形象不够满意。

房山。房成了山，山就是房。山顶洞人。

采风团到达高速路远来南，原计划上飞仙山，天下起了小雨，只好打着伞在县城转悠。诗人说，也好，不仅采风，还可采雨。

今天正值远来庙会的第一天，信男信女成群接队，赶到庙里烧香。浓烟滚滚，火光冲天。淅淅沥沥的细雨，丝毫没有减弱人们的虔诚。画家说，不会把那树烧坏吧。雷宇说，只顾拜神，就不管那么多了。

庙下就是腾龙河源头。金主席对雷宇说，你给领导们讲讲。雷宇说，这下着雨，还有情景讲故事。金华说，这怕什么，讲讲，讲讲。雷宇只好讲了泉塔童养媳妇故事，金华说这不是挺好吗！人们连声说好。

在纣王城，岳主席问，这是纣王的都城吗？雷宇说，纣王都城在河南，这里是纣王的一个离宫，史书有明确记载。岳是风感叹，这是个大项目。金华说，实际上这就是在遗址上恢复重建的历史文物，作为一个旅游景点。

登上观景台，腾龙湖一览无余。望得见山，看得见水，人们似乎在仔细地品味着乡愁。

牛毛小雨，停停歇歇。看过辽代寺院，驱车西北，人们远远地就望见飞仙宫，不禁交口称绝，这似乎比北京故宫还宏伟。是因为它周围的开阔，没有高大建筑物。远远瞭望，它与纣王城遥相呼应。这更是个靓丽的景点。

管理人员介绍了飞仙宫不同寻常的来历，人们感叹不已。文联林主席说，这里还有豪华宾馆，真是一座别致的宫殿。

下午，云开日出，采风团上飞仙山采风。

在高速口偶然碰到吕书记，他朝雷宇走过来握手。雷宇说，房山的艺术家们来采风。吕书记微笑着说好，宣传飞仙山。雷宇说对，宣传飞仙山，宣传腾龙河。

晨练爬山，费鞋袜，产生 GDP；但省下感冒药，又减少 GDP，基本上是无用功，可毕竟对健康有益。

还去登旗山。上面还有一个山头，就是顶峰，那人不走了，说前边人从那悬崖上去的，我说就是那样上，我每次都是那样上。说着，我两手一拔，一下子跃了上去，他有些惊讶。这有什么？有时不用手拔，就上去了。俗话说，上山容易，下山难。难度最大的是下来时不用手扶，我只做过两次，几乎不能复制。想要重演，需要有九死一生的勇气。不值得。

今天早晨不上山了，养生堂说了，长期爬山对膝盖不好。现在最时兴的一句话就是——养生堂说了。生活水平就是提高了，人们越来越重视健康了。

走西环奔南国道。突然碰到有人在国道边打懒老婆。为什么叫打懒老婆哪？

其实就是打陀螺。雷宇立刻手机拍照，让那人看，说这张不错，正好胳臂挡住了脸。他说那张也挺好。他还想露个脸。

这陀螺够大的，小水桶一般。尖尖的，像少林寺中的木桶。前天才给采风团讲了童养媳的故事，现在就看到打懒老婆，鲜明的对比，实在是巧。

打懒老婆的人说网上买的，一百多块。他对另一人说，来，你打会儿。那人拿过鞭子，和他一样，狠狠地抽了起来。

我雷宇小时候打的懒老婆，比这个小多了，几乎就是松塔儿那么大。在家门前的河冰上，抽来抽去。不过，那白玉般润滑的河冰上，更加好玩。

上得丘陵，高大宏伟的亭子，亮丽辉煌。拍下县城远景，望得见山，看得见水，留住乡愁。

亭子下一圈圈汉白玉围栏，人们跑步、散步、活动筋骨。一人蹄腿扑棱地折腾，边扭动边说，准备大阅兵。旁边人耻笑说，你还大阅兵？你八月十五，打月饼吧！

可把我雷宇乐坏了。

东环两旁，一群群人，练功跳舞。时下情景，看不出是练功还是跳舞，或许当下，舞与武，水乳交融，不分彼此，你中有我，我中有你。就像文化与经济、政治、社会、生态一样，相互融合，有时难解难分，藕断丝连。

返回路上碰到旧同事说，在那边马路旁看到，你给打懒老婆的人拍照。雷宇说没看到你，你也可以打。他笑呵呵地走了。

以前单位，他负责后勤，人很懒不讲究。一次去解手，报纸被人拿走了，女同事给他卫生纸，他说，咱这么一小片片儿，还用这……人们总拿他开玩笑，说邻居法院不要他了，是接墙头儿把他扔过来的。

吕书记给全县领导干部上党课讲，村里一个人给乡干部送钱，他儿子觉得没把握，他说，这两千块钱就是带肉的骨头，谁吃了就会像狗一样跟着走。你听，这他妈的多损！

有的人缺乏最后的坚守。天亮了，该起床了，却尿了床。

课堂出现笑声。

吕知宪继续讲。有些东西不能试，比如老鼠药，会药死人，你不信，硬要试，吃吃看……

又来了一拨采风团。席间，解主任刚愎自用地说，这社会就是让你们这些人搞乱了的，什么文化主导经济？

他看过雷宇报刊发表的文章，当时赞成，现在又反对。雷宇并不针锋相对，文化在经济中的作用越来越重要。人们说,对,就应该是文化主导经济。

去房山采风采什么哪?雷宇想,那是北京城的发祥地,三千年前的商朝时,就城镇化了。还有山顶洞人。

山顶洞人,是人类的祖先。那时没有房子,山就是房子,山顶的洞穴就是房子。后来有了房子,不用再住洞穴了,但是到了汉代,帝王们驾崩后又住进了山顶洞。这时的山顶洞,是朝廷斥巨资耗费多年凿建的。汉梁孝王王后墓中,竟然还有雕制精美的大理石坐便器。

下午五点,大讲堂结束。

龚主席:大讲堂不如以前秩序好了。

卞主任:是。以前人们只是玩手机,现在接打电话的,睡觉的,聊天的,练功的,做操的。也有走了来副职代替的,有的干脆拂袖而去。

龚主席:今天下通知时还说有市里两个督导的。

卞主任:没看到督导的人。

雷宇:明察暗访呗!

晚饭在院子阳台上,小鸟们在苹果树上唱歌,这是它们的城镇。小苹果挂满枝头,长得有核桃那么大了。豆角蔓沿着竹棍一圈圈缠绕,它们好像有意识,不然它们怎么知道那里有竹竿,缠了一圈又一圈。黄瓜也是如此,它的须儿缠绕得更多,更为惊奇的是,它缠绕在了晒条上。它把那铁丝缠绕得一圈紧接一圈,紧密又规则,像个铁丝弹簧。缠几圈还不行?至于缠那么多吗!它们是怎么做到的,难以想象。它们缠绕,不是为了寄生,是为了抓牢,向上攀登。它们就是有意识的,只是我们人类不懂。起码它们是有生命活力的,而且坚韧顽强。

半个月前,京都的大街上只是看到柳梢黄绿,偶尔望到长出嫩绿的柳芽,现在春天已经铺排开来,榆叶梅张开了粉红的花蕾,桃花点赞着片片红晕,各种叫不上名字的鲜花争奇斗艳,马路和街道香气浓郁,这是京城春天的化妆品,是世界大品牌,是独一无二的绝版极品。如此的圣洁,是为清明准备的。

马路对过院子里,娇艳夺目。一株玉兰,鲜花挂满了枝头,几乎看不到枝干,红彤彤一团,如果不是触摸,感觉就是一株塑料花。倒是旁边另一株玉兰苗条纤细,花朵点缀,更觉真实。

上地铁,立水桥转回龙观。

姑娘小伙把车厢装得满满当当,几乎没有立锥之地,头脸躲来躲去,只怕蹭到对方的脸面和长发。下车人少,上车人多,人们都在进一步瘦身。不用手抓吊环和扶手,人们彼此固定,融为一体,一摇即摇,一晃即晃。

宋家庄,万马奔腾。争先恐后,抢在队伍的前列。车门打开,一拥而进,人未到,屁股先到,头身刚进车门,屁股早就甩在长椅上了。千钧一发,灵活机智,身手敏捷,掷地有声。经验技巧,搏得好位。接下来,人人拿出手机,聚精会神,不声不响,自己玩自己的,很少交头接耳,鸦雀无声,秩序井然。

场面蔚为壮观,兴趣盎然。风地观,丝毫没有贬义。

草房像素,盖了好多高楼大厦。地铁 6 号线,又从这里延长了。房产更火了,复式结构,楼上下合 100 来平,170 万元,还可以。下面客厅、厨房、卫生间,上面两个卧室、卫生间,另送几平米储物间,只是层高略低。

打车去机场 T3 航站楼。门口有人拉活儿,我说一百三,他们说太少了不够成本,要一百六。我走到十字路口,等正规出租,招手发现车上有乘客,但车子停了下来,给打电话约车,这时无标识的车跟了过来,看来有商量的余地,可我要讲信用,等约车。打电话人返回来时拉上我去荣京丽都乘车。司机跑的不错,不到一百二,我拿出零钱不足一百一,准备再拿一百,师傅说算了,他感到我站在他的角度行事有些感应,这是诚信的作用。

一般提前两三个小时到机场,这次提前6个小时。

十八勇士,8个多小时飞到莫斯科,1个多小时飞到圣彼得堡。这里与北京时差晚5个小时。我一般没有倒时差的感觉,也似乎没有出门,走到那里都感到如同在家一般。普天之下,莫非我土。我是有主义的人,雷宇主义,放之四海而皆熟。

美女翻译说,我上学来到这里9年了,大概你们能猜出我的年龄了。个头不高,倒颇丰满,走起路来,腰臀很是性感。开始讲解的声音有些发颤,或许有些紧张,后来好多了。也不容易,一个姑娘在这里单枪匹马打拼,万水千山,异国他乡,人生地不熟,租房买车,又要学习,又要挣钱,不禁使人生出怜爱之情。领队说自己也是在俄罗斯上的学,她也潇洒,但似乎更刚韧一些。

圣彼得堡是在沼泽上建起的城市,600多平方公里,400多万人口,这规模在中国也就是一般的城市,在俄罗斯可能是特大城市了,无论如何她还是很有特色的。圣指神圣,彼得是石头的意思,堡当然就是城堡、城市了,这是座神圣的石头之城。石头与沼泽是完美的结合,刚柔相济,阴阳共荣,地老天荒,永垂不朽。

石头把宽阔美丽的涅瓦河织成网格,布满全城。导游说,河水有20多米深。滚滚河水就像海洋一样,辽阔深邃,荡漾着大片大片的涟漪波浪。车子走到哪里,旁边依偎的都是河流。又似乎是城市把海洋湖泊格式化,一排排的石头楼房把水世界变成了石头城,一条条河流,实质上也就是一条河流,把石头城变成了水世界。东正教的座座教堂高耸入云,连天接地,让石头城更加威严肃穆。这是当今最被人类推崇的湿地公园城市,是最适合人类居住的人间天堂。

涅瓦大街人行道,人流熙熙攘攘。我总是在拍人行道的地砖,张总说,这有什么好拍的,我说,你看这人行道的石砖多么漂亮,五彩缤纷,做工考究。方砖点缀的小石砖就如我们的红土砖一般大小,铺排出五颜六色的美丽图案,走在上面,心情愉悦,周身舒畅。

世界闻名的涅瓦大街,车流浩荡,井然有序。翻译说,当初建设大街时,仅有不多的马车,空空荡荡,可见涅瓦人的眼光和远见。几百年前,他们就有了前卫的城市理念。

因为阴雨多,这里白天行车一律开着大灯,是特殊的交通法规。马路上很少有电子眼,一般为警察值勤。平常看不到警察,一旦有违章,立刻就会有警察出现处理。

翻译解说，这里的工作生活节奏与乡村类似，规定公务员上午九点上班，但一般十点左右到岗，换好特制的工作服，几乎就离十一点不远了，还没干什么工作，就该吃午饭了。午休2个小时，下午四点左右就下班了。

也不知道翻译是否有艺术夸张。翻译也是导游，不免渲染铺张。

王总学着列宁的强调说，我们怎么不占领冬宫呢，我们一定要占领冬宫。有腔有调，引得我和翻译不由得发笑。但列宁想炮轰的冬宫，我却没有进去。

人们出了冬宫，翻译说还好没有下雨，我心说你们在宫里两个小时，岂不知大雨刚刚停歇。

翻译说，这里的天气就像男人的心、女人的脸，说变就变，但这里人很少打伞，是个奇特的现象。因为雨也太方便了，哗啦就是一阵……

夏宫似乎是在乡下，却有非常著名的城堡和园林。有着大规模的城堡园林，当然就不是乡下了，是皇宫，是避暑颐养并向世界展示的豪华宫廷。说是园林，有着自然压力的星罗棋布的喷泉，同时也是湿地沼泽森林。参天大树上长着青苔，地面草地上布满天然水沟，蜿蜒出奇形怪状。

这里经常是国家首脑云集的好地方，一座座的城堡别墅。

我们正在拍那21米高的自然压力喷泉，忽然瓢泼大雨与喷泉构成水天交响曲。上走廊躲避，大雨没有停歇的意思，我们只好打着伞向前行进，到前面的波罗的海拍照。

圣彼得堡曾改名列宁格勒，后又恢复原名。

到了普希金城，天又下起了小雨。

在圣彼得堡开往莫斯科的崭新列车上，4个人的软卧包厢还很舒服，上铺的鼾声如雷。清晨，辽阔的森林从车窗上闪过，间或掠过尖顶的彩色房屋，有时划过大片的湖水。一轮红日从东方升起，闪耀在平静的湖面上，熠熠生辉，穿过湖旁的树林，我立刻拿出手机，迅速拍照，树林那边好似升腾着耀眼的火光，形成长长的火线。这是朝阳在树林里的杰作。

斯大林七姐妹，特指斯大林时期的七大建筑，气魄宏伟，高耸入云，当然也有美丽婀娜的感觉。外交部、莫斯科大学就是这些妙品。

翻译说，红场相当于天安门广场的约四分之一大小。其实，或许还略有些微小，但丝毫不影响它的地位和名气。去美国时翻译说，他们一遇到有块空地就叫广场。华盛顿广场就是一块草坪，但仍然久负盛名。

中俄国际文化艺术节，艺术联展在莫斯科举行。中国书画，俄罗斯美术，我们的图书都布置在展厅里。俄方艺术协会副主席颁发参展证书，人们领证、拍照，欣赏作品,展厅热热闹闹。书画家现场手书,挥毫泼墨。俄画家用毛笔在宣纸上书写了自己的名字。

下午,参观公墓。

新圣母陵园,伟人和名人们在这里安息。只有这种场合,你才能集体地接见他们,与他们集体谈话。这些雕像中还有中国的王明以及他的夫人和女儿。印象中,王明是教条主义和左倾机会主义的最高代表,解说员说,王明凭借语言天才,成为斯大林唯一的学生。

学生时代传说,老师也讲,王明对马列著作倒背如流。那一定是夸大其辞,大概是艺术夸张,是个教条的最好的典型形象。

王明,中国安徽金寨县人,在这里有一席之地,不失伟大。

雷宇想,我们人类在城镇化道路上,是否也犯有王明的毛病。假如我们在人类发展方式革命上也来点王明的错误,或许也不是件坏事。

莫斯科有1100万人口。俄罗斯有1.41亿人口。伟大的民族,孕育了很多伟大的人物。翻译说人口在逐步下降,而我预感到100年后,这里的人口反而会上升,或许增加很多印度人。我恍惚看到,莫斯科和圣彼得堡,都有2000多万人口。在圣彼得堡周围,摩天大楼像山峰一样围绕。很多城市都在快速地增加着人口。

翻译介绍,克里姆林宫门楼顶端的五星,镶有宝石多达3吨,这是什么概念,足以显示它的豪华威严和富丽堂皇。宫内高高的三座教堂,是它的基础和主体,仅有国会大楼为唯一的现代化建筑,其他办公楼五彩斑斓。

莫斯科大学,漂亮的美女。这广场太大了,以至我们拿着望远镜瞭望那七姐妹之一。两侧是广阔的树林,一望无际。来到喷泉水池旁边,坐在花草丛中的弧形围椅上,心旷神怡。一会儿,不知从哪儿,大概是从大楼里来了两位大美女,亭亭玉立,坐在对面的椅子上,抬起头,深深地吮吸着新鲜的空气。

少顷,张总走了过去,说鹦哥历史,她们似乎不懂英语。张总拿着手机,让她们看照片,表示想与她们合影。二位美女立刻同意了。王总刚要准备拍,张总又站起,到二位美女中间,美女赶紧挪开一点,张总坐在中间。拍了几张,张总示意美女把手搭在他的肩上,又拍了几张。然后美女把手揽在他的肩上,拍了很多张。

同行的女士说,给我老公也拍一张吧。

王总原是一个省直单位的党组书记,退休3年了。他的隶书写得有些特点。

一伙人恋恋不舍地匆匆离开了,向等待的大巴车走去。

上了车,张总拿着手机,翻看欣赏。

晚上,张总不时翻看留恋。两个美女,或许是硕士、博士,一个温柔,一个大气。当然,温柔的也大气,大气的也温柔,只是给她们各自代号而已。一会儿张总想,温柔的围巾是什么颜色的？翻开一看,啊,绿色的;大气的美女似乎灰色围巾在衣服里面。两个人都穿着浅蓝色牛仔裤,温柔的上衣似乎是薄羽绒服,大气的是单大衣,到膝盖以上。

第二天,张总想,她们似乎穿的都是旅游鞋。拿出来看看吧,对,温柔的鞋带是红色的,打着蝴蝶结,大气的鞋带似乎没绑穿进鞋里,露着一段腿腕。

在车上时,他又想,大气美女的包好像是米黄色,放在身旁,忘记了温柔的是否有包。拿出手机一看,呀,原来她挎放在胸前,与衣服颜色相当。

晚上想,他们也都戴了墨镜,不知是什么时候戴上的。翻看照片,有戴的,有不戴的,后来的照片,三个人都戴着墨镜。看,有抿嘴微笑的,有露出牙齿笑的,大气的竟然露出 9 颗牙齿,这是超标准的笑。看得出,他们非常开心惬意。

不行,还得看看微笑的样子。大气的,潇洒性感,露出臂腕,手指修长,弹钢琴的手指,可能是搞艺术的。温柔的圆脸尖下颌,也许她比大气的岁数稍大,正好坐在左边。

美女青春涌动,散发着沁人心脾的馨香。异国他乡的两个美女,没有怪异的感觉,气息雅香,滋润心田。张总感觉,这气息几乎不是闻到的,凝视的眼睛就自然而然地看到甜蜜味道。味道不是闻到的,是眼睛看到的。看到的香味,传感到了嗅觉。张开鼻翼——真的芳香。

回程的飞机上,张总继续品味她们的坐姿。翻开照片,喔,大气的右腿跷起二郎腿,现代时尚,可这是向着外面;温柔的右脚与左脚交叉,也是向着外面,左手轻握放在两腿之间。记得曾经读过的心理学书籍,对此多有解读,现在实在想不起来了。

经过好长时间的调整,张总走出来了。万水千山,语言不通,就算两国人民的友谊了。

俄罗斯散步,很豪迈,想象一下那辽阔的版图,世界之最,足以让你溜达个够。

刚回北京,就找我雷宇开会。

国家会议中心预留车位,雷宇说不用了,我坐地铁去。雷宇在大望名品店买了 16 万元的一双皮鞋,权当坐骑了。

宋家庄转 10 号线,环线哪边走距离都差不多,北土城转 8 号线,奥林匹克公园站下。

工作人员说,E 口出对面是国家会议中心。

来的较早,在附近走走看看,熟悉一下地理环境。忽然发现地下一层有红色条幅"俄罗斯人民艺术家精品展",刚从俄国归来,就碰到这样的展览,有兴趣欣赏观摩。

真是些大家,总统颁证,握手合影。油画档次很高,人物,静物,那幅画蘑菇的油画干脆起名就叫《蘑菇》,朴实直白,毫无文饰,简直可与我雷宇文学作品"原汁原味的绿色风格"相媲美,不要认为我雷宇可笑,我的"雷宇主义"将来或许有更重大的意义。

在俄罗斯文化艺术节上,王书记写那"虎"字,右边笔画出了宣纸,我赶紧提醒"出界了"。

现在把它送给刘总。

刘总:这字写的好,就是出了纸了,是故意这样写的吗?

雷宇:当然。你看,这字多么生动形象,不是死板僵化的墨字,是灵动的、富有灵魂的。老虎从宣纸上走了出来,活灵活现,纸老虎成了真老虎。

张总:好一个"纸老虎成了真老虎"!

刘总:我也看出来了,这大虫还是只母老虎。

张总:独具慧眼。

雷宇:跃然纸上。收起来吧。

刘总:谢谢。

雷宇:不客气。

刘总:俄罗斯的城市很好吧?

雷宇:比较有特色。城市中有森林,森林中有城市。

张总:他们的森林保护得较好。城市中的森林,通常也不作为公园和园林,主要起着空气调节和净化作用。

雷宇:他们的城市,富有地域文化和历史文化特色。

全省领导干部电视大会,省委书记讲,要减少腐败存量,遏制腐败增量。这是符合实际的。以前我们在治党方面失之以宽,特定的阶段大环境所致……当然也不是说可以一笔勾销,十八大后全面从严治党,特别是从现在开始,再不收手不收敛,就是在与党纪国法叫板,我们决不饶恕。这思想态度也是合情合理的,旗帜鲜明,惩护结合。

微创手术已经无济于事。戏中戏，局中局，梦中梦。在梦中我雷宇梦见自己从梦中醒来了，噩出一身冷汗，在梦中回味着刚刚的梦境。

　　2013年到2020年，是中国史无前例的反腐时代，声势浩大，力度空前，壮士断腕，刮骨疗毒。刑判腐败分子，国家级31人，省部级330人，地厅级4600人，县处级9万人，乡科级11万人，村股级30万人。这似乎有点象云里的大数据，大得惊人，但这是八九年的总和，分散在每年就不是那么吓人了。刑判腐败的一般公务员不计其数。其中死刑3万人（斩立决1万，斩监候2万）。有相当大一部分不合格党员，被清除出党。

　　监狱规模不断扩大，依然供不应求。好多空置的大酒店宾馆、卖不掉的商品住宅楼、废弃的工业园区、撂荒的开发区，国家重新征用，改造改建成新型监狱。一些闲置的工厂、正在建设的养老院改建成了无期徒刑监狱。一些疗养院也改建成了有期徒刑监狱。

　　有些重复建设的大学也纳入腐败改造教育范畴，让腐败分子成为旷古未今的破天荒的新型学员。在不能腐的氛围中，培育他们不敢再腐、不想再腐的脑袋。准备将来重新起用一大批比较年轻的人，继续成为国家的栋梁。这批有前克的领导人才，一旦触碰"高压线"，监狱就会破格重新录用他们。大部分人进入社会，成为带电的辐射源。

　　没收的非法所得，除了作为改建监狱外，全部用于扶贫开发和救助资金。2020年，全国的贫困地区均脱贫出列，中国完全进入全面小康社会。随着反腐败和个人收入所得税的改革施行，社会贫富严重两极分化问题得到了有效的缓解，分配不公的怨声越来越少了。

　　公务员队伍面临着严重的恐慌，无数的空缺，大量的虚位，人们不得不身兼数职，政府公平公正廉洁高效。开始建立实施进入公务员队伍的奖励和保障制度，

吸引更多人积极充实公务员阵营。明奖显补,高薪养廉,

经济经过转型的阵痛后,恢复元气,休养生息,强筋健骨,向着良性的轨道快速前进,社会得到繁荣发展。人们的生活水平有了较大的改善,显现出美好的提高趋势,人们的道德观念思想境界有了截然不同的质的飞跃。人们又重新树立了"官"念,想做官的目的不是为了威风享乐和私利,从内心深处追求自身的社会价值,对比为国家社会贡献的程度。

反腐败是把双韧剑。社会经济出现了一段萧条,但为社会的全面发展,治理出了优良的政治机制。社会的健康运行,有了先进的系统软件。经济文化、政治文化、社会文化、生态文化,主导了人在自然中的和谐理性发展。

2023年中国又进入快速发展时期。

乘坐宇宙飞船旅游的人越来越多了,先是美国人、俄罗斯人,后来英国、法国、德国、中国、日本等都有愈来愈多的人遨游太空。很多国家拥有旅游飞船,有的甚至就象飞机一般普通平常,去趟太空好似出趟国般方便。中国人多,飞上太空的人最多,而且日益增长。

雷宇感觉,去趟太空,就象过去乡下赶个集一样。

有了速度,没了距离。

转眼到了退休年龄,但退休年龄又延长了,递进延长到了65岁。这也不是什么不好的制度,可以增加和延长我们的活力,反正还有体力和精力做事。经济水平,社会环境,社会保障和福利都达到了相当高的程度,还能干上些年头。

我雷宇被任命为国家参事。以前要求必须年满70岁以上的有较大影响的离退的厅级以上官员或社会名流方可担任参事,前些年改为年满60岁以上,增加了参事的活力。我的思想著作主张从前就曾数次到达国家高层。

早在2019年,行政地市级没有了下辖县,省级直管县级,市管县变成县管市,县管理辖区内发展起来的小城市,依然包括乡镇。2024年取消了乡镇行政建制,县管城镇和直管建制村。

2025年,中国到处都是城市,大中小城市包围了乡村,大多数人生活在城市,城镇化率达到70%,只有少部分不愿意进城的人仍然生活在农村,也有些城里人在乡村购房置地,季节性、间断性地在农村休假生活。我雷宇家的老宅,也进行了翻新建设,我们经常回来小住,修剪管理树木,种植粮菜,返朴农耕,祭祖省亲。

小孙子快10岁了,虎头虎脑,虎背熊腰,学习成绩很好,还喜欢干农活,兴趣非常广泛。

中国公民不断大量向国外移民,21世纪30年代,中国快速崛起,到50年代,

中国成为世界第一强国。中国人口减少到十亿，美国人口达到七亿，印度人口减少到八亿，欧洲人口由于移民而不断增加。由于社会的飞速发展，人类自然增长率越来越低，特别是发展中人口大国成了发达国家，其人口自然增长率飞速下降，鼓励生育的政策在全世界都不起什么作用，世界总人口在不断下降。中国人口发展趋势可能在八亿徘徊，印度以七亿保底。

宇宙定律是强大处下、柔弱处上。超级大国衰败了，中国处于强盛繁荣的黄金期，印度在后面紧追不放。

很快就到了 70 岁，现在没有疑问，退休年龄短期内不会再延长了，颐养天年。工作退，活力不退，还要做力所能及的事情。城里烦了，就到村里。过去农事是辛劳，现在农事是娱乐、是享乐，这是大自然赏赐给我们的天然玩具。地球就是篮球，可以不停地拍打。

现在，不仅钱财是身外之物，名利地位是身外之物，而且能力水平内在素质都是身外之物，只有长寿和健康才是身内之物，将来长寿和健康也会成为身外之物。一切都是身外之物，还有什么可在乎的？

我有 3 个孙子，第二胎是双胞胎，本想再要个女孩，结果又生了两个带把的。

孙子们结婚后，没有了限制生育的政策，有相当一段时间，后代们繁茂起来，但随着经济和社会飞速发展，自愿生育率越来越低，有的几代单传，有的断了香火，接着出现了鼓励生育政策。到了 50 年代，鼓励生育政策也基本不起什么作用了，人口急剧下降，人类族群规模逐渐萎缩。

时代就是变了，人的精力旺盛，青春持久，80 多岁了，依然还有夫妻生活。性福，就是幸福啊！没有性福的人，总感觉不幸福。

50 年代，地球上出现了惊天动地的狂风，城市摩天大楼间形成涡流、气旋、龙卷风、龙卷风群。龙卷风直冲云霄，龙卷风之间相互吸附，漏斗侧吸漏斗，弥漫地球，海啸山崩，飞砂走石，摧毁世界。城市间气流撞击、交织、盘旋，复杂的热岛效应孕育出地球有生以来最暴虐的天风。人和汽车飘向天空，摩天大楼"卡嚓，卡嚓"地折断，有的被连根拔起，有的被拧成了麻花儿，世界上一片混沌，天地涅磐重生，人口被灭掉十之二三，好多人逃到了乡村，城市、乡村进行了重新的定位和布局。

这次史无前例的龙卷风，不仅是无数的龙卷风相连通，席卷整个世界，而且龙卷风个体无比庞大，有的围拢整个特大城市，有的囊括全部城市群。

远来突然刮来了一个巨型的怪异建筑，京都人忽然发现的那个 M 型的著名大楼不见了，只剩下地基。那个天外来客，在远来城上空盘旋后，歪斜地矗立在城西南的玉米地里。其实,它就像一颗巨型导弹,被龙卷风吸到空中,向南向西旋转了二百公里,甩出龙卷风漏斗,掉在了远来城。这种气势磅礴的龙卷风有着人类难以想象、难以置信的能量,排山倒海、气吞山河。

大楼里1万多工作人员,像乘坐宇宙飞船一样,不,像火箭一样,抛到了这里。多数人遇难了。幸存者有的昏迷,有的精神恍惚,有的彻底精神失常了,有的成了植物人。

人们准备给大楼建筑地基,伐正修缮。两个腿,需要一个一个修建。要先与有力的支撑,再进行挖掘建筑,工程浩大。空前天灾,捉襟见肘。县委政府成立了"天楼"工程指挥部,书记任政委,县长任指挥长,常委任副政委,副县长及其他副县级领导任副指挥长,各有关部门单位主要领导任成员。指挥部下设办公室,办公室设在住建局,局长任办公室主任,副局长及有关部门领导任副主任,抽调有关部门专职人员,脱离本单位工作,集中统一办公,处理日常事务。

当然,首先成立的是"天外来客"善后工作领导小组,召开会议,颁发文件,组成56人名单小组。

远来城原有的一些高层,抵御能力更差,钢筋水泥不达标,施工质量存在问题,更要命的是地基较浅,没有打到积岩上,还好沾了盆地地形的光,周围高山缓冲了龙卷风的能量,楼群没有被刮走,但是多数倒塌散架,与大地震的情形十分相像。人们急忙外逃,电梯无电,伤亡惨重,惨不忍睹。

当时,城市群龙卷风好似老龙,远来城龙卷风好似少龙。少龙自转的同时,跟随着老龙的大漏斗公转,但极其复杂无规律。后来少龙摆脱了老龙束缚,在山城自行旋转,受到群山阻碍,情绪渐渐平静下来。

天风,是阴风,是阴气造成的,好比一女五男,女汉子超越了五男的阳气,女壮士有万夫不当之勇。阴气极盛暴虐,遮蔽摧残了阳刚。阴气是地球产生的,是地球不堪重负的星罗棋布的城市形成的。

到达六十年代,城市病得到了有效的治理,雾霾意外地被城市风一扫而光,城市获得了变革和崭新的发展。雾霾不是简单地被刮走,而是宇宙的天风改变了它的物理结构和化学性质。宇宙对地球大气进行了崭新的重组与调和,乡村人口又向城市流动、集聚,城市面貌焕然一新。

这次,人类文明又前进了一大步。

现在是2064年,中国人均寿命提高到了90岁,我已经99岁了,算是寿星,耳不聋眼不花,还能活动腿脚筋骨,写点东西,有望再活上若干年。100多岁,平平常常。长寿老寿星,高达150岁左右,成了人精。整个世界都变了,完全不是以前的样子了,这是从前任何人都无法想象到的。人们的世界观人生观价值观发生了惊世骇俗的大转变,有些简直是乾坤大逆转。这时哪还有贪污腐败呀,你让他贪污腐败他也不会贪污腐败,任何人都不想贪污腐败,如果说私欲的话,那就是人们争先恐后发挥自身才能、体现自身价值,谋得在社会中的较高地位,求得为社会做出较大贡献。贪污受贿、奢靡腐败成了个例不治之症,官员不是畏惧法纪和道德,而是从内心里厌恶、唯恐避之不及,没有人不怕得绝症。人们变得就跟过去的傻子和精神病一般,用过去的眼光完全看不懂了,令人费解。

99 岁了,孙子也有了孙子,但这不是十分重要,人们不再看重传宗接代、子孙满堂了,人们也不拿房子、车子、票子当回事儿了。人们在高楼大厦形成的水泥森林中忧郁纠结,好多人在乡下买地、置房子,不再装饰人人生活的都市,而去享受内在的丘园生活。人口倒流,水漫金山,30 年前就开始了。很多人不用上班,有很多退休老人,有很多是属于食利阶层,有些人靠政府津贴生活,当然不是专家教授享受的政府津贴,而是没有劳动能力的特殊津贴,一般人不会享受这种津贴,也不想享受这种津贴。上班人有各种不同于以往的状态,有的遥控,有的居家工作。开会成了聚会的机会,开会是享受。开会就像办喜事,就像改善生活一样。

我们的养老金有一万多元。物价也提高了很多,特别是粮食,玉米每斤 10 元左右,面粉每斤 13 元,大米每斤 15 元。因为蔬菜、水果种植的越来越多,粮食生产逐年下降,但品质都有了很大提高,真正的无公害绿色食品普及开来,人类的食物进行了空前的大革命。

生孩子,政府安排一份工资,生两个以上,工资加奖金。尽管如此,生孩子的越来越少,人口急剧下降,一些城市成了空城、睡城、鬼城。人类面临着消亡的危险,无论如何努力,也很难改变衰退的趋势,难道人类发展太快越过高峰了吗? 升温快,降温快。在这里,我一定让人类重振雄风。

人类开始搬家,去其他星球。

崴子的老婆埋怨崴子,当初把房子和地都卖了,现在亏大了,关键是,到哪里享福去呀?

树林压根没有进城,没走弯路,一如既往,也成了一步到位。儿孙们靠房产、地产过日子,生活很好,树林天天享着清福。

干勇和牛儿都没有了,他们的子孙们都过得很好。

我正思考着,孙子的孙子在智能床上哭了,可能是尿了。不用麻烦,不哭了,智能系统自动地给他替换了尿布。这是我孙子们后代中最小的孙子,婴儿的最大堂兄比他大 30 多岁。这些孙子们的孙子们很少愿意生孩子,有好多连婚都不愿意结。他们又返祖,有形成新的原始部落族群的发展趋势。原有的家庭组群结构关系不断地分崩离析解体,新的社会人际关系日益修正形成发展完善繁荣。宗法制度被破坏,祖宗的家族意义日趋淡化,传宗接代失去了宗族化,遗传物质的现代化科技化职能化,使人类更加认同共同的祖先。

现在,往来京都和远来之间,非常快捷方便。往来通道,一按触摸键,像火箭一样,5分钟即到。时间主要花在从远来城到乡下老家上,不过也很快。过去形容快速说,你坐火箭来的?儿时骂着玩说,你坐"甩"来的。当今这都是活生生的现实,不是形容不是骂人。

乡下的房屋跟庙一般,住在里面的人就是神仙,过神仙日子。

人们把山村的空气做成了空气罐头,不断大量地卖到城里,销量不亚于牛奶,成了城里人不可或缺的生活日用品,而且价格昂贵。

我们身上都是智能穿戴,手表也是手机,还是医疗测量治疗器械,血压、血糖、血脂等指标自动显示,当然还有以前没有的好多项目,它还有一定的调节和治疗功能,它具有一定的光合作用,我们晒晒太阳,甚至用房间的智能光谱照射就能获取一定的能量,代替实物。据说,将来可以连带超级物联网,足不出户,就可看到世界的一切,甚至可以观望到外星六代重孙子们。

想出门,现在的飞机超声速,而且飞机上与以前截然不同,可以打手机,可以上网,可以玩耍各种游戏活动。宇宙飞船也快要普及了,不久,乘坐宇宙飞船可以到外星办事、走亲、赶集,遨游太空,像坐公共汽车一样便利、平常。

科学技术的飞速发展,令人难以置信。人人成了火箭,放个屁就可上天。变废为宝,每个人下面排出的废气,都可在特制的内裤里积蓄储存起来,成为核裂变的动能,需要时,一按程序,就会像火箭一样飞上天空。起初,像降落伞一样着地点不够准确,后来不断改进、更新换代,集成定位,准确到一米范围内。

天上常常飞着成群的飞人,像鸟儿一样在天空翱翔。不过,排气能量需要积蓄,只是偶尔应急,地上和空中交通依然使用。尽管到2064年,屁火箭的发展达到了高峰,进行了高能量核裂变,放一个屁也可上天,但是不能大批量投放市场,不能在社会中进行普及,否则,空域秩序就乱套了。放个屁就可上天,天上乱糟糟的全是人,像蝗灾一样、雾霾一般,遮天蔽日,昏天黑地,弄不好还会发生普遍的相撞事故。

当然也有方便事宜,朝九晚五。早晨八点五十九了,启动屁火箭程序,飞上天空。在天空中卞主任碰到党局长了,说快点,误上班了。也许是在美国居住,在中国上班。

这是2064年，要是50年前预言这样的事，人们一定以为是疯子、精神病，荒唐之极，纯粹是屁话。现在成了活生生的现实。

雾霾中的颗粒物，成了资源，用于发电；甚至直接变成了交通能源。卫星可以不用火箭推动，可以利用光能；后来干脆应用空气转化能源，发射卫星上天。空气，取之不尽，用之不竭。吃进去的是被污染的空气，吐出来的是洁净的新鲜空气。开拓了能源，改善了大气，一举两得。能源的史无前例革命，诞生了星球级的巨无霸宇宙飞船。飞船上是个磅礴的城市群，上亿人口定居在超大型的宇宙飞船上，繁衍子孙，传宗接代。

我雷宇的大孙子的三孙子也移居在宇宙飞船上，这是我从云里获悉的。飞船上也有山地和平原，有河流湖泊，水完全形成系统，循环利用。有大中小城市，形成城市群。小城市就是风情小镇，疑似乡村，但具有完备的城市功能。实际上是百分之百的城镇化。

大孙子的三孙子是研究宇宙中的飞碟的，其实他们也是飞碟。我们看到过飞碟，但那飞碟不是他们，比他们古老多了。

这时，在地球上，也无所谓城市或乡村了，它们都密切地连在了一起，城连城，城连村，村连村，世界的城乡连在一起，形成国际市场，全球化，一体化，整个地球就好像一座魔幻的巨无霸城市。

我雷宇的三孙子的小孙子会说话了，他喊我"老老爷爷"，他爸妈说他口吃。哪是结巴呀？他叫的对，应该称"老老爷爷"。我女二的重孙子喊我"老老姥爷"，这是一样的辈分。他们长大后，有可能也去外星球。实际上，外星球与地球也不是没有丝毫关系，还有蝴蝶效应。

星球，变成了城市。星系，成了城市群。宇宙，变成了乡村。宇宙，是星球的开发区。

开机用时41秒，击败全国63%的电脑。

在地球的一端，世界的东方，终于诞生了雷宇主义。它是人类新时期关于宇宙的系统思想，是关于人与自然的理论体系，是人类疯狂破坏环境后的世界观和方法论。它并不是以学术理论的形式出现，而是以通俗的文化文艺形式涵养了崭新丰富的内容。叙述方法与研究方法相结合，学术与文学联姻，思想与趣味结夫妻，引领指导与娱乐齐头并进。人人看得懂，人人可以学，人人可以用，人人可以传。

文化主导的世界，又一次获得了飞速发展。这次飞跃，胜过了工业革命后工业文明的质和量。道德智能，把人类向前大大地推进了一步。

2064 年,人类平均寿命是 90 岁,人们的视野中,到处都是老年人,老年人成了社会的主流,社会运行在很大程度上是供养老年人。联合国将人类的年龄段又进行了重新划分,青年由 44 岁以下变为 55 岁以下,中年由 45—59 岁变为 56—70 岁,71—80 岁为年轻的老年人,81—94 岁为老年人,95 岁以上为长寿老年人。

　　联合国的权威性有了很大的提升,能在较大程度上处理国际事务和地区争端,国际法由国际惯例性质逐步向法律的方向靠拢,各个国家机构日趋精简,联合国机构不断发展完善,很多国家的公务员成了联合国官员和办事人员。联合国办公机构除了总部外,遍布全世界,有很多工作人员,甚至在家庭办公,为联合国供职尽责。

　　随着地球人类向其他星球的部分转移,其他星球人类越来越多,同时地球人发现了其他星球原有生命体和类人类,星球之间人类的纷争日趋增加,需要成立组织机构,进行协调处理。有的主张叫联合星,有的主张叫联合球,有的主张叫联合星球,各个星球各个国家意见纷争,中国发言主张叫联合星球,感觉叫联合球名称不够庄重。

　　中国因为在多数国家开设孔子学院,颇有影响。孔子有名正言顺的说法,所以最后采纳了中国的意见,星球组织机构正式定名为联合星球,总部设在火星,2064 年正式挂牌办公。各个星球设有分支机构,地球分支机构设在中国北京。北京分支机构设在天坛,下设办公室,办公室设在地坛。星球和平组织设在日坛,星球食物组织设在月坛,星球智能组织设在中华世纪坛。

　　我孙子的孙子们,有一个叫雷火的在和平组织工作,有个叫雷水的在食物组织供职,有个叫雷泽的准备考试应聘智能组织。他们的弟兄姐妹中,有好多移居生活在外星球,为他们的履职提供了很多方便。也有些人于机构兼职,在家里工作上班。他们有个叔父,在天坛机构任职,有两个姑姑在地坛办公室当干事。机构不断地发展壮大,他们仅仅是众多人中的一员,是浩大队伍中的一分子。

　　不要以为他们以权谋私,搞裙带关系,他们早已没有了关系网意识。祖宗的基因和血缘已经发生了很大的变化,被智能化了。核酸链条上的梯子档,被他们换了又换,面目全非了。当然,科学技术发展到了那种发达的程度,他们可以自主地决定自己的最优质基因和血液,有能力使自己向着优秀的方向发展。

　　我的预言一定应验,不然我就改变世界。

　　周易悄悄地告诉我,危险呀,你以为世界皆备于你吗,你以为宇宙就是你家的庭院吗!

　　长了一颗政治脑袋,一辈子几乎没做过象样的官,却成了政治家。我的主义,不用暴力,不流血,不杀人,但要革命,要自我革命,革去旧灵魂,诞生新灵魂。要用文化灵魂,主导社会的经济和政治,使整个人类发生根本性的变革,让人类的面貌焕然一新。不是通过砸烂旧世界、建立新世界,而是在充分认识宇宙、世界、自然、人类社会的基础上,人们的思想观念和行为爆发出实质性的革新。它使人类在宇宙中的作为,首次发生质和量的飞跃,成就人类的美好前景。

人们请我讲讲雷宇主义,我说这个我自己不能讲,这是后人的事,我讲也讲不清楚,讲不全面,讲不好。

也有人耻笑,穷成这样,还谈个人的主义。对这些可以置之不理、嗤之以鼻。单就物质生活而言,比马克思好多了,比孙中山也强不少,比孔子都富裕。孔子也就不断地有些肉干吃,在下时而可以吃到鲜肉,而且,今日有高血压、高血脂、高血糖的鄙视,肉多也不是好事。既无"三高",又不缺吃喝,随时还可点评他们的思想和主义,比那些伟人们幸福多了。

我认为自己不缺物质财富,缺少的就是主义。现在主义有了,什么也不缺了。其他星球的人们对此主义也颇认可。当然,还要不断地拓展进步。

总统责任重大,因此很多人宁愿当公民。生活所需一概不缺,钱财需要操心,经营不好是犯罪,所以多余的资产只是额外的负担。

时至今日,人们很少考虑个人问题了,高度分工高度发达的社会,也没有多少个人问题需要自己操心,主要潜心于社会角色定位,自身的价值就是在社会中的价值,每个人追求的是为社会贡献的大小,争的不是名利地位、是社会价值,因为此时的名利地位几乎没有什么用处和吸引力。

雷宇主义,在宇宙间回荡。

生活就是演戏,你光让我演小人物,我也演一次大人物,有何不可?

不管大人物还是小人物,都可以是主角。

一百来岁了,除了寿命和健康,什么也不重要了。假如现在三十多岁多好,就是四十多岁也好。

世界在不断地被刷屏。

现在是 2064 年,说说 50 年后的世界。50 年后的事情,就是我雷宇这个百岁老人的预测了。2114 年,世界格局发生了翻天覆地的变化,政党、国家更趋于向社会转移,没有了从前的所谓超级大国和霸权主义,强权政治不仅遭到国际遏制,而且在国内就消化在萌牙状态,社会、议会、国会就将其拿下、摆平、搞定,渐渐地失去了萌芽的土壤,国家之间走向真正的平等,国际潮流奔向提高人民生活水平和为世界作贡献的方向。经济的发展以文化为主导,着眼于提升经济中的文化含量和文化附加值,经济上升已经如日中天,明显地显现为文化的发展和跃进,文化的发展是永无止境的,社会的发展表现在文化上,人类的发展更重要地体现在精神文化生活水平的不断提高和升华。

我雷宇的孙子的孙子,也有了孙子。但他们仅仅有弟兄两个,可这已经是子孙旺盛的家族了,很多家族绝户了。堂哥与他父亲定居在火星,准备去银河系的一个星球生活。他也成了一个大人物,鼓捣了个什么主义,比老祖宗我雷宇的主义更加宇宙。尽管还没有在宇宙间回荡,时代在加速前进,长江后浪推前浪。这些消息都是从云里传回来的,亲戚之间难以联系。是否亲戚,也只有从大数据获悉。我雷宇的智能穿戴产品接受了传输,显然还在继续改进发展。

据测,他弄的是黑子、黑洞、暗物质、时空弯曲之类的事情。空间可以弯曲,时间不知如何弯曲,难道历史可以开倒车吗?我们经过了 2064 年,明年可以回过头去,再过 2014 年吗?可以回头看,不能回头过。真是那样可好了,正好满足我雷宇的愿望,我雷宇现在 100 岁了,弯曲一下,回头再过 20 岁。我雷宇从现在起 20 岁,明年 21 岁。那我雷宇就是神仙了。不是神仙,就是妖精。

鼓励生育政策的作用微乎其微,原来出生率高的国家人口出生率也急速下滑,世界人口总量飞速滑坡,人口成了世界上最宝贵的资源。战争由掠夺自然资源又变为掠夺人口,很多国家由原来的排斥限制人口进入,到被迫鼓励吸引抢夺人口,淡化民族,放弃血统。

2114年,世界人口40亿。

老实说,我雷宇还不能准确预测自己的寿命,或许在百岁的基础上,还能活个三十多年? 小时候,一打喷嚏,母亲立刻就喊——百岁!

好像打涕忿会折寿,大人马上喊百岁,是为了诅咒和祈福。意思是要活到比最大的岁数还大,现在真的活到一百多岁了。还想多活些年头。

到处都是老妖精,平均寿命达到110岁。常常看到,130多岁的人拍着90多岁人的肩膀喊——小鬼。

联合国对年龄段又进行了重新划分。70岁以下为青年人,71—85为中年人,86—99为年轻老年人,100—115为老年人,116岁以上为长寿老年人。

人类大洗牌。很多城市萧条破产,睡城,空城,鬼城。乡村荒芜,万户萧疏。人类再次集中,实现彻底的城镇化。无所谓城市、乡村,城市即乡村,乡村亦城市。史无前例,人类跨越新阶段,步入空前的历史时期。

人类人口总量在不断地下降,但人口质量在不断地提升。人类再次向宇宙昭示,在物种中的强大生命力,在宇宙中的无与伦比的积极作为,以及唯一的智慧和能量。甚至,人类不屑一顾在宇宙中的渺小和有限性,在顺利时,人类昂首阔步康庄大道,涌动和迸发青春活力四射的无限性。宇宙皆备于我。

北京人口上升到3千万后又降至2千万。依然有下滑趋势。尽管如此,大北京,仍然是世界上人口最多的城市巨无霸。

远来城人口逐步增加到60万,终于成了中等城市。人口主要来源于乡村进入京津冀大城市人口回流疏解,乡村依然有很多人口居住,特别是有些城市人口,逆向流动到山清水秀的乡村,候鸟式居住生活,使乡村产生了不少流动人口。城市,乡村,就像楼房和平房一样,各有各的吸引力。上楼房,享受高端现代化生活。进平房,返璞归真接地气。亲近大自然,喜欢与大自然融为一体,把自己当作大自然的一株草。

人口迁徙、交流成为新常态,民族融合实现加速度,国家意识趋于淡化。国家更多地显现为社会性。家族观念走向模糊,传宗接代思想呈现隐性。

到达二十二世纪,巴基斯坦累积向澳大利亚移民一亿人;日本陆续向加拿大移居八千万人口,成为世界著名的老龄化人口国家;世界各国向中国移民多达一亿,使中国人口在下降中又有所上升。中国仍然是世界上人口最多的国家,高居人口大国颠峰。中国经济总量世界第一,人均居于上等水平,人民生活幸福指数名列前茅,成为世界上人们最向往的国家。中国呈现给人类的是,天道圣土,世界乐园。

地球上的很多人带着雷宇主义移居其他星球,在众多星球上生存发展,探索更广阔的宇宙。表面上看似乎唯心主义越来越有道理,唯心主义统治宇宙,精神意识文化成了推动人类发展的中坚力量,实际上是物质发展到一定程度后,再现了意识的不可估量的反作用,当然,物质的发展,在很大程度上还是由于人的活动,关键是包括科学技术在内的文化意识造成的。宇宙中只要有人的存在,只要有精神文化意识存在,就会呈现出意识的不屈不挠的震撼宇宙的反作用。

人们移民其他星球,破天荒,一切都是崭新的,从来没有见过的世界,好像刚生下来的婴儿一样,激发了生命潜能,似乎生命初始,一切从头再来,继续活他一两百年。

帝王们早就城市化了,到了秦始皇时,他把他另一个世界也城镇化了,浩瀚的皇陵作了榜样,后来的帝王们也都搞了彼世界的城镇化。那些城镇固若金汤,战争和盗墓都很难摧毁它们,几千年永垂不朽,是世界上最古老的城镇,成了世界文化遗产,受到全人类的保护。其实,秦始皇本不想定居那个城镇,他想追求长生不老,得道成仙。老百姓都知道他在做傻事,他就是执迷不悟,统一国家的伟大君王,就做了这件著名的蠢事。

松柏长青,冬天也不逊色,成千上万年地活着,银杏树寿命更长。我雷宇老家白草坡上的白草,春天萌生嫩芽,茁壮生长,顶生洁白花穗,茎干白皙柔润晶莹,秋冬枯黄,几乎失去身影,其实,它已进入冬眠。它盘根错节,爬在地下,睡足长长冬天。春风化雨,它又展现在世界上。我想,它们或许有成千上万年了,也许有亿年之久了。无论如何旱涝,它们都不会死亡。在那里,它们有稳定的居所,有足够的饮食,自己还进行光合营养。白草坡,就是白草的城镇。

人类对白草不屑一顾,白草对人类同样不屑一顾,心想,人类才出现了几天?能有我们长久吗!

我们人类尽管不会长生不老,但寿命在不断延长,而且可以自主地积极干预。我雷宇的孙子的孙子的孙子,有个叫雷宙的,就是研究这些课题的,比如,把松柏、银杏的基因移植给人类,把白草的遗传物质在人体内打印,干的都是在我们今天看来荒诞不经的事情,几乎就是疯子。

人类的发展几乎登峰造极,对自身也产生了极大的危险性。似乎再不松手,宇宙就要给你颜色看看。惹恼了宇宙,人类的生存就走到了边沿。所以人类必须文化地发展,在宇宙中有良好的表现,做些让宇宙高兴的事情,宇宙就会感到有人类也不是坏事，人类本来就是我宇宙创造的，又生存在我宇宙里，这样更显示出我宇宙浩瀚包容、强健恩德，昭示我宇宙的无始无终、无边无沿。其实，不是我宇宙报复你们，是你们人类自己给自己挽绳套、挖陷阱、服毒、玩火戏水、鼓捣凶器……你们人类看不到我宇宙的大度，不是显现我宇宙的强大、谁还敢跟我叫板，而是展现我宇宙的恩泽一切。我宇宙不和你们一般见识，人类在我宇宙中，也不要战战兢兢，唯唯诺诺，要在尊敬我宇宙的同时，大胆地发展，文化地发展。

在世界格局中，中国文化占据主导地位。中国历史悠久，中庸中正，谦恭谦让，自助助人。中国的道教天人合一，尊重自然，敬畏自然。中国的儒教主张作为，主张齐家治国平天下。道教认为世界是自然世界，人是自然的产物，是自然的一部分。儒教主张世界是属人世界，自然是被人同化过的自然，是有人味的自然。二者的融合，形成了中国文化的核心，发展完善了几千年，具体体现了人类的发展智慧。人类越来越感到中国文化博大精深、源远流长，中国文化是解决一系列现实世界问题的最好的文化，中国文化为人类展望了美好的发展前景。常娥奔月，牛郎织女鹊桥相会，精卫填海，女娲补天……中国古代民间文化早先就为人类展望美好未来。人类定会走出太阳系，探索银河系的美丽家园。文化的惊人发展，牛郎、织女会转世——鹊桥，银河，人家，不以星系为天涯。

2013 年于北京，2015 年 7 月修改定稿
作者：中国报告文学学会会员，国务院行业发展研究中心高级督察员
本著作解释权归著作者；自公开发表之日起正式生效